너의 밤을 갖고 싶어

너의 밤을
갖고 싶어

초판 1쇄 인쇄일 2018년 05월 02일
초판 1쇄 발행일 2018년 05월 10일

지은이 | 블랙캔디
펴낸이 | 김기선

편집장 | 김은지
편집부 | 박지은, 김지현, 김아름, 박신혜, 김에너벨리, 유기웅
디자인 | 한주희

펴낸곳 | 와이엠북스(YMBOOKS)
출판등록 | 2012년 7월 17일 (제382-2012-000021호)
주소 | 서울시 도봉구 노해로 379, 802호(창동, 대성빌딩)
전화 | 02)906-7768 / **팩스** | 02)906-7769
E-mail | ymbooks@nate.com

ISBN 979-11-322-4540-7 03810

값 9,000원

너의 밤을
갖고 싶어

YMBOOKS ROMANCE STORY

블랙캔디 장편소설

차 례

프롤로그

호텔이 점점 가까워질수록 주아의 심장이 걷잡을 수 없이 뛰었다.

상사인 신혁의 연락은 언제나 주아를 긴장시켰지만, 특히 오늘 저녁에 온 것은 분명, 긴장 이상의 것이었다. 아랫입술을 잘근잘근 씹었다. 초조함에 고질적인 습관까지 나오고 만 것이다.

"도착했습니다."

돈을 지급하고 내리는 걸음이 한없이 무거웠다. 그럼에도 재촉할 수밖에 없는 건, 상사를 기다리게 할 수 없다는 사명감 때문이었다. 아니, 단순히 비서로서의 사명감 때문만은 아니었다. 그저, 그를 기다리게 하고 싶지 않아서였다.

서울 중심지에 있는 J Dream은 최상위 호텔로 현재 주아가 일하고 있는 J-World의 계열사 중 하나인 호텔이었다. 그래서인지,

신혁이 선호하는 특유의 깔끔하고 모던한 분위기의 호텔이 처음 와본 곳임에도 불구하고 익숙했다.

로비 안으로 들어서 한참을 걸어 도착한 프런트에 이름을 대자, 직원이 잠시 기다려보라는 말과 함께 어딘가로 전화를 걸었다. 곧, 로비를 가로질러 지배인이 다가왔다. 지배인은 카드 하나를 건넸는데, 그것은 J-World 일가들의 전용 룸이 있는 층수에만 멈추는 승강기 키였다.

지배인의 안내로 승강기에 혼자 올라탄 주아는 긴장을 한 탓에 목이 탔고 손바닥에 열기가 올라왔다. 아무리 한숨을 내쉬어도 가슴이 뚫리지 않고 갑갑했다. 승차감조차 들지 않는 고요한 엘리베이터 안에선 오롯이 주아의 불규칙한 한숨 소리만 퍼져갈 뿐이었다.

붉은 카펫이 깔려 있는 복도를 지나 마지막 방 앞에 멈춰 섰다. 주아가 미세하게 떨려오는 손으로 벨을 눌렀고, 안에서 들어오라는 익숙한 신혁의 목소리가 들려왔다. 주아가 조용한 발걸음으로 들어섰다.

부담스러울 정도로 넓고 고급스러운 가구들, 그리고 별이 아스라이 흩어진 것처럼 찬란한 야경을 바라보고 있는 신혁의 뒷모습이 보였다. 단단하고 넓은 어깨와 펴진 허리는 고르다 못해 우아해 보이기까지 했다.

윤신혁.

J-world 건설 그룹의 계열사 J-style이라는 의류사업을 맡고 있는 대표이사이자, 그룹의 후계자.

언제나 봐왔던 뒷모습인데, 오늘따라 그 모습이 낯설게 느껴졌다. 주아는 신혁의 어깨 너머 창문으로 비춰지는 자신의 모습을 마주했다. 제가 봐도 많이 긴장한 얼굴이었다.

"대표님."

나지막하게 부른 음성이 거센 바람에 흔들리는 나뭇가지처럼 떨려왔다. 돌아보지 않을 것처럼 굳건했던 그의 어깨가 천천히 돌아서 주아를 마주 봤다. 그의 눈동자는 까맣고 깊어 한 치도 내다볼 수 없는 밤바다 같았다.

밤바다. 그래, 영롱한 달빛에 빛나며 잔잔한 물결을 치는 유혹적인 밤바다 같다. 그래서 주아는 그의 눈을 참 좋아했다.

"엊그제 네가 나에게 했던 말에 대해서 곰곰이 생각해봤어."

지금껏 충분히 심장이 발악을 하고 있다고 생각했었다. 하지만 그의 말을 듣는 순간, 심장은 더욱 심하게 요동쳤다.

엊그제.

3년이라는 짧다면 짧고 길다면 길다고 말할 수 있는 시간 동안 품어왔던 짝사랑에 대해 고백을 했다. 더는 참을 수가 없었다. 갑자기 일어난 충동도 있었지만, 여태 여자 문제에 대해서는 일체 말이 나오지 않던 그가 슬슬 집안에서 주선해주는 맞선을 보아야겠다는 의지를 밝혀서였다.

'더는 거절할 핑계가 없군. 슬슬 지루한 그놈의 맞선을 봐야겠어.'

그가 다른 여자와 사랑을 나누는 건 보고 싶지 않다. 여태, 여자라면 산에 박혀 있는 작은 돌멩이 따위로 보던 그가 돌연 마음을 바꾼 것에 대한 초조함과 질투에서였다.

"날 좋아한다고."

감정이 실려 있지 않은 그의 목소리에 주아는 잠시 하고 있던 사념을 거두었다.

"네."

짤막한 한마디에 온 감정을 실을 순 없었다. 그래도 그가 자신을 향한 애틋한 감정을 알아주길 바랐다.

"내가 네 마음을 외면한다면 앞으로 어쩔 생각이지?"

"고백을 한 이상, 비서로 계속 일할 자신은 없어요."

주아의 대답에 신혁은 잠시 미간을 구겼다. 주아는 그가 왜 그러는지 알고 있었다. 3박 4일. 짧은 휴가만 갔다 와도 정리가 되지 않아 난리가 났던 적이 있었다. 그 뒤로 신혁은 제대로 된 휴가 한 번 내준 적이 없을 정도로 비서로서 완벽한 역할을 해주는 주아를 필요로 했다.

"너와 나의 계층 차이를 극복할 수 없다는 건, 너도 잘 알겠지?"

신혁이 거리를 좁혀왔고 주아는 피하지 않았다. 그는 손목에 매고 있던 무거운 메탈시계를 풀고 손목을 천천히 움직였다. 그가 어떠한 중대한 결정을 할 때 내리는 고질적인 습관이었다. 아마, 스스로는 잘 인식하지 못하는…….

"난 너를 내 아내로 둘 생각이 없어. 넌 내게 물질적으로 줄 수 있는 게 없으니까."

너무 현실적인 말이 날카로운 화살이 되어 주아의 심장에 박히는 기분이었다. 거절을 당연히 예상했지만, 막상 그에게 직접 들으니 그 휘청거림은 더욱 격렬했다. 주아가 가만히 시선을 올렸다. 그의 고요한 눈동자가 그녀를 꽉 끌어안고 있는 것만 같았다.

"하지만 널 여자로 둘 순 있어."

"저를 정부로 두고 싶다는 말씀을 그렇게 돌려서 하시는 중이신가 봐요."

"역시 너다워. 직설적이고, 똑똑하고."

아니라고 하길 바랐다. 대체, 그에게 뭘 바랐던 걸까. 주아는 지금 이 순간, 그에게 받는 상처에 심장이 남아나지 않고 찢겨지는 것 같았지만 돌아설 수가 없었다. 어느 순간부터 찾아와 심장에 박혀버린 그 지랄 맞은 사랑이라는 감정 때문이었다.

"그래서 대표님께 얻어지는 건요? 좋으실 거 없을 것 같은데요."

사랑은 참 우습다. 자신이 가장 소중하다고 생각하고 있던 자존심을 이토록 뭉개버리는데도 거부할 수가 없다. 오히려 더욱 커져서 여기저기 제 영역을 늘리고 있었다.

분명, 가야 했다. 저런 말을 듣고 버티고, 견디고 있는 자신의 모습이 한없이 한심해 보였다. 그럼에도 갈 수 없었다. 가고 싶지 않았다. 어떤 이유에서든지, 그가 자신을 곁에 두려는 그 이유 하나만으로 갈 수 없었다.

사랑은 때론 사람을 사리 구별을 제대로 하지 못하는 병신으로 만든다. 적어도, 주아가 지금 느끼고 있는 사랑은 그토록 극단적이었다.

"투자자들과 주주들 또한 사생활이 깨끗하지 못한 대표님을 신뢰하지 않……."

"그래서?"

그의 한마디에 말문이 막혔다.

"대표님."

"지금 네가 원하는 대답은 이게 아니다. 이 뜻이지?"

불행하게도 정답이다. 주아가 원하는 대답은 단 하나다.

'나 또한 너를 사랑하고 있어.' 그리고 그와 뜨겁고도 영원한 사랑을 원한다. 적어도, 3년 동안 했던 지독하고 고독했던 짝사랑의 대가를 주아는 그렇게 따뜻하게 되받고 싶었다. 허황된 꿈이었다.

"알고는 있었지만, 네가 참 욕심이 많아. 그래서 널 마음에 들어 하고 곁에 뒀지만."

욕심…… 욕심이라.

그럴 수도 있다. 무모하고 이기적인 욕심일 수도 있다. 자신이 사랑한다는 이유로 상대방의 감정까지 강요하는 이기적인 욕심일 수도 있다.

"제 사랑이 욕심이라고요?"

"그래. 욕심. 그게 아니라면 어리광. 다른 게 있다면 주제 파악을 하지 못하는 무모함이 있겠지."

"……."

"넌 지금 네가 날 사랑하니까, 내게도 사랑을 달라고 징징거리고 있는 거잖아. 장난감을 사주지 않아서 떼쓰는 어린아이처럼."

주아는 신혁을 사랑하며 서러운 날들도 있었지만, 분명 행복했던 순간들이 더 많았다. 그가 웃으면 기뻤고 그를 만나러 간다는 생각만으로도 설레던 순간들이 있었다. 이유 없이 꼬투리를 잡고 늘어지는 텃세 심한 상사들 사이에서도 버틸 수 있었던 건, 그가 있었기 때문이었다.

어려운 순간마다 그를 떠올리며 참고 견뎠다. 짝사랑은 결코 서럽고 억울한 것만은 아니었다는 것을 깨달았다. 하지만 그에게 궁금한 것이 있었다.

"그럼 이거 하나만 물어볼게요."

신혁이 대답 대신 주아를 똑바로 응시했다.

"왜 저를 여자로 곁에 둔다고 하신 거죠? 대표님은 저를 사랑하지도 않으시잖아요."

주아는 알고 있다. 그는 결코 이익이 없는 것엔 시간과 감정을 투자하지 않는다는 것을. 그런 그가 자신에게 시간을 투자하는 것은 분명한 이유가 있을 거라 생각했다. 그리고 그 이유에 아주 작은 희망을 실었다. 부디, 자신과 같은 감정이 조금이라도 있기를……

하지만 그 희망은 그가 입술을 떼어내는 순간 박살 났다.

"글쎄. 네가 여태 나를 혼자 짝사랑하고 있었다는 것에 대한 보상 정도로 해두고 싶어."

"보상…… 이요?"

"난 공짜가 싫어. 나중에 뒷말 듣는 거, 딱 질색이거든."

"단지 그 이유 때문인가요?"

"심심하기도 하고. 스릴 있잖아. 무료한 내 삶에 그 정도의 스릴을 즐기는 것도 나쁘지 않을 것 같아서."

자신은 아쉬울 거 하나도 없다는 반응이었다. 비참했지만, 그것보다 더 큰 사랑이 자리 잡고 있는 마음은 또다시 그의 곁에서 떠나갈 기미를 보이지 않았다. 그래도 작은 희망은 그가 아예 매몰차게 밀어내지 않는다는 것뿐이었다.

이제 아무래도 상관없었다. 그가 자신을 사랑하지 않는다고 해도 그녀는 그의 곁에 머물고 싶었다. 곁에 머물지 않는 것이 곁에 머무는 것보다 자신을 더욱 힘들고 아프게 할 것이라는 걸 잘 알고 있기 때문이었다.

"곁에 있을게요."

모든 것을 정리한 주아의 목소리는 그 어느 때보다 차분하고 고 왔다.

"대표님의 아내가 될 수 없지만, 여자로 곁에 머물고 싶어요."

신혁의 커다란 손이 공중으로 뻗어와 그녀의 볼을 감쌌다. 그와 동시에 그의 팔이 그녀의 허리를 끌어당겼다. 아무 저항도 없이 순 식간에 그의 몸과 밀착되었다. 잠시나마 잠잠했던 심장이 또다시 거침없이 요동쳤다.

"신주아……."

언제나 신 비서라고 불리던 목소리에서 제 이름이 나오니, 색달 랐다. 하지만 그 기분을 만끽하기도 전에 입술 사이로 내뱉는 그의 숨결이 점점 가까워져 오고 있다는 것을 느꼈다. 마침내, 오래도록 원했던 그의 입술이 닿았다.

가을의 어느 깊은 밤이었다.

창문으로 비집고 들어온 햇살 때문에 눈이 시렸다. 잠에서 깨어난 주아가 천천히 몸을 일으켜 유난히 고요한 주변을 살폈다.

　'넌 아내로 둘 순 없어도 여자로 둘 순 있어.'

　어제 이곳에서 신혁과 나누었던 대화들이 전부 꿈이었던 것처럼 몽롱하고 아마득한 기분이었다. 아직은 모든 것이 얼떨떨하기만 했다. 어제 그와 진한 키스를 하고 잠시 쉬었다 간다는 것을 까무룩 잠이 들어버린 듯싶었다.

　"대표님?"

　돌아오는 대답이 없었다. 워낙 부지런한 성격이라 먼저 출근을 한 것이 분명하다고 확신하며 침대에서 내려와 막 욕실로 들어가려던 찰나에 문이 열렸다. 운동복 차림에 땀으로 흠뻑 젖어 있는 신혁이 안으로 들어왔다.

눈이 마주쳤다. 평소 하루에도 몇 번씩 마주쳤던 시선인데, 오늘 따라 그 시선에 신경이 격하게 반응을 보이는 건, 어제 있었던 일 때문이 분명했다.

"의외로 잠자리가 예민한 편은 아닌가 봐."

두 사람 사이를 떠나지 않을 것 같았던 어색함을 먼저 밀쳐낸 건, 신혁이었다. 신혁은 주방 쪽으로 가 냉장고 문을 열어 시원한 물로 극심한 갈증을 해소했다.

"네?"

"누가 잡아가도 모를 정도로 깊게 잠들었던데."

"아……."

신혁의 말대로 주아는 평소 잠자리가 그다지 예민한 편이 아니었다. 어디든 머리를 기대면 금방 잠이 드는, 잠자리에 민감한 친구가 늘 부러워하던 잠버릇이었다. 하지만 그것을 신혁이 봤다고 생각하니 얼굴이 뜨거워지는 것 같았다.

"운동하고 오셨어요?"

"응. 나 씻을 건데, 넌 어떻게 할래."

"전…… 집에 들렀다가 출근할게요."

"그래. 그럼 그렇게 해."

짤막하고 무뚝뚝한 대답을 하고선 그대로 욕실로 들어가버리는 신혁의 뒷모습을 주아는 가만히 바라보았다. 그러다 버석하게 마른 입술 사이로 허탈한 웃음을 터트리고 말았다. 데려다줄 것이라 예상했다. 이젠, 비서가 아닌 여자로 대해줄 것을 기대했다.

하지만 상대는 윤신혁이다. 지난 3년 동안, 아무리 완벽하게 일을 해내도 제게 칭찬 한 번 해주지 않던 무뚝뚝함의 대명사다운 사람이다. 무언가를 기대하고 예상할 수 없는 상대라는 것을 잠시 망각한 자신이 한심스럽기까지 했다. 욕실 안에서 샤워기 물줄기 소리가 들려오고 주아는 가방을 챙겨 호텔을 빠져나왔다.

대중교통을 이용하면 회사에 늦을 것 같아 얼른 택시를 잡아탔다. 집 주소를 말하고 조용히 눈을 감았다. 그제야, 지금 자신이 처해 있는 상황들이 절실하게 와 닿았다.

'대표님의 아내가 될 수 없지만, 여자로 곁에 머물고 싶어요.'

곁에 있고 싶다고 했다. 연애 아닌 연애가 시작된 것이다.

그는 앞으로 집안에서 주최해주는 맞선을 보게 될 것이고 언젠가는 그중에 한 여자와 결혼을 하게 될 사람이었다. 그러므로 지금 두 사람의 관계는 너무나 위태로웠고 그를 향해 점점 깊어지는 자신의 감정은 무모한 것임을 알고 있다. 그럼에도 이 관계를 유지하고 싶은 것은 정말 헛된 희망 때문일지도 몰랐다.

희망.

그래, 언젠가는 그가 자신을 사랑해줄지도 모른다는 희망…….

집에 도착해 서둘러 출근 준비를 끝낸 주아는 회사로 향했다. 자신보다 먼저 도착한 신혁에게 평소와 같이 커피와 각 부서에서 올라온 결재서류들을 들고 대표실로 들어갔다.

"커피 준비해드릴게요."

눈길 한 번 제대로 주지 않는 그를 보며 또 한 번 절실히 느꼈다. 어제의 일로 인해 관계가 변했더라도 달라지는 건 아무것도 없다는 것을. 허탈함이 몸을 짓누르는 무게를 이길 수가 없었다. 어차피 주사위는 던져졌고 이제 굳이 감출 것도 숨길 것도 없다고 판단했다.

"공사 구분은 철저하게 해야 하는 건가요?"

당돌한 주아의 질문에 서류에 두고 있던 신혁의 시선이 천천히 올라와 눈동자를 마주했다. 속의 감정을 쉽게 헤아릴 수 없을 정도로 거칠고 사나운 그의 눈빛에 주아는 갈증이 나는 것만 같았다.

"사람들에게 알리지는 않는다는 조건하에 단둘이 있을 때는 굳이 구분 같은 건 할 필요 없어."

마주하고 있는 신혁의 눈빛은 자신이 말한 상황 이외의 것은 어떠한 상황도 받아들이겠다는 듯이 굳건했다. 주아의 입장에선 이제껏 모든 결정에 냉정하기만 했던 그가 공사 구분 따위는 필요 없다는 것이 의외였다. 고백을 하기 전에는 마주할 수 없었던 차가운 눈빛임에도 불구하고 주아는 굳이 피하지 않았다.

"사람들에게 알리지 않는 조건으로……."

주아가 낮게 중얼거리자, 신혁이 덧붙였다.

"남에게 알려봤자 좋을 건 없지. 내가 재벌가 여자와 결혼을 하게 되면 넌 단지, 나에게 갖고 놀아난 여자로 낙인이 찍힐 거니까. 너도 그걸 원하진 않잖아."

온전히 틀린 말은 아니었다. 신혁의 말대로 자신은 언젠가는 그에게 외면당할 여자였다. 처음부터 그것을 각오하고 시작한 관계. 따지고 들 것도 서운해할 것도 없었다.

"네. 그러네요. 생각해보니 그래요."

할 말이 있다는 듯한 주아의 뉘앙스에 신혁은 손깍지를 낀 채, 그녀를 가만히 응시했다.

"계속 이렇게 차갑게 대해주세요. 그럼 혹시 알아요? 제가 대표님께 남자로서의 정이 떨어질지."

"귀띔 고맙게 듣지. 너도 나한테 너무 잘해주지 마. 네 말마따나 정이라도 들면 곤란해질 테니."

"어디 쉽게 정 붙이실 성격도 아니시면서."

주아의 말에 신혁이 실소를 터트렸다. 한쪽 입꼬리를 들어 올려 웃는 것이 매력적이게 보였다.

"아, 그리고 내가 어제 간과한 말이 있어."

"뭔데요?"

"난 앞으로도 계속 맞선은 볼 생각이야. 그것에 대해 불만 있어?"

"불만이 있어도 달라지는 건 없잖아요."

"맞아. 달라지는 건 없어."

"그래도 절 여자로 두시기로 약속하셨으니까, 여자와 남자가 할 수 있는 것들은 불만 없이 같이 해주셨으면 해요. 기왕이면."

신혁은 조금 의아할 수밖에 없었다. 자신만큼이나 말수도 없고 후배들 사이에선 냉정한 주아였다. 자신의 앞에서도 언제나 모든 대답은 '예.'와 '죄송합니다.'뿐이었다. 늘 업무에만 빠져서 그런 것엔 전혀 관심도 없다고 생각했던 주아가 자신을 좋아한다고 고백해왔을 때도 의아했지만, 지금 마주하고 있는 당돌한 주아의 모습엔 일말의 호기심이 다 생길 지경이었다.

"좋아. 네가 여자와 남자로서 나와 하고 싶은 게 무엇인지 말해 봐."

주아가 보고 있는 신혁은 흥미롭다는 반응이다. 마치, 난생처음 보는 동물에 대한 호기심과 흥미로움으로 뒤덮여 있는 사냥꾼 같아 보였다. 하고 싶은 건 너무 많았다. 그래서 선뜻 고르기 어려웠

으나, 주아는 오늘 당장 할 수 있는 가장 기본적인 데이트를 하고 싶었다.

"일단, 오늘 퇴근 후 저랑 영화 봐요. 영화 보고 가볍게 저녁도 먹어요."

주아의 대답을 흥미로워하던 신혁의 눈빛이 풀어지며 입술 사이로 옅은 웃음이 새어 나왔다.

"뭐 대단한 거라도 나오는 줄 알았더만."

그는 마주하고 있던 시선을 돌려 서류를 보며 그러겠다고 대충 대답했다. 주아는 신혁을 뒤로하고 대표실을 빠져나왔다. 자신의 자리로 돌아온 주아는 어쩐지 힘이 잔뜩 빠져버린 몸을 의자에 깊숙이 기대었다.

'너도 나한테 너무 잘해주지 마. 네 말마따나 정이라도 들면 곤란해질 거 같으니까.'

풍선이 빠지는 것처럼, 피식하고 실없는 웃음이 입술 사이로 새어 나왔다. 신혁이 했던 말이 언젠가는 그가 자신을 사랑해줄지도 모른다는 희망과 오버랩이 되었다. 미치도록 잘해주고 싶었다. 감당이 되지 않을 정도로 그에게 모든 것을 바치고 싶었다. 그리고 그가 자신을 잊지 못하게 만들고 싶었다.

이것이 주아가 자신의 안쓰러운 사랑을 지킬 수 있는 유일한 방법이라 생각했다. 업무 시간 중간마다 그와 무엇을 하며 데이트를 할까, 고민했다. 그 고민에 찰나는 설레고 행복했지만, 찰나는 불안하여 쓴웃음을 짓기도 했다.

오로지 단둘. 주아는 신혁과 자신이 서로에게만 집중하기를 바랐기에 영화는 영화관이 아닌 자동차 극장에서 보기로 했다. 누구에게나 그렇지만, 특히 신혁과 자신의 연애는 기약되지 않은 연애였다. 불확실하고 위태로운 연애 속에 주아는 미련은 남기 되 후회는 남기고 싶지 않았다. 그래서 웬만한 것은 원 없이 다 해볼 생각이었다.

오랜만에 영화를 볼 생각에, 하지만 무엇보다도 신혁과 함께할 수 있다는 생각에, 주아는 자신답지 않게 잔뜩 들떠 있었다.

그래도 이것이 나름, 첫 공식 데이트라고 생각하며 업무의 마무리를 짓고 그를 만나기 전에 화장실에 들러 옷매무새와 상태를 가다듬었다.

"후우……."

설렘에 심장이 어찌나 뛰는지, 정말 감당이 되지 않을 정도였다. 그렇게 잔뜩 기대를 하고 화장실을 나와 제자리로 돌아와 막 집무실을 문을 열려던 참이었다.

"대표님."

문은 주아가 아닌 신혁으로 인해, 먼저 열렸다. 자신과 영화를 보기 위해 신혁도 서둘러 나왔다고 생각하며 싱긋 웃었다.

"자동차 극장으로 예매해놨어요. 저녁이라도 먹고 가야 될 것 같아서, 시간은 좀 넉넉하게 했어요. 레스토랑도 예약해놨는데."

주아의 말에 신혁의 표정이 아, 하고 잠시 탄식을 내뱉는 것 같았다. 주아는 바로 깨닫게 되었다. 자신이 하루 종일 무언가에 집중하기도 힘들 정도로 설레어하고 있던 약속을 그는 잊고 있었다는 것을.

"취소해, 아니면 혼자 보든가."

미안한 기색도 없이 단 한마디로 주아의 기대를 일축시켰다. 싫다고 할 수도 서운한 기색을 내비칠 수도 없었기에 주아는 그렇게 하겠다고 했다.

"급한 일 있는 거예요?"

"응."

그는 다소 차가운 표정으로 주아를 바라보았다. 공식적으로 전해 받은 스케줄이 아니었기에 지극히 사적인 약속일 것이다. 그 사적인 공간에 들어오지 말라는 듯이 그의 표정은 단호했다.

"알겠습니다. 그럼, 내일 뵐게요."

예의를 갖춰 인사하자, 신혁은 눈길로 인사를 받고서는 주아를 스쳐 지나갔다. 혼자 남겨진 주아는 잠시 벙해져 있었다. 처음부터 그가 자신이 해달라는 대로 해줄 거라고 믿었던 것 자체가 우스워 보였다.

자동차 극장 티켓과 레스토랑 예약을 취소했다.

잔뜩 설 던 것이 허탈함으로 바뀌면서 그 무게가 실리기라도 했는지, 평소보다 훨씬 더 무거운 발걸음을 하곤 집으로 향했다.

"후……."

배가 고팠지만, 밥을 먹을 기운도 없이 주아는 침대에 벌러덩 드러누웠다. 분명 평범하지만 마음만큼은 더욱 쓸쓸해진 것만 같은 하루가 그렇게 지나가고 있었다.

* * *

퇴근을 앞두고 성환에게 전화가 걸려왔다. 같은 재벌가의 아들로 신혁의 소유로 있는 재단 유치원부터 고등학교까지 함께 나온 친구이기도 했다. 전화가 오는 이유는 늘 단 한 가지뿐이었다.

술 마시자.

신혁은 이른 초저녁부터 걸려온 친구의 전화를 외면하지 않았다.

-오, 우리 윤신혁이 내 전화를 다 받아주고! 성은이 망극하오네.

이미 한차례 술을 마신 건지, 성환의 목소리는 취기에 잔뜩 뒤엉켜 있었다.

"작작 좀 처마셔라. 이제 가정도 있는 놈이."

-가정? 아하……. 우리 아버지의 야욕으로 꽉꽉 채운 내 가정?

원래 성환은 술을 마시고 노는 것을 좋아했던 친구였다. 그래도 마음은 꽤 여린 편이라 큰 사고 없이 지냈던 녀석인데, 원하지 않는 장가를 가고 나서부터는 없던 주사가 나타나더니 시간이 지날수록 증세가 더욱 심해졌다. 한번은 모르는 사람들과 싸움이 나는 바람에 그의 아버지가 카메라 앞에서 대국민 사과를 하는 망신을 당한 적도 있었다.

그럼에도 그는 여전히 술과 외박을 일삼았다. 그러지 않았던 성환이 점점 망나니가 되어가는 것 같아 짠하게 느껴졌다.

성환이 알려준 호텔 Bar에 도착한 신혁은 멀찍이서 보이는 친구의 힘없는 뒷모습에 나지막하게 한숨이 새어 나왔다. 곁으로 다가간 신혁은 컵에 술을 따르려는 친구의 손을 제지시켰다.

"그만 마셔. 고주망태 된 너 감당하기 귀찮으니까."

대신 쓰고 독한 술을 단숨에 들이켰다. 성환은 게슴츠레한 눈으로 신혁을 바라보았다.

"오늘도 넌 출근한 거야?"

"회사를 놀이터쯤으로 여기고 있진 않으니까."

무심하게 대답하며 술을 한 잔 더 따라 마셨다.

"고리타분한 자식……. 그냥, 너도 좀 즐겨. 다이아몬드 수저를 갖고 태어난 인생을 좀 즐기라고."

성환은 원하지 않는 결혼을 한 뒤, 반항이라도 하듯 직급만 임원일 뿐이지 회사를 나가지 않고 있었다. 이렇게 매일 술, 아니면 외국으로 도망을 가듯 가서 한동안 돌아오지 않고는 했다. 하지만 남편의 이런 행동에도 일체, 잔소리도 없고 서운함도 없어 하는 그의 아내가 더욱 웃겼다.

사랑 없이, 서로 원하는 것을 얻기 위해 하게 된 결혼 생활. 아마도 성환의 아내는 자신이 원한 것을 가졌기 때문에 이 엉망진창인 결혼 생활에 큰 불만을 갖지 않는 듯했다.

"평생! 실컷! 이렇게 먹고 놀아도 남아도는 게, 돈이야! 대박이잖아. 실컷 놀고 싶어도 돈이 없어서 못 노는 서민들에 비해서 얼마나 복 받고 행복한 인생이야! 안 그래?"

그렇게 말하면서도 얼굴은 전혀 행복해 보이지 않는 성환에 신혁은 그저 술만 기울였다. 두 사람은 한동안 말없이 잔을 비웠다.

"아내랑 섹스가 하기 싫어."

"뭐?"

갑작스러운 그 말에 신혁은 미간을 찌푸렸다.

"아니다. 섹스는 하는데, 키스가 하기 싫다."

"……."

"전혀 사랑스럽지가 않거든, 전혀 설레지가 않거든, 전혀 안고 싶지가 않거든."

이렇게 겉으로만 맴돌고 있는 성환이 신혁은 조금 안쓰러워지려고 했다.

"신우 형, 보고 싶다."

하지만 이내 낮게 중얼거리는 성환 때문에 술을 입에 가져다 대려던 신혁이 멈칫했다. 자신의 앞에선 누구도 함부로 입에 담지 못하게 금지시키다시피 한 그 이름. 그 시리고 안타까운 악몽 같은 기억에 신혁의 마음이 아프게 저려왔다.

"그 이름, 입에 담지 말랬지."

신혁의 살벌한 목소리에 취했음에도 불구하고 성환은 자신이 실수했다는 것을 금세 깨달았다.

"미안하다. 나도 모르게……."

"취한 것 같다. 너. 이제 그만 일어나."

"응……."

자신의 실수 때문인지, 성환은 아무 반발 없이 자리에서 비틀거리며 일어났다. 신혁은 그 대신 계산을 해주고 대리 운전을 불러 성환을 태워 보냈다. 대리 운전자가 오기 전까지 신혁은 잠시 의자에 기대어 눈을 붙였다. 한숨을 낮게 내쉴 때마다, 쓰디쓴 술 냄새가 풍겼다. 그것이 곤욕스럽고 역겹기도 해서 창문을 열었다.

시원한 바람이 안으로 스며들어 왔다. 눈을 감고 시원한 바람을 맞고 있으니, 이제야 조금 기분이 나아지는 것 같았다.

그사이 잠깐 주아가 떠올랐다.

집무실 문을 열고 막 나왔을 때 마주 봤던 주아는 예전에는 좀처럼 보기 드물었던 해맑은 미소를 하고 있었다. 자신의 낮은 탄식으로 금방 굳어져버리긴 했지만.

영화표도 예매하고 뭐도 예약해놨다고 했는데, 주의 깊게 듣지 않아서 기억이 나질 않았다. 아무것도 생각하고 싶지 않아 신혁은 머릿속을 잠시 차지하고 있던 주아를 밀어냈다.

이래저래 피곤한 하루가 지나가고 있었다.

* * *

평소보다 훨씬 일찍 눈이 떠진 주아는 주방으로 가 차가운 물을 한 컵 마셨다.

아직 완벽한 해가 떠오르지 않은 세상은 시퍼렇게 물들어 있었다. 주아는 냉장고 문을 열어 재료들을 보다가 문득 신혁과 함께 도시락을 먹으면 좋겠다, 라는 생각이 들었다.

어제 자신과 함께 한 약속을 동네에 굴러다니는 깡통 정도로 생각하는 신혁에 적지 않은 상처를 받아놓고 아침에 일어나자마자 또 신혁을 생각하는 자신이 조금은 한심스러웠다.

그래도 누군가를 좋아하는 감정은 쉽게 행동을 조절하지 못하게 만드는 강력하고도 조금은 얄미운 힘이 있었다.

밖에서 함께 시간을 보내는 것이 힘들다면, 회사에서라도 함께 있고 싶었다. 어제 같이 저녁을 먹지 못한 아쉬움을 오늘 회사에서 점심을 함께 먹는 것으로 달래야겠다 생각했다.

도시락을 쌀 생각을 하니, 손이 다급해졌다.

맨 김에 밥을 싸서 꼬마 김밥을 만들고 버터를 넣어 김치를 달달 볶아 준비했다. 스팸 햄을 네모나게 썰어 초밥처럼 밥을 만들고 김 조각을 썰어 띠를 둘렀다. 야채와 마요네즈를 섞어 모닝빵 사이에 넣고 과일 몇 개를 씻어 준비했다. 화려하고 고급스러운 도시락은 아니더라도 그럴싸한 도시락이 완성되었다. 도시락을 싸는 데 정신이 팔려 결국 출근 준비를 서둘러야 했다.

"선배님."

회사 로비에 막 들어서는데, 뒤에서 들려오는 익숙한 목소리가 주아를 잡아당겼다.

"재우 씨."

재우는 입사한 지 6개월 차 되는 풋풋한 신입사원으로, 현재 오 비서와 함께 본부장의 비서로 함께 일하고 있었다. 재우가 처음 입사했을 때, 여직원들 사이에선 아이돌을 하지, 왜 여기에 취업했는지 모르겠다는 소문이 떠돌았었다. 그 정도로 재우는 귀여운 외모를 소유한 남자였다. 손에 커피와 샌드위치가 들려 있는 것을 보니, 일찍 출근해서 심부름을 다녀오는 듯했다.

"심부름 다녀오는 거예요?"

"네. 본부장님께서 아침 식사를 안 하고 오셨다고 하셨어요."

"그렇구나. 일은 좀 할 만해요?"

"저는 할 만하고 재미도 있는데, 오 선배님께서 많이 힘들어하시는 것 같아요."

"이제 일한 지 겨우 반년인데, 어떻게 완벽하게 모든 걸 할 수 있겠어요? 그래도 오 비서도 꽤 놀라던데요. 재우 씨가 생각보다 빨리 따라와줬다면서."

"아, 정말요?"

재우는 진심으로 기뻐하는 눈치였다. 웃을 때 볼에 보조개가 파이고 눈이 정확히 반달 모양이었다. 상대방이 계속 무표정을 짓고 있을 수 없게 만들 정도로 환한 미소였기에 주아 자신도 모르게 따라 웃어버리고 말았다.

기다리고 있던 승강기 문이 열리고 올라타기 위해 고개를 돌린 주아가 안에 서 있는 신혁과 마주치자 자신도 모르게 흠칫했다.

"안녕하십니까, 대표님."

옆에 있던 재우가 잔뜩 긴장한 목소리와 표정으로 신혁에게 인사를 했다. 재우의 인사를 받던 신혁의 시선이 천천히 주아에게로 향했다.

"안녕하세요, 대표님."

주아는 평소에 그랬던 것처럼, 비서로서의 예의를 지키며 인사를 건넸다. 재우와 나란히 올라타고, 무거운 침묵이 흘렀다. 먼저 층수에 도착한 재우가 두 사람에게 인사를 하고 내렸다.

재우가 내렸어도 두 사람 사이에는 오고 가는 대화가 없었다.

한 층 더 올라온 승강기 문이 열리고 신혁이 먼저 내렸다. 그 뒤를 주아가 따라 내렸다. 자신의 방으로 들어온 주아는 직접 커피를 준비했다. 사실, 커피 타는 일은 잡무를 보는 다른 비서의 몫이었지만 늘 주아는 자신이 해왔다. 신혁의 얼굴을 한 번이라도 더 보고 싶은 마음에…….

그렇게 오늘도 커피는 주아가 타서 들어갔다.

"점심 같이 먹어요. 도시락 싸왔거든요."

커피를 건네주고 신혁이 벗은 재킷을 받아주며 말했다. 점심을 끝내고 비서인 주아와 바로 가야 하는 스케줄이 있거나 특별한 경우가 아니고서야 신혁은 주로 혼자 식사를 했다. 근처에 있는 고급 한식당을 가거나 귀찮을 때는 냄새가 나지 않는 빵을 사다가 업무를 보면서 먹곤 했다.

"도시락?"

"네. 엄청난 건 없어요. 그래도 같이 먹어요."

"집무실에서 음식 냄새 나는 거, 딱 질색하는 거, 모르지 않을 텐데."

"그럼 옥상이나 휴게실에서……."

"신 비서."

신혁은 매우 성가시다는 얼굴로 주아의 말을 잘랐다.

"내가 옥상이나 휴게실에서 그런 도시락이나 먹을 사람이야?"

신혁의 말에 주아는 흠칫하고 놀라며 아랫입술을 지그시 깨물었다. 바보같이 그것을 망각하고 있었다. 한 회사의 대표이사인 신혁이 옥상이나 휴게실에서 도시락을 먹고 있는 그림은 어울리지 않았고 있지도 않았다. 두 사람 사이로 무거운 침묵이 흘렀고 그것을 먼저 깬 것은 신혁이었다.

"날씨가 좋다고 옥상이나 휴게실, 그것도 아니면 주말에 한강에서 돗자리 깔아놓고 마주 보고 도시락 같은 거 먹는 소꿉놀이 연애를 하고 싶다면 다른 남자를 좋아해보는 게 어때? J-style의 대표 윤신혁이 아닌 평범한 남자로."

아마 신혁은 누군가를 한 번도 제대로 좋아해본 적이 없는 남자일 것이다. 그러니, 사람을 좋아하는 것을 집 안방 드나들듯, 간단히 옮겨 갈 수 있는 것처럼 쉽게 말하는 것이다.

"충분히 알아들은 거 같은데, 가서 일 보지."

"네. 늘 드시던 식당 예약, 해두겠습니다."

당연한 것을 말한다는 듯이 신혁은 주아를 바라보았다.

집무실을 나와 제 방으로 들어온 주아는 눈치 없이 책상 위에 모습을 드러내고 있는 도시락통을 보고 자조적인 웃음을 지었다.

'내가 옥상이나 휴게실에서 그런 도시락이나 먹을 사람이야?'

그가 심어준 경각심 때문일까,

회사에서 위치가 있는 신혁이 사원들이 오고 가는 옥상이나 휴게실에서 자신과 도시락을 먹고 있는 건 정말 상상이 되지 않는 그림이다.

"후우……."

주아는 깊은 한숨과 함께 책상 위에서 도시락통을 치웠다.

점심시간이 되었고 신혁이 나가는 소리가 들렸다. 방에서 나오는 주아가 가볍게 인사를 건넸다.

"식사 맛있게 드세요."

신혁은 전에도 줄곧 그랬던 것처럼, '너도'라는 말 한마디 해주지 않고 승강기에 몸을 실었다. 그가 나가자, 제 자리에서 서 있던 현 비서가 낮게 한숨을 내쉬었다.

"아무튼, 우리 대표님 진짜 까칠하셔……."

낮게 속삭이는 현 비서에게로 다가갔다.

"어, 저 아무 말 안 했어요."

예전에 뒤에서 신혁을 욕하다가 걸려서 주아에게 호되게 혼난 적이 있던 현 비서는 제게 갑자기 다가오는 주아에 깜짝 놀라 입을 틀어막았다. 주아는 그런 현 비서를 보며 온화하게 웃었다.

"현 비서, 오늘 점심 같이 먹을래?"

"점심이요?"

도시락을 버리기에는 아까웠다. 하지만 혼자 먹기에는 양이 지나치게 많아서 주아는 현 비서와 함께 먹을 생각이었다.

"응. 도시락을 싸왔는데, 양이 많아서."

"힝, 어쩌죠? 저 오늘 하필이면 친구가 와서……."

현 비서는 진심으로 아쉬워하다가 눈을 번쩍였다.

"취소할까요?"

"아니야, 뭘 취소해. 도시락 워낙 별거 안 싸온 거라, 취소할 정도는 아니고."

"죄송해요."

"뭐가 죄송해. 갑자기 약속 잡은 내가 더 그렇지. 얼른 나가서 맛있게 먹고 와."

"네. 그럼, 선배님도 식사 맛있게 드세요."

"응."

현 비서가 나가고 오 비서에게도 연락해 보았지만, 그녀는 외근 중이었다. 하는 수 없이 주아는 혼자 방에서 도시락 뚜껑을 열어야 했다. 혹시, 제게 볼일이 있어서 방으로 들어왔다가 음식 냄새가 난다고 할까 싶어 창문을 열어놓았다.

"휴."

가을이라 그런지 바람이 은근히 차다. 그래도 주아는 창문을 닫지 않고 밖을 바라보며 도시락을 꾸역꾸역 먹었다.

목이 메었다.

"음식이 식어서 그럴 거야."

그냥, 그 탓으로 돌리며.

그러다 울컥, 하고 무언가가 치밀어 오르기도 했다.

서러움만 가득했던 점심을 먹고 하루의 업무를 끝낸 후, 집으로 돌아와 오늘의 피로를 따뜻한 물로 씻은 주아는 침대 안으로 들어갔다. 한참을 고요한 휴대폰을 바라보던 주아가 조심스럽게 신혁의 번호를 눌러 문자를 보냈다.

[집에 잘 들어가셨어요?]

문자를 보내고 휴대폰을 내려놓지 못하고 꼭 잡은 채, 잠이 들었다. 답장은 다음 날 아침까지도 오지 않았다.

2.

원래 생일 같은 것에 한 번도 기대를 해본 적이 없다.

하지만 이번 기회에 신혁과 저녁 한 끼라도 먹을 수 있다면 그것보다 근사한 생일은 없을 것만 같았다. 사랑은 사람을 자꾸만 명청하게 만드는 것 같았다.

그는 자신과 식사 한 번 제대로 해주지 않는 남자라는 걸 알면서도 또, 내심 기대를 하고 있는 것이다. 기왕이면 생일 전날도, 지난 날도 아닌 딱 그날 축하를 받고 싶었다. 운이 좋게 생일은 주말 토요일이었고 신혁의 주말 스케줄을 살폈다. 어쩔 때는 평일이고 주말이고 상관없이 스케줄이 차 있을 때가 있었는데, 일단 공식적인 스케줄은 없었다.

주아는 초조함 반 기대 반으로 퇴근을 앞두고 집무실 문을 노크했다. 안에서는 신혁의 짧은 대답이 들려왔고 주아가 안으로 천천히 들어갔다.

그는 눈길도 주지 않고 있었다.

"퇴근, 안 하세요?"

"아직 할 게 좀 남아서. 먼저 퇴근해."

말을 했는데도 나가지 않는 주아에 그제야, 신혁은 고개를 올려 주아를 바라보았다. 할 말이 있어 보이는 표정이다.

"말해."

"내일 뭐 하세요?"

"무슨 일 있어?"

"무슨 일까지는 아니고, 내일 공식적인 스케줄은 없으시던데, 시간 나시면 같이 식……."

말을 하던 주아가 생각을 고쳤다. 혹시 자신의 생일이라고 말을 하면 그가 이번 약속만큼은 무르지 않을지도 모른다는 생각 때문이었다. 나이가 들어도 어쨌든, 생일은 평소보다는 특별한 날이니까.

"내일이 제 생일이어서요, 축하해주세요."

신혁도 평소와는 다르게 낮게 고개를 끄덕였다.

"그러지."

하지만 생일이라고 먼저 나서서 레스토랑을 예약해준다든가, 갖고 싶은 것이 있느냐고 다정하게 묻지 않았다. 그래도 주아는 괜찮았다.

"제 생일이니까, 제가 가고 싶은 곳으로 예약할게요."

"그렇게 해."

무심하게 대답한 신혁은 다시 보고서로 시선을 돌렸다. 그날 집으로 돌아온 주아는 평소 자신이 무척이나 가고 싶었던 레스토랑을 예약했다. 한강 야경이 훤히 다 보이는 곳으로 예약 손님이 취소를 했기 때문에 운 좋게 잡을 수 있었다.

그러고는 서둘러 장롱을 살폈다. 주로 검은색, 회색, 아이보리색의 일을 할 때 입는 원피스와 정장이 전부인 장롱. 좀 더 화사한 색의 원피스를 입어주는 것이 좋을 것 같아 신혁을 만나기 전에 백화점에 들러 원피스를 살 생각으로 오랜만에 팩까지 하며 잠에 들었다.

습관이라는 것이 무섭다. 쉬는 날임에도 불구하고 새벽같이 눈이 떠진 주아는 가벼운 스트레칭과 독서로 여유를 부렸지만 전혀 집중이 되지 않았다. 그러다 백화점이 오픈하는 시간에 맞춰 나왔다. 화사한 원피스를 쇼핑하러 다니는 동안에도 주아는 마치 복권이라도 당첨된 사람처럼 노래까지 흥얼거렸다.

신혁과는 7시에 만나기로 했고 쇼핑을 끝내고 집으로 돌아왔다. 평소보다 화장이며 머리며 전부 신경을 썼다.

"아휴, 여기에 어울리는 신발을 안 샀네!"

뭘 신어봐도 어울리지 않은 것 같아, 한참을 고민했지만 지금 나가서 사오기는 무리였다. 하는 수 없이 주아는 그래도 그나마 가장 잘 어울리는 구두를 신고 집을 나서려 현관문을 열었다. 휴대전화가 짤막하게 울렸다.

고아원에서 사랑으로 키워주신 원장님이셨다. 친부모는 아니지만, 원장선생님은 친부모처럼 진심으로 주아를 아끼고 관심을 주셨다. 그래서 비록, 친부모에게는 버림을 당했지만 다른 사람으로 인해 사랑이라는 것을 배우고 자란 주아였다.

보통의 아이들처럼 완벽한 사랑은 아니어도 그래도 누군가를 사랑한다는 기쁨을 원장으로부터 배웠던 주아였다.

"원장 선생님!"

주아가 어린아이처럼 웃으며 전화를 받았다.

-주아, 잘 지냈어?

"그럼요, 원장님은요? 매일 전화 드린다, 드린다, 하면서도 바빠서 그러지 못했네요. 죄송해요."

-사회생활 하다 보면 당연히 그러지, 마음 쓰지 말거라. 오늘 주아 생일이잖아. 그래서 전화했지, 가까운 곳에 살면 미역국이라도 끓여줄 수 있는데…….

아쉽다는 듯 말하는 원장님에 주아는 마음이 뭉클했다.

"이렇게 전화로 축하해주시는 것만으로도 감사해요."

-오늘 맛있는 거 많이 먹고. 즐거운 시간 보내, 주아야.

"네. 그럴게요."

생일이라서 그런가? 오늘은 어쩐지 느낌이 좋았다.

가벼운 발걸음으로 먼저 도착한 주아는 아직 넉넉한 시간을 확인했다. 7시가 되려면 30여 분 정도 남았으니까, 신혁이 모습을 보이지 않는 건 당연한 것일지 몰랐다. 가볍게 커피 한 잔을 시키고선 신혁을 기다렸다.

벌써 어둠을 맞이한 세상 밖의 네온사인들이 화려하게 빛나고 있었다. 서울의 한강 전경이 이리 다 보이다니, 사람들이 말한 명소가 확실했다.

"생일 축하해."

뒤에서 들려오는 남자의 목소리에 주아가 반사적으로 돌아보았다. 뒤에 있는 테이블에서 남자가 여자에게 케이크와 장미꽃을 건네고 있었다. 여자는 매우 감동받은 얼굴로 남자를 있는 힘껏 끌어안았다. 행복해 보였다.

왜, 신혁이라고 생각했을까, 목소리가 전혀 달랐는데…….

행복해하는 여자의 모습을 바라보던 주아는 자꾸만 하지 말아야 할 기대를 하게 되었다.

"기대하지 말자. 괜히 실망만 더해, 상처만 더 받고. 그냥 오늘은 같이 저녁을 먹는 걸로 만족하기."

스스로를 달래며 밖을 구경하다 30분이 지나고, 주아는 연신 문 쪽을 살폈지만 신혁의 모습이 보이지 않았다. 연락을 해보기 위해서 휴대전화를 들었을 때였다.

Rrrrrr.

신혁에게로부터 온 전화였다.

"여보세요? 어디예요?"

-오늘 못 갈 것 같아.

설렘에 잔뜩 힘이 들어갔던 주아의 어깨가 안쓰러울 정도로 축, 하고 늘어졌다.

-중요한 약속이 생겨서.

"제 생일은요?"

자신도 모르게 나와버린 서운한 불만이었다.

"제 생일은 안 중요한가요?"

-내게는 네 생일보다 훨씬 더 중요한 일이야.

"네, 알겠습니다."

전화를 끊은 주아는 또 한 번 빈 물 잔을 채워주려고 온 직원에게 메뉴판을 부탁했다. 이대로 돌아가기는 아쉬울 것 같아서 혼자라도 먹으려고 했지만, 아무래도 마음이 내키지 않았다. 주아는 조심스럽게 일어나 매니저에게 사정을 말하고선 레스토랑을 빠져나왔다.

'내게는 네 생일보다 훨씬 더 중요한 일이야.'

그 말이 자꾸만 귓가에 맴돈다.

"그래, 그래……."

각오를 한 것이라고, 괜찮다고, 자신을 달래보려고 해도 서운하고 비참한 상황이 자꾸만 주아를 뒤흔들어 놓았다.

결국, 주아는 승강기에서 내리자마자 급하게 화장실을 찾아가 문을 걸어 잠그고 숨죽인 듯 울었다.

전보다 훨씬 더 서러운 생일인 것만 같았다.

* * *

서울의 노른자라고 할 수 있는 시내에 위치한 한정식집.

고유의 웅장함을 살린 인테리어로 한옥의 각 방엔 작은 연못과 물레방아를 만들어놓아 분위기를 한껏 더 우아하게 만들었다. 방에서 희미하게 흘러나오는 전통 음악 소리를 들으며 법원장과 의원은 무척 만족하는 눈치였다.

이번에 꽤나 성장 속도를 보이고 있지만 회사를 설립하면서 빌리게 된 채무를 갚지 못해 위기에 놓여 있는 중소기업의 인수합병을 두고 법적으로 말이 많아질 것 같아 미리 입막음을 하고자 신혁이 오래전부터 뵙기를 약속했었다. 이제 겨우, 시간이 된다며 주아에게 가는 길에 연락이 왔고 신혁은 곧바로 그들을 대접했다.

꼭 무슨 일이 아니더라도 신혁은 종종 법계와 정치계에 있는 사람들을 대접했다. 입에 무언가를 물려줘야, 일이 터지더라도 입을 벌리지 못하는 법이었다.

"어렸을 적에는 참 융통성 없는 젊은이라고 생각했는데, 그래도 직접 경영을 하다 보니 점점 마인드가 트이나 봅니다, 윤 사장."

호화스러운 음식으로 배도 든든히 채워주고 꽤 많은 금액으로 마음도 든든히 채워주니, 법원장은 꽤나 호탕하게 웃었다.

"그러게 말이야. 윤 사장이 경영에 뛰어든 후, J-style이 아주 무서운 속도로 성장하고 있어. 이러다가 J-world 그룹 내 최상위 지주회사가 되는 거 아닌가 몰라. 물론, 아들에게 전부 물려주시겠지만, 윤 회장님 바짝 긴장하셔야겠어."

두 사람의 말에 신혁은 여유롭게 웃었다.

"더 노력해서 기대하시는 것에 실망시키지 않겠습니다. 급하게 예약을 잡은 곳이라 마음에 들어 하시지 않을까, 걱정했는데, 이렇게 좋아하시니 저도 기쁩니다. 앞으로도 종종, 모시겠습니다."

그 종종 모신다는 말이 결코 한식당에서 식사 한 끼 따위를 대접한다는 뜻이 아니라는 것을 세 사람은 굳이 말을 하지 않아도 알고 있었다.

"아무 걱정 하지 마, 윤 사장."

마지막까지 두 사람을 정중하게 모신 신혁은 그들의 차가 시야에서 완전히 사라지고 나서야, 얼굴을 굳혔다.

"아무튼, 꽁돈이라면 미쳐서 달려드는 독사 같은 영감탱이들."

갑갑한 넥타이를 신경질적으로 풀고서는 잔뜩 질린다는 얼굴로 차에 올라탔다. 긴장을 풀었더니, 술기운이 올라오는 기분이다. 대리 운전을 기다리면서 눈을 감고 뻐근한 목을 천천히 돌리던 신혁이 조용히 눈을 감았다.

'제 생일은요?'

서운함이 가득 담긴 표정을 하고 있던 주아가 떠오른 신혁은 감고 있던 눈을 천천히 떴다. 그러고 보니 오늘 생일이라고 했지. 나이 먹고 그게 뭐 그리 중요한 거라고 괜히 말을 꺼내서는 사람을 이렇게 성가시게 만드나 싶었다.

대리기사가 도착했고 신혁은 시간을 확인했다. 아직 12시가 지나지 않았다.

"시내에 있는 베이커리 가게로 먼저 좀 가주세요."

다행히 문을 닫지 않은 가게로 들어가 겨우 하나 남은 케이크를 샀다. 모양이 별로 마음에 들지 않았지만 뭐 딱히 신경을 쓰진 않았다. 자신이 여자를 위해, 그것도 비서인 주아를 위해 케이크를 다 사다니, 별난 일이라는 생각이 들었다.

처음부터 간다고 하지 않았다면, 이렇게 케이크를 사다주지도 마음에 걸려하지도 않았을 것이다. 그러니까, 신혁은 주아가 마음에 걸리는 것보다 자신이 약속을 계속 지키지 못해 상사로서 신뢰성이 떨어지는 것에 대한 찝찝함 때문에 케이크를 산 것이라, 이해되지 않는 제 행동을 이해시키려 애썼다.

주아의 집은 예전에 이력서와 인사부 카드에 적혀 있는 것을 몇 번 보고 나니 저절로 외워졌다. 시내에서 출발한 차가 주아의 동네에서 멈추고 신혁은 대리 운전자에게 잠시만 기다리라고 한 뒤, 전화를 걸었다. 신호는 한참 후에야 주아의 목소리로 바뀌었다.

-네, 대표님.

평소처럼 예의가 바르지도 말끔한 목소리도 아니었다. 약간의 어눌함, 술을 마신 듯싶었다.

"어디야."

-집이에요. 무슨 일이세요?

"잠깐, 나와봐."

-……저희 집 앞이세요?

잠깐 침묵이 흐르다가 화들짝 놀라 되묻는 주아에 신혁은 무심하게 창문을 올려다보았다.

"5분 안에 나와, 피곤하니까."

-네. 금방 나갈게요.

금방 나온다기에, 정말 금방 나올 줄 알았던 주아는 5분을 꽉 채우고 나왔다. 평소와는 다르게 머리를 아래로 묶고 화장을 하지 않았는데, 그 얼굴이 꽤나 수수해 보였다.

주아가 곁으로 다가왔다.

"술 드셨어요?"

"응. 너도 마시고 있던 거 아니었어?"

"맞아요."

"청승맞게 생일날, 혼자 집에서 술이나 마시고 그렇게 만날 사람이 없어?"

"그 말 하려고 오신 거예요?"

신혁은 대답 대신 들고 있던 케이크 상자를 건넸다.

"아직 12시는 안 지났으니까."

안에 와서 차라도 한잔 마시고 가라고 했지만, 신혁은 피곤하다며 바로 차에 올라탔다. 주아는 케이크를 들고 집으로 들어왔다. 술을 마셔서 살짝 얼떨떨했던 정신이 더욱 얼떨떨해지는 것 같았다. 손에 들고 있던 상자를 조심스럽게 펼쳐 보았다.

캐릭터가 박혀 있는 초코 케이크였다. 신혁하고는 조금 어울리지 않는 케이크였다.

"취향, 독특하시네……."

낮게 중얼거리며 조심스럽게 손가락으로 케이크 초코크림을 콕 찍어서 입술로 가져다 댔다. 주아의 입가에 금세, 미소가 떠올랐다.

케이크는 쓰고 매웠던 것을 전부 잊어버릴 정도로 무척이나, 달콤했다.

* * *

그로부터 며칠 후, 신혁은 이번에 내한을 하여 쇼를 열게 된 세계적으로 유명한 디자이너의 패션쇼에 초청받아 참가하게 되었다. 그곳을 방문하는 몇몇 관계자들을 대충 얼굴만 알고 있는 터라, 자세히 알고 있고 스페인어를 할 줄 아는 주아를 동행시키게 되었다.

스페인어는 아직 완벽하게 습득하지 못해 어설프게 대했다가는 우스운 꼴만 보일 수도 있었다.

모든 것을 완벽하게 하는 주아지만 운전에는 조금 어설픔이 있었다. 늘 덤덤하고 여유로운 주아는 운전대만 잡으면 난폭해지거나 아니면 지나치게 겁을 먹고는 했었다. 그래서 신혁은 자신이 직접 운전대를 잡거나, 오늘같이 가는 동안에 보아야 할 서류가 있다면 회사 내 경비 직원에게 부탁을 하곤 했다.

한참 서류를 보고 있다가 목이 뻐근해서 고개를 올린 신혁이 제 옆에 앉아 있는 주아와 눈이 마주쳤다. 진작 보고 있었던 건지, 그대로 눈이 마주쳤는데 예전 같지 않게 주아는 피하지 않았다.

"왜, 무슨 할 말이라도 있나?"

"넥타이요."

"넥타이?"

신혁이 제 넥타이를 보려고 시선을 내렸을 때는 이미 주아의 손이 넥타이를 잡고 있었다. 조금 삐뚤어져 있었던 모양인지, 주아가 새하얗고 작은 손으로 넥타이를 바르게 돌려주었다.

"패션쇼장이 열리는 곳 근처에 떡갈비 전통 50년을 갖고 있는 식당이 있대요."

"그래서?"

"거기서 저녁 먹고 들어가요."

역시, 신 비서다. 끈질긴 것. 신 비서는 전부터 계속 밥을 같이 먹자는 집착을 보였고 그때마다 신혁은 귀찮음과 사정이 있어서 거절을 하곤 했다. 그런데도 오늘 또, 신 비서는 밥 타령이다. 그 끈기에 박수라도 쳐주고 싶은 마음이었다.

주아의 끈기는 진작 인정을 하고 있던 신혁이었다. 주아를 만나기 전 2년 동안, 몇 명의 비서를 갈아 치웠는지 기억조차 나지 않는다. 지금은 그 까칠함이 조금 완화되었지만, 당시 신혁은 들어오는 비서마다 일을 제대로 처리하지 못해놓고 힘들다며 징징거리며 눈물을 퐁퐁 쏟아내는 바람에 늘 예민하고 화가 나 있었다.

그 까칠함이 조금 완환된 이유……. 아무래도 일 잘하는 주아 때문이라는 것을 신혁은 무의식중에 인정할 수밖에 없었다.

아마 주아는 오늘 먹어주지 않는다면 내일 또, 그리고 모레 또, 계속 얘기를 하게 될 것이다. 마치 백 번 찍어서 안 넘어오는 나무 없다는 듯이 주아는 '밥'으로 신혁을 찍어대고 있었다.

더군다나, 50년 전통의 떡갈비 식당이라니, 평소에 떡갈비를 좋아하는 신혁으로서는 솔깃했다.

"그러지."

건조해 보일 정도로 무표정이었던 주아가 입꼬리를 살포시 올려서 웃는다. 그 모습을 몇 번 본 것 같은데, 오늘은 묘하게 그 웃음이 달라 보이는 건, 집무실이 아니라 밖이라서 그럴 것이라 신혁은 장소 탓으로 돌렸다.

패션쇼가 열리게 될 장소에는 기자들이 잔뜩 깔려 있었다.

기자들은 요즘 승승장구하고 있는 기업에 젊고 피지컬도 대단한, 그리고 유명한 연예인들과 함께 '정장'이 잘 어울리는 남자로 뽑혀 방송에서도 종종 보도가 되었던 신혁을 발견하고는 정신없이 카메라를 들이밀었다.

차에서 내린 신혁은 여유롭게 미소를 지어주며 군더더기 하나 없는 발걸음으로 들어갔다. 안으로 들어서자, 스태프가 이름을 확인하고 자리를 안내했다.

안에는 벌써 많은 사람들이 쇼를 기다리고 있었다. 유명 인사들이 신혁을 알아보고 건너와 아는 척들을 했다. 곧이어 쇼가 시작되었고 모델들이 화려하면서도 깔끔한 옷들을 입고 무대 위를 채웠다. 몇 분간의 쇼가 끝나고 마지막으로 디자이너가 모델들과 함께 걸어 나와 감사 인사로 마무리를 지었다.

　신혁은 주아와 함께 곧바로 뒤로 향했다. 벌써 많은 사람들이 디자이너에게 축하와 인사를 나누고 있었고 곁으로 다가간 신혁이 주아에게 눈짓을 해 보였다. 주아가 여태 갖고 있던 꽃다발을 디자이너에게 건넸다.

　「꽃이 너무 예뻐요. 초대에 응해주셔서 감사해요, 윤 대표님.」

　디자이너는 반가운 얼굴로 말을 했다. 주아가 알아듣고 신혁의 귀에 입술을 가져다 댔다. 그냥 말하기엔 주변이 너무 시끄러웠기 때문에 그럴 수밖에 없었다. 신혁은 주아의 통역을 듣기 위해 살짝 키를 낮추었다.

　"꽃이 너무 예쁘시대요, 초대에 응해주셔서 감사하다고⋯⋯."

　주아의 입김 때문인지, 신혁은 괜스레 귀가 뜨거워지는 것 같았다.

　"꽃이 마음에 드시다니 다행입니다, 그리고 저야말로 초대를 해주셔서 너무 감사합니다."

　신혁의 말을 주아는 유창한 스페인어로 전달했다. 디자이너는 환하게 웃었다.

　「늘 잡지나 인터넷 뉴스에서 보았는데, 실물이 훨씬 잘생긴 것 같네요. 다음에 기회가 된다면 제 취향에 너무 잘 맞는 J-style과 병행하여 쇼를 한번 열어보고 싶어요. 제게 그럴 기회를 주실 거죠?」

　이번에도 주아는 그대로 말을 전달했다.

　"그럼요, 언제든 연락 주세요."

　디자이너는 정중하게 신혁을 대했다. 여러 곳에서 디자이너와 말하고 싶어 주변을 서성거리고 있는 바람에 신혁은 이쯤에서 그녀와 인사를 나누어야 했다. 가볍게 포옹을 하고선 돌아섰다.

"신 비서, 전공이 뭐야?"

주아가 한 스페인어는 상당히 유창했다. 요즘 스페인어를 배우고 있는 신혁은 고작 몇 마디뿐이었지만, 바로 알아차릴 수 있었다.

"저 경영학과요."

"의외네. 스페인에 유학이라도 다녀온 건가?"

"아니요. 책 사다가 독학했어요."

신혁은 주아가 자못 대단하다는 생각이 들었다.

"어머, 윤 대표님."

막 쇼장을 나가려던 찰나에 누군가가 신혁을 아는 체해왔다. 신혁이 돌아보니, 요즘 최고의 주가를 찍는다고 해도 과언이 아닐 정도로 잘나가는 여배우 민채와 기획사 대표가 서 있었다. 민채가 있는 기획사는 대표적인 배우 회사로 대한민국에서 영향력이 있을 정도로 유명한 배우들만 있는 곳이었다.

"이번에 새로 출시된 옷, 제가 공항에 입고 나갔다가 완판된 거 아시죠? 한국에서뿐만이 아니라, 중국에서도 난리 났잖아요. 제 덕에."

패션이라는 것이, 가장 효력을 보게 하는 매체가 바로 방송인데, 그 역할을 해줄 수 있는 사람들이 바로 저 배우들이었다. 여자들은 예쁜 여배우가 입는 옷에 환장하고 남자들은 멋진 배우들이 입는 옷에 환장하게 되어 있는 법이었다. 그 효과는 따로 광고를 하지 않아도 될 정도니 말이다. 신혁은 제 회사의 옷을 적극적으로 입어주고 있는 민채에게 굳이 딱딱하게 대할 필요가 없었다.

"그럼요. 저희 회사 옷을 그리 사랑해주시고 SNS에 홍보도 많이 해주시니, 고맙게 생각하고 있습니다."

"입으로만요?"

민채는 당돌하게 말했다. 진한 붉은색을 칠한 입꼬리가 선명한 반달 모양을 그리며 올라갔다.

"뭐 필요한 거라도 있는지."

옷을 협찬해달라고 한다면 그럴 생각으로 물었다. 협찬이 아니라, 그냥 공짜로 제공을 해줘도 손해 보는 일은 없을 것 같았는데, 의외로 민채에게선 다른 말이 날아왔다.

"밥 사주세요."

"밥이요?"

"네. 제가 내일부터는 스케줄 때문에 바쁘니까, 오늘 사주세요."

민채의 말에 옆에 있는 주아가 움찔했다.

"괜히 여자 둘, 남자 둘, 이렇게 가면 오해할 수도 있어요. 그러니까, 우리 대표님이랑 윤 대표님이랑 저랑, 이렇게 셋이 가면 안될까요? 할 얘기도 있고……"

신혁의 옆에 서 있는 주아를 위아래로 조용히 훑던 민채가 답에 대한 확신을 달라는 듯이 신혁을 올려다보았다. 주아는 신혁이 오늘만큼은 자신과의 약속을 지켜주길 바랐다. 하지만 그 바람은 오늘도 완벽하게 박살이 나고 말았다.

"그렇게 하죠."

짧게 대답한 신혁은 주아를 바라보았다. 주아는 넋이 나간 눈동자로 잠시 길을 잃고 헤매다가 저를 바라보는 신혁의 시선에 조용히 올려다보았다.

"내일 회사에서 보지, 신 비서."

"네, 대표님."

주아가 대답을 하자마자 민채가 말했다.

"저희 대표님 차로 움직이시죠, 윤 대표님."

신혁은 주아를 두고 걸음을 옮겼다. 단 한 번도 돌아보지 않고 민채와 대화를 나누는 신혁의 모습이 시야에서 완전히 사라질 때까지 주아는 그 자리에서 혼자 덩그러니 남겨져 있었다.

한참 후에야 경비직원이 다가왔다. 아마 그가 아니었다면 주아는 밤새도록 그렇게 혼자 남겨져 있었을지도 몰랐다.

"차는 회사에 주차시켜주시고 퇴근하세요. 수고하셨습니다."

경비직원이 가볍게 인사를 하고 차에 올라탔다. 주아는 그제야 정신을 차렸다.

"후……. 또 식당 예약 취소해야겠네."

지겹다. 벌써 몇 번째 예약을 하고 취소를 하고 있는지, 그리고 언제까지 이런 일을 반복해야 하는지. 차라리 처음부터 제 고백을 거절해주었다면, 생일 케이크 같은 것을 사다주지 않았다면 이런 실망이나 상처 따위는 덜 받았을 텐데……. 왜 괜히 고백을 받아서, 여자로 옆에 둔다, 만다 하는 소리를 해서 완전히 포기도 하지 못하게 만드는 것인지…….

잇새로 터져 나온 한숨이 깊었다. 그러고는 갈 길을 잃어버린 사람처럼 아무 방향으로 걸음을 옮겼다.

하지만 다음 날, 주아의 한숨은 더욱 깊어지다 못해 심란해져버리고 말았다. 평소와 같이 일찍 출근해서 할 일을 하고 허겁지겁 출근한 현 비서와 가볍게 커피타임을 가졌다. 그리고 신혁이 올 시간이 되어 서둘러 정리를 하고 나오던 주아의 심장이 그대로 곤두박질쳐지는 것 같았다.

신혁의 옷이 어제와 똑같았다. 분명, 머리는 어제와 다른 것을 보니 씻고 나온 것 같긴 한데, 옷이 같았다.

"안녕하십니까, 대표님!"

옆에서 현 비서가 잔뜩 긴장한 얼굴과 목소리로 인사를 했다. 신혁은 가볍게 인사를 받고서는 놀라서 굳어 있는 주아와는 다르게 아무렇지 않게 그녀를 지나쳐 집무실 안으로 들어갔다.

"선배님."

"어, 어……."

"제가 커피 타다 드릴까요?"

정신없어 보이는 주아에 현 비서가 걱정스럽게 물었다.

"아니야. 내가 타야지."

커피를 타는 동안에도 손이 벌벌 떨려왔다. 침착하자, 어차피 처음부터 세컨드로 시작한 거고 그에게 앞으로 여자가 생길 거라는 것쯤은 충분히 예상했고 그래서 단단히 각오했던 일이잖아.

그럼에도 그가 어제 저를 보며 생글생글 웃던 민채와 밤을 샜다고 생각하니, 피가 거꾸로 솟는 것만 같았다. 호흡이 가빠지고 자꾸만 다리에 힘이 풀리는 거 같았다. 서로 사랑했던 사이도 아니고 혼자 짝사랑을 하고 있으면서 이렇게 놀랄 수 있는 것도 신기했다.

"선배님, 대표님이 커피를……."

그가 현 비서를 불러서 커피를 말했는지 현 비서가 난감한 얼굴로 준비실로 와서 말했다.

"응. 다 됐어."

겨우 정신을 가다듬고서는 커피를 들고 집무실 안으로 들어갔다. 신혁은 피곤한 건지, 의자에 머리를 기대고 눈을 감고 있다가 들어오는 소리에 천천히 눈을 떴다.

"커피 준비해드릴게요."

평소와 다르게 주아의 손이 바르르 떨려왔다. 그 이유 때문에 컵 안에 들어 있는 커피가 꽤나 위태로워 보였다. 신혁은 단박에 미간을 구기며 주아를 올려다보았다.

"무슨 일 있어?"

따져 물을 수도 없는 관계.

이 애매한 관계가 주아는 오늘따라 너무 가혹하게 느껴졌다.

"아니요."

"그럼, 어디 아파?"

"아닙니다."

"근데, 왜 평소 안 하던 행동이 나와?"

"죄송합니다. 어제 운동을 좀 무리하게 했더니……."

거짓말로 핑계를 댔다. 따져 물었을 때, 그가 정말 민채와 함께 밤을 보냈다고 직접 듣게 되는 것도 끔찍하고 싫었다. 그런 거 참견하지 않고 세컨드로 남겠다고 하지 않았냐는 현실적인 말로 날카로운 상처가 심장에 와 박힐까 두려웠다. 그래서 묻지 않기로 했다. 그냥, 민채랑 있었던 것이 아니라 다른 사정이 있어서 그랬을 거라고, 그렇게 굳건하게 믿고 자신을 달래보기로 했다.

"어제, 이레네 씨가 병행으로 쇼를 하고 싶다는 말은 예의상 한 말이 아닌 것 같습니다. 오늘 메일을 보내왔더라고요."

"그래?"

"번역해서 오늘 오전 안으로 올리겠습니다."

그는 들릴 듯 말 듯 대답하고서는 주아가 가져온 커피를 한 모금 마셨다. 무척이나 피곤해 보였다. 연하게 술 냄새가 나는 것 같기도 했다. 도저히 스스로도 찝찝해서 안 되겠던지, 신혁은 미간을 살짝 긁으며 말했다.

"새 옷 좀 하나 준비해줄래? 어제 입던 옷이라 그런지, 좀 찝찝하네."

"네……. 그럴게요."

정신이 반쯤 홀린 사람처럼 대답을 하고 나가는 주아를 신혁은 의아하게 바라보았다.

혹시, 어제 혼자 두고 갔다고 삐쳐서 저러는 건가?

그런 생각이 들었지만, 여태 알고 지내왔던 신 비서의 성격으로는 불가능한 얘기였다. 하지만, 여자 신주아로서는 아직 모르기 때문에 신혁은 충분히 그럴 수도 있다는 쪽으로 생각을 기울였다. 커피도 사람의 감정을 따라가나, 오늘따라 타준 커피 맛도 다르게 느껴지는 것 같았다.

"아……."

하지만 신혁은 금세 주아의 생각을 거두었다. 여전히 가시지 않은 짜증 때문인지, 피로한 것 같았다. 민채와 저녁을 먹고 있는데, 아버지에게 전화가 왔고 급하게 집으로 가보니 이것저것 물건이 때려 부서져 있었다.

네 엄마가 그런 거라며, 굳이 신혁을 불러서 분풀이를 하는 아버지나, 아들에게 매달려 울부짖는 어머니나 둘 다 신혁을 짜증스럽게 만드는 건 매한가지였다. 엄마가 던진 도자기 파편이 튀어 상처가 난 아버지를 모시고 응급실에 가서 치료한 후, 집까지 데려다드리고 화가 나서 차마 집까지 가지 못했다. 근처 호텔 Bar에 가서 무작정 술을 마셨다. 그리고 눈을 떠보니, 호텔 방 침대 위였고 신혁은 대충 씻고 회사를 출근했다.

얼마나 지났을까, 주아가 근처 백화점에서 산 듯한 정장 한 벌을 들고 들어왔다. 그녀는 여전히 혼을 빼앗긴 사람의 얼굴이었다.

"신 비서."

돌아서 나가려던 주아가 신혁의 부름에 돌아섰다. 마주치는 눈빛이 노려보는 것 같기도 하고 서글픔에 차 있는 것 같기도 하고, 아무튼 꽤나 묘하다. 하지만 그 눈빛은 신혁을 오래 바라보지 않고 그대로 다른 방향으로 돌려졌다.

"뭐 필요한 거 있으세요?"

왜 그러는지 물어보려다가 차마 입이 떨어지지 않아 커피로 눈짓을 보냈다.

"커피 맛없어. 다시 타 와."

"……."

주아가 대답 없이 신혁을 바라보았다.

"왜, 할 말 있어?"

"아니요. 커피 다시 타다 드리겠습니다."

처음부터 왜 그랬는지 모르겠지만, 지금은 조금 진정이 된 건지 주아는 어느새 차분해진 손짓으로 커피를 거두어 갔다. 주아가 나가고 신혁은 전해 받은 정장의 커버를 벗겼다. 먼저 바지를 갈아입었다. 자신의 사이즈를 정확하게 알고 있던 건지, 맞춤이 아닌데도 옷은 잘 맞았다. 막 셔츠를 벗으려는데 주아가 노크를 하고 다시 들어왔다.

"커피요."

주아는 아까 놓아두었던 그곳에 다시 잔을 내려놓았다. 그리고 가볍게 묵례를 취하고 나갔다. 셔츠를 전부 갈아입고 커피를 한 모금 마셨다.

"……."

커피는 여전히 맛이 없었다.

* * *

똑똑, 집무실 노크 소리가 들리자 신혁의 시선이 반사적으로 시계로 향했다. 퇴근 시간이 벌써 30여 분 지나 있었다. 문이 열리고 안으로 현 비서가 먼저 들어왔다.

"수고하셨습니다, 대표님."

신혁은 퇴근하는 현 비서에게 가볍게 눈짓을 해 보였다. 현 비서가 나가고 문이 닫혔다. 이제 평소대로 주아에게서 곧, 저녁을 먹자는 말이 나올 터였다.

어제 술을 마셔서 그런지, 점심 내내 속이 더부룩해서 아무것도 먹지 않았더니 지금은 미친 듯이 허기가 졌다. 얼큰한 국밥을 먹을까 생각하던 중 노크 소리가 들렸고, 주아가 들어왔다.

당연히 저녁을 먹자고 할 줄 알고 서둘러 일어나 재킷을 챙기던 신혁의 몸짓이 멈춘 건, 들려오는 주아의 말 때문이었다.

"내일 뵙겠습니다, 대표님."

신혁이 미간을 구겼다. 하지만 주아는 뻣뻣하게 허리를 굽혀 인사한 후, 집무실을 빠져나갔다.

도통 그녀의 행동에 이해를 할 수가 없었다. 정말, 자기랑 떡갈비 안 먹어주고 민채와 갔다고 저러는 건가? 하지만 그런 일이 한두 번도 아니었고 그럴 때마다 저런 반응은 단 한 번도 보여준 적이 없기 때문에 신혁은 전혀 이해할 수가 없었다.

하지만 그녀를 붙잡고 물어볼 생각은 없었다. 그대로 혼자 집무실을 나온 신혁은 주차장으로 가서 차에 올라탔다. 시동을 켜고 페달을 밟아 어두운 주차장에서 거칠게 빠져나왔다. 지상으로 올라왔지만, 어둠은 크게 사라지지 않았다.

그럼에도 그 어둠 속에서 뚜렷하게 보이는 것이 하나 있었다.

주아. 그녀가 회사 앞에 꾸며놓은 작은 벤치에 넋을 놓고 앉아 있었다.

차를 멈출까, 잠시 생각도 했지만 신혁은 외면한 채 계속 페달을 밟았다. 평소의 그였다면 지금처럼 하는 것이 맞았다. 그런데, 이상하게 자꾸만 마지막으로 본 주아의 모습이 눈앞에 서성거리는 것 같았다.

3.

'하지만 널 여자로 둘 순 있어.'

주아는 그 말을 되새김질했다. 그래, 그가 원한 건 여자이지, 마음을 주고받고 애틋하게 사랑을 할 애인이 아니었다. 정말, 단순히 여자가 필요했던 것일까? 그래서 민채하고도 밤을 새운 것일까? 처음부터 그걸 원하고 허락한 것인데, 매일 저녁이나 먹자는 자신이 얼마나 시시하게 느껴졌을까,

집으로 돌아와 씻고 누워 잠이 오지 않는 새벽 내내, 몸을 뒤척이며 주아는 신혁의 생각만 했다. 그가 다른 여자와 몸을 섞는 것이 싫었다. 결혼하기 전 욕정을 풀고 여자를 품에 안아야 한다면, 세컨드의 여자가 필요하다면 그 여자는 오롯이 자신만이었으면 좋겠다는 생각이 들었다.

그의 마음을 가질 수 없는 것이라면, 몸이라도 갖고 싶었다.

주아는 큰 결심을 하며 한숨도 자지 못한 상태로 아침을 맞이했고 평소처럼 부지런히 회사에 출근했다. 늘 같은 공간, 같은 시간인데도 묘한 긴장감이 든다. 커피를 준비해주고 점심에 식사할 식당을 예약해주고 날아온 답장을 해석해주고, 시간대별로 올라오기로 한 보고서에 대해 각 담당자에게 전화를 걸어 확인했다.

그렇게 평소처럼 바쁜 하루를 보냈다.

"선배님, 수고하셨습니다."

대표실에 먼저 인사를 끝낸 현 비서가 주아의 방문을 노크해 열고 인사를 했다.

"응. 현 비서도 수고했어."

"내일 뵙겠습니다."

현 비서까지 가고 나니, 주변의 분위기는 더욱 고요해진 것 같았다. 자신의 숨소리마저 크게 들려올 정도의 고요함을 뚫고 주아는 신혁의 집무실로 향했다. 안에선 신혁이 누군가와 통화를 하고 있었다.

"그러죠. 저도 그날 잘 먹었습니다. 조만간 다시 연락드리죠, 유민채 씨."

'민채'라는 말이 나오자마자 주아는 자신답지 않게 이성을 챙기지 못하고 그대로 집무실 문을 열었다. 전화를 끊고 마무리를 짓던 신혁은 노크도 없이 안으로 들어와 제 지척 앞에서 멈추는 주아를 가만히 내려다보았다.

"저랑 ……해요."

신혁은 저랑 '식사'해요에서 '식사'를 자신이 듣지 못한 것이라 생각했다. 하지만 그녀는 신혁이 잘못 들은 것이 아니라는 듯 다시 한번 말했다. 알 수 없는 묘한 감정이 실린 눈빛을 하고선.

"유민채 씨 말고…… 저랑 자자구요."

놀랐다기보다는 어이가 없었다. 그리고 얼떨떨함이 사라지고 나자, 그곳엔 분노가 서리기 시작했다.

"지금 무슨 말을 지껄이고 있는 거지?"

"저를 여자로 두신다고 하셨잖아요……. 그래도 대표님 세컨드로는 저 하나뿐이었으면 좋겠어요. 그 정도 욕심은 낼 수 있고, 대표님도 그 정도 배려는 해주실 수 있으시잖아요."

뒤통수를 폭격당한 기분이다. 그 정도로 신혁은 주아가 하고 있는 말에 큰 충격을 받을 수밖에 없었다. 자신을 얼마나 하찮고 개쓰레기 같은 존재로 봤으면 아무 여자를 세컨드로 만들고 몸을 굴린다고 여기고 있는 것일까.

거기까지 생각에 미친 신혁의 이성은 이미 저만치 날아가 산산이 박살 나버린 후였다.

"그래, 얼마든지 배려해주지. 대신, 여자로서의 역할을 좀 똑똑히 해줬으면 좋겠는데."

주아가 아랫입술을 지그시 깨물었다. 그리고 여전히 무엇을 담고 있는지 잘 파악이 되지 않는 눈동자로 신혁을 올려다보았다.

"호텔로……."

"아니. 여기서 할 거야."

신혁의 단호한 말에 주아는 살짝 놀라는 눈치였다. 하지만 금세 진정을 했고 신혁은 짧은 사이에 급격한 변화를 보이고 있는 주아를 차갑게 내려다보았다.

"벗어봐, 얼마나 날 만족시킬 수 있는 몸매인지 지금 당장 봐야겠으니까."

수치심이라도 드는 모양인지, 주아는 이미 한껏 깨물어 미세한 상처가 나 있는 입술을 더욱 세게 깨물며 작고 하얀 두 주먹을 움켜쥐었다. 그럼에도 신혁은 아랑곳하지 않고 주아에게 다가갔다. 치밀어 오르는 분노를 감당할 수가 없어 전부 분출이 되고 있는 중이었다.

"그래, 넌 스트리퍼는 아니고 여자니까. 내가 직접 벗겨줘야지. 그게 맞는 거겠지."

말릴 틈도 없이 신혁이 주아의 블라우스를 잡아 그대로 힘을 주어 뜯어냈다. 후두둑, 소리와 함께 단추들이 맥없이 바닥으로 떨어졌고 순식간에 주아의 속옷이 노출되고 말았다. 놀란 주아가 급하게 제 앞을 가로막았지만 신혁이 더 빨랐다.

신혁은 주아의 두 손목을 가볍게 잡고서는 들어 올렸다. 그 바람에 주아는 브래지어 차림으로 신혁을 마주 보아야 했다. 신혁의 힘에 의해 모아져 들린 팔 때문에 가슴골이 한껏 더 모아져 있었다. 수치스러움에 주아의 눈엔 어느새, 눈물이 가득 차오르고 있었다.

"이러지 마세요."

"네가 원하던 거잖아."

"……."

"좋아하는 남자가 네가 원하는 걸 해주겠다는데, 뭐가 불만이야."

분노에 차 있는 그의 눈이 무서울 정도로 주아를 응시했다. 자신을 하찮고 차갑게 바라보는 듯한 신혁의 눈빛에 주아는 갈기갈기 찢겨지는 고통을 받는 것 같았다.

신혁의 손이 주아의 노출된 가슴을 움켜잡았다. 그 생경한 느낌에 주아는 저도 모르게 움찔했다. 소중한 무언가를 다루기보다는 함부로 대하는 신혁의 손길은 괴팍하고 난폭했다.

당황스러움에 주아가 발버둥을 쳤지만, 신혁은 놓아주지 않았다. 브래지어 위로 신혁이 손을 뻗어 움켜잡았다. 주아의 신경이 예민하게 곤두섰고 잇새로 옅은 신음이 나온 찰나, 그가 다시 몸을 일으켰다.

"생각 이상으로 별거 없다, 너."

"……."

"기대도 안 되고, 흥분도 되지 않는 너 같은 거랑 한다는 것 자체가, 시간 낭비처럼 느껴질 것 같은데."

못되게 말하려고 작정한 사람처럼 신혁은 주아를 보며 어금니를 물었다. 그러고는 잡고 있던 주아의 손을 거칠게 놓았다. 그 바람에 주아가 휘청이며 그대로 바닥에 주저앉아버렸고 신혁은 그런 주아를 쳐다도 보지 않고 집무실을 빠져나갔다.

쾅!

거세게 닫히는 문소리가 주아의 심장이 떨어지는 소리와 같다. 엉망이 된 옷을 추스르는 손이 심하게 떨려와 아무것도 할 수가 없었다. 뜯겨져 나간 단추 때문에 제대로 추스르지도 못하던 주아는 쿡쿡 쑤셔오는 심장 부근을 옷자락과 함께 움켜쥐었다. 투명한 눈물들이 옷자락을 움켜쥐고 있는 손등으로 쉴 새 없이 떨어졌다.

한편, 집무실에 주아를 혼자 두고 지하 주차장까지 내려온 신혁은 치밀어 오르는 분노에 도통 운전대를 잡을 수가 없었다. 이 상태로 운전을 하다가는 사고를 내도 큰 사고를 낼 것만 같았다. 주먹으로 거칠게 핸들을 내리치고는 그곳에 머리를 박듯 기대었다.

지난 3년 동안, 자신을 어떻게 봐왔기에 그따위 생각을 하고 제 몸을 준다고 말한 걸까.

신혁은 제가 받은 충격처럼, 주아도 똑같이 충격을 받길 원하는 마음으로 일부러 독하게 말했다. 여태 주아가 자신을 개새끼만도 못한 남자 취급을 해왔을지도 모른다는 생각은 도통 분노를 잠재우지 못하게 만들었다.

주아와 언젠가는 몸을 섞는 날이 올 수도 있을 거라, 생각은 했었다. 하지만 이런 감정으로는 아니었고 주아를 만나는 동안 다른 여자와 몸을 섞겠다는 생각을 단 한 번도 해본 적이 없었다.

그랬기 때문에 민채와의 관계를 단정 짓고 행동한 주아에 신혁은 큰 충격과 상처를 받았다.

괘씸하다. 너무 괘씸하다.

그런데 왜 자꾸, 머릿속 가득 벤치에 혼자 넋을 놓고 앉아 있던 주아가 떠오르는 것일까. 왜 혼자 남겨진 집무실에서 옷을 추스르며 놀라서 펑펑 울고 있을 것만 같을까.

"후……."

뒤엉킨 감정으로 인해, 머리는 금방이라도 터질 것처럼 지끈지끈 아파왔다.

* * *

그 일이 있고 아무렇지 않게 출근을 하고 신혁을 만나는 건 아무래도 무리였다.

일주일 동안 마음을 추스르고 신혁을 대해봤지만 감정은 더욱 악화만 될 뿐이었다. 신혁과 현 비서가 출근하기 전 혼자 남겨진 사무실. 주아는 오래도록 아무것도 하지 못한 채 앉아 있다 볼펜과 종이를 꺼내 들었다.

사직서를 이렇게나 빨리 쓰게 될 줄은 몰랐다.

3년 동안 땀을 흘리고 때로는 울고 웃기도 했던 이 공간을 떠나야 한다는 아쉬움은 주아의 마음에 무겁게 내려앉았지만 신혁을 보는 것이 너무 버겁고 힘들었다. 사직서를 쓰고 봉투에 담자, 고요했던 밖에 인기척 소리가 들려왔다.

현 비서와 신혁이 출근한 듯싶었다. 주아는 떨어지지 않는 무거운 발걸음을 겨우 옮겨 이 와중에도 준비실에서 커피를 타서 안으로 들어갔다. 그러고는 책상 위에 커피와 함께 사직서를 내밀었다. 신혁은 마치 예상이라도 했다는 듯이 전혀 놀라는 눈치가 아니었다. 그저 그날부터 한껏 뒤틀린 감정으로 인해, 사나워진 눈빛으로 바라볼 뿐이었다.

"제가 그만두는 게, 맞는 것 같아서요."

"인수인계 제대로 하고 나가."

빈말이라도 잡아주길 바란 건, 제 욕심이었다. 마치 사직서를 기다렸고 바로 수리하겠다는 신혁의 반응에 주아는 허탈함이 몰려왔다.

"얼마나……."

"네가 완벽하다 싶으면 언제든지."

애매한 대답이었지만, 주아는 그렇게 하겠다고 대답하고 집무실을 나갔다. 주아가 나가자마자 신혁은 손에 쥐고 있던 사직서를 단숨에 구겼다. 바닥에 있는 힘껏 집어 던져버렸는데도 어째 분이 풀리지 않아 신혁은 거친 숨을 몰아쉬며 넥타이를 풀어 헤쳤다. 일주일 동안, 버거워하는 주아를 눈치채지 못한 건 아니다. 그럼에도 외면했던 건, 자신 또한 화가 풀리지 않았던 것과 주아에게 생각할 시간을 주려 한 것이었다. 자신이 상사인 신혁에게 큰 실수를 저질렀다는 깨달음과 함께 사과를 해왔다면 신혁은 못 이기는 척 받아줬을 것이다.

어쨌든, 신혁에게 주아는 필요한 사람이니까.

하지만 주아는 오해를 했다는 사과 대신, 사직서를 들고 들어왔고 신혁은 그녀가 필요함에도 불구하고 자존심이 상해서 무르지 않았다.

전에는 신 비서만큼 일을 완벽하게 할 수 있는 사람이 없어서 버벅거렸던 것이지, 완벽한 신 비서가 인수인계를 하고 나간다면 크게 문제 될 것도 없을 것 같았다. 그럼에도 자꾸만 신혁은 어딘가가 풀리지 않은 갑갑함에 숨통이 조여오는 것만 같았다.

* * *

"정말, 말도 안 돼요……."

현 비서가 손에 맥주잔을 쥐고 울먹이는 목소리로 말했다. 벌써 사직서를 낸 지 한 달이 지났고, 주아가 하고 있던 모든 업무 상황은 현 비서에게 완벽하게 인수인계를 해놓은 상태였다. 하지만, 그것을 현 비서가 몇 주 만에, 몇 개월에 전부 마스터하지 못할 거라는 건, 주아도 알고 있다. 벌써부터 겁을 내며 두려워하는 현 비서를 주아는 다독여주었다.

"아니야, 내가 볼 때는 현 비서 잘할 수 있어. 은근히 손끝이 야무진 거 내가 잘 알거든."

"그건, 그저 선배님이 시키시는 일을 한 거니까……. 정말, 이건 아니에요. 저는 지금 대표님하고 같은 공간에선 숨도 못 쉴 정도로 대표님이 무섭단 말이에요. 선배님이 앞에서 방패 역할 해주셔도 그 정도인데, 이제 혼자면……."

생각만 해도 끔찍하다며 현 비서는 기어코 제 머리를 쥐어뜯기까지 했다. 이곳으로 오 비서와 재우도 오기로 했지만, 주아가 거절했다. 3년 동안 몸을 담그고 있던 곳이지만 불미스러운 일로 인해 화려하게 송별회 같은 건 하고 싶지 않아서 현 비서와 조용히 먹기로 한 것이다.

"선배님, 안 가시면 안 돼요? 저 두고 가시는 발걸음 편하지 않으시잖아요, 그렇죠?"

현 비서가 마음에 걸리긴 했다. 일을 한 지 얼마 되지 않아, 아직은 배울 게 많은 친구인데 제 개인적인 감정으로 일을 그만두는 것이니 주아는 마음이 지극히도 불편했다.

"언제든, 모르는 거 있으면 전화해."

"그래도 돼요?"

"응."

"하루에 백 통 할지도 몰라요."

"괜찮아. 언제든 전화해."

그럼에도 현 비서는 진정이 되지 않는지, 주아의 손을 부둥켜잡고는 술을 마시는 내내 그만두지 말라고 애원했다. 신혁하고는 마지막 인사를 하지 못하게 되었다. 갑작스럽게 잡힌 중국 출장 때문이었다. 서운했지만 오히려 잘됐다 싶었다.

아직도 남아 있는 그에 대한 미련이 발걸음을 쉽게 돌리지 못하게 만들었을 수도 있으니 말이다. 현 비서를 택시 태워 보내고 주아는 술도 깰 겸 천천히 걸었다.

이 거리를 걷는 건, 마지막이라 생각했다. 두 번 다시는 이곳에 발도 들여놓지 말고 마음도 두지 말아야지, 속으로 그렇게 결심했지만 그것이 잘 지켜질지는 미지수였다. 주아가 천천히 어둠 속으로 사라졌다.

* * *

마지막 인사도 없이 주아가 일을 그만둔 지, 한 달째.

그래도 3년 동안 함께 일한 상사에게 마지막 인사로 전화 한 통조차 하지 않는 싸가지 없는 주아를 생각하고 싶지 않다가도 신혁은 틈만 나면 그녀를 생각할 수밖에 없었다. 그것도 시간이 지날수록 생각하는 횟수가 더욱 많아지고 있었다.

"이 보고서 3, 4장 어디 갔어."

신혁의 낮은 포효와 같은 살벌한 목소리에 현 비서가 벌벌 떨었다.

"죄, 죄송합니다. 인쇄를 하던 도중…… 삭제된 것 같은데, 금방 다시 인쇄해 오겠습니다."

"대체, 정신을 어디다가 두고 다니기에 하루에도 몇 번씩 이딴 실수를 하고 있는 거야!"

시간이 지날수록 눈에 띄게 야위어가는 현 비서의 업무 능력은 점점 향상되기는커녕, 최악이 되어가고 있었다.

현 비서가 저지른 최악의 실수는 바로 비행기 티켓을 잘못 예매해놓은 것과 이름을 헷갈려 베이징에서 머물러야 할 신혁의 호텔을 듣도 보도 못한 동네의 호텔로 예약해놓은 것. 그것도 부족해서 가끔은 가장 기본적인 점심 식사를 할 식당을 예약해놓지 않아 굶게 만들기도 했다.

다음으로 받아본 보고서에는 스페인어를 인터넷 번역기로 돌린 모양인지, 말도 안 되는 문장들도 많았다. 그래도 가장 용서되지 않는 건, 중요한 서류를 가끔 몇 장씩 빼먹거나 깜빡하고 아예 보고를 하지 않는 상황이었다.

완벽하게 인수인계를 해놓았다는 주아의 말은 새빨간 거짓말이었다. 아니, 사실 인정을 해야 할 문제였다. 주아가 아무리 완벽하게 인수인계를 하더라도 주아가 아니면 소화해내지 못할 업무라는 것을.

"후……. 10분 안으로 해와."

"네, 대표님."

기어코 눈물을 터트리는 현 비서의 모습도 꼴사나웠다. 일을 제대로 처리하지도 못하면서 돈은 돈대로 받아가고 거기다가 상사 앞에서 징징거리고 있는 꼴이.

"여기가 너희 집 안방이야? 내가 네 응석을 받아줘야 하는 부모냐고!"

현 비서는 나오는 눈물을 손으로 겨우 틀어막고서는 죄송하다는 말과 급하게 허리를 굽히고선 나갔다.

"후우……."

주아 밑에서 일을 한 현 비서도 저 모양인데, 비서를 새로 뽑는 건 무모한 짓이었다. 업체 사람들이나 임원들이 왔을 때, 그들의 취향까지 파악해서 차를 내오던 신 비서가 신혁은 갈수록 그리워 미칠 지경이었다.

그래도 그녀에게 다시 돌아오라고 말을 하는 건 자존심이 허락하지 않았다. 그래서 신혁은 오늘도 목 끝까지 차오르는 것들을 억누르며 또 억눌러야 했다.

그렇게 주아가 없어 몇 배는 더욱 고단한 신혁의 하루가 짜증 날 정도로 더디게 지나가고 있었다.

* * *

3년 조금 넘는 동안 일정한 시간에 철저하게 움직였던 몸의 습관은 아직도 그대로였다. 일을 그만둔 지도 벌써 한 달이 지나가고 있는데도 여전히 주아는 새벽 6시가 되지 않는 시간에 눈을 떴다. 침실에 내려앉은 고요한 어둠 속에는 제 입술 사이에서 흘러나오는 한숨만 가득할 뿐이었다.

아직 다른 일자리는 구하지 않았다. 그저, 조금 더 쉬고 싶어서였다. 이렇게 침대에 누워 있다가 읽고 싶던 책을 잔뜩 읽기도 했고 보고 싶었던 영화를 하루 종일 보기도 했다. 유명한 뮤지컬도 보러 가고 전시회도 종종 보러 가며 여유로운 생활을 즐겼다.

그러나 그럼에도 마음속 한구석은 텅 빈 것처럼, 틈만 나면 넋을 놓기 일쑤였다.

한참을 침대 위에서 게으름을 피우다가 일어나 욕실로 향했다.

가볍게 세수를 하고 나오는데, 아침에는 한 번도 울리지 않았던 휴대폰이 울렸다. 현 비서였다.

요즘 현 비서는 거짓말 조금 더 보태어 하루에 백 통 정도 전화를 하는 것 같았다. 업무적인 것을 물어볼 때도 있지만, 대부분이 제발 돌아와 주시면 안 되냐는 호소에 가까운 말들이었다.

그런 현 비서가 안타깝고 귀엽기도 해서 주아는 옅은 미소를 보이며 전화를 받았다. 하지만 전화 너머의 목소리는 현 비서가 아니었다.

-저, 현은영이 엄마 되는 사람이에요. 나 너무 속상해서…… 물론, 남의 돈 받는 거 어렵고 힘든 건 알지만, 애가 스트레스로 쓰러지니까, 엄마 되는 사람으로서는 정말…….

현 비서는 업무과다로 인한 스트레스로 위경련을 일으키고 제대로 된 숙면을 취하지 못해 아침에 출근 준비를 하던 도중 쓰러져 응급실로 향했다고 했다. 정신이 왔다 갔다 하는 와중에도 회사에 차질이 생기면 안 된다며 '주아 선배님'에게 전화를 걸어 부탁을 해달라는 말을 했다고 전했다.

"……어머니, 회사는 제가 가 볼 테니, 현 비서는 아무 걱정 하지 말고 한동안 푹 쉬라고 전해주세요."

-일 그만뒀다고 들었는데…… 미안해요.

"아닙니다. 따님 걱정을 시켜드려서 제가 오히려 더 죄송하지요. 현 비서 나중에 괜찮아지면 그때 다시 연락 달라고 전해주세요."

신혁을 볼 자신은 없었지만, 아픈 와중에도 회사 걱정을 하는 현 비서를 외면할 수는 없었다. 주아는 전화를 끊고 바로 회사로 갈 준비를 서둘렀다.

한 달 만에 온 회사임에도 모든 것이 그대로였다. 자신의 책상 위에 있던 메모지조차도 그대로였다. 신혁은 왜, 이 방을 정리하지 않았을까. 혹시 언젠가는 자신이 돌아오기라도 바라고 있었던 걸까?

"또…… 또, 쓸데없는 기대."

주아는 자꾸만 쓸데없는 짓을 하는 머리를 정리하며 서둘러 자리에 앉았다. 현 비서가 얼마나 혼자 고군분투를 했는지, 대충 서류만 봐도 알 수 있을 것 같았다. 현 비서 자리에 있는 두 개의 달력에는 빼곡히 스케줄이 잡혀 있었고 메일에는 처리해야 할 업무들이 잔뜩 있었다. 주아는 고요한 아침 혼자 차근차근, 업무를 진행해 나갔다.

* * *

출근을 하던 신혁은 처음에는 자신이 잘못 본 줄 알았다.

무려, 한 달 동안 어둡게 꺼져 있던 주아 방에서 고스란히 빛이 새어 나오고 있었기 때문이었다. 현 비서일지도 모른다고 생각하면서도 신혁의 심장이 이해가 가지 않을 정도로 세차게 뛰었다. 천천히 손을 뻗어 문고리를 잡고 밀어 열었다. 틈 사이가 벌어지면서 눈에 들어온 사람은 현 비서가 아닌 주아였다.

업무를 보던 주아의 시선이 문밖에서 저를 삐딱하게 보고 있는 신혁과 마주쳤다. 정말, 주아였다.

"안녕하셨어요? 대표님."

건조하지만 분명 여유로운 표정과 목소리.

업무로 속 터지고 주아에 대한 빈자리에 애를 태우던 자신과는 다르게 잘 지낸 것만 같은 그녀의 모습을 보고 있으려니, 괜히 속이 뒤틀렸다.

"왜, 다니는 회사에서 우리 회사 정보라도 좀 빼오래?"

그래서 한껏 억지를 부려보았다. 주아는 듣는 시늉조차 하기 싫다는 듯이 마주 보고 있던 시선을 외면해버렸다. 그 모습에 신혁은 뒤통수를 한 대 맞은 것처럼, 기분이 묘했다.

"커피 준비해드릴게요."

그러니 어서 이 방에서 꺼지라는 뜻이었다.

신혁은 주아 뜻대로 하고 싶지 않았다.

"현 비서한테 연락 받고 온 건가? 왜, 현 비서가 더는 엿 같아서 못해먹겠대?"

주아는 여전히 미동이 없다. 그것이 신혁을 더 미치게 만들었다. 사람 멋대로 오해해놓고 사과는커녕, 인사도 없이 가버린 주아가 한없이 원망스럽고 괘씸했다. 그러면서도 한편으로 점점 커져가고 있는 이 반가움과 안도감은 대체 무엇 때문일까.

"분명, 완벽하게 인수인계 해놓고 나가라고 말했을 텐데, 그만 두는 마당이라 상사 말은 말 같지도 않았나 봐."

"……."

"왜, 지금도 며칠만 볼 사이라 그냥 막대하기로 결심이라도 하고 있어?"

"그런 거 아니에요. 저 대표님 보기 아직도 껄끄럽고 어려워요. 하지만 현 비서가 지금 응급실에 실려갔기 때문에 어쩔 수 없이 온 거예요. 아픈 사람 외면하기 어려워서."

주아는 결코 상사인 자신이 마음에 걸려서 온 것이 아니라는 것을 확실히 말해주고 있었다. 마음이 쓰라렸다. 늘, 자신을 위해서 애를 써주던 주아의 마음에 이제 자신이 더는 없다는 것이 왜 이렇게 사람을 쓸쓸하고 초라하게 만드는지 알 수가 없었다.

"커피, 준비해드릴게요."

이제 그만 물러가달라고 한 번 더 말하는 주아의 정중한 경고였다. 신혁도 더는 이곳에 머물러 있고 싶지 않아 잡고 있던 문고리를 놓고 돌아서 집무실로 향했다.

현 비서는 2주 정도 병가를 냈고 그 시간 동안, 주아가 대신 일을 봐주기로 했다. 주아는 다시 돌아와 일을 하는 동안, 신혁에게 제대로 된 눈길 한 번 주지 않았다. 늘 건조한 표정이었지만, 상사에게 갖추는 기본적인 예의는 철저하게 지키고 있었고 막혔던 업무를 척척 해내고 있으니 신혁은 따로 불만을 제기할 수도 없었다.

한 달 동안 묵어 있던 체기가 내려가기라도 하는 것처럼, 주아는 일을 시원스럽게 해결해나갔다. 그래서일까, 신혁은 그녀가 봐주기로 한 2주의 시간이 다가올수록 초조함을 느꼈다. 주아가 사라지고 나면 또다시 마비가 되어버릴 업무에 벌써부터 현기증이 나는 것 같았다.

"신혁 씨."

귓가에 들려오는 목소리에 신혁의 시선이 옆으로 향했다. 이번 광고모델로 활동하게 될 민채가 신혁을 바라보고 있었다. 민채는 계약서도 작성할 겸 가볍게 차 한잔을 대접해달라고 말했고 신혁은 크게 어려운 일도 아니었기 때문에 그녀를 위로 초대했다. 곁에는 매니저가 함께했다.

노크 소리가 들리고 안으로 주아가 세 사람의 차를 들고 들어왔다. 주아가 들어오든지 말든지, 민채는 신혁에게 시선을 고정 시킨 채 말했다.

"그날, 이레네 디자이너 패션쇼 있던 날이요, 저녁 먹다가 급한 전화 받고 그냥 가셨잖아요. 그 뒤로 연락 주실 줄 알았는데, 왜 안 주셨어요?"

"미안합니다. 한동안 좀 바빴어요."

"저녁 먹다가 여배우 혼자 두고 가버려서 진짜 미워하려고 했는데……. 어머."

컵을 내려놓던 주아의 손이 심하게 떨려오면서 그대로 컵을 놓쳐 버리고 말았다. 그 바람에 뜨거운 물이 그대로 테이블 위로 엎어져 뚝뚝 떨어졌다. 민채가 화들짝 놀라 몸을 일으켰고 신혁 또한 한 번 도 이런 실수를 해본 적이 없는 주아의 행동에 적지 않게 놀랐다.

"죄송합니다."

제 실수를 인지한 주아가 놀라서는 휴지 몇 장을 뽑아 물을 닦 으려 들었다. 하지만 그걸 신혁이 반사적으로 잡았다. 휴지가 젖으 면 그 뜨거움에 주아의 살이 고스란히 데일 거였다. 신혁은 일단, 제 직원이 한 실수에 대해 민채에게 사과를 했다.

"미안합니다. 다친 곳 있습니까?"

"아니요. 다친 곳은 없어요. 아무튼, 이번 계약이 끝날 때까지 잘 부탁드린다는 말 하려고 온 거예요, 대표님."

"저도 잘 부탁드립니다."

민채는 별말 없이 매니저와 함께 돌아갔다. 주아는 그때까지도 신혁의 손에 손목이 붙들린 채, 멍하니 서 있었다. 신혁의 팔이 함 께 떨릴 정도로 주아는 몸을 심하게 떨고 있었다.

"신 비서."

"죄, 죄송합니다."

주아가 신혁의 손에서 급하게 제 손목을 빼고 말릴 틈도 없이 도망치듯 집무실을 빠져나갔다. 집무실 문을 닫는 것도 잊은 채, 급하게 사라져버린 주아의 뒷모습을 바라보던 신혁의 미간이 점점 구겨졌다. 왜 저렇게 도망을 가는지, 무엇 때문에 저리도 놀랐는지, 대충 알 수 있을 것만 같아서였다.

한편, 그대로 달려 옥상으로 올라온 주아는 가쁜 숨을 몰아 내쉬었다. 오해를 해도 단단히 오해하고 있었다. 신혁은 그날, 민채와 함께 밤을 보내지 않았다.

"아아……."

주아가 제 얼굴을 손으로 틀어막으며 자신의 섣부른 판단이 불러온 실수에 대한 후회로 앓는 소리를 냈다. 하지도 않은 일에 오해를 받은 신혁은 분명, 상처를 받았을 거였다. 물론 그가 자신에게 한 행동은 극단적이었지만, 자신이 충분히 그의 감정을 건드렸다는 생각이 몰렸다.

제대로 확인해보지 않고 무작정 저지른 경솔함을 후회했다.

"내가 무슨 짓을……."

주아는 제 실수에 대한 막막함에 두 눈을 찔끔 감아버리고 말았다.

* * *

현 비서 대신 주아가 일을 봐주기로 한 마지막 날.

월요일부터 정상 출근을 하겠다고, 더 열심히 하겠다는 현 비서의 전화가 있었지만 전혀 믿음이 가지 않았다. 솔직한 심경으로 신혁은 일 잘하는 주아를 잡고 싶었다. 주아가 없는 동안 난장판이 되었던 업무, 거기다가 더는 마시고 싶지도 않을 만큼 맛없는 커피를 생각하면 구역질이 다 나올 정도였다. 하지만 제일 싫은 건, 매일 어둡게 불이 꺼져 있는 주아의 방을 지나다닐 때 마다 드는 제 허전함이었다. 그 허전함을 또 느껴야 하고, 언제까지 느껴야 할지 모르는 막연함을 더는 겪고 싶지 않았다.

신혁이 평소답지 않게 격한 초조함을 보이며 책상 위를 손가락으로 불안하게 두드리고 있던 때였다.

똑똑, 노크 소리가 들려오고 안으로 주아가 들어왔다. 시계를 보니, 벌써 퇴근 시간이 되었다.

아, 신혁의 입이 바싹 말랐다.

"수고하셨습니다, 대표님."

"너 나한테 할 말 없어?"

신혁은 얼마 전, 민채가 왔을 때의 일을 떠올리며 말했다. 주아도 알아차렸는지, 금세 건조한 표정으로 돌아왔지만 잠시 움찔했다. 신혁은 그 틈을 놓치지 않았다.

"큰 실수, 했잖아. 나한테."

"언제 아셨어요?"

"뭐가."

"실수했다는 걸…… 제가 알고 있다는 걸요."

"네가 유민채 씨 앞에서 차 엎은 날."

갈 곳 없이 아무 곳에나 두었던 주아의 시선이 신혁에게로 향했다. 그녀의 눈동자가 유난히도 예쁜 다갈색인 이유는 아마, 석양이지고 있는 하늘의 빛이 창문을 통해 새어 들어오고 있기 때문이겠지, 신혁은 그렇게 단순하게 생각하고 싶었다.

"그래서 원하시는 게 뭐예요?"

따지고 묻는 것처럼 느껴지지는 않았다. 착각일 수도 있겠지만, 주아의 눈빛은 슬퍼 보였다.

"실수에 대한 값을 치르겠다는 뜻인가?"

굳이 긍정의 대답을 하지 않았지만 부정의 대답도 하지 않는 주아를 향해 신혁은 말했다.

"회사, 다시 출근해. 정식으로."

"그럴 순 없어요."

"뭐?"

"대표님이랑 보는 거, 여전히 껄끄러워요."

"껄끄럽다⋯⋯. 그렇게 쉽게 식어버릴 거, 뭐하러 고백 따위를 해서 일을 이렇게 최악으로 만들어?"

"안 식었어요."

주아는 여리지만 강건한 목소리로 말했다. 그 말을 들은 신혁은 저도 인식하지 못하는 사이 안도의 한숨을 내쉬었다.

"여전히 식지 않아서, 보는 거 껄끄럽다구요. 오해한 건, 제 실수예요. 그것에 대해서는 정말 죄송하게 생각하고 있습니다."

"죄송한 것에 대해 생각과 말만 할 뿐, 그것에 대한 값을 행동으로 지지는 않겠다?"

"⋯⋯."

"사람을 쓰레기 취급한 너를 받아주겠다는 나한테 너무 건방지게 굴고 있다는 생각, 안 들어?"

"계속 일하면 공사 구분 못 할 거 같아요. 이게 오해라는 것을 알게 되니까……. 가뜩이나 식지 않았던 마음이 또 커지고 있는 것 같아요. 같이 일한다면 전 대표님께 여자로서 다시 저를 봐달라고 징징거릴 수도 있어요. 그래서 그것을 제 스스로 차단하겠다는 거예요. 대표님은 원래부터 절 여자로 두실 생각이 없으셨고 비서로서 두기 위해 여자로 두겠다고 거짓말을 하셨으니까요."

신혁은 주아 스스로가 진짜 원하는 것을 둘러서 말하고 있다는 것을 감지했다.

"결론을 말해."

사납게 몰아붙이는 신혁을 마주 보고 있으면서도 주아는 점점 더 덤덤해지는 것 같았다.

"그때도 말씀드렸잖아요. 비서로는 머물고 싶지 않다고."

"끝까지 비서로는 돌아올 수가 없다?"

"네. 비서는 싫어요. 그러니까 여자로 대해주세요. 전과는 다르게, 제가 원하는 것은 무조건 들어주시는 조건으로요. 그거 아니면."

주아는 한껏 독해진 듯한 단호한 눈빛을 하고 신혁에게 쐐기를 박았다.

"전, 돌아오지 않을 거예요."

4.

실수는 제가 한 주제에, 어디서 그런 건방진 조건을 내거냐고, 당장 꺼지라고 할 줄 알았다. 하지만 신혁은 그것을 기꺼이 받아들였다. 막상 그 조건을 건 주아가 어리둥절할 정도였다. 의외의 결과이긴 하지만, 주아의 입장에선 크게 손해를 볼 건 없었다.

주아가 돌아온다는 소식에 무엇보다도 기뻐했던 건 현 비서였다.

"선배님!"

2주 동안 쉬었음에도 불구하고 여전히 많이 야윈 현 비서가 먼저 출근한 주아의 방문을 열고 달려 들어왔다.

"돌아오셔서 저 너무 기뻐요, 진짜 너무 행복해요."

현 비서는 크게 감동한 눈치였다. 현 비서와 커피 타임을 갖기 위해 준비실로 향하는데 이른 아침부터 신혁의 모, 강 여사가 찾아왔다.

"안에 윤 대표 있지?"

강 여사가 이른 아침부터 전화도 아니고 직접 아들을 보러 온 건 그다지 반가운 일은 아니었다. 결혼에 대한 생각이 전혀 없는 아들의 갑갑함을 문제 삼거나 그도 아니면 남편과 싸우고 이혼을 하네, 마네, 신혁의 골치를 돋우기 위해 온 것이 대부분이었다. 그래서 주아는 강 여사의 등장이 반갑지 않았고 내심 불안했다.

"오셨어요?"

"오랜만에 보는 거 같네, 신 비서."

화려하게 꾸민 외관과는 다르게 강 여사의 목소리는 목이 꺾인 해바라기처럼 축 처져 있었다. 주아가 그만두었다가 다시 돌아온 것을 모르고 있는 것 같았다.

"네. 그러게요. 오랜만에 뵙는 것 같습니다, 사모님. 아직 대표님께서는 출근을 하지 않으셨어요. 들어가 계시면 차 준비해 드리겠습니다."

"심신이 편안해지는 차로 좀 부탁해."

강 여사는 머리가 아프다는 듯이 관자놀이를 주먹으로 누르며 집무실 안으로 들어섰다. 주아는 준비실로 가서 강 여사가 마실 차를 타 집무실 안으로 들어갔다. 소파에 누워 눈을 감고 있던 강 여사가 벌떡 몸을 일으켰다가 주아인 것을 확인하고 힘이 빠졌는지, 다시 늘어져 눕다시피 기대었다.

"국화차예요. 심신이 불안할 때나 불면증에도 좋은 차죠."

"고마워. 잘 마실게. 그런데 신 비서."

"네."

인사를 하고 나가려던 주아가 다시 걸음을 멈춰 세웠다.

"신 비서는 항상 우리 신혁이랑 붙어 다니지?"

물어보는 의도를 알 수 없어 주아는 잔뜩 긴장할 수밖에 없었다.

"네. 개인적인 스케줄을 제외하면 항상 붙어 있는 편이지요."

"혹시, 여자 만나는 낌새 없어?"

강 여사는 일말의 희망 같은 것을 품고 눈을 반짝이며 물었다. 커다란 보석이 박힌 귀걸이가 번쩍이는 바람에 주아는 눈이 부셔 살짝 미간을 찌푸려야 했다. 다행히 그 모습을 예민한 강 여사가 보지는 못한 듯싶었다.

"여자요?"

"응. 아무리 예쁜 여자를 들이밀면서 맞선을 좀 보라고 해도 영 반응이 없어서."

땅이 꺼져라 한숨을 내쉬던 강 여사가 말을 이어 나갔다.

"처음에는 맞선에 관심이 없나 싶었는데, 생각해보니까 맞선이 아니라 여자에 관심이 없는 거 같아서."

"글쎄요. 그건 지극히 개인적인 일이라, 저도 잘……."

"하긴 그러겠지. 그 녀석이 뭐 제 감정 사방팔방 티 내고 다닐 녀석도 아니고. 그건 그렇고 신 비서는 올해 몇 살이지?"

볼 때마다 물어보는 질문이다. 관심이 있는 것도 아니면서 왜 매일 같은 질문을 하는지, 주아는 웃겼다.

"전 스물일곱 살입니다."

그럼에도 친절함과 상냥함으로 무장한 미소를 지으며 대답했다.

"곧 시집갈 나이 됐네."

강 여사의 말이 끝나기가 무섭게 집무실 문이 열리고 신혁이 들어왔다.

"대표님, 오셨어요?"

주아는 얼른 신혁에게 인사를 하고서는 물러섰다. 방음이 철저하게 되어 있는 집무실 안은 그저 고요하기만 했다. 아마 그는 조만간 맞선을 보게 될 것이다. 그렇게 결심을 한 상태니까. 거기까지 생각이 미치자 주아의 얼굴이 금세 굳어졌다.

주아가 나가고 재킷을 벗어 옷걸이에 건 후, 강 여사에게 다가온 신혁은 벌써부터 피곤하다는 표정이었다.

"얼굴 좀 풀어, 아들. 오랜만에 엄마 보는 아들 표정이 왜 그래?"

"무슨 일로 오셨어요?"

"다른 아들들은 엄마에게 꽃다발도 종종 보내주고 같이 쇼핑도 하고 그런다던데……."

다른 집안의 아들과 자신을 비교할 때마다 신혁은 목구멍 끝까지 나오려는 그 이름을 악착같이 참아야 했다. 둘째임에도 불구하고 무뚝뚝하고 살갑지 않은 자신 대신, 언제나 딸 같은 몫까지 해낸 것은 형 신우였다. 친어머니가 아님에도 친자식인 자신보다도 더 살갑게 대했던 아들에 늘 불만을 품었던 엄마가 자신의 친엄마라는 것이 신혁은…… 싫었다.

"하실 말씀 없으시면, 일어나 보겠습니다."

"할 말이 왜 없겠어? 내가 할 말 없이 너 보러 왔겠니? 할 말 있어도 문전박대하는 아들인데. 할 말 가지고 왔거든?"

강 여사는 서둘러 자신의 가방에서 무언가를 꺼냈다. 또 여자 사진이다.

"이름은 민정윤. 올해 나이 27살. 법대 출신에 올해 사법고시에 합격해서 대형 로펌에 들어갔었는데, 그만뒀대. 그래도 대형 로펌에 들어간 능력이 어디야? 능력도 끝내주고 외모도 끝내주는 이 아이가 OP그룹의 막내딸이야. 거기 알지? 큰오빠는 검사인 거."

완벽한 조건을 지닌 집안의 여자였다.

"여행을 가기로 했나 봐. 돌아오는 대로 바로 자리 준비할 거야."

전에 들어왔던 많은 맞선 재벌 자제들보다 훨씬 좋았다. 무엇보다도 OP그룹이라니, 대한민국 재계그룹 5위 안에 드는 엄청난 기업이다. OP그룹의 일부분이라도 손에 넣는다면 자신에게 떨어질 이익은 상상 이상의 것이 될 거였다. 괜찮은 사업 성적에도 불구하고 신혁은 세 달 전, 경영권을 승계한다는 아버지의 말에 주주들의 의견을 물었다.

하지만 결과는 참패. 마치 아버지는 그것을 '넌 아직 나한테는 안 돼.'라는 것을 콕 짚어서 확인 사살 시켜주는 것만 같았다. 권력과는 별개로 맞선을 자꾸 거부하는 아들에게 뭔가를 보여주고 싶었던 것 같았다.

지금, 신혁은 위에서 당기고 아래에서 올려줄 자신의 편을 많이 만들어야 했다. 성환의 말대로 다이아몬드 수저로 태어나 편안하게 그 삶을 즐기고 싶었지만, 그건 어쩐지 아버지에게 지는 일 같아서 싫었다.

아버지와 대등한 위치, 아니 더 높은 위치에 서고 싶었다. 아버지의 행복인 돈과 권력을 뺏고 싶었다. 아버지가 제게서 가장 큰 행복이었던 형을 빼앗아 간 것처럼.

"이번에는 너, 거절해서는 안 돼. 이 집이 원래 법조계 사람들이랑 결혼시키려다가 네 아버지가 겨우 설득해서 얻어낸 맞선 자리거든. 제발 부탁이야. 아들, 아들은 알지? 네 행복이 가장 최우선인 거. 나 아직도 네 아버지한테는 그저 동거인인 거 알고 있지? 그래도 그거 참는 건, 다 네 행복을 위해서 버티고 있는 거야."

강 여사는 신혁의 손을 붙잡고 애원하듯 말했다.

진짜 원하고 있는 마음과 다른 소리를 하고 있다. 가난한 집에서 오로지 '성공'만을 위해서 달려온 여자. 남의 상처 따위는 안중에도 없이 자신의 목표만을 세우려고 발악하다 결국, 그 자리를 꿰찬 여자. 남편이 자신을 버릴 것 같다는 두려움으로 하나밖에 없는 어린 아들을 데리고 자살을 시도하며 협박했던 여자.

그 여자가 지금 자신의 손을 잡고 거짓된 따뜻한 눈빛으로 바라보고 있는 어머니였다. 그리고 그의 목표는 이제 아들의 성공으로 타깃이 바뀌었다.

맞선을 보겠다고 대답하려는데, 순간 주아의 얼굴이 머릿속에서 스쳤다.

'여자로 대해주세요.'

뭐야, 대체…….

갑자기 주아가 생각난 게 당황스러워 잠시 말을 하지 않고 있는 신혁에 강 여사는 결국 하지 말아야 할 말들을 기어코 꺼내놓고 말았다.

"절대 바보 같은 짓 하지 마. 네 형처럼 말이야. 난 널 그런 아들로 낳지도 키우지도 않았으니까."

안 그래도 그럴 생각이었다. 굳이 강요하지 않아도 그럴 생각이다. 아버지보다 더 큰 권력을 손에 쥐고 형이 그토록 원했던 자유를 대신 누리며 살 생각이었다. 하지만, 형의 이름이 나올 때마다 나름 독하게 먹었다고 여겼던 다짐들은 힘없는 마른 낙엽처럼 전부 부서지기 일쑤였다. 독하지 못했던, 늘 양보와 남의 감정이 먼저였던 형.

처음이자 마지막으로 부모님에게 반항하며 권력을 버리고 사랑을 선택한 형. 그것을 선택한 형의 삶은 비참했다.

"형이 그러긴 했죠."

형과의 아련한 추억들이 머릿속을 스쳤다. 함께 농구를 하고 편의점 앞에서 라면을 먹으며 별 실없는 소리를 해대도 마냥 웃어주었던 형. 비와 번개가 몰아치는 날, 무섭다며 베개를 들고 방으로 기어 들어오던 신혁을 따뜻하게 안아주던 형…….

세상에서 자신을 진심으로 사랑해주고 아껴주던 사람을 사라지게 만든 부모님들이 원망스러웠다. 신혁은 어금니를 꽉 물고 억장이 무너지는 심정으로 말했다.

"자신을 사랑해주지도 않는 사람들을 전부 믿어버린 병신. 그 안에는 유감스럽게도 부모님이 가장 큰 차지를 하고 계시죠."

"윤신혁!"

고함을 내지르며 강 여사가 분을 이기지 못하고 일어섰다.

"너 엄마한테 어떻게 그렇게 말할 수 있어?"

"형에 대해서 함부로 말씀하지 마세요."

"넌 왜 윤신우 얘기만 하면 그렇게 미친 애처럼 굴어? 그래서 죽은 네 형 편 들겠다고 살아 있는 네 엄마 혈압을 이렇게 올려도 된다는 거야?"

"그러는 어머니는요. 꼭 형에 대해서 그렇게 말씀을 하셔야 속이 편하세요? 살아온 시간보다 살아갈 시간이 더 짧게 남으셨는데, 형 보는 거 두렵지도 않으시냐고요!"

"아주 네 엄마 죽으라고 고사를 지내라!"

"못할 것도 없죠."

신혁의 대답에 강 여사는 부글부글 끓는 마음에 주먹을 꽉 쥐고 비명을 내질렀다. 그럼에도 신혁은 꼼짝하지 않았다.

"걔가 있었으면, 네가 여기까지 올라올 수 있었을 거 같아?"

따지고 드는 강 여사의 목소리가 지긋지긋해서 듣고 싶지 않았다. 신혁은 제 엄마를 지나쳐 그대로 집무실을 빠져나왔다. 꽉 막혀오는 숨통의 통증을 호소하며 승강기를 기다릴 여유도 없이 비상구 계단을 거칠게 열었다.

오랜만에 만난 형은 응급실에서 죽어가고 있었다. 피투성이가 된 신우는 마지막 순간까지도 놀라서 어쩔 줄을 몰라 하고 있는 자신에게 기꺼이 손을 내밀었다. 잡지 못했다. 그 손이 정말 마지막이 될 것 같아서.

그 미안함이 평생 신혁을 따라다니는 것만 같았다.

32살. 지금 자신의 나이도 되지 않은 젊은 나이에 형은 세상과 스스로 등을 졌다. 더 맛있는 거, 더 좋은 거, 더 행복한 것도 누리지 못하고 너무 이른 나이에 가버린 형이 신혁은 마냥 안쓰러웠다. 그래서 신우에 대해서 생각하고 싶지 않았다. 살고 싶어서 생각하고 싶지 않았다. 하지만 이렇게 불쑥 떠올리기 시작하면 신혁은 아무것도 감당해내지 못했다. 기울어진 얼굴에 피가 쏠리는 것만 같았다.

"대표님!"

언제 뒤따라온 건지, 주아가 급하게 곁으로 다가와 신혁을 말렸다. 고통에 힘겨워하는 신혁을 주아는 있는 힘껏 안아주었다. 신혁은 정신없이 주아의 품에 파고들었다. 그렇게 해서라도 자신이 고통스러워하는 것을 듣고 싶지도 보고 싶지도 않았다.

겨우 마음이 진정되었을 때, 신혁이 느낀 것은 귓가에 닿은 심장 소리였다. 이제 겨우 진정된 자신과는 달리, 여전히 불안정하게 뛰고 있는 심장 소리였다. 그다음에 느껴지는 것은 허리를 다독이고 있는 작은 손이었고, 익숙한 향수의 향도 났다. 이전에는 이런 일이 있어도 달려온 적 없던 주아였다. 관계가 바뀌어서 그런 걸까?

"이제 좀 일어나지……."

신혁의 말에 주아가 큼, 하고 어색한 헛기침을 하며 팔을 거두었다. 두 사람의 서먹한 시선이 공중에서 얽혔다.

"사모님은 가셨어요."

"그래."

시선만큼이나 어색한 대화를 주고받으며 옥상에서 나와 승강기에 올라탔다. 밀폐된 공간에 있다 보니, 어색함은 한층 더 짙어져 두 사람 사이를 무서운 속도로 유영했다.

"방금 본 내 모습은 잊도록 해."

"노력해볼게요."

"왜 괜히 뛰어 올라와서는 안 하던 오지랖을 떨어."

민망한 마음에 신혁은 다소 신경질적인 반응을 보였다.

"품에 안겨서 펑펑 울던 사람이 할 말은 아닌 것 같아요."

"펑펑? 펑펑이라는 뜻을 제대로 모르고 쓰는 것 같군."

"위로를 해주려는 사람에게 너무 그렇게 멋없이 굴지 마세요. 오히려 더 없어 보여요."

마침, 승강기 문이 열리고 내리려는 주아를 신혁이 끌어당겼다. 아무 태세도 취하고 있지 않던 주아가 그대로 신혁의 품에 안기다시피, 끌어당겨졌다. 다시 승강기 문이 닫히고 밀폐된 공간엔 서로의 숨결만 담겨져 있었다.

　"없어 보인다? 신주아, 네가 뭔가 착각하고 있는 거 같지 않아? 너의 그 막말을 내가 이해해줄 만큼 가까운 사이가 된 것 같진 않은데."

　"아니요. 착각 같은 거 안 해요. 저만 정이 떨어지면 끝낼 연애잖아요. 지금 우리 관계는, 대표님은 아무 손해도 없는 거니까, 그냥 전부 흘러든든 체념을 하시든 하세요."

　"똑똑히 들어. 전과 다르게 네가 원하는 것을 들어주더라도, 넌 내 아내가 될 순 없어."

　"알고 있어요. 그러니 그만 상기시켜주셔도 됩니다."

　다시 승강기 문을 열고선 뒤도 돌아보지 않고 자신의 방으로 향하는 주아에 신혁은 자신도 모르게 자조적인 웃음을 짓고 말았다. 자신을 좋아하는 건 좋아하는 거고 할 말은 하는, 어찌 보면 매 순간 자신의 감정에 당당해진 주아가 신혁은 색달라 보였다. 단순한 비서였을 때는 전혀 느끼지도 보지도 못했고, 그만두었다가 돌아오기까지의 전에도 역시 볼 수 없었던 그 모습이 스스로도 쉽게 인지하지 못하는 사이 신혁의 흥미를 자극시키고 있었다.

* * *

　"오늘 영화 보러 가요. 예전에 대표님이 저 두고 그냥 가시는 바람에 못 보러 갔던 자동차 극장으로요."

퇴근을 얼마 남기지 않고 주아가 집무실 안으로 들어와 말했다. 공식적인 스케줄도 없고 사적인 약속도 따로 없었다. 그래서 신혁은 기꺼이 주아와의 약속을 지켜주기로 했다. 두 사람이 곧 영화가 시작될 예정인 자동차 극장에 도착했을 때, 공간은 꽤나 비워져 있었다. 주아는 들어오는 길에 구매한 팝콘을 내밀었다.

"팝콘 드세요."

"너나 많이 먹어."

신혁은 조금 피로한 듯, 의자를 뒤로 젖히고는 편안한 자세를 찾아 누웠다. 그런 신혁을 가만히 바라보며 주아가 다시 입술을 달싹였다.

"단둘이 있을 때는 말 놓아도 돼요?"

주아의 갑작스러운 말에 지그시 눈을 감고 있던 신혁이 천천히 눈을 떠 그녀를 마주 보았다.

"계속 존댓말 쓰니까, 너무 멀게 느껴져서요. 물론 정이 들지 않기 위해서는 멀리하는 게 맞는 거지만, 그래도 비서와 여자의 사이는 확실히 구별하고 싶어요."

신혁이 대답 없이 주아를 바라보기만 했다.

"왜요? 나이 차이가 있는데, 반말하는 거 좀 그러세요?"

연인 사이니까, 그것이 비록 임시고 한쪽에서만 기울여진 사랑이라고 하더라도.

차마 뒷말은 꺼내지 못하고 신혁의 대답을 기다렸다.

"그렇게 해."

쉽게 허락하지 않을 줄 알았던 신혁이 너무나 덤덤하게 대답했다. 그러면서 덧붙였다.

"왜, 호칭도 바꿔서 부르지."

"호…… 칭?"

어색한 반말이 나왔다. 그것을 눈치챈 신혁이 여태 구기고 있던 인상을 펴고서는 슬쩍 웃었다.

"그래. 호칭."

"뭐라고 불렀으면 좋겠…… 어?"

"아무거나. 너 부르고 싶은 거."

"내가 부르고 싶은 거……."

"집에 가서 내 사진 보면서 반말하는 연습이라도 해. 어색해서 못 들어주겠네."

"그래야 할 것 같네요."

습관처럼 존댓말을 썼다. 말이 좋아 반말을 쓰겠다고 호언한 것이지, 한동안은 어색한 반말이 나오거나 존댓말을 쓸 것이 분명했다. 그래도 그의 호쾌한 허락을 확인하니 기분이 나쁘지 않았다. 팝콘을 입에 가져다 댔다. 고소하면서 짭짤한 것이 맛있었다.

신혁의 입에다 한 개 넣어줄까? 고민하다가 말았다. 신혁이 그새 잠이 들어버렸기 때문이었다.

자기는 잠자리 예민한 척하더니…….

너무 쉽게 잠들어버린 신혁에 주아는 어이가 없어 웃음이 새어 나왔다. 깨워서 영화를 같이 보자고 징징거리고 싶었다. 같은 장면에 같이 웃고, 울고 화를 내며 영화를 본 후, 영화에 대한 내용을 쉴 새 없이 떠들고 싶었다. 하지만 그의 단잠을 깨우고 싶지 않아 그러지 않았다. 뒤를 돌아 그가 벗어놓았던 코트를 가져와 몸에 덮어주었다.

가만히 그를 들여다보았다. 신혁을 관능미 있게 만드는 왼쪽 눈 밑의 점과 오똑한 콧날, 그리고 적당히 도톰한 입술이 주아의 시야로 들어왔다. 지난 3년 동안 어찌 보면 지겹게도 봐온 얼굴인데, 전혀 지겹지가 않고 오히려 주아의 심장을 거세게 뛰게 만들었다.

이런 날이 오긴 오는구나, 라는 생각이 들어왔다. 영화는 시작되었지만, 주아는 스크린으로 고개를 돌리지 않았다.

* * *

"조심히 들어가세요."

먼저 반말을 하겠다고 호기롭게 말하더니, 결국 끝까지 존댓말로 마무리를 지었다. 신혁은 혼자 열심히 무언가에 적응하느라 애를 먹고 있는 주아에 실소를 터트렸다.

흔히, 헤어지기 아쉬워서 어쩔 줄 몰라 하는 보통의 연인들과는 확실히 다른 인사였다. 주아가 집으로 들어가기도 전에 차를 출발시킨 신혁은 사이드미러로 점점 작아지는 주아를 봤다. 자신을 바라보고 꼼짝 없이 서 있던 주아는 결국 작은 점이 되어 완전히 시야에서 사라졌다.

잠만 실컷 잔, 데이트라고 할 수도 없는 데이트였다. 함께 마주보고 앉는 식사 자리에서조차도 별 오고 가는 대화는 없었다.

그럼에도 신주아는 이 관계를 만족하는 걸까?

신혁은 문득, 그것이 궁금했다.

그러다가 또 서운하다고 일을 그만둔다고 하면 어쩌지? 또 떠나버리면 어쩌지?

그것은 상상만으로도 신혁을 소름 끼치고 외롭게 만들었다. 어쩌면 그녀에게 조금은 친절하게 대해야 할지도 모르겠다는 결론을 지었다.

* * *

주말을 맞이한 주아는 신혁과 다른 커플들처럼 평범한 데이트를 즐기고 싶었다. 그래서 이른 아침부터 문자를 보냈다.

[아직도 자요?]

답장은 문자 대신 전화로 왔다. 아무래도 신혁은 문자를 귀찮아하는 타입인 듯싶었다. 그래도 예전처럼 문자나 전화를 씹는 경우가 거의 없었고 은근히 주아의 부탁을 잘 들어주고 있었다.

-무슨 일인데.

"주말이잖아요. 날씨도 좋아서요. 같이 놀아요."

혹시나 거절하진 않을까, 조바심 서린 마음으로 대답을 기다리고 있는데, 다행히도 그는 한 시간 뒤에 집 앞으로 데리러 온다는 말을 하고 끊었다. 그때부터 주아는 바빠지기 시작했다. 그럼에도 지각 때문에 헐레벌떡이던 직장인과는 다른 설레는 마음이 더욱 많이 차지하고 있어 준비를 하는 동안, 간헐적으로 웃기도 했다.

준비를 끝내고 곧바로 나갔다. 이제 막 집 앞으로 익숙한 차 한 대가 들어오고 있었다.

"왔어요?"

반가움에 환한 미소를 지으며 먼저 인사를 건넸다.

"안전벨트나 매."

무심하게 던진 말이었지만, 그것이 지금 잔뜩 들떠 있는 주아에겐 별 신경 쓰이지 않았다. 주아는 벨트를 매고 부드러움이라고는 조금도 찾아볼 수 없는 운전을 하고 있는 신혁을 바라보았다. 평소처럼 정장 차림 대신, 편안해 보이는 사복에 신경 써서 올린 머리 대신, 눈썹을 조금 가릴 정도로 흘러내리는 머리였지만, 그것 또한 쉽게 눈을 뗄 수 없을 정도로 멋있었다.

"그렇게 대놓고 계속 쳐다보지 마. 닳아."

"아, 계속 쳐다보면 닳는구나. 그럼 안 되죠."

막상 주아의 시선이 거두어지자, 기분이 허전했다. 주아는 어딘가 모르게 잔뜩 들떠 보였다. 평소 늘 고집을 피우듯 입었던 고리타분해 보이던 원피스 차림이 아니라, 귀여운 캐릭터가 박혀져 있는 핑크색의 스프라이트 셔츠와 카디건을 매고 청바지 차림을 한 주아는 확실히 색달라 보였다. 핑크색을 입어서 그런가, 얼굴은 더욱 생기 있어 보였다.

주아가 와보고 싶다고 한 곳은 한 경기도에 위치한 멀티 센터였다. 다양한 박물관들이 전시되어 있고 산과 강을 풍경으로 한 카페가 있기도 했다. 특히, 주아는 3D 입체 박물관을 구경하며 즐거워했다.

"저 이런 곳 처음 와봐요."

"촌스럽게."

"촌스러운 게 아니라, 매일 일만 하니까, 시간이 안 돼서 그런 거예요."

"지금 일 많이 시킨다고 불만 품는 거지."

주아는 묵비권을 행사하듯 말을 하지 않고 싱긋 웃기만 했다. 그 모습에 신혁도 따라 피식, 웃어버리고 말았다.

사람들은 이 작품, 저 작품을 옮겨 다니며 사진 찍느라 바빠 보였다. 그런 모습을 신혁과 주아는 한 발자국 물러서서 구경하듯 바라보았다. 그때, 한 커플이 쭈뼛거리며 두 사람 곁으로 다가왔다.

"저 죄송한데, 사진 좀 찍어주시겠……."

신혁에게 부탁하던 남자는 그의 차가운 눈동자에 흠칫 놀라며 타깃을 스리슬쩍 주아에게로 바꾸었다. 주아는 선뜻 휴대전화를 받아 사진을 찍어주었다. 커플들은 주아의 친절이 감사했는지, 사진을 찍어주겠다고 제안해왔다. 주아가 슬쩍, 신혁을 올려다보았다. 아무 관심이 없어 보였기 때문에 주아는 남자에게 머쓱한 미소와 함께 거절을 했다.

"사실, 저도 사진 찍는 걸 썩 좋아하진 않아서."

"그래도 비슷한 게 있긴 하네."

"네. 그러네요."

신혁에게 한 말이 거짓말이거나 입에 발린 소리는 아니었다. 주아는 정말, 사진 찍는 걸 그다지 좋아하는 편이 아니었다. 그래도 자꾸만 아쉬운 생각이 드는 건 어쩔 수 없었다. 3D 입체 박물관 출구 쪽에는 VR 체험관도 있었다.

"와, 이런 게 다 있네."

한 번쯤은 정말 경험해보고 싶었던 VR 체험에 홀린 듯 다가갔다. 직원이 금세 옆으로 와서는 주아의 머리에 VR을 씌워주었다.

자리에 앉아서 시작을 하는 모양인지, 주아의 몸이 들썩이고 작은 입술에선 연신 탄식의 소리가 흘러나왔다.

"어? 어어!"

손을 앞으로 휘적거리고 때로는 다리를 바들바들 떠는 주아의 우스꽝스러운 모습에 신혁은 자꾸만 웃었다. 다 끝나고 나서도 여운이 남았는지, 표정이 어리바리한 주아를 신혁은 이해하지 못했다.

"진짜도 아니고 영상일 뿐인데, 뭘 그리도 요란을 떨어?"

"직접 해보세요. 생각하는 거랑 정말 달라요."

"됐어. 저딴 거 유치해."

사실은 살짝 궁금하기도 하다. 친구 성환이 한참 푹 빠지고 환장했던 VR 게임을 신혁은 한 번도 해본 적이 없었다. 게임에 별로 관심도 없을뿐더러, 그런 거 할 시간에 차라리 미친 듯이 땀을 빼는 운동을 하는 것이 스트레스 푸는 데 훨씬 도움이 되었다.

그럼에도 호기심은 떨쳐낼 수 없었다. 특히, 주아의 반응을 보니 더욱 궁금해졌다. 주아가 한 번만 더 제안하면 못 이긴 척 해봐야지. 하고 생각했다.

"해보시라니까요? 정말, 재밌어요."

"진짜 사람 귀찮게 하네."

투덜거리면서 신혁이 의자에 앉자, 옆에 있던 직원이 상냥하게 권했다.

"여자친구분도 같이 타보세요. 아까하고는 다른 영상으로 틀어 드릴게요."

"그럴까요?"

주아가 얼른 신혁의 옆자리에 앉았다. VR을 쓰자 앞에 88열차 같은 영상에 띄워졌다.

이것은 가상이다. 가상이다. 전혀 놀랄 이유가 없다. 라고 결의를 하며 영상을 보기 시작하던 신혁의 심장이 점점 거세게 뛰기 시작했다. 영상이라고 하기에는 너무 생생하고 급기야 중간에 끊어져버린 철도로 인해 하늘로 붕 날아올랐을 때는 너무 놀라 옆에 있던 주아의 손을 부여잡고 말았다. 영상이 끝나고 민망한 나머지, 잡고 있던 주아의 손을 거칠게 놓아버리고 재빠르게 도망치듯 빠져나와야 했다.

"그래도 소리는 안 질렀잖아요."

뒤에서 따라오며 장난 가득한 목소리로 놀리는 주아를 쳐다보기가 민망해서 계속 앞서 걸어갔다. 그러다 멀티 센터를 벗어나 앞에 설치되어 있는 숲까지 들어오게 되었다. 사람들은 전부 멀티 센터 안에 박혀 있는 건지, 작은 숲은 한가하다 못해 적막하기까지 했다.

주아는 걸음이 빠른 신혁에게 맞추느라 거의 종종 뛰다시피 걸어야 했지만, 평온한 이 시간이 좋았다. 무언가에 크게 제약받지 않는 이 시간이.

툭, 신혁이 돌멩이 하나를 발로 걷어찼다.

주변의 숲을 구경하던 주아가 하마터면 밟을 뻔했던 위치에 있는 돌이었다. 무척이나 사소한 것인데, 어쩌면 이런 사소한 것들이 지난 3년간 좋아하는 감정과 함께 쌓였는지도 모르겠다. 제멋대로고 차가운 거 같으면서도 한 번씩 나오는 다정함에 이 감정들이 쌓였다.

그는 알고 있을까? 자신은 별생각 없이 했던 이 행동들이 지금의 주아를 만들게 되었다는 것을.

신혁은 숨을 깊게 들이쉬었다. 이렇게 나무 냄새를 맡으며 아무 생각 없이 편하게 걷는 건, 정말 오랜만이었다. 불안하고 갑갑했던 마음이 위로가 되고 풀리는 것 같았다. 옆에선 아주 작은 흥얼거림이 들려왔다. 자신도 인식하지 못하면서 콧노래를 부르는 듯한 주아를 가만히 내려다보았다.

뭐가 그리도 즐거워서 흥얼거리기까지 하는지, 어울리지 않게 한껏 들떠 있는 주아의 모습이 조금 귀여워 보이기도 했다.

한참을 그렇게 걷고 있는데, 머리 위로 차가운 물방울 하나가 툭, 하고 떨어졌다.

"어?"

빗방울을 주아도 느꼈는지, 당황해했다. 두 사람은 동시에 하늘을 올려다보았다. 분명 맑았던 하늘은 어느새 흐린 회색의 하늘로 변해가고 있었다.

"가야겠네."

"네. 그래야 할 것 같아요."

하지만 숲을 너무 깊게 들어온 두 사람은 서두른다고 서둘렀음에도 불구하고 갑자기 거세게 쏟아지는 비에 속수무책으로 몸이 젖어갔다. 두 사람은 급한 대로 숲에 설치되어 있는 작은 정자로 향했다. 비는 전혀 멈출 기색 없이 무섭게 쏟아졌다.

"소나기인가 봐요. 오늘 비 온다는 소리는 못 들은 것 같은데."

주아가 하늘을 올려다보며 막막한 얼굴로 말했다.

"곧 그치겠지, 뭐."

신혁이 정자 바닥에 앉아서 남 일인 양 말했다.

잔뜩 젖은 옷이 달라붙어 근육으로 굴곡진 그의 모습이 선명하게 도드라져 보였다. 주아는 민망해서 얼른 고개를 돌렸다. 그러는 사이, 신혁의 시선도 역시 비에 젖어 몸에 착 달라붙어 있는 주아의 옷으로 향했다. 핑크 스트라이프 셔츠는 생각보다 얇았던 모양인지, 베이지색의 살결뿐 아니라, 붉은색 계열의 브래지어까지 보였다. 패인 가슴골이 탐스러워 보이기까지 했다.

예전에 한번 만지고 아주 살짝 입에 물어보기도 했던 가슴이었다. 그때는 열이 받아서 별 감흥이 없었는데, 왜 지금은 또 달라 보이는지 모르겠다.

많은 양으로 쏟아지는 비 때문에 앞이 제대로 보이지 않을 지경이었다. 자꾸만 주아에게로 신경이 기울여지던 신혁은 결국 손을 뻗었고 주아는 그에게 잡혔다. 비로 인해 차갑게 젖어 있던 두 사람의 입술이 뜨겁게 포개졌다. 방금 전까지만 해도 비에 젖어 조금씩 떨어오던 차가운 기온이 녹아내리고 있는 것만 같았다.

유연하게 입술을 벌리고 들어온 신혁은 혓바닥에 조금 더 힘을 실어 밀어붙였다. 주아의 달뜬 숨소리가 빗소리에 파묻혔다. 두 사람의 타액이 엉켜 붙으며 축축한 소리가 귓가를 자극시켰다. 신혁의 커다란 손이 뺨을 쓰다듬고 젖어 있는 주아의 파인 가슴골을 어루만졌다. 옷 때문에 제대로 느껴지지 않는 살결에도 신혁의 몸은 점점 달아오르고 있었다.

숨도 충분히 쉴 수 없을 만큼 격렬한 키스와 제 젖가슴을 사정없이 유린하는 손길에 주아의 정신은 점점 혼미해지는 것 같았다. 자신을 정신없이 탐하는 그에게 주아도 정신없이 매달렸다.

여전히 비는 멈추지 않았고 그들의 진한 키스도 멈추지 않았다.

* * *

주아와 주말 나들이를 다녀온 후, 몸에 한기가 느껴졌지만 별 대수롭지 않게 여기며 쌓인 업무를 해결하기 위해 야근을 반복하며 지냈다. 그런데 단순히 넘어갈 감기기운이 아니었나 보다.

신혁은 오전 내내 머리가 지끈거렸고 오후가 넘어서는 몸이 미세하게 떨려올 정도로 한기를 느꼈다. 도저히 업무를 볼 수 없을 것 같아 퇴근을 했지만, 병원 문은 대부분 닫혀 있었다.

하는 수 없이 집으로 돌아와 따뜻한 차를 마시고 잠이 들었는데, 새벽 내내 잠에서 깨기를 몇 번. 그만 몸살이 단단히 걸려버린 것 같았다. 악착같이 운동하며 키워온 체력이 말짱 도루묵이 되는 것 같아 짜증스러웠다.

몸을 뒤척이는데, 침대 커버가 축축했다. 머리가 지끈지끈 아파 오고 몸이 하늘에 붕 떠 있는 것처럼 어지러웠다. 겨우 내뱉는 숨소리는 자신이 들어도 매가리가 없게 들렸다. 아무래도 오늘 출근은 무리였다. 주아에게 전화를 걸어 말하려고 휴대폰을 찾다가 지치듯 쓰러져 그대로 잠이 들었다.

그리고 한참 후, 문을 두드리며 주아의 목소리가 들려왔다.

"신혁 씨!"

대표님이 아니라, 신혁 씨라고 부르는 주아의 목소리에 신혁은 아픈 와중에도 피식, 웃음이 새어 나왔다. 침대에서 일어나 문을 열어줄 힘도 없을 만큼 온몸의 수분이 다 빠져나간 것 같아서 겨우 휴대폰을 찾아 전화를 걸었다.

"0708."

그것이 무엇을 말하는지, 단박에 알아차린 주아가 누르는 도어록 문소리가 전화기 너머로 들려왔다. 바로 전화가 끊기고 거실을 가로질러 달려오는 다급한 발걸음 소리, 그리고 침실 문이 벌컥 열렸다. 어두운 방 안에 갑자기 쏟아지는 빛에 신혁은 미간을 살짝 찌푸렸다.

"괜찮아요?"

현재 자신과는 달리 아주 생생한 목소리. 비는 같이 맞았는데, 왜 몸살은 나만 앓고 있는 거야? 남자의 체면이 구겨진 것 같아서 창피했다. 곁으로 다가온 주아가 신혁의 이마를 짚어보고는 화들짝 놀랐다.

"이마가 너무 뜨겁잖아요!"

"호들갑 떨지 말고…… 물이나 한 잔 가져와."

"알았어요."

침실을 나가는 주아의 뒷모습을 겨우 뜬 눈으로 간신히 바라보았다. 지난 3년 동안, 함께 일하면서도 제집에 온 적은 단 한 번도 없었다. 늘 회사나 밖에서 보던 주아를 자신만의 공간에서 보고 있으려니, 몸살에 시달리는 와중에도 묘한 기분을 떨칠 수가 없었다.

주아가 가져온 미적지근한 물을 전부 들이켰다. 이제야 목이 타들어갈 것 같은 갈증이 해소되는 기분이었다.

"병원 가요."

아파서 어지러움을 호소하고 땀을 뻘뻘 흘리며 격한 갈증에 시달리고 있는 와중에도 그녀의 입술이 자꾸만 눈에 보였다. 짐승인가?

"됐어. 감기로 무슨 병원까지."

"그래도……."

"넌 괜찮아?"

"네. 전, 괜찮아요."

"걱정돼서 하는 말 아니니까, 감동 같은 거 받지 마."

"네. 안 받을게요."

당당하게 대답하면서도 주아의 눈빛은 설렘인지 기쁨인지 모를 빛을 띠고 있었다. 자신이 괜한 말을 했다고 생각하며 신혁은 몸의 방향을 틀었다.

"내 상태 확인했으니까, 그만 가봐."

"열이라도 좀 식혀드릴게요."

"쓸데없는 짓……."

하지만 주아는 고집을 꺾지 않고 기어코 물수건을 짜와 신혁의 이마에 덮어주었다.

"이딴 게, 효과 있을 리가 없잖아."

"그래도 안 하는 것보다는 나을 테니까, 가만히 계세요. 계속 말하니까, 수건이 떨어지잖아요."

"짜증 내는 거야, 지금?"

신혁은 아픈 데다 대고 주아가 단호하게 말하니 괜히 서운해지는 기분이었다.

"아픈 사람한테 짜증이라뇨, 무슨 말씀을……. 푹 주무세요."

잔말 말고 잠이나 자라는 뜻이다. 하지만 사람이 너무 아프다 보면 잠도 쉽게 들지 못하는 법이었다. 신혁은 자꾸만 몸을 들썩였다.

　"잠 안 와요?"

　"네가 가면 잠이 올 것 같아."

　"그래도 열 떨어지는 건, 보고 가야 마음이 편할 것 같아서요."

　주아는 손을 뻗어 신혁의 머리를 부드럽게 어루만져주기 시작했다.

　"아마, 이제 잠이 올 거예요."

　머리를 만져주거나 귀를 파주면 나른해지고 솔솔 잠이 오곤 했는데, 그 효력이 나타나는 건지 잠이 오지 않던 신혁의 눈꺼풀이 점점 무거워졌다.

　어렸을 적, 종종 악몽에 시달려서 제대로 된 잠을 자지 못했던 신혁을 달래주던 사람은 늘 신우였다. 이렇게 머리를 부드럽게 매만져주면 자신도 모르게 까무룩 잠이 들곤 했었다. 몸에 힘이 빠져나가고 잠이라는 나락에 빠지기 직전, 신혁의 뺨 위로 투명한 눈물이 툭, 하고 떨어졌다.

　얼마 후.

　아파서 제대로 자지 못했던 잠을 푹 자고 일어난 기분이었다. 아직 몸 상태가 완전히 회복된 것은 아니었지만, 그전보다 훨씬 나아진 것 같았다. 그래도 여전히 기운 없는 몸을 이끌고 오늘따라 유난히도 멀게 느껴지는 주방으로 향했다. 갈증 때문에 물을 마시며 무심결에 식탁 위로 시선을 던졌는데, 종이쪽지와 함께 죽과 약이 나란히 놓여 있었다.

<직접 끓여 주고 싶었지만, 시간이 없어서요. 죽 먹고 약도 꼭 챙겨 먹어요.>

쪽지 밑에는 'PS. 약이 독하니, 꼭 죽 먹고 먹도록 하세요.'가 강조되어 있었다. 생각보다 오래 잤는지, 죽은 식어 있었다. 그래도 꽤 먹을 만해서 한 그릇을 비우고 약도 먹었다.

그런데 든든한 건, 이상하게 몸이 아니라 마음이었다. 제 머리에 여전히 남아 있는 것만 같은 주아의 간지럽고 부드러운 손길에 신혁은 또다시 잠이 몰려오는 것 같았다.

5.

며칠 동안 앓았던 감기가 떨어지자, 몸이 한껏 가벼워짐이 느껴졌다. 아플 때도 밥을 거르면 안 된다며 늘 저녁을 함께 먹기를 고집했던 주아와는 감기가 나았지만 퇴근을 하고 별일이 없으면 여전히 저녁을 함께 하고 있었다.

주아가 다시 돌아온 후, 이렇게 지낸 것도 2주가량이 지나가고 있었다. 그리고 신혁은 주아가 이렇게 말이 많은 사람인 걸, 3년 동안 모르고 지내다가 2주 만에 알게 되었다. 주아는 지금 열심히 신혁을 처음 본 날에 대해 이야기하고 있었다. 종이가 있었다면, 분명 베어졌을 거라며 신혁의 날카로운 눈빛을 지적했다.

"그래서 이 눈빛이 싫다는 거야?"

"아니요. 좋다는 거예요."

"앞뒤가 안 맞잖아."

"가끔은 앞뒤가 굳이 맞지 않아도 되는 이야기들이 있어요. 신혁 씨 눈빛은 무서우면서도…… 날 은근히 설레게 하고…… 긴장하게 하고, 뭐 여러 가지의 의미가 있어요."

신혁에겐 별로 맞지 않아 멀찍이 밀어둔 후식으로 나온 떨떠름한 감잎차를 주아는 잘도 마셨다. 컵의 단면에 주아의 입술 색이 묻어져 나왔다.

두 번의 키스의 후유증인가, 아니면 감추어져 있던 본능의 여운인가. 요즘엔 주아의 입술이 자주 시야로 들어와 심장이 거세게 뛰는 것을 수시로 경험하고 있는 중이었다.

립스틱 때문인지 달콤한 과일 향이 났던 키스. 달뜬 숨소리와 뜨거운 입김으로 자신의 입 안 가득 채웠던 것을 떠올리니, 몸이 점점 뜨거워지고 있었다.

신주아가 단순히 비서였을 때는 한 번도 이런 야릇한 상상을 해본 적이 없었던 신혁은 요즘따라 수시로 주아를 상대로 이런 상상을 하고 있는 것이 민망하면서도 멈출 수 없어 곤욕스러웠다.

"그만 일어나지."

계속 바라보고 있다가는 장소를 불문하고 주아의 입술을 덮쳐버릴 것 같아 서둘러 일어났다.

"많이 피곤해요?"

주아의 말끝은 걱정되어 묻는 것이 아니라, 뒤에 할 말이 있어 묻는 뉘앙스를 풍겼다.

"왜?"

"배가 좀 부른 것 같아서…… 동네 한 바퀴만 돌면 안 돼요?"

"배부르면 가서 운동을 해."

주아가 진짜 배가 불러서 동네를 산책하자고 제안해온 게 아니라는 것을 알고 있다. 자신과 조금이라도 더 있고 싶은 마음에 그랬다는 것을 알면서도 반응을 보고 싶어서 일부러 무드 없게 말해봤다. 아니나 다를까, 주아의 얼굴이 살짝 시무룩해졌다.

어쩐지, 비서로서 늘 지키고 있던 무표정보다는 저렇게 감정에 충실한 표정이 더 끌렸다. 그렇다고 보통의 여자들처럼 막 대놓고 심하게 티를 내는 편은 아니지만, 확실히 비서일 때보다는 여자일 때가 나았다.

"왜, 네 마음을 몰라주는 것 같아서 서운해?"

"알면서도 그러셨던 거예요?"

"재밌잖아."

"하나도 재미없어요."

"그럼 재미없는 남자는 그냥 집에 갈까?"

"진짜⋯⋯."

끝까지 놀리는 신혁에 주아가 그를 노려보고는 앞장서 걸었다. 두 사람은 레스토랑을 빠져나와 어디로 가겠다는 말도 없이 펼쳐져 있는 길을 걸었다.

"이제 진짜 겨울인가 봐요."

"그러게. 많이 쌀쌀해졌네."

한참을 걷다가 두 사람의 시야로 관심을 안 가지려야 안 가질 수 없는 화려한 네온사인이 번쩍거렸다.

"당구 칠 줄 알아요?"

"난 못하는 거 없어."

"아, 네."

"뭐지, 그 반응?"

"다 잘하시는데, 겸손 떠는 건 잘 못하시는 거 같아서요."

"왜? 내가 허세 부리는 거 같아?"

"당구 실력을 제대로 못 봤으니까요."

"그럼 지금 제대로 보면 되겠네."

당구장 안으로 들어온 신혁은 재킷을 벗고 당구 큐대 하나를 집어 들었다. 짝다리를 하고 초크질을 하는 평범한 자세마저도 신혁이 하니, 매우 세련되어 보였다. 그는 자세를 잡고 당구를 치기 시작했다. 당구의 룰을 잘 모르는 주아로서는 이게 잘 치는 건지, 뭔지 몰라 어리둥절해하고 있는데, 주변 사람들의 분위기가 심상치 않았다.

"야, 저 남자 봐봐."

그들은 혼자 당구를 치고 있는 신혁에게 지극한 관심을 보여 왔다. 신혁은 수시로 자세를 바꾸며 당구를 쳤고 사람들은 계속 힐끔거리며 그를 구경했다.

"피지컬도 장난 아니네."

"그니까. 무슨 운동선수인가?"

"운동선수보다는 모델 아니야?"

여자들의 속닥거림에 한동안 신혁만을 바라보고 있던 주아의 표정이 점점 굳어졌다. 신혁은 그것을 자기 혼자만 신나게 당구를 치고 있어 지루한 것으로 착각하고 곁으로 다가왔다.

"혼자 치니까 별로 재미없네."

"전혀 그래 보이시진 않던데."

"아니야. 재미없어. 그러니까 너도 쳐."

"저 당구 한 번도 안 쳐봤어요."

"알려줄게. 이리 와."

신혁이 이끄는 곳으로 주아가 향했다. 초크질을 하여 건넨 당구
큐대를 받아 든 주아를 신혁은 뒤에서 감싸고는 당구대 위로 자세
를 알려주었다.

"왼손을 테이블 위에 올려놓고 엄지와 검지 끝을 붙여. 그 상태
로 중지를 이용해서 이 동그라미를 받쳐주면 돼. 그리고 약지와 새
끼에 힘을 줘. 지지대 역할을 하거든. 그리고 이 사이에 큐대를 끼
워놓으면 돼."

신혁은 열심히 설명 중인데, 주아는 설명이 잘 들어오지 않았다.
뒤에 바짝 붙은 신혁의 뜨거운 숨결이 자꾸만 귀를 자극시키고 등
에 닿은 그의 가슴 부근에서 심장 소리가 고스란히 느껴졌기 때문
이었다.

"룰은 간단해. 이 흰색 공을 쳐서 저 노란색이랑 빨간색 공 두
개를 맞히는 거야."

"못 맞힐 거 같은데……."

"맞힐 수 있어."

신혁이 주아가 들고 있는 큐대를 같이 잡아당겼다가 흰색 공을
쳤다. 흰색 공은 시원하게 뻗어 노란색과 빨간색 공을 동시에 치고
돌아왔다.

"와."

주아가 신기한 듯, 낮게 탄성했다.

"내 덕이야."

옆에서 찬물을 끼얹는 신혁의 말에도 주아는 웃음을 감추지 못
했다.

"알아요."

"다시 해볼래?"

고개를 끄덕였고 신혁이 다시 뒤에서 자리를 잡아주었다. 심장은 아까와 마찬가지로 여전히 주아의 등에 닿았다. 뛰고 있는 신혁의 심장이 마치, 자신에게 반응하고 있는 것 같은 착각이 들었다. 쉽게 거둘 수도 없고 싫지도 않은 착각이었다.

* * *

전에는 없던 허기짐이 생긴 것 같았다. 항상 굶거나 대충 때우던 저녁을 주아와 평일은 물론이요, 주말까지 주기적으로 먹어서인지, 이맘때가 되면 자연스럽게 허기가 졌고 맛있는 음식을 먹고 싶었다.

서류에 두었던 시선을 시계로 옮겼고 퇴근 시간이 가까워지고 있다는 것을 확인하고 나자, 허기짐은 더욱 극심해지는 것 같았다.

배고프다는 것을 잘 못 느끼는 사람이었다. 그래서 하루가 멀다 하고 끼니를 건너뛰는 경우도 많았다. 그렇다고 편식을 하거나 가리는 음식이 있는 건 아니지만, 신혁에게 음식이란 그다지 중요한 요소가 아니었다.

그래서 맛집을 찾으러 다니는 사람들을 이해하지 못했다. 얼마나 할 짓이 없는 사람들이면 음식을 굳이 '찾아서'까지 다닐까 싶었다. 그런데 요즘은 그 오래된 인식에 분열이 일어나고 있었다.

기왕이면 맛있는 걸 먹고 싶었고 맛있는 걸 먹이고 싶었다. 그래서 생전 해본 적 없던 포털사이트에 '레스토랑 추천'을 검색하고 있는데, 퇴근 준비를 끝낸 주아가 집무실을 노크하고 안으로 들어왔다.

"퇴근하셔야죠."

"응."

이제 막 펼쳐진 추천 레스토랑을 빠른 눈으로 스캔하며 대답했다.

"같이 저녁 먹어요."

"그러지."

마침, 괜찮은 곳을 발견해서 그곳의 주소를 머릿속으로 인식하고 있는데, 주아가 불쑥 말했다.

"곱창전골 드셔보셨어요?"

"곱창전골?"

"네."

난생처음 들어보는 음식 메뉴 이름이었다. 곱창은 들어보기는 했지만 한 번도 먹어본 적은 없었다.

"아니."

"그럼 드시러 갈래요? 며칠 전부터 생각나서. 저 다니던 대학교 앞에 진짜 맛있게 하는 집 있거든요."

썩 내키지는 않았지만, 초롱초롱한 눈빛으로 물어오는 주아에게 거절을 하면 크게 실망할 것 같아 신혁은 허락했다. 도착한 곱창전골집은 학생들로 바글바글했다. 신혁은 이렇게 시끌벅적하고 산만한 분위기를 매우 질색하는 편이었다.

손님들이 이동이 있을 때마다 미세하게 부딪히며 겪는 충돌은 짜증까지 들게 만들었지만, 곱창전골을 앞에 두고 국자로 계속 국을 떴다 부었다 하며 어딘가 모르게 들떠 있는 주아의 기분을 잡치고 싶지 않아 참았다.

잡치고 싶지 않다.

순간, 자신이 왜 주아의 감정 따위에 이리도 심혈을 기울이고 있는 건지, 우스웠다. 곱창전골은 주아가 며칠 전부터 생각이 났다고 할 만큼 좋은 비주얼을 띠고 있진 않았다. 심지어는 주아가 계속 권해서 먹어본 곱창 하나는 고무처럼 질기기까지 해서 결국 뱉어버리고 말았다.

"간혹 가다가 하나씩 질긴 게 있는데, 하필이면 그걸 드셨네요."

"네가 권한 거잖아."

"잠시만요. 제가 순해 보이는 걸로 다시 골라볼게요."

"됐어. 너나 많이 먹어."

맹물만 들이켰다. 그런 자신을 자꾸 신경 쓰느라 주아조차도 불편한 식사를 하고 있는 것 같았다. 신혁은 메뉴판으로 시선을 돌렸다. 그나마 보이는 것이 계란찜이라서 그것과 밥 한 공기를 추가했다. 달랑 계란찜 하나에 밥을 먹어보기는 처음이었지만, 최악의 곱창전골을 먹고 난 후라 그런지, 그 어떤 음식보다도 맛있게 느껴졌다.

"이게 진짜 맛있는 음식인데……."

"사람마다 원하는 취향은 다른 거니까."

아쉬움을 느끼면서도 앞에서 잘도 먹는 주아를 가만히 바라보았다. 작은 입술에 꽤 많은 양의 곱창이 들어갔다. 곱창전골 안에 있는 깻잎으로 곱창과 콩나물, 양배추까지 야무지게도 싸서 먹는

다. 작은 입이 햄스터처럼 빵빵하게 부풀어 오를 때까지 집어넣고 먹으면서 메뉴판을 바라보고 있는 모습이 귀여웠다. 자신도 모르게 웃어버렸다.

"왜요?"

"뭐가?"

"방금 웃었잖아요."

"내가 웃을 때마다 너한테 왜 웃는지, 일일이 보고해야 돼?"

"아니요. 그건 아니지만…… 저 보고 비웃은 건 아니시죠?"

"그건 아니니까, 여기나 좀 닦아."

신혁이 옆에 있는 휴지를 집어 주아의 입가에 묻은 붉은색의 곱창전골 국물을 가리켰다. 주아가 당황한 듯, 그에게 휴지를 받아 열심히 닦았다. 그 모습을 지그시 바라보고 있던 신혁의 미간이 점점 찌푸려진 건, 주아의 뒤에서 자꾸만 이곳을 힐끔거리고 있는 남자 때문이었다.

남자 셋이 앉은 테이블이었는데, 그들은 속닥거리며 주아를 손가락질하고 있었다. 거슬리는 감정은 점점 증폭되어 불쾌함을 유발시켰다. 매서운 눈으로 바라보고 있는데, 그중 한 명이 그런 신혁을 발견하지 못하고 급기야 주아에게 다가왔다. 주아의 어깨로 아무렇지도 않게 올라가는 손모가지를 확 꺾어버릴까, 하는 사이 남자가 말했다.

"너 혹시 신주아 아니야?"

앞에서 열심히 깻잎을 펼쳐 안에 곱창으로 채우고 있던 주아가 그 소리에 뒤를 돌아보았다.

"어? 너!"

남자만큼이나 반가움으로 한껏 광대를 올리고 웃고 있는 주아에 신혁의 표정은 더욱 굳어져 갔다.

"야, 주아 너 맞구나! 긴가민가했는데! 나 기억나지? 고동호!"

"그럼, 기억나지. 진짜 오랜만이다. 잘 지냈어?"

"난 잘 지내지. 이번에 취업해서 첫 월급 받아서 친구들한테 한턱 쏘려고 왔어. 난 아직도 이 동네 살거든."

"아직도 이 동네 사는구나. 난 며칠 전부터 계속 여기 곱창전골이 생각나서 오늘은 도저히 못 참겠어서 왔어."

"그래. 너 이 집 곱창전골 무지 좋아했잖아."

서로에 대해 무척이나 잘 알고 있는 듯, 아는 척을 해대는 것이 재수 없어 보였다. 한참 반가운 대화가 오고 가던 중, 남자가 이제야 자신들을 바라보고 있는 신혁을 발견했다. 서늘한 신혁의 눈빛에 살짝 당황한 듯, 멋쩍은 표정을 지었다.

"근데, 누구…… 혹시, 남자친구?"

"아니. 남자친구는 아니고 직장 상사."

"아! 직장 상사?"

남자가 얼른 고개를 꾸벅 수그리며 악수를 청할 생각인지 손을 내밀었다. 하지만 신혁은 팔짱을 낀 그대로를 유지했다. 머쓱해졌는지 남자가 손을 도로 집어넣으면서 또 한 번 신혁의 심기를 긁었다.

"우리 주아 잘 부탁드립니다. 대리님이신가?"

신혁의 나이가 젊어 보였기 때문에 직급을 딱 그 정도로만 생각한 모양이다. 신혁이 콧방귀를 뀌었다.

"그쪽아 이제 와서 부탁한다고 말하기에는 우리가 같이한 시간이 꽤 되는데? 그리고 내가 그쪽이 부탁한다고 그걸 들어줄 위치라고 생각합니까?"

삐딱하면서도 유난히도 가라앉은 중저음의 목소리가 자신의 친구를 못마땅하게 여기고 있다는 것을 주아는 바로 알아차릴 수 있었다. 그래서 친구에게 서둘러 인사를 했다.

"나가요."

"너 다 안 먹었잖아."

"배불러요."

일어서는 주아를 신혁이 기어코 잡아당겨 앉혔다. 뒤에선 여전히 주아의 이야기가 한창인 듯, 남자들이 힐끔거렸다.

"마저 먹어."

신혁은 주아가 싸놓기만 하고 먹지 않은 그릇을 눈짓했다. 누가 보아도 주아의 배부르다는 말은 핑계인 것처럼, 푸짐하게도 놓여 있었다.

"그만 먹고 싶어요."

"왜, 우리가 완벽한 직장 상사도 애인 사이도 아닌 것이 행여나 들킬까 봐 겁나?"

뭐가 저리도 마음에 안 드는 건지, 신혁은 평소 주아가 매력적이라고 생각했던 입꼬리 한쪽을 올리며 한껏 빈정댔다.

"그런 거 아니에요. 정말 배불러서 그런 거니까, 오해하지 마세요."

주아는 자신의 가방을 들고 일어나 카운터로 향했다. 지갑을 열어 계산을 하려던 찰나, 아까 동창이 다급하게 다가왔다.

"주아야, 계산하지 말고 가. 오랜만에 만났으니까, 내가 사줄게.

이모, 이 테이블 저희 테이블로 올려주세요."

그 고까운 광경에 신혁은 또다시 배알이 틀어져 카운터로 향했다. 남자는 마치, 자신이 음식도 사는데 주아를 잘 부탁한다는 듯이 바라보고 있었다. 고작, 3만 원 정도밖에 되지 않는 음식을 사주며 꼴값을 떤다는 생각밖에 들지 않았다. 몸에 배인 절도 있는 동작으로 카드를 집어 든 신혁은 말했다.

"이 가게에 있는 테이블, 전부 계산해주시죠."

쓸데없는 오기였다. 계산을 하려던 종업원은 잘못 들은 줄 알고 네? 하고 되물었고 주아의 동창은 입을 쩍 벌린 채 눈을 끔뻑였다.

"뭐, 한 100만 원 정도는 됩니까?"

별거 아니라는 듯이 진짜 테이블을 전부 계산하고 나오며 주아의 동창을 바라보는 것을 잊지 않았다. 그 눈에는 오만함이 잔뜩 서려 있었다. 여태 자신과 눈을 마주치고 있던 남자의 시선이 슬그머니 바닥으로 향했다. 이긴 것 같은 희열감에 기분이 짜릿해졌다.

"괜한 짓을 하시네요."

밖으로 나오자, 주아가 한심하다는 듯이 말했다. 여태 느꼈던 희열감에 찬물이 끼얹어지는 것 같았다.

"나한테는 껌값일 뿐이야."

"그게 껌값이시면, 동네방네 모든 가게들 다 들어가서 계산해주고 나오시지 그래요."

요즘 들어 자기가 하고 싶은 말을 다 하고 사는 듯한 주아에 신혁은 어이가 없었다.

"뭐?"

자조적인 되물음에도 대꾸해줄 생각도 없이 무작정 앞서 걷기 시작했다. 밤은 많이 어두웠고 주아가 향하고 있는 방향은 특히나 외진 곳이라 안 따라갈 수가 없어서 결국, 걸음을 옮겨야 했다. 굳이 마음먹지 않아도 충분히 주아를 앞질러 갈 수 있었지만, 신혁은 그냥 조용히 그 뒤에서 걸었다.

천천히, 아주 느긋하게.

밤이라 별로 볼 것도 없는데 주변을 둘러보는 주아를 따라 신혁도 덩달아 주변을 둘러보게 되었다. 대학가임에도 불구하고 정말, 보잘 것이라고는 조금도 없는 형편없는 동네라 생각했다.

"드실래요?"

언제 챙겨 온 건지, 주아는 카운터에 있던 딸기 사탕을 내밀었다.

"너나 먹어."

"네."

주아가 혼자서 사탕을 뜯어 입에 넣었다. 예전에는 무언가를 권할 때, 거절을 하면 한 번 더 권해보던데, 요즘엔 그런 것도 없는 것 같다, 어째.

"이 길은 학교 가는 지름길이에요. 제가 자주 다니던 길이죠."

갑자기 뒤로 돌아선 주아가 가이드처럼 설명을 하기 시작했다. 딱히 궁금하지는 않았지만 뚫린 귓구멍으로 들리는 건 어쩔 수 없었다.

"학교 가는 길은 늘 신나고 설레었어요."

"왜? 아까 그 새끼 때문에?"

비아냥거리듯 묻는 신혁에 주아가 전혀 이해할 수 없다는 눈빛으로 바라보았다.

"마음에 안 들어. 날 고작 대리급으로 본 게."

"그럴 수도 있죠. 아무튼, 그냥, 갑자기 오늘 이곳이 너무 와보고 싶었어요."

주아는 계속 걸음을 옮겨 교내로 들어갔다. 자신이 다니던 대학에 비하면 동네 구멍가게 수준처럼 보이는 캠퍼스를 지나 건물 뒤쪽으로 향했다. 주아의 걸음이 멈추었고 어딘가를 올려다보았다. 신혁도 주아를 따라 함께 올려다보았다. 아주 커다란 나무들엔 붉은색 단풍들이 잔뜩 피어 있었다. 오랜만에 보는 이 풍성한 단풍에 잔뜩 짜증이 났던 신혁의 마음도 살짝 녹아내리는 것 같았다.

"예쁘죠? 학교 다닐 때, 마음 심란하면 여기에서 돗자리 깔고 누워서 음악 들으면서 단풍 쳐다보고 그랬어요."

앳된 주아가 돗자리를 깔고 누워 노래를 흥얼거리며 단풍을 바라보고 있는 것이 얼핏 상상되었다. 바람에 살짝 휘날리는 머릿결, 다사로운 가을의 햇살을 받아 금빛으로 빛날 것 같은 솜털, 노래를 흥얼거리고 있을 붉은 입술.

예쁜 건 단풍이 아니라, 신주아였다.

단풍을 바라보고 서 있는 주아를 끌어안았다. 입술을 맞추며 안으로 거침없이 파고들었다. 혀가 닿는 곳마다 딸기 맛이 났다.

지독히도 달콤한 맛이었다.

* * *

예전에 비하면 신혁과 훨씬 가까워진 듯싶었다. 그럼에도 여전히 신혁에게 전화를 걸 때까지는 몇 번의 고민을 하게 되었다.

그는 따뜻하고 다정다감한 남자는 아니었지만, 그래도 요즘엔 주아의 장단을 꽤 잘 맞춰주고 있는 편이었다. 퇴근 무렵, 식사를 하자고 제안하면 중요한 약속이 없는 이상 늘 함께해주었고 새로 나온 영화들도 종종 보러 가주었다. 주말엔 경기도 근처를 드라이브하기도 했으며 한강을 거닐기도 했다.

지금쯤, 그는 일어나 출근 준비에 한창일 거였다. 데리러 와달라고 해볼까? 무례한 부탁인 것 같으면서도 지금의 그라면 들어줄 것만 같은 느낌이 들었다. 명심해야 할 것은 이 연애의 을은 자신이다. 상처를 받는 것도 자신이 더 크다는 뜻이었다. 귀찮다는 말을 들을까 싶어 결국, 주아는 통화 버튼을 누르지 못하고 집을 나섰다.

복잡한 지하철에 몸을 싣고 노래를 들으며 사무실에 도착했다.

"선배님, 오늘 회식 뭐 먹는대요?"

먼저 출근한 후배 현 비서가 쪼르르 달려와 물었다.

"회식?"

"잊으셨어요? 오늘 저희 비서부 회식 있잖아요."

"아, 그랬나?"

"가실 거죠?"

오래전부터 언제 회식을 하느냐고 기대를 하던 현 비서가 초롱초롱한 눈빛으로 물어왔다. 하지만 선뜻 별 반응을 보이지 않는 주아에 금세 시무룩해졌다.

"안 가실 거예요? 저는 거기 아는 사람 별로 없어서…… 선배님 꼭 가셔야 하는데."

오랜만에 하는 회식이었다. 가서 맛있는 음식도 실컷 먹고 술도 마시고. 어차피 내일만 회사를 나오면 주말이라 나쁘지 않았다.

"그래. 가지, 뭐."

"아싸! 주로 회식엔 뭐 먹어요?"

"그때마다 다르긴 한데, 대부분 1차는 소고기."

"꺄아!"

현 비서가 제 얼굴을 가리며 즐거운 비명을 질렀다. 입사한 지 3년, 회식한다고 이렇게 좋아하는 애는 또 처음 보는 것 같아서 주아도 내심 신기해했다.

"아마 2차는 회."

"저 회 진짜 좋아하는데!"

"그리고 3차는 대부분 안 가는데, 또 분위기에 따라서 Bar 같은 곳 가서 가볍게 마실 때도 있어."

"너무 좋아요."

그러다 주아는 문득, 현 비서와 가끔 식사를 할 때 깨작거리던 모습을 떠올렸다.

"근데, 현 비서 먹을 거 그다지 좋아하지 않잖아."

회식을 이토록 환호하는 것이 단순히 음식 때문은 아니라는 생각이 들어 물었다. 아니나 다를까, 현 비서는 갑자기 몸을 배배 꼬면서 얼굴이 붉어지기 시작했다.

"아……. 사실, 거기 재우 씨가 있어서……."

"재우 씨?"

"완전 제 스타일이에요! 진짜 잘생기지 않았어요?"

그렇긴 하지만, 지금은 신혁에게 매우 큰 콩깍지가 쓰여 있는 주아로서는 귀여워 보일 뿐, 남자로서의 호감이나 관심 같은 건 없었다.

"그런가? 여자들한테 인기 많은 스타일인 것 같긴 해."

"아이돌 같죠?"

"귀엽게 생긴 외모라 그런 것 같기도 하고."

막 대답을 하고 무심결에 복도로 고개를 돌렸는데, 신혁이 걸어오고 있었다. 주아와 현 비서는 그에게 길을 비켜주며 허리를 굽혀 인사했다. 집무실로 들어가기 직전 신혁의 시선이 자신에게 와 닿는 것이 느껴졌다. 그가 안으로 들어가자마자 현 비서가 오버스럽게 숨을 내뱉었다.

"아, 저는 정말 대표님하고 몇 초만 같이 있어도 숨이 막 턱턱 막혀요. 선배님 그만두고 나서부터 그 증상은 더 심해진 거 같아요."

현 비서가 낮게 속삭였다.

"이제 수다 그만 떨고 일하자."

"네, 선배."

준비실로 가서 그가 평소에 먹는 커피를 들고 안으로 들어섰다. 재킷을 벗고 이제 막 전산망을 틀고 있던 그와 눈이 마주쳤다.

"오늘은 뭘 하고 놀아줄까."

마치 귀찮다는 듯한 뉘앙스다. 그래도 주아는 신혁이 자신을 생각해주는 것 같아 싫지 않았다.

"저 오늘은 못 놀 것 같아요."

주아의 대답에도 신혁은 전혀 서운해하는 눈치가 아니었다.

"그래. 알았어."

여전히 아무 관심 없다는 듯이 서류로 향하려는 신혁에 주아는
입술을 달싹였다.

"어디 가는지 안 궁금하세요?"

"궁금해야 하는 건가?"

평범한 연애가 아니다. 신주아. 몇 번 같이 놀았다고 자꾸만 그
것을 까먹는 것 같은 자신이 주아는 미련하고 한심스러웠다.

"자꾸만 착각을 하네요. 평범한 연애로."

"그런 것 같아. 나한테서 몸에 관련된 건 바라도 상관없지만 마
음에서 나오는 감정까지는 바라지 마."

신혁은 마치, 지켜야 할 선에 벽을 치고 자신이 정해놓은 영역
이상을 침범하면 심한 경계를 보이며 적당한 거리로 다시 물러서
라고 경고하는 것 같았다. 요 며칠 함께하면서 예전 같지 않게 종
종 웃는 신혁을 떠올렸다. 주아는 무언가가 울컥, 치밀어 올랐다.

그 웃음으로 인해, 주아는 그가 더 좋아졌고 하지도 않았던 기
대감이 더욱 커지고 있었다. 그래서일까, 서운한 감정은 더욱 짙어
져 있었다.

"저랑 있는 동안 점점 즐거웠던 거 아니세요? 그래서 저랑 계속
같이 있으시던 거 아니에요?"

"너랑 있어서 즐거운 게, 아니라면."

"그럼 뭐 때문에 그렇게 즐겁다는 듯이 웃으신 건데요?"

"그냥 오랜만에 휴식을 취해서 즐거웠던 것뿐이야. 착각하지 마."

정말이지, 끝까지 못되게 말하는 남자다.

"네. 그렇다면, 그 마음의 감정은 절대 바라지 않을게요."

목례를 하고 집무실을 빠져나왔다. 실상은 아무것도 할 수 없고

하지 않는 연애. 그것이 지금 자신이 하고 있는 빌어먹을 사랑이었다.

* * *

모든 업무가 끝나고 비서부 전부가 회식 장소로 향했다. 현 비서가 그토록 보고 싶다던 재우도 와 있었다.

"선배님!"

자신을 보고 반갑게 뛰어오는 현 비서 뒤로 주아를 향해 재우가 손을 치켜들고 반갑게 아는 체를 해왔다. 순식간에 시무룩해지는 현 비서 때문에 주아는 너무 민망해져 재우의 인사를 못 본 척 끝자리에 앉았다.

"선배님."

그런데, 눈치 없는 재우가 기어코 자리에서 일어나 주아의 옆으로 다가왔다.

"어, 재우 씨."

"인사했는데, 못 보셨어요?"

"네. 못 봤어요. 여긴 자리도 좁은데, 먼저 앉던 곳에 앉는 게 어때요?"

"아, 사실 저기는…… 옆자리가 팀장님이셔서 조금 부담스러워서요."

재우가 몸을 살짝 기울여 주아에게 귓속말을 했다. 나는 네가 더 부담스러운데요, 라고 말하고 싶었다. 재우의 앞자리에 앉아 있던 현 비서가 계속 이쪽을 보고 있는 바람에 하는 수 없이 주아가 일어나야 했다.

"그럼 내가 저기 앉아야겠다."

주아는 재우가 앉아 있던 자리로 향했다. 그러자 현 비서가 얼른 일어나 주아가 앉아 있던 자리로 향한다. 재우도 덩달아 일어났지만, 다른 비서가 먼저 와서 앉는 바람에 다행히도 재우와 현 비서가 함께 앉게 되었다.

사원들이 전부 참석하고 회식이 시작되었다. 고기를 먹고 소소한 대화를 나누며 술을 마시는 동안에도 주아의 시선은 자꾸만 휴대폰으로 향했다. 보통의 연인 사이라면 회식을 하고 있는 여자친구가 걱정되어 종종 문자도 보내주고 전화도 해올 거였다.

하지만 신혁에겐 그 어떤 것도 없었다. 이쯤에서 만족하자, 이 정도로 만족하자, 더는 바라지도 말고 기대하지도 말자고 수십 번은 넘게 상기시켜보았지만 별 효력은 없었다. 술을 몇 잔 마셨더니 취기가 점점 올라오는 것 같았다.

술을 마시면 신혁이 보고 싶을 것 같고 행여나 헛소리는 하지 않을까, 싶어서 아예 휴대폰을 꺼놓기로 했다. 어차피 신혁에게서 연락은 오지 않을 것 같으니까.

그렇게 무르익은 회식 자리가 끝나고 2차로 향했다. 신혁을 잠시라도 잊고 싶어서 술을 마셨다. 좋아한다고 고백하고 연애를 하면 바뀔 관계를 기대하고 노력도 했지만, 바뀐 건 아무것도 없는 것 같아 괴로워 술을 마셨다.

그럼에도 그를 쉽게 놓지 못하는 자신이 한심해서 술을 마셨다. 그렇게 한참을 마시다 보니, 정신이 희미해졌고 몸도 제대로 가누지 못했다.

"신 비서답지 않게 왜 이렇게 많이 마셨어? 무슨 안 좋은 일 있어?"

"아무 일도 없어요. 그냥, 오늘 술 맛이 좋아서……."

"그래, 그런 날도 있어야지."

"근데, 너무 많이 마신 것 같아요. 집에 가봐야겠어요."

"가방 가져다줄까?"

"인사드리고 가야죠."

"다들 정신없어 보이는데, 그냥 가. 내가 잘 둘러대줄게. 밖에서 기다려. 내가 가져다줄게."

"그럼 부탁드릴게요."

주아는 어지러운 머리를 손으로 어루만지며 밖으로 나왔다. 가을의 바람은 쌀쌀했다. 설치되어 있는 화단에 몸을 기대고 있는데, 뒤에서 오 비서가 아닌 재우의 목소리가 들려왔다.

"선배, 가시게요?"

"오 비서님은요?"

"팀장님한테 붙잡히셔서 술 드시게 되셨어요. 대신 가방 좀 가져다주라고 하시기에."

"아……."

재우가 건네는 가방을 받고 자리에서 일어선 주아가 살짝 비틀거렸다. 재우가 반사적으로 그녀를 잡았다.

"괜찮으세요?"

"괜, 괜찮아요."

"택시 잡아드릴게요."

"그래 줄래요?"

평소 같았으면 거절을 했겠지만, 지금은 넘어지면서 발목도 조금 시큰거렸고 이렇게 어지러운 상태로 택시를 타는 것도 힘들 것 같았다. 주아의 부탁으로 재우가 도로로 나가 택시를 잡으려던 그 때, 익숙한 차 한 대가 멈춰 섰다.

"신 비서."

창문을 내리고 자신을 부른 건, 신혁의 목소리였다. 택시를 잡으려던 재우가 깜짝 놀라서는 얼른 인사를 건넸다. 신혁은 가볍게 재우의 인사를 받고 곧바로 주아에게 신경을 돌렸다.

"타. 가면서 할 말도 좀 있고."

"네."

주아는 재우에게 인사를 하고 조수석에 올라탔다. 문이 닫히자 차는 거칠게 출발했다.

"저 데리러 오신 거예요?"

"지나가던 길이었어."

"아……. 그렇구나."

또, 또 괜한 기대를 한다, 신주아.

주아는 속으로 자신을 질책했다.

살짝 들었던 기대가 무너지고 민망함만이 자리 잡았다. 술을 마셔서일까, 평소보다 이성의 제어가 더 잘 되지 않는 것 같았다.

"재우 씨 참 귀엽죠?"

그의 반응이 궁금해서 던져본 말. 마음으로 바라지 말라는 소리를 들었음에도 또 바라보며 던진 말. 곱창집에서 만난 동창 남자에게 불친절하게 굴던 이유에 대한 혹시나 하는 기대감.

"응. 그런 것 같아."

아무 반응도 없다. 역시…….

그래도 익숙지 않은 이런 연애라, 적응을 하기까지는 시간이 좀 걸릴 것 같았다. 하루빨리 적응을 하면 나아질까? 아니면, 그것을 적응하는 순간 이별이 오게 될까.

"저녁은 먹었어요?"

"생각 없어. 들어가."

집에 도착했고 그는 짤막한 인사와 함께 차를 몰고 금세 사라졌다. 주아는 그 모습을 한동안 바라보다 무거운 발걸음을 옮겼다. 승강기에 몸을 실은 주아는 거울에 비친 자신과 마주했다. 술에 취해 초점이 뚜렷하지 않은 자신은 오늘따라 유난히도 청승맞고 불쌍해 보였다.

'재우 씨, 참 귀엽죠?'

'응. 그런 것 같아.'

보통의 연인이었다면 절대 나올 수 없는 상대방의 반응. 질투를 하지 않는 그에게 질투가 났다. 안달을 내지 않는 그에게 더욱 안달이 났다. 자신은 이렇게 점점 더 깊어져가는 것만 같은데, 그는 여전히 멀찍이서 깊어져가는 자신을 관망하는 것만 같아서 화가 났다. 처음부터 이런 걸 바라지 말자고 시작했던 결심에 균열이 가기 시작했다. 주아는 아랫입술을 질끈 깨물었다.

* * *

사이드미러를 바라보며 점점 작아지기만 할 뿐, 절대 자의로 인해 사라지지 않는 주아를 보며 신혁은 미간을 찌푸렸다.

"들어가라, 좀."

결국 아주 멀찍이서 골목으로 살짝 차를 숨긴 후, 밖으로 나와 확인했다. 다행히도 주아는 스스로 집까지 잘 들어갔다.

"뭐 하는 짓인지."

이러고 있는 자신의 꼴도 우스웠고 그 지랄 맞은 고백으로 연애를 하자고 해놓고 자신의 앞에서 다른 남자 귀엽다고 말하고 있는 주아도 우스웠다. 곱창집에서 동창 남자와 대화를 하고 있던 주아를 보며 느꼈던 감정도 문득 떠올랐다. 거기까지 생각에 미친 신혁이 자조적인 미소를 지었다. 제 앞에서 다른 남자를 칭찬하든, 뭘하든, 간섭해서 감정 낭비를 할 필요도 없고 비난할 자격도 없다는 것을 깨달았기 때문이었다.

주아에게 했던 말처럼, 그냥 지나가는 길은 아니었다. USB를 어디다가 둔 줄 몰라 전화를 했다가 꺼져 있다는 것을 듣고 자신도 모르게 팀장에게 장소를 물어 가게 되었다. 그리고 그 앞에서 재우와 함께 있는 주아를 보게 되었다. 비틀거리는 주아를 잡는 재우와 그런 재우에게 낮게 속삭이며 옅게 미소를 보이던 주아.

그 모습에 자신도 모르게 신경질이 확 올라와 거칠게 핸들을 내리쳤다. 여전히 생생한 그 감정에 신혁은 거칠게 머리를 헝클었다.

"미친 새끼……. 너나 제대로 지켜라, 그 선."

헝클어진 머리만큼이나 자꾸만 감정도 어그러지려고 들었다. 처음부터 자신의 감정은 치우치지 않은 상태에서 시작한 관계이다. 언제 어떻게 끝이 날지 모르는 위태롭고 일시적인 관계.

신 비서의 외모는 평소 자신이 꽤나 호감을 가질 만한 외모였고 몸매 또한 좋았다. 오래도록 함께 호흡을 맞춰오며 일을 한 것이 있어서 그런지, 성격도 웬만큼 파악이 되어 있는 상태였다. 예쁘고, 능력 있고, 거기다가 몸매까지 좋은 여자가 지 좋다면서 일방적인 연애를 하자고 달려드는데, 싫어하고 거절할 남자는 없었다.

그때의 신혁은 전혀 알지 못했다. 자신이 여태 맞선을 보려고 했던 수많은 여자들이 주아보다 더 많은 것을 가졌음에도 불구하고 조금의 관심도 가지 않는다는 것을. 지금 자신의 시선이 주아가 앉아 있던 보조석에 머물고 있다는 것을.

6.

머리가 금방이라도 깨질 것처럼 아팠다. 이런 고통스러운 숙취에 시달리는 건 대학생 이후로 처음인데. 어제의 제 행동에 대해 후회가 몰려왔고 스스로가 한심스러웠다. 회사 근처 편의점에서 숙취 해소 음료라도 사먹으려고 들어갔던 주아는 그 앞에서 재우를 만났다.

"어? 이런 우연이! 제가 마침 선배 숙취 음료 사고 있었거든요."

괜찮다는데도 굳이 자신이 계산을 한 재우가 직접 뚜껑을 열어 건넸다.

"고마워요. 잘 마실게요."

"별거 아닌데요, 뭐. 어제는 대표님께서 집까지 데려다주신 거예요?"

"어? 어…… 업무상 이런저런 대화도 좀 나누면서요."

"아, 그러셨구나."

같이 숙취 음료를 마시며 회사 로비에 들어섰다.

"선배님은 주로 주말에 뭐 하고 지내세요?"

"난 뭐, 친구들 만날 때도 있고 그냥 집에서 뒹굴뒹굴할 때도 있고요."

"편안한 잠옷 입고서요?"

"뭐, 그렇죠. 집에서는."

"상상이 안 가네요. 항상 이렇게 반듯한 옷만 입으시고 어디 하나 흐트러지지 않는 분이 집에선, 아! 제가 누나가 있거든요. 우리 누나도 밖에 나갈 때는 엄청 차려입는데, 집에서는 완전 폐인이 따로 없어요."

"아……."

"그런데 선배도 집에서는 그러고 계신다니까, 좀 신기하기도 하고 상상도 안 되고."

이런저런 대화를 나누다 승강기가 도착했고 안으로 몸을 실었다. 안에서도 재우는 계속 주아에게 무언가를 물었고 주아는 단답형으로 대답만 했다.

"그럼 수고하세요."

"네. 재우 씨도 수고해요."

문이 닫히고 안에 혼자 남은 주아는 손에 들린 숙취 해소 음료를 가만히 바라보았다. 여전히 머리는 지끈지끈 아파왔기 때문에 얼른 효과가 돌길 바랐다. 자신의 방으로 들어와 업무 준비를 하다가 신혁이 출근한 것을 알고 평소처럼 커피를 준비해 집무실 안으로 들어갔다.

"숙취에 시달리는 모양이야."

"티가 많이 나나요?"

"그럴 리가 있겠어? 숙취 해소 음료를 사 마시는 걸 보고 하는 소리야."

재우와 함께 편의점 앞에 있을 때를 지나가다가 본 듯싶었다.

"머리가 좀 아파서요. 점심 지나고 나면 괜찮아질 것 같아요."

"그래."

"다음 주에 가시는 중국 출장 일정 메일로 보내놨어요. 비행기 항공편과 중국에서 머물게 되실 호텔과 사용하실 차도 전부 같이요."

중국 지점에 따로 일을 봐줄 비서가 있기 때문에 주아는 늘 출장을 따라가지 않고 본사에 남아 일 처리를 했다. 현 비서가 해놓았다고 전할 때와는 달리 마음이 편안했다.

"알았어."

무심한 몇 마디를 끝으로 대화는 끝났다.

주아가 나가고 신혁은 거친 숨을 몰아쉬었다. 왜 자꾸 눈에 가시라도 낀 것처럼 두 사람이 붙어 있는 그림에 배알이 꼬이는지 모르겠다. 오늘도 출근길에 우연히 직면하게 된 두 사람의 모습에 발끝에서부터 전이된 짜증에 몇 번이고 저를 억지로 달래야 했다. 지 좋아한다는 여자가 다른 남자와 시시덕거리고 있는 꼴에 이렇게 열이 받아본 적은 처음이었다. 어제의 분개가 오늘까지 지속되는 것 같아 상당히 불쾌했다.

아니, 사실 주아가 그날 곱창전골집에서 그 동창이란 새끼하고 대화를 나눌 때도 이런 기분이었다.

대체, 무엇 때문일까. 제 감정도 헷갈렸고 주아의 감정도 헷갈렸다.

주아의 마음과 감정은 온전히 제게 쏠려 있는 것이 확실할까? 좋아한다는 고백과 이 말도 안 되는 연애를 하려는 진짜 이유가 온전히 자신을 좋아해서 모든 것을 감당하겠다는 결의가 맞을까?

대체, 무엇 때문일까.

신혁은 쉽게 진정이 되지 않는 감정을 억지로 억누르고 또 억눌러야 했다. 자꾸만 선을 넘는 것 같은 자신을 겨우 뒤로 끌어당겼다. 아무 감정도 없는 저를 이렇게 혼란스럽게 만들고 있는 주아가 신혁은 지독히도 괘씸해졌다.

* * *

습관 들린 몸은 쉬는 날도 상관없이 신혁을 일찌감치 일어나게 만들었다.

욕실에서 가볍게 씻고 나와 주방에서 시원한 물 한잔을 마셨다. 집에 따로 마련해놓은 전용 운동방으로 들어가 노래를 틀어놓고 땀에 흠뻑 젖을 때까지 운동을 했다. 미적지근한 물로 샤워를 하고 나와 바게트 빵 한 조각을 입에 물고 서재로 들어갔다. 뉴스를 확인하고 회사에서 처리하지 못한 서류들을 들여다보는, 그야말로 평범하면서 여유 있는 주말의 아침인 듯싶었다.

깨어난 순간부터 계속 신경이 쓰이는 이 휴대폰만 아니었다면 말이다. 이쯤 되면, 주아에게서부터 연락이 와야 했다. 가고 싶은 곳이 어찌나 많은지, 자신을 데리고 전국을 다 누릴 것처럼 굴던 주아가 오늘따라 잠잠하니, 아무런 연락이 없었다.

자신이 지금, 설마 신주아 연락을 기다리고 있는 건가? 내심 함께하지 못할 것 같은 주말이 이대로 지나갈까 봐 초조해하고 있는 건가?

그런 생각도 잠시, 곧 자조적인 미소와 함께 비웃었다. 매일 동네를 돌아다니던 고양이가 어느 날 하루 안 보여도 궁금해하는 게, 사람의 어쩔 수 없는 심리다. 하물며 사람인 데다 오래도록 함께 일한 비서와 이제 조금 묘해진 관계로 있는 여자가 연락이 없으니, 궁금한 건 당연한 심리일 뿐이다. 그 궁금함에 한심하게 의미 부여 같은 걸 할 필요는 없었다.

이후로 전화는 몇 번 울렸다. 하지만 그중 주아의 전화는 없었다. 분산되려는 정신을 다시 집중하기 위해 휴대폰을 아예 뒤집어 놓고 서류로 시선을 돌렸지만, 흰색은 종이요, 검은색은 글자일 뿐 머릿속으로 들어오질 않았다.

"젠장."

결국, 신혁은 휴대폰을 다시 손에 쥐고 말았다.

* * *

숙취가 오래가는 건가, 싶었는데 아니었나 보다.

몸이 으슬으슬 춥고 간헐적으로 아랫입술을 깨물 정도로 복통에 시달리던 주아는 그날 결국, 한 달에 한 번 여자를 찾아오는 불청객을 맞이해야 했다. 날씨가 너무 좋은 주말인데, 몸이 아파 나갈 수 없다는 것에 우울함을 느끼고 있던 참에 휴대폰이 울렸다.

뜨거운 팩으로 배를 지지고 있느라 침대에 누워 있던 주아는 거실에서 울리는 휴대폰을 가지러 가는 것조차 너무 고단하게 느껴졌다. 겨우겨우 일어나서 가는 동안 결국 전화는 끊겨버리고 말았다. 확인을 해보니, 신혁이었다. 이 관계가 있기 전에는 주말에는 일체 연락 같은 건 하지 않았던 신혁의 부재중 기록에 주아는 묘한 설렘을 느꼈다.

얼른 통화 버튼을 눌렀다.

-어.

"부재중 연락이 와 있기에 전화했어요."

-지금 일어난 거야?

"아니요."

아프다고 말해볼까? 그럼, 신혁도 자신이 그랬던 것처럼 혹시, 한달음에 달려와주지 않을까?

"저 아파요."

-그렇군. 그럼 푹 쉬어.

아무 걱정의 말도 없이 전화는 그렇게 끊겼다. 허무함이 몸속으로 혹 들어오는 바람에 순간, 몸이 아픈 것도 잊힐 정도였다. 전기장판을 더욱 뜨겁게 올리고 배에 두었던 핫팩을 새것으로 교체한 후, 자꾸만 쏟아지는 잠을 이기지 못하고 포근한 베개에 얼굴을 묻고 잠이 들었다.

그렇게 정신없이 잠에 홀려 자고 있던 주아를 깨운 것은 미세하게 들려오는 신혁의 목소리였다.

"신혁 씨……?"

희미한 정신을 부여잡고 일어선 주아가 한껏 나아진 몸을 이끌고 현관문을 열었다. 미세하게 들려 잘못 듣고 착각한 줄 알았던 신혁의 목소리는 착각이 아니었다.

"몰골이 말이 아니군."

"아."

주아는 무엇보다도 자신의 맨얼굴이 가장 먼저 떠올라 아차, 싶었다. 신혁이 손에 들고 있는 죽을 내밀었다.

"먹고 약 먹어."

"네."

"감동 같은 거 받지 마. 지나가는 길에 들른 것뿐이니까."

"네. 절대 안 받을게요, 감동. 그러니까…… 잠깐 들어와서 차라도 한잔하고 가세요."

지나가는 길이라기에 거절할 줄 알았는데, 신혁은 선뜻 안으로 들어섰다. 그가 자신의 사적인 공간 범위에 들어와 있다는 것에 기분이 미묘해졌다. 평소 느끼던 집 안의 공기가 그의 숨결을 타고 스치며 색달라지는 것만 같았다.

"앉아요. 금방 차 줄게요."

"차는 됐고 죽이나 먹어."

"금방 끓여요."

"아픈 사람한테 차 대접받아 마실 만큼 쓰레긴 아니니까, 와서 죽이나 먹으라고."

"무슨 말을 그렇게 극단적이게 해요?"

걱정이 돼서 그런다고 말하면 될 걸, 저렇게밖에 표현하지 못하는 신혁에 주아는 살가운 핀잔을 두었다. 사실, 그가 진짜 걱정하고 있는 건지 어쩐 건지는 모르겠다만 그래도 손수 죽까지 사온 것을 보니 자신의 존재가 아예 그의 신경 밖은 아니라는 생각이 들었다.

신혁은 함구했다. 그저, 자신이 사온 죽의 뚜껑을 열고선 빈자리를 툭툭 쳤다. 어울리지 않는 생소한 다정함이었다. 정신을 차리고 보니, 자신이 죽을 사온 것도 부족해서 손수 뚜껑까지 다 열어주고 있는 것을 발견한 신혁은 둔탁한 무언가로 머리를 가격당한 것 같았다. 마치 타인의 감정이 와 박힌 것 같았다. 그 정도로 낯설었다. 아무래도 아프다고, 나름 배려를 해주는 것 같았다. 그래서 맞은편에 앉으며 감동의 얼굴을 하고 있는 주아를 향해 산통 깨는 소리를 해댔다.

"아무 감정도 이입하지 마. 단지, 중국 출장 가 있는 동안 너 몸 아파서 회사 일에 지장 있다는 소리 못 나오게 하려고 사온 거니까."

신혁이 출장을 가든 안 가든, 아프다는 이유로 무책임하게 회사를 나가지 않거나 폐를 끼친 적은 단언컨대, 없었다. 그래서 방금 말한 신혁의 발언은 주아를 시큰둥하게 만들기 충분했다.

"아무 감정도 이입하지 않고 있었어요."

"다행이네."

"집에서 오시는 거예요?"

"응."

"근데, 어디 가는 길이에요?"

"그만 떠들고 먹어."

입맛은 없지만 사온 사람의 정성도 있고 해서 주아는 몇 숟가락 떠먹었다. 그래도 고소하면서도 담백하게 퍼지는 죽을 먹고 나니,

기운이 좀 나는 것 같기도 했다.

"잘 먹었어요."

"그래. 그럼 약 먹고 쉬어."

신혁은 급한 일이라도 있는 사람처럼 서둘러 일어섰다. 같이 있으니, 온 신경이 그에게 쏠린 탓일까? 아픔이 미미해졌다.

"차라도 한잔하고 가세요."

"됐어. 쉬어."

볼일이 있는 사람을 잡고 늘어져 있을 수 없어 더는 잡지 않았다. 신혁이 나가고 혼자가 되었지만, 주아는 여전히 집 안의 공기가 훈훈하다는 것을 느꼈다. 그가 고작 한 시간 정도 머물러 있던 공간임에도 불구하고 말이다.

이유 모르게 기분이 좋았다. 남은 죽을 정리하면서도 주아는 자꾸만 새어 나오는 웃음을 숨길 수가 없었다.

* * *

도착한 상하이에서 이틀 동안 빠듯이 현지 업체 사람들을 만나 미팅을 갖고 입점하게 될 대형 아울렛을 돌아다니다 보니, 하루가 금세 저물어 갔다.

그 뒤로도 머물고 있는 호텔로 들어와 남은 업무를 진행하다 보니, 새벽이 다 되어가고 있었다. 목이 뻐근하고 눈이 시려서 더는 서류를 볼 수 없을 때쯤, 신혁은 바쁜 숨을 몰아쉬며 겨우 휴식을 취했다. 소파에 몸을 깊숙이 기대어 눈을 감자 주아의 얼굴이 아른거렸다.

곱창을 맛있게 먹던 것도, 아픈 와중에도 열린 현관문 사이로 반가워 어쩔 줄 몰라 하던 눈빛도, 딸기 맛이 났던 입술도.

주아와 저녁을 먹는 것이 자연스러워진 만큼, 주아를 생각하는 시간 또한 일상화가 되었다. 자신이 인식하지도 못하는 사이에 이렇게 주아를 떠올리며 신혁은 묘한 기분에 빠져 시간 가는 줄 모르고 생각에 잠겨 있었다. 그러다 자신이 주아의 생각에 감정이 수시로 변한다는 것을 인식하면 정신이라도 차리려는 듯, 애써 생각을 떨어트리기 위해 노력했지만 모두 헛수고일 뿐이었다.

소파에서 일어나 창문으로 향했다. 상하이의 불빛은 늦은 밤에도 불구하고 아직도 환하게 세상을 밝히고 있었다.

깊게 빠져들면 안 될 사람이었다. 자신이 이루고자 하는 목표에 주아는 없다는 것을 늘 명심하며 지내야 한다.

그럼에도 자꾸만 떠오르는 그녀의 생각은 짙은 자국이라도 남긴 흉터처럼 그의 머리에서 쉽게 빠져나가지 않았다.

바뀐 잠자리에 대한 불편함도 있고 종종 치고 들어오는 주아 생각 때문에 제대로 잠을 이루지 못한 채로 신혁은 다음 날 한국행 비행기에 몸을 실었다. 가는 동안에도 서류를 보던 신혁은 초저녁에 한국에 도착했고, 바로 휴대폰을 켰다. 켜기가 무섭게 전화가 걸려왔다.

-신혁이 어디야? 너 연락이 왜 이렇게 안 돼?

전화는 현재 대한민국에서 대표적인 경비 사업을 하고 있는 그룹 장남 영운이었다.

"무슨 일인데?"

-오늘 지운이 생일이잖아.

사교계에 몸을 담그고 있는 이상, 번번이 귀찮은 일임에도 불구하고 참석해야 하는 몇 가지 모임들이 있다. 주식 얘기나 현재 수입에 있어서 활발한 상승을 보이고 있는 국가 시장에 대한 정보를 쏠쏠히 들을 수 있는 곳이 바로 이런 사교 모임이었다. 이곳의 모두가 앞으로 기업을 맡게 될 후계자들이었다. 그들과 좋게 지내서 나쁠 건 없었다. 말이 좋아 사교 모임이지, 실상은 요란스럽고 거창하게 하는 생일 파티일 거였다.

친구들이 있는 호텔로 페달을 밟았다. 그사이 전화는 세 통이 와 있었고 문자는 열 통이 넘어가고 있었다. 징글징글한 놈들이라 입술 밖으로 낮은 욕을 뱉으며 막 도착한 호텔 앞에 차를 세우고 내렸다.

발레파킹으로 직원에게 키를 건네고 호텔 로비로 들어서자, 총지배인이 다가왔다. 이름을 얘기하자 직접 안내를 해주었고 이 호텔의 일가들만 사용하는 전용 승강기에 몸을 실었다.

도착한 룸은 그야말로 난장판이었다. 백화점 한 층의 반 크기 정도 되는 그곳엔 큼직한 풀과 각종 게임, 그리고 Bar 형식으로 술을 마시고 춤을 출 수 있는 곳까지 마련되어 있었다. 놀기 좋아하는 지운의 호텔룸다웠다.

"어! 우리 신혁이 왔다!"

"어디, 어디!"

누군가의 외침에 방 안이 일제히 조용해지고 이목이 한꺼번에 집중되었다. 이제 꽤 익숙해질 만도 한 이목이었지만, 신혁은 여전히 불편하기만 했다.

"요란은."

제게로 다가오는 친구들에게 핀잔을 하며 Bar로 가서 가벼운 칵테일 하나를 시켰다. 이 파티를 위해 고용된 바텐더가 열심히 칵테일을 만들어주는 동안 지운과 성환 그리고 몇몇 친구들이 곁으로 다가왔다.

　"우히 신혁이 어뚜게 지냈어?"

　지운이 잔뜩 꼬인 혀로 물었다. 퀭한 눈이 술을 보통 마신 것이 아니었다.

　"작작 마셔. 그러다가 생일날 황천길 갈라."

　"황천길 가기 전에 우리 신혁이랑 술 한잔은 하고 가야지."

　헤헤, 미친놈처럼 웃으며 잔을 건네는 지운에 신혁은 고개를 내저었다. 자꾸만 제게로 쏠리려는 관심을 신혁은 간신히 거두어내고 혼자 앉았다. 너무 늦게 온 건가, 정보고 뭐고 다들 취해서 발정 난 놈들처럼 놀고 있었다. 이 한 잔만 하고 가야지 생각하고 있는데, 멀찍이 있는 성환의 상태가 심상치 않았다.

　수영장 안에 들어가서 처음 보는 여자와 열렬하게 키스를 하고 있는 성환을 보고 있으려니, 구역질이 나오려 했다. 그 역겨울 만큼 꼴도 보기 싫은 장면을 외면하며 일어서려는데, 누군가에게 팔뚝이 붙잡혔다.

　"못 보던 오빠네?"

　야한 옷차림에 노골적으로 제 커다란 가슴을 신혁의 팔에 밀착시킨 여자는 부담스러울 정도로 한껏 올린 속눈썹을 붙인 눈을 귀여운 척 끔뻑이고 있었다.

　"네 젖에 관심 없으니까, 치우지."

　"정말? 다른 남자들은 끔뻑 죽던데."

"그럼 그 끔뻑 죽는 새끼들한테 가서 들이밀어."

"잘생겼다. 거기다가 도도해. 나 나쁜 남자 스타일 좋아하거든. 그건 오빠가 완전히 내 스타일이라는 뜻이야."

여자는 듣기 싫은 말과 경멸스러운 신혁의 눈빛에도 눈 하나 깜빡이지 않고 처음 왔던 그 모습을 그대로 유지했다.

"저리 안 꺼져?"

"나 오빠 세컨드 하면 안 돼?"

"뭐?"

'세컨드'라는 말에 신혁의 미간이 불쾌하게 구겨졌다.

"왜 놀라고 그래? 오빠 같은 사람들, 몸매 되고 애교 되는 우리 같은 애들 세컨드로 많이 두잖아. 저 오빠도 그렇고."

여자는 여전히 수영장 안에서 여자의 몸을 탐하느라 바쁜 성환을 가리키며 말했다. 신혁의 눈이 어지럽게 주변을 살폈다. 모두들 약혼녀와 아내가 있는 친구들이었다. 그럼에도 다른 여자를 끼고 즐겁게 밤을 보내고 있었다.

갑자기 참을 수 없이 열불이 나고 속이 갑갑해져 왔다. 뭐라도 하나 때려 부숴버리고 싶은 극단적인 충동을 겨우 참고 있는데, 여자가 또다시 주둥이를 나불거렸다.

"그 순진한 표정은 뭐야? 오빠 같은 사람들, 우리처럼 뭐 갖고 있지도 않는 애들 절대 부인으로 둘 리가 없잖아? 지금 그 표정, 생긴 거랑 정말 안 어울린다."

"……"

"어때? 오빠? 오늘 나랑 같이 놀래? 내가 진하게 놀아줄게."

"넌 왜 하필 세컨드가 되고 싶은데?"

"왜 세컨드가 되고 싶으냐······. 나쁘지 않잖아. 비싼 음식 사줘, 내가 못 사는 가방 사줘, 좋은 곳도 데려가. 가끔은 용돈도 주고. 그 용돈이 얼마나 두둑한 줄 알아? 일 같은 건 안 해도 될 정도라고. 거기다가 오빠는 피지컬까지 끝내주니까, 나한테 절대 손해 보는 장사는 아니지."

싸구려 향수 냄새가 나는 것 같아서 속이 다 메슥거렸다. 신혁은 치밀어 오르는 짜증 때문에 굳어진 목을 무겁게 풀며 거칠게 여자를 뿌리쳤다. 여자가 꺄! 소리를 내며 튕겨져 나갔다.

"다리 벌려주는 그 장사, 다른 놈한테나 실컷 팔아. 난 단돈 천 원으로도 살 마음 없으니까."

친구들에게 인사도 하지 않고 그대로 호텔을 빠져나왔다. 숨통이 조이는 것 같은 넥타이를 풀어 손으로 말아 쥐고 있었지만, 곧 분에 못 이겨 바닥으로 내던져버렸다. 더디게 올라오는 승강기 속도에 발을 걸어차도 차오르는 분은 쉽사리 식혀지지 않았다.

빡치는 일은 늘 한꺼번에 몰려오는 법이었다. 오늘 신혁은 제대로 재수가 없는 날이라며, 똥을 밟아도 이렇게 더러운 똥을 밟을 수 있나며 한탄했다.

열린 승강기 문으로 나와 호텔 로비를 바쁘게 지나가는데, 한 여자와 눈이 마주쳤다. 사납게 변한 자신의 눈과는 달리, 여자는 휘둥그레진 눈으로 무척이나 놀라고 있었다. 신혁은 여자의 곁에 서 있는 남자와 어린 여자아이가 있음에도 불구하고 아랑곳하지 않고 여자에게로 다가갔다.

여자는 제 곁에 서 있는 남자에게 급하게 무언가를 말했고 남자와 어린 여자아이는 똑같은 미소를 지으며 로비 중앙에 있는 레스토랑으로 들어갔다.

"오랜만이에요."

신혁이 곁으로 다가오자, 여자는 잔뜩 긴장한 목소리로 말했다.

"우리가 다정하게 인사를 나눌 사이는 아닌 것 같은데."

"친구들이랑 파티라도 했나 봐요."

"당신도 부를 걸 그랬나? 좋아하잖아. 파티."

"같은 형제인데도 참 달라요. 신우 씨랑 전 도련님은."

여자의 입에서 나온 신우의 이름에 신혁의 심장이 또다시 쿵, 하고 곤두박질쳐지는 것 같았다.

"아니다. 생각해보면 비슷하다. 둘 다 겁쟁이. 신우 씨는 웃음과 친절로 겁을 숨겼다면, 도련님은 센 척과 싸가지로 겁을 숨긴 거죠."

"입 닥쳐. 돈에 미친 여자가 지껄일 말은 아니야."

"돈에 미쳐? 내가?"

"그럼 아니야?"

"신우 씨는 좋은 남자였어요. 하지만 그건 J-world의 장남으로서였지, 진짜 윤신우 자체가 좋은 남자는 아니었죠. 모든 걸 포기하고 나온 윤신우는 아무것도 하지 못하는 어린애 같았거든. 세상에 조건을 바라지 않고 하는 사랑이 어디 있어? 그건 내 잘못이 아니야. 네 형 말이야. 나중에는 할 게 없어서 하루 종일 강아지처럼 날 졸졸 쫓아다니면서 얼마나 귀찮게 하고 집착이 심했는지 알아요?"

형의 애틋한 사랑이 이렇게 폄하되는 것을 용서할 수 없었다. 신혁의 눈은 점점 분노로 인해 붉게 물들어져 가고 있었다.

"그래서 그 강아지 걷어차버리고 살고 있는 삶은 행복해?"

비릿한 신혁의 비웃음에 여자가 움찔했다.

"적어도 윤신우보다는 잘난 남자 만났어야 할 텐데. 아니다. 적어도 J-World보다는 괜찮은 기업의 남자를 만났어야 할 텐데."

"이봐요, 윤신혁 씨."

"그래야 그 강아지 때문에 좆같이 살았던 네 인생이 보상이 될 거 아니야. 안 그래?"

"대체…… 뭘 어쩌……."

"엄마!"

여자의 말이 끝나기도 전에 아까 남자와 함께 레스토랑에 들어갔던 아이가 곁으로 다가와 다리를 와락 붙잡았다.

"지안아, 들어가 있어. 엄마 곧 갈게."

"이름이 지안이구나."

신혁이 아이의 눈높이에 맞게 앉았다. 아이는 엄마의 다리를 붙잡은 채, 신혁을 맑은 눈으로 바라보고 있었다. 그런 아이를 향해 신혁은 싱긋 웃어주었다. 그 웃음이 여자를 또 한 번 공포에 떨게 만들었다.

"지안아, 삼촌 얼굴 꼭 기억해둬."

지안이가 붙잡고 있는 여자의 다리가 미세하게 떨려오고 있다는 것을 신혁은 느끼고 있었다. 그럼에도 신혁은 사악한 미소를 거두지 않았다.

"그리고 필사적으로 피해 다녀. 그러지 않으면, 네 인생이 무척이나 고단해질 테니까. 하지만 나를 원망할 필요는 없어. 돈에 미친 네 엄마를 원망하면 돼."

"윤신혁!"

뒤에서 찢어질 것 같은 비명에 가까운 고함을 내지르는 여자의 목소리에 아이는 울음을 터트렸지만 신혁은 조금도 흔들리지 않고 호텔 로비를 빠져나왔다. 직원이 금세 가져다준 차에 올라탄 신혁은 거칠게 차를 몰아 도로로 향했다.

'대표님의 아내가 될 수 없지만, 여자로 곁에 머물고 싶어요.'

주아가 제게 했던 말이 자꾸만 머릿속에 떠돌았다.

'오빠 같은 사람들, 우리랑 진짜 결혼할 마음은 없잖아? 그래도 몸매 되고 애교 되는 우리 같은 애들 세컨드로 많이 두잖아. 나쁘지 않지. 비싼 음식 사줘, 내가 못 사는 가방 사줘, 좋은 곳도 데려가. 거기다가 오빠는 피지컬까지 끝내주니까, 나한테 절대 손해 보는 장사는 아니지.'

'신우 씨는 좋은 남자였어요. 하지만 그건 J-world의 장남으로서였지, 진짜 윤신우 자체가 좋은 남자는 아니었죠. 세상에 조건을 바라지 않는 사랑이 어디 있어?'

오늘 들었던 이야기들이 주아가 했던 말과 겹쳐 신우의 귀와 머리, 심장을 자극시켰다. 결국 신우는 얼마 가지 못하고 갓길에 차를 세웠다. 참을 수 없는 분노를 못 이기고 몇 번이고 핸들을 내리쳤다.

"설마, 너도 그 이유 때문인 거야……. 내가 J world의 아들이니까?"

'네. 비서는 싫어요. 그러니까 여자로 대해주세요.'

"비서는 받을 수 있는 게 없으니까……?"

그렇게 상처를 줬는데도 끝까지 제 여자가 되고 싶다고 고집을 피운 이유가, 이것 때문이었던가?

누군가가 심장을 망치로 부수는 것 같았다. 이 와중에 휴대폰 화면이 번뜩거리며 문자 하나가 날아왔다.

[이번 주 토요일. 3시. JB호텔 커피숍, 민정윤, 알지? 엄마가 전에 말했던 사람. 이번엔 잘하고 와! 아버지가 거시는 기대가 커.]

"좆같네. 진짜."

신혁은 거칠게 휴대폰을 집어 던졌다. 휴대폰이 힘없이 앞 창문을 맞고 튕겨 조수석 밑으로 떨어졌다.

7.

회사에 가는 주아의 발걸음이 더욱 가벼워졌다.

온전치 않은 연애라도 그 감정이 자꾸만 아침을 기다리게 하고 하루 종일 들뜨고 설레게 만들었다. 그를 위해서 뭘 줄 수 있을까, 틈틈이 고민을 하기도 했다. 그래서 점심시간에는 좋은 향이 나는 천연 캔들을 만들어보려고 이곳저곳에 들러 재료도 샀다.

그러다 우연치 않게 발견한 가족공예를 보고 커플 고리도 만들어보고 싶었다. 그는 차 키에 가지고 다니고 자신은 가방에 끼워 다닐 수 있게.

"뭘 봐도 전부, 신혁 씨랑 연관을 시키는구나."

어떤 소소한 것을 봐도 정말, 모든 것을 신혁과 '함께'라고 연관을 지었다. 언제 끝나게 될지 몰라 불안하면서도 지금 당장 이 기분이 좋아서 어쩌면 영원할지도 모른다는 생각이 들었다. 연애를 하는 동안 그랬듯이 오늘도 퇴근길에 신혁의 차로 미리 예약한 레스토랑으로 저녁을 먹기 위해 향했다.

"이번 주 주말은 안 돼. 맞선을 봐야 하거든."

이번 주 주말에도 종종 그랬던 것처럼 가까운 곳으로 드라이브도 하고 경치가 좋은 카페에서 커피를 마시고 싶다고 했다. 하지만 보기 좋게 거절당했다. 그것도 맞선을 봐야 한다는 이유로.

신혁은 자신과 만날 수 없는 이유를 굳이 숨기지 않았다.

숨기지 않을 걸 알고 있었으면서도 감정 관리하기가 쉽지 않다. 우아하고 잔잔한 클래식 음악이 나오고 있는 고급스러운 레스토랑에서 식사를 하는 사람에 걸맞게 스테이크 하나를 써는 신혁의 동작엔 세련된 기품이 풍겨져 나오고 있었다. 상처 하나 없이 기다란 손가락과 힘줄이 도드라져 있는 손등.

저 손으로 제 살결을 어루만져주는 느낌은 어떠할까, 궁금해졌다. 그리고 깊숙이 잠재되어져 있던 본능이라는 감정이 무거운 사슬을 벗겨내며 주아의 이성 끝까지 다가온 기분이었다.

느껴보고 싶었다. 마음을 가질 수 없다면, 몸이라도 마음껏 갖고 싶어졌다.

"맞선 보시는 분이요. 어떤 분이세요?"

"아주 예쁘고 능력도 좋고 집안도 좋은 사람이지. 모두가 예상하는 그대로."

"기대돼요?"

비아냥거리는 듯한 주아의 목소리에 신혁은 금세 반응했다. 들고 있던 나이프와 포크를 내려두고 디너 냅킨으로 입 주변을 덤덤하게 닦았다. 그리고 말했다.

"처음부터 이런 관계, 불만 없이 시작하기로 했던 거 아니었나?"

"네. 맞아요. 불만 같은 거 없어요."

"눈빛과 목소리의 억양은 전혀 다른 이야기를 하고 있는 거 같은데?"

들켰다. 주아는 속으로 그렇게 생각했다. 때론 감정은 너무 자기 멋대로 구는 경향이 있다.

"맞아요. 사실 무척이나 불만이에요. 그래도 너무 걱정하진 마세요. 땡깡이나 앙탈 같은 건 부릴 생각 없으니까요. 여기에 만족하기 위해 애써, 노력하고 있어요."

"다행이네. 그런 거 했으면 당장 끝냈을 텐데."

너무 아무렇지 않게 말하는 신혁의 잔인함에 주아는 마음에 상처가 깊게 새겨지는 것 같았다. 제게 상처만 주는 남자가 뭐 이리도 좋을까, 싶다가도 모르겠다, 그저 함께하고 싶었다. 특별한 무슨 계기가 있거나 이유가 있어서 그를 사랑하게 된 것은 아니다. 그냥, 어느 순간부터 그가 가랑비처럼, 다사로운 햇살처럼 스며들었다.

"호칭 정했어요."

신혁이 대답 대신, 눈썹을 살짝 추켜들었다.

"신혁 씨로 할게요."

"뭐 특별한 거라도 나올 줄 알았더만."

"근데, 신혁 씨는 저랑 뭐 하고 싶은 거 없으세요?"

"너랑?"

되물으며 그는 포크로 제법 큰 스테이크 조각을 찍어 입에 가져갔다. 어금니로 강인하게 씹느라, 턱 주변의 뼈가 도드라져 보였

다. 입 안에 있는 스테이크를 아주 느긋하게 먹은 후, 입술을 떼어
냈다.

"자고 싶어."

그가 말하는 자고 싶다는 것이 무엇을 의미하는 줄 안다. 그와
연애를 하겠다고 호텔로 갔던 그날 밤처럼 진한 키스를 한 후, 피
로함에 젖어 단순히 서로의 곁에서 잠만 자는 것은 아니겠지.

"이제 우리 슬슬 그럴 시간도 된 것 같고, 난 마음보다 몸이 더
외로운 사람이거든."

"자요. 그럼."

서로를 탐하며 어쩌면 그는…….

몸의 외로움을 자신은 마음의 외로움으로 채울 수도 있다는 생
각이 들었다. 몸밖에는 가질 수 없어도 상관없었다. 그걸 알면서도
그에게 모든 것을 바치고 싶어 하는 자신을 한심스럽게 생각해도
상관없었다. 그로 인해 더욱 깊어진 외로움을 달래주고 싶은 것이
더 간절할 뿐이었다.

그의 관한 것이라면 무엇 하나라도 미친 듯이 갖고 싶었다.

"내가 너랑 자고 싶다고 한 의미, 제대로 파악했어?"

"……."

"단순히 그때처럼 그냥 잠만 자자는 게 아니야. 섹스를 하고 싶
다는 거지. 그때, 네가 그랬던 것처럼."

노골적인 단어를 쓰면서도 그것이 전혀 저급해 보이지 않는 건,
평소 신혁이 가져온 이미지 때문일 거였다. 그의 몸이라도 가질 수
있다는 생각에 주아의 심장이 갑자기 걷잡을 수 없을 만큼 거칠게
뛰었다. 벌써부터 그가 자신의 신체 일부분을 움켜잡고 있기라도

한 것처럼 뜨겁기까지 했다.

"그러니까요. 하자고요. 섹스."

* * *

신혁으로 인해, 호텔 문이 굳건하게 닫혔을 때 비로소 주아는 모든 것을 실감했다. 자신이 신혁과 이곳에 오게 된 본연의 목적에 대해서.

넓찍하고 고급스러운 물건들로 장식되어 있는 호텔 방은 이전에도 주아를 잔뜩 긴장하게 만들었던 그곳이었다. 신혁은 제 목을 조이는 것 같던 넥타이를 느슨하게 풀며 창가 쪽으로 향했다. 보석들을 으깨어 흩뿌린 것 같은 오색찬란한 전경을 두꺼운 커튼을 쳐 감추었다. 그러다 뒤에 서 있는 주아에게 시선을 던졌다.

"열고 할까? 어차피 고층이라 보이지도 않을 거고. 마치 하늘 위에서 하는 것 같고 나쁘지 않을 거 같은데."

표정이 짓궂었다. 마치 배가 부른 맹수가 제 손에서 파르르 떨고 있는 먹잇감을 쥐고 자신의 위치에 대한 우월감에서 나오는 희열을 느끼는 모습 같았다. 하지만 그는 다행스럽게도 발톱까지는 들이밀며 위협하지 않았다. 굳이 대답을 하지 않는 주아에 배려한 건지 성가신 일을 만들기 싫어서인 건지, 커튼은 거두어지지 않았다.

"먼저 씻을래?"

이번엔 손목에 찬 시계를 풀며 그가 말했다. 주아는 여전히 입술을 굳게 다문 채 그를 응시했다. 이곳에 들어선 순간부터 방 안 가득 줄곧 제 목소리만 들려왔던 신혁이 불쾌한 듯 미간을 강하게 구겼다.

"대답 좀 하지? 내가 억지로 데려온 거 아니지 않나."

"죄송해요. 잠깐 딴생각을 좀 하느라."

신혁은 그 말에 더욱 기분이 나빠졌다. 자신과 있는데, 다른 생각을 한다? 이제 정말 자신을 좋아하는 것이 맞나 싶을 정도로 의심스러웠다.

형이 간절하게 바라며 자신의 모든 것을 버리면서까지 선택한 그 여자. 혹시 그 여자가 갖고 있는 그런 추잡스러운 욕망으로 자신을 붙잡은 건 아닌가 하는 의심이 들기 시작했다. 비서로서의 주아는 신뢰해도 여자로서의 주아를 신뢰하기에는 시간과 감정들이 역부족이었다. 그것이 지금 신혁의 가장 큰 불만이었다.

그런 신혁의 마음을 아는지 모르는지, 주아는 그래도 나름 연애를 하고 있는 남자와 첫 관계를 한다는 설렘은 전혀 없어 보이는 여자의 얼굴을 하고 욕실 방향으로 몸을 돌렸다.

"먼저 씻을게요."

주아는 복잡하게 얽힌 고민들이 시원한 물줄기와 함께 씻기길 바랐다. 하지만 그녀는 욕실로 한 걸음도 내딛지 못하고 그대로 신혁에게 끌려 침실로 향해야 했다.

"그냥 하자."

"잠깐만요."

뒤에서 끌려가지 않으려고 힘을 주어도 아무 소용이 없었다. 신혁에게 끌려서 침대에 던져지다시피 눕게 된 주아가 일어날 틈도 없이 신혁이 두 팔을 붙잡고 발버둥치는 몸을 다리로 제압했다. 갑작스러운 그의 행동에 놀라고 당황한 주아가 격하게 몸부림쳤지만 여전히 아무 변화도 없었다.

하지만 주아는 알고 있었다. 몸부림치는 자신을 잡고만 있을 뿐, 신혁은 어떤 행동도 취하지 않았다. 겨우 몸부림을 멈춘 주아가 자신의 위에 있는 신혁을 올려다보았다. 그의 눈빛은 혼란스러움이 가득 스며들어 거세게 요동치고 있었다.

"나랑 자려는 이유를 말해."

"자고 싶다면서요. 나랑."

당신을 좋아하니까요, 라는 기다리고 있던 대답이 아니라 신혁은 기분이 상했다.

"그러면 그때는? 그때는 왜 나랑 자자고 그랬어?"

"말했잖아요. 유민채 씨하고 잘 바에는 나랑 자자고……. 세컨드는 나 하나만 두라고……."

"세컨드……. 단순히 남자가 자고 싶다고 자는 여자인 거야? 세컨드라는 이유로?"

"그렇다고 좋아하지도 않는 남자한테 아무한테나 막 몸 바칠 정도로 저급한 여자는 아니에요. 좋아하는 당신이 그러고 싶다고 하니까, 그렇게 하겠다고 한 거죠. 날, 그렇게 평가하지 말아줘요."

"그러면서 억지로 안기는 것처럼 구는 이유가 뭐야? 진짜 네가 원하는 게 뭐냐고!"

"내가 원하는 거요?"

"그래. 네가 원하는 걸 말해. 내 등골에 빨대를 꽂고 빨아먹으면서 인생 좀 편하게 살아보겠다고 이 지랄 하는 거 아니야?"

주아는 절망적인 눈빛으로 신혁을 바라보았다.

"지금 무슨 말을 하고 있는 거예요?"

"네가 생각하고 있는 그 말을 하고 있는 거야."

"내 사랑을 그렇게 모독하지 말아요."

"사랑? 그게 확실히 있긴 있어?"

"이렇게 무시당하고, 사랑받지 못한다는 것을 알면서도! 그러면서도 당신이 자꾸만 좋아서, 그게 겁이 나서 그런 거예요. 처음부터 알고 시작한 건데도…… 조금 힘들어요."

주아는 자꾸만 격해지려는 감정을 추스르려는 건지, 눈을 감고 목울대로 넘어오려는 눈물을 억지로 집어삼켰다. 그 바람에 가뜩이나 가느다란 그녀의 목이 움푹 파이며 뼈가 도드라졌다.

"나는 점점 빠져버릴지도 모르는데, 당신은 그런 나를 두고 매정하게 돌아서버릴 테니까. 그럼, 그때 내가 감당해야 할 상처를 생각하느라, 그래서…… 그래서 그랬던 거예요."

애처로운 심정이 울컥할 정도로 와 닿았지만, 신혁은 감싸주지 않았다. 주아의 말대로 언젠가는 끝내야 할 관계였다. 형을 외면했던 부모님의 속을 좀 썩혀보겠다고 반항하듯 삐뚤게 했던 맞선. 하지만 이번에 보게 될 상대는 어쩌면 신혁이 원하는 진짜 권력을 손에 쥐게 해줄 수 있는 인물이 될지도 몰랐다.

그리고 무엇보다도 세상에 영원한 것과 사랑 따위는 없다. 그 결과를 신혁은 신우의 죽음으로 뼈저리게 느꼈다. 주아도 언젠가는 그 여자가 그랬던 것처럼, 자신이 갖고 있는 모든 것을 잃고 나면 곁을 떠나가겠지. 지금 당장은 원하는 것이 있으니, 입에 발린 소리를 하고 있겠지. 달콤한 사탕발림에 정신이 팔려 모든 것을 던져버릴 만큼 자신은 병신이 되고 싶지 않았다.

"알고 시작한 거잖아. 그랬으면 감당도 할 줄 알아야지."

"맞아요. 그래서 안 갔잖아요. 감당하려고…… 여기 있는 거잖아요."

"그래. 기왕 마음먹은 거, 한번 끝까지 버텨봐."

"버텨보죠. 하지만 당신도 버텨요. 그 자리에서 단 한 발자국도 내게 다가오지 말아요."

정은 자신만 줄 테니, 당신은 절대 정 따위 줄 생각도 하지 말라는 경고였다.

"네가 뭔데, 내 감정에 건방지게 경고 따위를 해."

뭐라 말하려고 벌어진 주아의 입술이 단숨에 신혁에게 먹혔다. 단순히 닿았다거나 침범했다는 것보다 훨씬 강렬했고 거셌다. 거칠게 헤집고 들어온 혀가 단숨에 그녀의 것을 강하게 흡수하여 이로 세게 깨물었다. 이전에 했던 달콤한 키스가 아니라 그의 포악스러운 행위에 주아의 여린 입술은 금세 찢어져버리고 말았다.

입 안 가득, 옅은 피비린내가 났다. 그럼에도 그는 멈추지 않고 더욱 몰아치듯 그녀의 안을 범했다. 주아의 타액과 가쁜 숨소리가 흘러가는 것을 조금도 용납하지 않는다는 듯 빈틈없이 강하게 빨아들였다. 오롯이 욕망으로 물든 시선과 달뜬 흥분으로 젖어든 그의 숨소리가 주아를 더욱 긴장하게 만들었다. 그의 억센 손길이 옷 안을 비집고 들어와 속옷을 가볍게 풀자 주아는 저도 모르게 몸을 달싹이며 옅은 신음을 내뱉을 수밖에 없었다.

자신이 벗을 수도 있었지만, 주아는 그냥 신혁에게 맡겼다. 그는 포악하게 주아를 감싸고 있던 천 따위를 벗겨냈다. 하얗고 뽀얀, 완벽하게 굴곡이 진 그녀의 맨몸에 신혁은 터져 나오려는 감탄을 겨우 참았다.

신혁은 손등으로 그녀의 가느다란 목선부터 아래로 천천히 쓸며 내려왔다. 쇄골을 지나 적당한 크기의 가슴을 스친 손등은 명치와 배꼽 아래로 향했다. 손등에 닿는 부드러운 감촉에 신혁은 제 몸도 점점 뜨거워지고 있다는 것을 느꼈다.

아직 어디 하나 제대로 맛보지 않았음에도 불구하고 벌써부터 드는 흥분을 감당할 수 있을지가 미지수였다. 그의 길고 단단한 손가락에 주아의 하얀 가슴이 세차게 지분거려지고 흔들렸다. 그녀를 만질수록 솟구쳤던 분노가 조금씩 녹아들고 그곳에 걱정이 될 정도의 흥미의 감정들로 뒤덮이고 있었다.

주아는 신혁의 손가락으로 튕겨 오를 때마다 심장도 같이 튕겨 오르는 쾌감을 느꼈다. 고작 키스와 가슴을 몇 번 만져준 것만으로도 느껴지는 쾌감이 무척이나 낯설었지만, 결코 멈출 수 없다는 것을 깨달았다.

그래, 멈출 수 없다. 그의 몸을 탐하는 것도, 그를 사랑하는 것도……. 자신을 탐하는 그를 멈추게 하는 것도, 전부 할 수 없을 것 같았다.

신혁의 손이 그녀의 다리를 옆으로 벌려 그 사이로 깊숙이 뻗어나갔다. 그러고는 가장 여리고 민감한 살결을 건드렸다.

"으음……."

꿋꿋하게 참으려고 했던 신음이 결국 터져 나오고 말았다. 들어와 안에 자신의 흔적이라도 남기려는 것처럼 신혁은 깊숙이 파고들었다. 신혁의 손이 움직일 때마다 주아의 몸은 거세게 흔들렸다. 불에 한참을 데우다가 오기라도 한 것처럼 그의 손은 뜨거웠고 그것이 살결을 스치듯 만질 때마다 주아의 신경세포가 예민하게 곤두섰다.

발끝에서부터 시작된 찌릿한 감각은 위로 전이될수록 더욱 짙어졌고 온몸을 지나 머리끝에서 멈췄을 때, 자신 안 속에서 빠르게 움직이던 그의 손짓도 멈추었다. 미끌미끌한 애액이 그의 손목까지 흘러내리고 있었다. 그 모습에 충격을 받아 눈조차 제대로 깜빡이지 못하는 주아를 보며 신혁은 이 방에서 처음으로 미소를 지었다.

"뭘 그렇게 놀래? 네가 느낀 거에 비하면 그다지 많은 것 같지도 않은데."

침대 위에서 짓는 그의 미소는 평소의 것보다 훨씬 더 관능적이었다. 와이셔츠로 손을 뻗던 신혁이 앞에서 겨우 이불을 끌어당겨 제 몸을 감싸고 있는 주아를 바라보았다.

"네가 벗겨줘."

와이셔츠로 향해 있던 신혁의 손등을 보고 있던 주아가 자신에게 닿아 있는 그의 시선과 마주했다. 그는 피하지 않았다.

"그래야 네 말에 실감이 좀 날 것 같아서. 좋아하는 나와 섹스를 하고 싶다는 네 말에."

지금 침대 위에서의 정사가 온전히 서로가 원해서 하고 있다는 것을 증명해달라는 뜻이었다.

"그러죠."

주아는 기꺼이 손을 뻗어 그의 와이셔츠 단추를 하나하나 풀어주었다. 셔츠를 벗기고 그의 바지를 끌어당겼다. 윤곽이 뚜렷하고 넓은 어깨와 깊게 파인 쇄골, 흠잡을 곳이 없는 섬세하고 단단한 복근과 관능적으로 굴곡이 진 치골. 그야말로 완벽함으로 이루어진 그의 몸은 남자의 몸에 대해서 잘 알지 못하는 주아의 눈길과 감각마저 흥분케 만들었다.

"왜? 마음껏 느끼고 싶어 죽겠어?"

자신의 몸을 바라보고 있는 주아가 무슨 생각을 하고 있는지, 금세 알아차린 신혁이 능청맞게 물었다. 주아는 이미 그를 한 번 느낀 후라 그런지, 욕정이라는 본능이 온몸에 퍼져 있었기에 변명을 하거나 내숭을 떨고 싶지 않았다.

"네. 느끼고 싶어요. 궁금하고…… 또 궁금해요."

주아의 대답에 만족스러웠는지, 신혁의 눈꼬리가 휘어졌다.

"그래. 마음껏, 감당이 되지 않을 정도로 느끼게 해줄게."

신혁의 손이 다시 그녀를 탐했다. 그로 인해 주아의 몸과 정신은 쾌락이라는 감각으로 던져져 무력해졌다. 주아를 만질수록 신혁의 것은 뜨거운 열기를 내뿜었다. 부풀어지는 고통을 더는 참을 수 없을 만큼 경지에 도달했고 결국, 그녀의 다리를 벌렸다. 신혁의 의지로 벌어진 다리가 그의 어깨에 걸쳐졌다. 뜨거웠던 곳에 옅은 바람이 불어와 시원하다고 느끼는 순간, 더 뜨거운 무언가가 예민한 곳의 입구에 닿았다.

딱딱하고 단단한, 그리고 생각 이상으로 큰 그의 기둥은 주아의 몸을 바싹 굳게 만들었다.

"힘, 주지 마."

신혁이 상체를 수그려 주아의 어깨를 깨물었다.

"아."

크게 아프지 않았지만, 몸이 많이 예민해진 탓인지 조금만 건드려도 미칠 것 같았다. 살짝 깨물고 말았으면 절대 풀어지지 않았을 긴장과 힘이었는데, 그가 어깨의 살을 입술로 빨아들여 촉촉하고 말랑말랑한 혀로 살살 어르듯 핥았다. 그 야릇한 애무에 살짝 긴장을 푼 순간, 그가 자신의 것을 주아의 안에 더욱 깊숙이 박았다.

"아!"

살결이 찢어질 것 같은 고통에 내지른 비명이 방 안 가득 퍼졌다. 아주 커다란 가시넝쿨이 헤집고 들어오는 것 같은 고통이었다. 고통스러운 건, 주아뿐만이 아니었다. 신혁은 생각보다 많이 좁은 그녀의 통로에 콱 조여 쥐어짜지는 아픔이 몰려왔다.

주아의 엉덩이를 살짝 들어 올리고 제 어깨에 매달린 다리를 조금 더 벌려보았다. 쉽게 들어가지 않아 답답하기보다는 애가 닳아 더욱 흥분이 되었다.

"참아봐. 적응이 될 때까지."

그건 주아에게도 자신에게도 하는 말이었다. 무엇 때문에 서로에게 적응을 해야 하는지는 알 수 없었다. 어차피 언젠가는 끝날 관계라고 단정하는 주제에.

사랑, 상처, 감당?

입에 발린 소리를 누가 못 해?

그리고 마침내 그녀의 안에 자신의 것이 전부 다 들어갔을 때, 느끼는 쾌감은 여태 살면서 느꼈던 최고의 황홀함이었다. 이대로 영원히 그녀의 몸에 갇혀서 사는 것도 나쁘지 않을 것 같다는 생각이 들 정도였다.

제정신이 아니었다. 미치겠다, 진짜 돌아버리겠다.

그녀의 안에 박혀서는 그 생각밖에 안 들었다. 그래서 정신없이 그녀의 안에 제 것을 박았다. 허리를 움직일 때마다 귓가를 스치는 주아의 야릇하고 달뜬 신음 소리는 신혁을 더욱 멈추지 못하게 만들었다.

주아는 점점 빨라지는 그의 속도에 여전한 고통을 느끼며 이불 자락을 움켜잡았다. 거침없이 제 몸을 쿵쿵 들이박으며 무서운 기세로 파고드는 신혁의 기둥에 주아의 몸은 그대로 부서져버릴 것만 같았다. 그가 손으로 만져줬을 때 느꼈던 쾌락은커녕, 여전히 어금니를 물며 버텨야 하는 고통만이 밀려들 뿐이었다.

신혁은 허리를 바쁘게 움직이는 중에도 단 한 번도 주아에게서 시선을 거두지 않았다. 고통에 몸부림을 치는 것, 쾌락에 몸부림을 치는 것, 전부 보고 싶었다. 그래서 자꾸만 피하려는 주아의 시선을 기어코 제게 고정시켰다.

이 괴로운 고통이 언제까지 이어질까, 몸부림치던 주아의 몸도 점점 달뜨기 시작했다. 신혁이 제 안에서 나갔다가 다시 거세게 들어올 때마다 여실히 몸이 흔들리고 뇌가 마비된 것처럼 아무 생각이 들지 않았다. 역시, 손으로 어루만져 주었던 것보다 훨씬 더 강하고 짜릿한 기분이었다. 매달리다시피 닿은 그의 등의 성난 근육들이 마치 손바닥에서 숨을 쉬는 심장처럼 생생하고 뜨거웠다. 그럴수록 그는 허리를 더 빠르고 세게 움직이며 그녀의 안을 파괴시키듯 점령했다.

오래도록 그가 제게 머물렀으면 좋겠다는 욕심이 들었다.

그의 뜨거운 기둥도, 그의 심장도.

* * *

온몸이 다 쑤셔왔다.

어제 새벽에도 계속 이어졌던 격렬한 정사에서 온 야속한 후유증이었다. 그럼에도 함께 힘을 소비한, 어쩌면 자신보다 더 큰 힘을 소비한 신혁은 너무 생생한 모습에 주아는 신기해했다. 샤워를 끝내고 나온 그는 어제 입었던 옷을 입었는데도 깔끔해 보였다.

"택시 불러줄게. 타고 가."

"그럴게요."

몸이 쑤셔서 도저히 대중교통을 이용하지 못할 것 같았다. 그리고 신혁이 신경을 써주고 있을 때 마음껏 그 배려를 받고 싶었다. 주아도 샤워를 하기 위해 가운을 입고 옷을 챙겼다. 욕실로 막 들어가려던 찰나에 오늘이 주말이라는 것을 인지했다.

"오늘 맞선 나가시죠?"

"응."

셔츠의 손목 단추를 잠그며 무심하게 대답했다. 어제 제 살결에서 느꼈던 그의 뜨겁고 거세게 뛰던 심장은 더 이상 없는 것 같았다.

"만약, 오늘 나가시는 맞선에서 그 여자랑 잘되면 저와의 관계는 어떻게 되는 거예요?"

"넌 어떻게 하고 싶은데?"

"글쎄요……."

"네 의견에 전적으로 따라줄게."

"날 위한 배려인가요?"

"응. 섹스 한 번 하고 버리기엔 아쉬울 것 같아서. 너 꽤, 맛있거든."

신혁이 저런 저급한 말을 쓸 줄은 몰랐다. 너무 노골적인 그 말에 주아는 큰 충격을 받았다.

"다만, 그 여자에겐 철저한 비밀로 한다는 조건에 한해."

심장에 커다란 가시가 찔리는 것 같다.

"비밀을 깨버린다면요?"

"넌 그렇게 못 해."

"왜요?"

"날 사랑하니까. 내가 불행해지는 걸 원하지 않잖아."

말을 하면서도 확신에 차지 못한 경계 서린 눈빛은 무엇을 의미하고 있는 걸까, 주아는 대답하지 않았다. 비밀을 깨버린다면 어쩔 거냐는 괜한 말을 물어본 것 같다. 자신의 치부만 들킨 것 같은 기분이었다.

욕실 안으로 들어온 주아는 거울 앞에서 자신의 상태를 살폈다. 어제 어찌나 빨고 물고 난리를 친 건지, 몸 곳곳에 붉은 자국이 가득했다.

"후우……."

깊게 한숨을 내쉬며 가운을 벗고 샤워기 앞에 섰다. 이전에 신혁이 샤워를 해서 그런지, 욕실은 후덥지근했고 물의 온도는 딱 적당했으며 은은한 향의 샴푸 냄새가 코끝을 기분 좋게 스쳤다.

싫어야 하는 게 맞는 건데, 이런 짓을 하고 있는 건 정말 어리석은 건데……. 왜 싫지 않고 또 다음에 그의 품에 안길 것을 생각하고 있는 건지……. 정말 미쳤나 보다. 미쳐도 단단히 미친 게 확실했다.

"돌겠다, 정말. 신주아, 너 정말……."

스스로를 이해하지 못하고 스스로의 격한 감정을 이기지 못하겠다. 지금 세상에서 가장 모르겠는 건, 자신이었다. 그렇게 한참을 자책하고 타이르며 겨우 샤워를 끝내고 나왔을 때, 소파에 앉아 욕실 문을 뚫어져라 바라보고 있는 신혁에 주아가 놀랐다. 샤워를 하는 게 꽤나 더뎠기 때문에 당연히 갔을 줄 알았던 그가 여전히 그 자리에 앉아 있었다.

"무슨 샤워를 그렇게 오래 해? 쓰러진 줄 알고 들어가보려던 참이었어."

"아직 안 가셨어요?"

"어. 아직 안 가셨어. 그러니까 서둘러."

"먼저 가세요. 전 천천히 하고 싶어요."

소파에서 일어선 그는 아무 미련 없는 사람처럼 문 앞까지 갔다가 잠시 걸음을 멈추었다.

"호텔 측에 택시는 준비해달라고 말해놨어."

"네."

그래도 기다려주겠다고 하지 않을까, 혹시나 하고 기대했던 것들이 굳게 닫힌 문과 함께 끝이 났다. 그는 돌아오지 않았고 주아는 한참을 혼자 호텔 방에 있다가 택시를 타고 집으로 돌아왔다.

호텔에서는 몰랐는데, 집에 돌아오니 극심한 허기가 졌다.

"아, 배고파."

대충 먹을까 했지만, 어제 나름의 격한 에너지 소비를 한 자신의 몸에 보신을 해주고 싶어 피로한 몸을 이끌고 굳이 마트로 향했다. 큼직한 닭에 찹쌀, 대추, 마늘, 인삼 그리고 전복까지 사서 들어왔다.

"참, 요란스럽다. 뭐 잘했다고."

삼계탕을 만들며 주아는 낮게 중얼거렸다. 그러면서도 중간중간 그와 나누웠던 격렬했던 정사를 떠올릴 때마다 얼굴이 붉어지고 숨이 가빠 올랐다. 매일 밤, 영원히 그의 품에 그렇게 안길 수 있다면 얼마나 좋을까. 그의 몸도 마음도 전부 갖고 싶었다.

지금쯤, 맞선녀를 만나 이런저런 대화를 나누고 있을 신혁의 표정이 궁금했다.

어떤 표정을 하고 있을까?

어제 자신을 품에 안고 있을 때, 주아도 처음 보았던 흥분과 쾌락에 도달한 표정이 자꾸만 겹쳐져서 마음이 씁쓸했다. 적어도 그가 웃고 있지만은 않았으면 하는 바람을 퍼붓는 동안 요리는 완성되었고 주아는 식탁에 앉아 먹기 시작했다. 격한 허기짐에 비해서 입맛은 별로였다.

버리는 것은 아까워서 대충 호일에 싸 냉장고에 넣어두고 소파에 앉았다. 신혁의 생각이 점점 깊어지려던 참에 휴대폰이 울렸다. 원장선생님이셨다.

"선생님."

주아가 상냥한 목소리를 내며 전화를 받았다.

- 그래, 주아야. 아니, 왜 또 돈을 보냈어. 매월 보내는 돈이나 이제 그만 보내, 이 녀석아. 너도 얼른 돈 모아서 시집가야지.

주아는 자신의 월급 10% 정도를 매월 고아원에 후원하고 있었다.

"그 돈 더 모은다고 집안 살림 엄청나게 대단해지는 것도 아니에요."

-그래도…… 아차, 꿈에서 네가 나타나서 말이야. 무슨 일 없는 거지?

"네. 아무 일도 없어요. 걱정 마세요."

-시간 나면 언제 한번 놀러와. 맛있는 거 해줄게.

"네. 한번 놀러 갈게요. 물론, 선생님 맛있는 거 사드리러."

-아이구. 갈수록 말도 어쩜 그렇게 예쁘게 해? 너 며느리로 데려가는 사람은 분명, 복 받은 거야. 내가 아들이 있었으면 참 좋았을걸.

고아원 아이들을 위해 결혼까지 포기하셨던 원장이었다. 원장과 몇 분 동안 수다를 떨고 나서 전화를 끊으니 그 허무함은 더 크게 다가오는 것 같았다.

"……."

혼자 있다 보니, 자꾸 신혁이 떠올랐다. 한숨이 연속으로 흘러나올 만큼 속이 갑갑했고 입술이 바짝바짝 말라갔다. 가만히 앉아 있을 수가 없어 주아는 자리에서 일어나 커튼을 치고 창문을 열었다.

"청소나 하자."

부지런히 바쁘게 움직이고 싶었다. 그래야 지금, 자신이 아닌 다른 여자의 맞은편에 앉아 있을 신혁의 생각을 조금이라도 거둘 수 있을 것만 같았다. 아니, 그럴 수 있기를 바랐다.

* * *

집에 들러 옷을 갈아입고 맞선 장소에 도착한 신혁은 아무 데나 자리를 잡고 앉아 먼 곳에 시선을 던졌다. 원래도 지루하기만 했던 이런 자리에서의 시간이 오늘따라 유난히도 견디기 짜증스러울 만큼 고리타분하게 느껴졌다. 신혁은 신경질적으로 주변을 둘러

보았다.

사진으로 대충 봤던 얼굴이 코빼기도 보이지 않았다. 아무튼, 이쪽 여자들은 늘 이렇게 시간 약속을 당연하게 어기며 건방지게 굴었다. 늦는 여자에 대해 열을 받아 하던 신혁은 어느새, 주아를 떠올리고 있었다.

제 목을 감싸며 내뿜었던 뜨거운 숨결, 느슨하게 감았다가 뜨며 자신을 담았던 눈동자, 손가락 사이로 흘러내리던 부드러운 머릿결과 촉촉했던 입술…… 새하얗고 뽀얀 맨몸이 자신으로 인해 흔들리고 움직이던 것을 떠올리자, 아래가 또다시 팽팽해지며 미간이 찌푸려질 정도의 고통이 느껴졌다.

제 품에 안겨 있던 주아의 눈빛을 잊을 수가 없었다. 자신을 갈망하고 때로는 자신을 사랑스럽게 바라보았던 그 눈빛.

그 눈빛은 거짓일까?

급한 대로 앞에 있는 냉수를 마셨다. 그럼에도 한번 달구어진 몸은 식을 생각을 하지 않았다. 집에는 잘 들어갔으려나.

휴대폰으로 주아의 전화번호를 찾고 있던 중, 머리 위로 까만 그림자가 드리웠다.

"윤신혁 씨?"

불린 제 이름에 고개를 든 신혁은 그제야, 자신이 맞선 상대를 기다리고 있던 중이라는 것을 깨달았다. 아쉬웠지만 휴대폰을 내려놓아야 했다.

"기다리게 해서 미안해요. 일부러 그런 건 아니고, 오다가 차가 좀 밀려서 그랬어요."

잘 보이고 싶어서 하는 변명은 아니었다. 목소리에는 다른 재벌의 자제들처럼 오만함이 묻어 있었다. 여자는 직원을 불러 차가운 아메리카노를 주문했다. 그리고 그것이 나올 때까지 아무 말도 하지 않다가 나오니 그대로 잔을 비워냈다.

"어제 술을 마셨더니, 갈증이 좀 나서."

관심도 없는 말에 혼자서 열심히 설명 중인 여자를 신혁은 감흥 없는 눈빛으로 바라보았다.

"제 이름은 아시죠? 윤신혁 씨."

"자기소개 같은 거는 건너뛰죠. 어차피 서로에 대해서 웬만한 건 다 알고 나오는 길일 테니까."

"그거 좋네요. 귀찮은 일도 없고. 맞선 자리는 꽤 많이 들어왔다고 들었어요. 그런데 잘 안 나갔다던데, 눈이 꽤 높은가 봐요."

"충분히 높아도 비난받지 않을 만한 인물 아닙니까?"

웃음기 하나 없는 무표정을 한 신혁의 물음에 정윤은 굳이 부정하지 않았다.

"맞아요. 건방 떨어도 되실 만한 인물인 것 같네요."

여자는 전형적인 미인에 속하는 외모였다. 그럼에도 여자를 보니 주아로 인해 한껏 달아올랐던 몸이 점점 식어가고 있었다. 흥미는 급속도로 떨어져가고 있었고 지금, 주아가 무엇을 하고 있는지에 대한 궁금증만 격하게 깊어지고 있었다.

"저에 대해서 궁금한 거 없어요?"

정윤이 물었고 신혁이 입술을 떼어냈다.

"만난 지 얼마나 됐다고 궁금한 게 생기겠습니까?"

"그럼 그건 궁금한 게 생길 때까지 계속 만나보자는 뜻?"

여자는 일부러 그러는 건지, 눈을 생글생글 웃다가 급기야는 테이블 위에 올려져 있는 신혁의 손등을 두 번 톡톡 건드렸다.

"그렇게 끼 부리면 다른 남자들은 좋다고 미치지?"

"……맞선 보러 온 거 맞아요?"

신혁의 지적에도 여자는 전혀 기가 죽는 눈치가 아니었다.

"싸우러 온 것처럼 보였습니까?"

신혁이 억지의 배려로 살짝 미소를 머금으며 물었다.

"웃을 때, 한쪽 꼬리 올라가는 거, 그리고 여기."

정윤은 자신의 왼쪽 눈 밑을 톡톡 건드렸다.

"여기 있는 점, 되게 매력적인 거 알아요?"

"압니다."

"무척 당당하시네."

"겸손 떠는 건, 제 특기에 없어서."

'다 잘하시는데. 겸손 떠는 건 잘 못하시는 거 같아서요.'

젠장, 주아가 또 떠오른다. 신혁의 대답이 재밌다는 듯이 여자는 소리를 내면서까지 웃었다. 재밌으라고 한 얘기가 아니었던 터라, 신혁은 그런 정윤을 어이없게 바라볼 뿐이었다.

"맞선 재밌어요?"

한참을 웃던 정윤이 엉뚱하게 물어왔다.

"재미가 있겠습니까?"

"하긴 표정만 봐도 알 것 같아요. 난 윤신혁 씨가 이상하게 마음에 들어요. 뭐랄까, 외모만 봐도 관심이 가는 타입? 그래서 끼 좀 부려봤어요. 그런데 들켜서 그런지 좀 민망하네요."

"내 여자가 아니고선, 내 몸에 함부로 손대는 것에 굉장히 불쾌함을 느끼는 타입이라서."

그러면서 제 목을 끌어안고 매달리던 주아의 손길이 느껴지는 것 같았다. 히터를 틀어놓은 카페 안의 공기 때문에 그런지, 갑갑하고 무척이나 더웠다.

"윤신혁 씨는 뭐랄까? 잘 보이려고 노력하지 않고 어딘가 모르게 우월감이 있어요. 잘못 보면 허세 같은 잘난 척 같을 수도 있는데, 얼굴이 받쳐줘서 그런가? 그런 느낌은 전혀 안 들어요. 그래서 마음에 들어요."

몇 분 만에 이렇게 빠르게 대놓고 관계 정리를 하려는 여자는 처음이었다. 기념회 같은 곳을 왔다 갔다 하며 부딪혔던 이쪽 세상의 여자들보다 덜 지루한 건 사실이었지만, 크게 관심이 가는 건 아니었다. 그래도 어쩔 수 없었다. 여자는 자신의 아버지가 꽤나 공들이는 집안의 자제였고 이 지루한 맞선은 이제 정말 심하게 그만두고 싶었다.

"윤신혁 씨는 어때요? 내 첫인상 말이에요."

"유감스럽게도 민정윤 씨는 첫눈에 반할 만한 이상의 여자는 아닙니다."

"나도 첫눈에 반한 건 아닌데……. 그냥, 조금 마음에 든다는 것뿐이지."

정윤의 지적에 당황하고 민망할 법도 한데, 신혁은 전혀 아랑곳하지 않고 여전히 우아하게 커피를 마셨다. 감정에 쉽게 휘말리지 않는 것이 정윤은 더 마음에 들었고 커피를 마시는 손동작에도 품격과 기품이 있다는 것을 신혁을 보고 처음 느끼고 있는 중이었다.

지가 뭐 잘났네, 어쨌네 하며 입술이 마를 때까지 자랑질을 하며 자신을 어떻게든 어필하려고 드는 것도 아니고, 어설픈 매너를 보이며 쩔쩔매는 남자들보다 훨씬 더 나았다. 정윤은 오기가 생겼고 이 남자를 정복해보고 싶었다. 제 앞에서도 꼼짝하지 않는 이 남자를.

"윤신혁 씨."

아직 아무 대답도 하지 않고 있는 신혁을 향해 정윤은 몸을 기울이며 상냥한 목소리로 불렀다. 정윤은 입술에 바른 붉은색이 무척이나 잘 어울리는 세련된 여자였다.

"우리 앞으로도 계속 만나볼래요? 음, 연애는 아니지만 가끔 저녁도 먹고 영화도 보고, 그러다 정들면 연애하고 결혼하고, 뭐 그런 거죠. 사실, 나도 주말마다 이렇게 재미도 없는 클래식이 흘러나오는 카페에서 선보는 거 너무 지겹거든요."

자꾸만 머릿속을 차지하려는 주아를 밀어내고 치워냈다. 자신은 사랑이 아니라 권력이 더욱 중요하니까. 이 완벽한 조건의 여자의 제안을 굳이 거절할 필요 같은 건 없었다.

"그럽시다."

짤막하지만 무거운 그의 대답이 여전히 후텁지근한 공기로 스며들었다.

8.

그와 몸을 섞었다고 한순간에 관계가 급변한다든가, 깊어지는 건 아니었다. 아니, 어쩌면 자신은 더욱 깊어졌을지 몰라도 신혁은 그러지 않았다.

평소 그랬던 것처럼, 커피를 타서 집무실 안으로 들어갔다. 그 역시 평소와 별다를 바 없이 그 자리에서 커피를 들고 들어오는 주아를 마주했다. 어제 봤던 맞선이 궁금했지만 묻지 않았다.

원하지 않는 대답을 들으면 자꾸 신경이 쓰이는 건, 자신뿐일 테니까.

"아침 식사 했어요?"

평소에는 잘 물어보지도 않던 질문을 하게 된 건, 그와 더 오랜 시간을 같이 있고 싶어서였다.

"아니."

"저 샌드위치 사다 먹을 건데, 좀 사다 드릴까요?"

신혁은 대답 대신 책상 위에 올려져 있는 탁상시계를 확인했다. 아직 업무를 보기엔 이른 시간이었다. 주아가 물어오기 전까지는 전혀 생각이 없던 허기가 졌다. 갓 나온 따뜻한 빵과 야채를 넣어 만든 샌드위치와 따뜻한 아메리카노를 먹고 싶었다. 단지 그거뿐이었다. 그것뿐이고 싶었다.

"같이 가지."

살짝 의아해하는 주아보다 앞장서서 회사를 나와 뒤쪽에 있는 작은 카페로 향했다. 빵 구운 지가 얼마 되지 않았는지, 고소하고 달달한 냄새가 카페를 가득 채웠다. 신혁은 샌드위치와 갓 구운 모닝빵을 자신의 그릇에 담았다.

신혁은 따뜻한 아메리카노를 주문했고 주아는 딸기 스무디를 준비했다.

"딸기 스무디."

마주 보고 앉아 이제 막 나온 딸기 스무디를 한 모금 들이켜던 주아는 앞에서 낮게 혼잣말을 하는 신혁을 의아하게 바라보았다.

"왜요?"

"뭔가 너하고 잘 어울려서."

크게 샌드위치를 한 입 베어 먹는 모습조차도 주아는 눈을 뗄 수 없을 만큼 근사해 보였다. 문득, 그가 한 회사의 대표이사가 아닌 연예인을 했어도 괜찮았을 것 같다는 별 영양이 없는 생각을 해봤다. 마지막 샌드위치를 입으로 욱여넣고서는 컵을 들던 신혁의 얼굴에 실망한 기색이 퍼졌다.

"커피 다 마신 거예요?"

입 한가득 물고 있는 샌드위치 때문에 대답 대신 고개를 끄덕이는 그를 대신해서 주아는 컵을 들고 일어섰다. 이곳은 4,500원의 따뜻한 아메리카노를 한 번 더 리필해주었다. 리필로 받아 온 커피를 그의 앞에 다시 놓아주었다.

신혁은 이제는 리필해온 따뜻한 커피와 앞에서 부지런히 샌드위치를 먹고 있는 주아를 번갈아 쳐다보았다.

어제 아침엔 꽤 피곤하고 지쳐 보이던 얼굴에 생기가 감돌았다. 볼터치를 한 건가? 주아의 볼은 지금 그녀가 먹고 있는 딸기 스무디처럼 불그스름했다. 손등으로 어루만져보고 싶었다. 그 부드러운 감촉을 여지없이 또 느끼고 싶었다.

이전에는 비서로서 해주었던 업무라 아무 느낌도 없었던 일들에 왜 이렇게 의미 부여가 되려고 하는지 모르겠다. 이런 세세한 행동까지 자꾸만 신경 쓰여 짜증이 났다.

"안 궁금한가 봐. 아니면, 참고 있는 건가."

그가 무엇을 물어오는 것인지 굳이 묻지 않아도 알 것 같았다.

"좋은 말 못 들을 것 같아서요."

"맞아."

"……."

"만나보기로 했어. 그 여자랑."

이렇게 대놓고 자신의 자존심을 뭉개버리는 당당한 신혁의 모습이 얄미웠다. 당장이라도 손에 들고 있는 샌드위치를 집어 던지고 뛰쳐나가 버리고 싶었다. 하지만 그는 자신을 잡지 않을 거고, 그렇게 그를 보지 못하는 상황이 들이닥친다면 못 견딜 사람은 자신이었다. 그래서 참았다.

"그래도 아직은 너랑 내가 부도덕한 관계라 할 정도로 진도를 뺀 건 아니야."

"듣던 중 반가운 소리네요."

억지를 쓰는 게 아니었다. 주아는 그 말을 하고 꿋꿋이 샌드위치와 모닝빵 그리고 딸기 스무디까지 전부 다 먹어치운 후에야 일어섰다. 너무 아무렇지도 않은 주아의 반응에 안달이 난 건 오히려 신혁이었다.

자신이 좋아하는 남자가 다른 여자와 만나보기로 했다는데, 어떻게 저렇게까지 태평할 수가 있지? 대체 무슨 감정으로 자신을 대하고 있는지 알 수가 없었다. 그렇다고 대놓고 물어보기도 애매했다. 여태 딱히 갖고 있지 않던 관심이 갑작스럽게 불쑥, 고개를 쳐들고 칭얼대는 꼴이 자신도 우스웠기 때문이었다.

집무실에 도착해서까지도 그 고민이 신혁의 머리를 자꾸만 에워쌌다.

* * *

한참 업무를 보고 있는데 누군가가 방문을 노크해왔다. 신혁으로 인해 가뜩이나 혼란스러운 마음을 안고 있던 주아는 제 대답과 함께 빠끔히 열리고 들어오는 재우를 발견하고 한층 더 어지러워지는 것 같았다.

"선배님."

생글생글 웃으며 재우는 몸 뒤에 무언가를 숨기고 들어왔다.

"무슨 일이에요?"

제 나름대로 적당한 거리를 둔 것이라 티를 내는 표정과 말투로 물었다. 그럼에도 재우는 여전히 말간 미소를 한껏 지어 보였다.

"이거 보고 선배님 생각나서 가져왔어요."

재우가 내민 쇼핑백 안에는 과일로 만든 초콜릿과 티(tea), 그리고 바다를 연상케 하는 젤리 양초가 서너 개 정도 들어 있었다.

"이게⋯⋯."

"금요일 저녁에 즉흥으로 약속이 잡혀서 주말 동안 제주도 놀러 갔다 왔거든요. 기념품 숍 돌아다니다가 선배님 생각나서 사왔어요."

그곳까지 가서 자신을 생각하며 선물을 사왔다는 건, 분명 특별한 의미가 담겨져 있을 거였다. 마치, 자신이 쇼핑을 하다가 예쁜 화분을 보면 신혁이 떠올라서 구입한 후, 그의 사무실에 놓아주었던 것처럼. 고소하고 심신이 안정되는 차를 마실 때면 신혁의 심신도 달래지길 바라며 커피 대신 타서 건네주었던 것처럼⋯⋯.

"나한테만 해주는 선물이에요?"

"네."

"그럼 난 못 받을 거 같은데."

신혁이 자신의 선물을 다 받은 건 아니었다. 신혁은 주아가 그것을 자신을 위해 사온 줄도 몰랐던 사람이니까. 하지만 자신은 그에게 일방적으로 선물을 주고 사랑을 줬다는 이유만으로 바라는 것이 생겼다. 어쩌면 자신의 감정에 대한 책임을 상대방에게 물고 늘어졌던 것일지도 모른다.

그런데 이렇게 대놓고 선물을 받게 된다면 재우의 바람은 자신보다 훨씬 더 크고 깊어질 것이 분명했다. 그 기대를 주아는 철저하게 차단하고 싶었다. 쇼핑백을 도로 가져가라는 의미로 내밀었지만, 재우는 받을 생각을 하지 않았다.

"좋아하시는 분 계세요?"

이제껏 싱글벙글 웃기만 했던 재우의 표정이 자못 심각해졌다.

"내가 꼭 해야 하는 대답이에요?"

"남자친구는 없으시잖아요……. 그러니까, 제 말은……."

"혹시 나 좋아해요?"

"네."

한 치의 망설임도 없이 대답하는 재우에 주아의 심장은 쿵, 하고 내려앉는 기분이었다. 절대, 좋다거나 설레는 것이 아니었다. 자신을 좋아해주는 사람을 앞에 두고 등신처럼 자신이 좋아하는 사람에게 이 관계를 들켜버릴까 봐 걱정이 됐다. 다른 여자와 만나게 되었다고, 그런 충격적인 말을 던지고선 거침없이 마음에 상처를 내고 자존심을 갉아먹고 있는 남자와의 관계가 어긋나버릴까 봐서 걱정하고 있다.

지금……. 자신의 처지가 너무 웃기고 어이없어서 주아는 비집고 터져 나오려는 자조를 겨우 참아냈다.

"좋아하지 마요. 나 재우 씨가 좋아할 만큼, 그렇게 괜찮은 사람 아니에요."

"좋아하지 말란다고 그게 네, 알겠습니다. 오늘부터 좋아하지 않을게요. 그렇게 할 수 있는 일이 아니에요."

절망과 서러움이 묻어 있는 듯한 재우의 목소리에 주아도 주춤할 수밖에 없었다.

"미안해요. 하지만 난 재우 씨 마음 못 받아줄 것 같아요."

"이 선물로 제 마음 받는다고 생각 안 할게요. 신나게 들고 나왔는데, 다시 들고 들어가면 너무 민망할 것 같아요. 그냥, 선배가 버리든 아니면 다른 사람 주든, 그렇게 해주세요. 그리고 괜히 불편하게 해드린 것 같아서…… 미안해요."

재우가 돌아서 나가기 위해 문을 열었지만 하필이면 그 앞에 신혁이 서 있는 바람에 밖으로는 한 발자국도 내딛지 못했다.

"본부장님이 요즘 꽤나 한가하신가 봐."

심기가 불편함이 고스란히 담겨져 있는 말에 재우는 또 한 번 죄송하다는 말과 함께 허리를 깊숙이 숙이고 방을 빠져나갔다. 신혁의 시선은 주아가 들고 있는 쇼핑백으로 향했다. 그리고 한껏 비웃었다.

"사람이란 물질적인 것을 절대 무시할 순 없지."

열려 있던 문을 거칠게 닫아버리고 사라지는 신혁의 그림자에 주아는 머리가 지끈지끈 아파오는 기분이었다. 회의가 있는 신혁은 퇴근 시간이 될 때까지도 집무실로 돌아오지 않았다. 혹시 현 비서에게 따로 보고한 것이 있나 싶어 물었다.

"대표님은?"

"아, 아까 회의실에서 바로 퇴근하신다고 하셨어요."

"그래? 현 비서도 얼른 퇴근해."

"네, 선배님. 수고하셨습니다."

현 비서에게 인사를 하고 승강기에 몸을 실었다. 그에게 전화를 해볼까, 말까, 수없이 망설이다가 로비에서 통화 버튼을 눌렀다. 벨 소리가 멀지 않은 곳에서 들려왔다.

-여보세요.

전화기에서 울리는 목소리와 동시에 그의 목소리가 가까운 곳에서 들려와 주변을 살피던 주아의 시선이 한곳에서 허탈하게 멈쳤다. 아주 조금 떨어진 공간에서 휴대폰을 들고 신혁이 자신을 바라보고 서 있었다. 그리고 그 옆에는…….

"누구에요? 혹시 바쁜 일 생긴 건 아니죠?"

민정윤이라는 여자가 서 있었다. 제게 물어오는 질문에도 신혁은 여전히 주아만을 뚫어져라 응시하고 있었다.

-무슨 일이야.

주아는 겨우 입술을 떼어냈다.

"아무 일도 아닙니다. 신경 쓰지 마세요."

자신을 응시하는 그의 눈빛은 마치 갈고리가 되어 자신을 깊숙이 찍고 끌어당기는 것처럼 날카롭고 강했다. 하지만 주아는 신혁과 정윤의 곁을 지나가는 동안, 그리고 회사의 로비를 빠져나오는 동안, 단 한 번도 걸음을 멈추지 않았다.

* * *

재우가 건넨 선물을 들고 서 있던 모습. 자신이 정윤과 함께 있는 것을 봤음에도 불구하고 눈 하나 깜빡이지 않고 당당하게 걸어가던 뒷모습. 그 모든 것들이 자꾸만 눈에 밟히고 신경을 긁어내는 것처럼 거슬리기만 했다. 가뜩이나 다른 여자와 만나보기로 했다는 말에 아무 반응이 없어서 쓰였던 신경들은 그 부피를 점점 키우며 신혁을 위협하려 들었다.

"고기 먹으려고 나 만났어요?"

아무 말 없이 고기를 썰고 먹는 것만 반복하고 있는 신혁에 정윤이 불만스러움을 토해냈다.

"고기 먹고 싶어서 나 부른 거 아니었습니까?"

"아니거든요?"

"보자마자 고기 타령하기에, 그런 줄 알았습니다."

평소 좋아하던 와인을 한 모금 마셨는데, 그 맛이 나질 않는다. 쓰고 신 것이 더럽게 맛이 없었다.

"고기가 아니라 같이 저녁 먹고 싶어서 만난 거예요."

"고기나 저녁이나."

"본질이 달라요."

신혁의 표정은 딱 '그렇다고 칩시다.'를 의미했다. 무척이나 귀찮아 보였다. 아버지가 기껏 공들여놓은 집안에다 자신이 여태 맞선을 봐왔던 여자들의 집안 중에 제일 힘을 실어줄 만한 자제에게 이렇게 대하면 안 된다는 것을 알면서도 도통 몸이 결심을 따라주지 않았다. 자꾸만 그 결심을 흩트려놓는 건, 주아였다.

"아버지한테 들었어요. 윤 회장님이 저를 무척이나 마음에 들어 하신다고."

"민정윤 씨보다는 당신을 둘러싼 배경을 무척이나 마음에 들어 하시죠. 그건 나도 마찬가지고."

"아…⋯⋯. 내 배경."

"본질이 다르니까."

자신의 말을 따라 한 것이 뭐가 그리도 웃긴지, 정윤이 또 웃음을 터트렸다. 아무리 생각해도 웃음 코드가 무척이나 안 맞는 것 같다는 생각이 들었다. 주아하고는 어땠지? 그러고 보니, 둘이 있을 때는 딱히 웃고 재잘거리며 다정한 대화를 나눠본 적이 없었던 것 같다. 그럼에도 불편함과 껄끄러움을 느껴본 적은 없었다. 물론, 다른 잡생각을 하고 있던 적도 없었다.

"그래도 그거 딱히 싫지 않던데. 어쨌든, 갖고 싶은 건 다 가질 수 있으니까."

돌아오는 대답이 없는 신혁에 정윤의 눈이 금세 뾰족해졌다.

"원래 말수가 그렇게 없어요? 아니면, 나랑 말하기가 싫은 거예요?"

"집에서 놀고먹습니까?"

얼핏 정윤이 뭘 한다고 했던 것 같기도 하고 아닌 것 같기도 하고, 기억이 가물가물하다. 신혁은 관심이 없는 건 잘 기억해내지 못하는 타입이었다.

"네?"

"백수냐고."

"그냥, 이것저것 배우고는 있어요."

"그래서 아마 모를 겁니다. 지금 이 시간이 직장인들에겐 얼마나 피곤한 시간인지."

"나도 일 해봤거든요? 아주 잠깐이라 그렇지. 아무튼, 말수는 좀 있는 편인데, 피곤해서 그렇다?"

"뭐, 대충."

"그럼 위에 가서 좀 쉴래요? 여기 호텔 뷰 진짜 좋은데."

자신의 제안에 신혁이 불쾌해하며 어이없어하자, 정윤은 얼른 말을 덧붙였다.

"아, 착각은 하지 마시고. 그냥 뷰 보면서 와인 마시고 쉬기만 하자고요. 서로의 몸에는 절대 노터치."

"쉬는 건, 집에서 쉬어야 쉬는 거지."

"나보다 가진 것도 없으면서 왜 그렇게 튕겨요?"

신혁은 정윤의 물음에 아무 대답도 하지 않고 잔을 입술로 가져다 댔다.

"그래야 더 안달 날 것을 알고 그러는 건가?"

정윤이 흥미롭다는 듯이 웃었다.

"그런데 그거 딱히 틀린 말은 아닌 것 같아요. 난 마음먹기도 전에 갖고 싶은 걸 항상 다 가졌거든요. 그런 내가 가질 수 없다는 게 있는 거…… 그 이유 하나만으로도 정말 미쳐버릴 것 같거든."

그런 재벌가 자제들의 심리쯤이야 잘 알고 있다. 어쩌면, 신혁 자신도 이들과 별다를 바가 없을 때도 있다. 어린 시절부터 모든 것을 가질 수 있었던 사람들은 가질 수 없는 것에 미치고 흥분한다. 가진 것이 전혀 없는 사람들은 절대 이해할 수 없는 묘한 심리.

"그래도 너무 조바심 갖진 말고. 끝을 다 보여주는 것들은 금방 싫증이 나잖아."

여유로운 대답과는 달리, 신혁의 심장은 폭격이라도 맞은 것처럼 와해되어가고 있었다. 가질 수 없는 것. 그래서 미치고 흥분을 시키는 것. 신혁의 머릿속에는 오로지 단 한 사람, 주아만이 자리를 잡고 있었다.

역시, 지루한 식사를 끝내고 각자 차에 올라탔다. 신혁은 창문으로 불쑥 손을 내밀어 인사하는 정윤을 바라보다 차를 출발시켰다. 한참을 가다 잠시 신호로 멈춘 차 안에서 신혁은 휴대폰을 확인했다.

"……"

당연히 와 있을 거라 생각했던 주아의 문자가 없었다. 신혁의 미간이 또다시 거침없이 구겨졌다.

* * *

주아의 모습은 그날 이후부터 이틀째, 평소와 전혀 다를 것이 없어 보였다.

로비에서 자신과 정윤이 함께 있는 것을 확실히 봤음에도 아무 반응을 보이지 않고 있는 이틀 동안의 주아 모습에 신혁은 짜증이 났다. 더군다나, 매일 저녁 '잘 자요.'나 '집에 잘 들어갔어요?' 같은 문자를 항상 보내오던 주아가 아무 문자도 보내오지 않았다.

고작 문자 따위를 기다리는 것이 아니다. 근데 주둥이는 부정하는 제 생각과는 달리 왜 멋대로 움직였는지 알 수가 없었다.

"일찍 잠드나?"

"네?"

"일찍 잠들었냐고. 엊그제랑 어제."

"아니요."

일찍 잠을 잔 것도 아니다. 그렇다면 대체, 그 시간에 무엇을 했기에 연락이 한 통도 없었던 거지?

"그럼, 지금 시위라도 하는 거야?"

"무슨 말을 하고 싶어서 이러시는 건지, 잘 모르겠어요."

주아의 말에 신혁은 뒤통수 한 대를 세게 가격당한 것 같았다. 주아가 전한 뜻보다도 자신 또한 무슨 말을 듣고 싶어서 이런 얘기를 꺼내고 있는지 이해할 수 없었다. 그래서인지, 자꾸만 갈증이 나는 것 같았다.

"시원한 물 가져다줘."

"네. 금방 가져다 드릴게요."

아무렇지 않게 아주 담담한 모습으로 돌아서 나가는 주아에 신혁은 자꾸만 속이 갑갑했다. 커다란 손으로 거침없이 마른 얼굴을 문질렀다. 그러다 손끝에 쏠린 분노를 이기지 못하고 머리를 거세게 헝클었다.

"뭐 하자는 거냐."

진짜 지금 뭐 하자는 건지, 누가 이해를 시켜줬으면 좋겠다는 생각이 절절했다. 한참을 복잡함에 뿜어져 나오는 한숨을 내쉬고 있는데, 시원한 물을 가지러 갔던 주아가 돌아왔다. 주아는 물을 내려놓고 가볍게 인사를 하고 돌아섰다.

이틀 전엔 분명, 이맘때쯤 같이 저녁을 먹자고 제안해왔던 주아였기에 신혁은 기다렸다. 하지만 돌아오는 제안은 없었고, 불현듯 재우의 얼굴이 스쳤다.

"약속 있어?"

누가 자신을 밀쳐낸 것만 같다. 그 정도로 갑작스럽고 당황스럽기 짝이 없는 말이 터져 나왔다.

"오늘 저녁 말씀하시는 건가요?"

"반말은 때려치우기로 했나 봐? 왜, 우리 관계가 더욱 가까워질까 봐서?"

전에는 반말을 해보려고 꽤 노력하던 주아였는데, 요즘은 그런 것도 하지 않아 못내 서운했다.

"오늘 저녁엔 약속 없어요."

제 말을 씹고 대답을 하며 주아는 눈빛으로 근데, 왜요? 하며 묻는 듯했다. 이런 관계가 되고 나서부터 매일 저녁은 습관처럼 함께 저녁을 먹어오던 사이였다. 그런데, 지난 2, 3일 동안 저녁을 먹지 않았다고 그것을 새삼스러워하고 있는 주아에 신혁의 심기는 매우 불편해졌다.

"그럼 저녁 같이 먹어."

"그래요. 더 할 말 없으시죠?"

절대 무심하거나 반항기가 섞인 말투는 아니었다. 그럼에도 신혁은 돌아서 나가는 주아를 보며 자꾸만 기분이 처지려는 것을 감출 수가 없었다.

퇴근을 하고 함께 저녁을 먹을 레스토랑으로 향했다.

마주 보고 저녁을 먹을 때마다 어디 놀러 가고 싶다, 뭐 하고 싶다, 재잘거리던 주아의 입술은 오로지 음식을 가져다 넣는 데만 이용하고 있었다. 신혁은 그런 주아를 앞에 두고 있으려니 밥 한 숟가락도 제대로 먹을 수 없을 만큼 신경이 쓰였다.

자신이 이렇게 안달 난 감정으로 주아의 반응을 초조하게 살필 입장은 아니라고 생각했다. 이 관계의 을은 분명, 주아라고 확신하고 있는데, 왜 이렇게 상태는 반대가 되어 있는지 이해할 수 없었다.

괜히 속이 뒤틀려버린 신혁은 손에 쥐고 있던 나이프와 포크를 거칠게 내려놓았다. 아니, 내려놓았다고 하기보다는 던졌다. 앞에 앉아 있던 주아가 그 요란한 소리에 어깨까지 움찔대며 놀랐다.

"입맛에 안 맞으세요? 다른 거 시켜드릴까요?"

"이러는 이유가 뭐야, 대체."

또 거르지 않은 말이 제멋대로 튀어나왔다. 신혁은 오히려 자신에게 묻고 싶었다. 대체, 이러는 이유가 무엇이냐고.

"무슨 말씀이신지, 잘 모르겠어요."

"세컨드가 되어주기로 하지 않았나? 돌아와서까지 그걸 하겠다고 우긴 것도, 강요한 적도 없는 것을 선뜻 하겠다고 나선 것도 모두, 너야."

그랬다. 분명 그랬는데, 막상 신혁이 자신이 아닌 다른 여자를 우선으로 알고 자신은 그의 욕정만 채워주고 뒤로 밀려날 생각을 하니, 왈칵 겁이 났고 자존심도 상했으며 만족도 하지 못하게 될 것 같았다. 처음 했던 결심이 자꾸 흔들리는 건, 그를 더 이상 사랑하지 않아서가 아니라, 더욱 사랑해버렸기 때문이었다. 그의 전부가 되고 싶은 욕심이 더욱 커졌다.

"맞아요. 그랬죠."

주아는 겨우 대답하고 다시 고기로 손을 뻗었다. 이 무거운 대화를 더는 하고 싶지 않아서였다. 하지만 앞에서 먹지 않고 자신을 바라만 보고 있는 신혁 때문에 도통 먹을 수가 없었다.

"입맛에 안 맞으면 다른 거 시켜드릴까요?"

"뭘 먹어도 입맛에 맞을 것 같지 않아."

"그래도 드셔야죠. 안 그러면 허기지시잖아요."

"이 허기짐을 너로 채워야겠어."

신혁은 결코 상냥하거나 다정한 모습으로 주아를 대하지 않았다. 그럼에도 불구하고 그의 한마디에 심장이 거세게 뛰고 정신이 야릇해져 왔다. 큰일이다. 그에게 마음뿐만이 아니라…….

"지금은 네가 내 입맛에 제일 잘 맞을 것 같거든."

몸마저 반응을 보이고 있었다.

* * *

눈부신 빛줄기들이 피로에 젖어 있는 주아를 조금도 배려하지 않고 사정없이 얼굴 위로 쏟아졌다. 주아는 자꾸만 감기려는 눈꺼풀을 겨우 거두어내며 일어섰다. 옆자리에 신혁은 없었다. 어제 자신을 안았던 그는 처음 했던 것보다 훨씬 난폭했다. 그렇다고 폭행을 가하거나 억지로 무언가를 강요하진 않았지만, 확실히 느낄 수 있었다. 그가 자신을 다정하게 대해주지 않고 있다는 것을, 사랑으로 감싸고 있지 않다는 것을.

"연애가 아닌, 섹스 파트너인 건가……."

낮게 조소하며 바닥에 떨어진 가운을 집어 들어 입었다. 어김없이 몸 이곳저곳이 욱신거리고 아팠다.

그가 민정윤과 만나는 것을 본 후로 연락을 하지 않았다. 그저 방해가 될 것 같아서 연락을 하지 않았다…… 는 사실, 핑계였다. 처음 결심했던 마음은 자꾸만 흔들려 주아를 본능으로 밀어냈다. 신혁이 다른 여자를 만나는 것이 짜증 나고 화가 나서 대화를 하다 보면 그것을 분출할 것 같았고 그럼 괜한 소리를 들을까 싶어 하지 않았다. 그런데 어제 대화를 하며 미세하게 터진 것 같다.

후, 지금 제대로 되고 있는 것이 단 하나도 없다. 전부 엉망진창이다.

따로 분리되어 있는 주방으로 가서 냉장고 문을 열고 차가운 물을 한 컵 들이켤 때쯤, 그가 문을 열고 들어왔다. 운동을 하고 오는 모양인지, 몸이 땀으로 흠뻑 젖어 있었다. 주방에 있는 주아를 발견하고 욕실로 향하려던 걸음을 돌려 다가온 신혁은 잘 잤냐는 다정한 말 한마디도 없이 냉장고 문을 열어 물을 찾아 마셨다.

"씻고 준비해."

"어디 가게요?"

"네가 좋아할 만한 곳. 네가 날 만나면서 받고 싶은 보상을 받을 수 있는 곳."

신혁의 말에 주아는 머릿속으로 자신이 좋아할 만한 곳을 떠올렸다. 그때 같이 갔던 숲이 있는 멀티 센터도 생각났고 둘이서 즐거워했던 당구장도 떠올랐다. 엄청난 무언가를 하기보다는 기분 좋은 바람이 부는 한강을 단둘이 거니는 것도 좋았다. 매일 사무실에 처박혀 있다 보니, 밖에 나가서 직접 몸을 움직이는 활동적인 것이 주아에겐 여행보다 더 큰 힐링이었다.

뒷말이 조금 신경 쓰이긴 했지만, 주아는 서둘러 준비했다. 신혁역시, 샤워를 끝내고 말끔한 차림으로 준비한 후 두 사람은 조금의 시간 간격을 두고 호텔을 빠져나왔다. 하지만 신혁의 차는 전혀 예상하지 못한 백화점 안으로 들어갔다.

"백화점, 뭐 필요한 거 있는 거예요?"

"내려."

주아가 묻는 말에 대답도 해주지 않고 싸늘할 정도로 차가운 냉기를 풍기며 내린 신혁이 안으로 들어섰다. 그는 명품 숍에 들어가서 닥치는 대로 가방과 옷들을 계산했다.

순식간에 쇼핑백은 들기 버거울 정도로 가득했다. 그것을 차에 실은 신혁은 곧바로 주아를 태우고 다시 핸들을 돌렸다. 이게 무슨 일인가 생각에 잠겨 있던 주아의 시야로 익숙한 거리가 보였다. 집이었다. 주아의 집 앞에 차를 세운 신혁은 뒷좌석과 트렁크에 실었던 쇼핑백들을 다시 꺼내 주아에게 건넸다.

"들어가."

"지금 뭐 하는 거예요?"

기분 좋게 하는 선물이라면 받으려고 했다. 누구든, 사람을 좋아하면 무엇이든 해주고 사주고 싶은 것이 본능이니까. 하지만, 지금의 신혁을 보면 절대 기분이 좋아서 하고 있는 선물이 아님을 알 수 있었다. 가방과 옷을 집어 드는 손에는 분노가 서려 있었고 지금 내려다보고 있는 눈빛에도 다정함은 조금도 찾아볼 수 없이 냉랭하기만 했다.

"받아. 진작 사줬어야 하는데, 내가 좀 늦었네."

"이걸, 왜 사줘요?"

"이런 거 좋아하는 거 아니었어? 이런 거 받고 싶어서, 세컨드여도 기꺼이 내 옆에 있겠다고 한 거 아니었냐고."

독처럼 날아드는 신혁의 말에 주아는 아랫입술을 지그시 깨물었다. 무엇이 이 사람을 이렇게까지 분노하게 만들었는지 생각하고 싶었지만, 정신이 아마득해져서 아무 말도 할 수가 없었다.

"조금 질투 같은 거 해도 절대 안 버릴 테니까, 괜찮은 척 아무렇지도 않은 척하지 마. 그게 더 불쌍하고 없어 보여."

"불쌍하고 없어 보인다구요?"

"그래. 없어 보인다고."

잔뜩 비아냥거리는 신혁의 모습에 주아의 자존심이 벽에 내쳐지는 것 같았다.

"그럼 없어 보이는 절 위해서 기왕 주실 거 이런 거 말고 건물 같은 걸 주세요."

"뭐?"

"이 정도는 저도 제 월급으로 충분히 살 수 있어요. 그러니까 건물 주세요. 한남동에 있는 4층짜리 건물 정도면 괜찮겠네요. 아니다. 그 정도도 당신한테는 껌값이나 마찬가지겠죠? 그러지 말고 지분을 좀 나눠주시는 건 어떠세요? 그럼 평생 해드릴게요. 조금은 질투와 앙탈도 부려서 덜 불쌍하고 덜 없어 보이는 세컨드."

말을 하다 보니 감정이 북받쳤고, 뭉개진 자존심 때문에 더욱 오기를 부리고 억지를 쓰게 되었다. 자신의 진심을, 자신의 사랑을 너무 아무렇지 않게 깔보고 무시하는 신혁에게 화가 났다. 처음부터 그럴 거라고 충분히 예상하고 마음을 단단히 먹었다고 생각했는데, 그게 아니었던 모양이다.

"아, 그럼 네가 내 곁에 붙어 있는 게 절대 물질적인 것을 바라서 붙어 있는 건 아니다?"

불신이 가득한 눈빛. 자신의 진심이 이렇게 폄하되는 것 같아 주아는 슬펐다. 신혁을 사랑하게 된 것은 절대 그가 갖고 있는 환경과 위치 때문이 아니었다. 그런 것 때문이었다면, 3년 전부터 그의 마음을 사로잡기 위해 온갖 유혹을 하고 끼를 부렸을 거였다. 하지만 아니었다. 더군다나, 가족 하나 없는 고아지만 빚도 없고 작지만 서울의 전셋집 원룸에 월급도 준수하게 받는 자신은 물질적으로는 절대 부족한 것이 없었다.

그저 그가 좋았고 그의 목소리만으로도 행복해하던 지난날의 자신을 떠올리니 울컥하고 서러움이 치밀어 올랐다.

"지금 당신 상태를 보면 그런 게 아니라고 말해도 믿어줄 것 같진 않네요. 저 불쌍한 거 확실히 맞네요. 진심이 이렇게도 뭉개지고 패대기쳐졌으니, 이보다 더 불쌍한 사람은 없죠."

"……"

"그런데, 신혁 씨 당신도 불쌍한 건 마찬가지예요. 당신을 진심으로 사랑하는 사람을 이렇게 밀쳐내고 무시하고 있으니까. 평생, 사랑 같은 거 제대로 못 받을 것 같으니까."

주아는 신혁을 단호하게 지나쳐 집 안으로 들어갔다. 주아가 들어간 후, 혼자 남겨진 신혁은 머리에서부터 시작된 허탈함이 몸을 짓이기는 것 같았다. 허탈함에 이기지 못한 힘이 전부 빠져버리고 결국 손에 들고 있던 쇼핑백을 놓쳤다.

'평생, 사랑 같은 거 제대로 못 받을 것 같으니까.'

여전히 역겹다. 사랑 타령 같은 거.

이 세상 그 어디에서도 단 한 번도 본 적 없고 느껴본 적 없는 그 사랑 타령을 하고 있는 꼴이 미치게 우스웠다. 그럼에도 자꾸만 마음이 시려왔다.

* * *

주아는 집으로 올라오는 내내, 신혁을 혼자 두고 올라온 것이 마음에 걸렸다. 정말, 자존심이라고는 쥐꼬리만큼도 없는 걸까, 심각하게 고민하며 베란다에서 몰래 아래를 내려다보았다. 쇼핑백을 바닥에 두고 한참을 무언가를 생각하던 신혁은 그대로 차를 몰고 돌아가버렸다. 그 자리에는 쇼핑백만 덩그러니 놓아져 있었다. 가서 주워오고 싶은 생각은 없었다.

몸속의 수분이 전부 날아간 것처럼, 메마르다 못해 버석한 기분이었다. 누군가가 한마디만 더 한다면 완전히 부서져 흔적도 없이 사라질 것 같았다. 누군가를 좋아한다는 이유로 무작정 자존심이 상하지 않는 건 아니다. 좋아하는 것과 자존심은 별개의 문제였고 그게 오늘 터져버린 거였다.

"휴……."

그런데 주아는 신혁의 갑작스러운 심적 변화를 이해할 수가 없었다. 엄청나게 다정다감한 것도 아니었지만, 그는 자신과 데이트를 하며 이렇게 비난의 말로 큰 상처를 준 적은 없었다. 마치 어제와 오늘은 작정하고 상처를 주려는 사람처럼 달려들었다.

갑자기 이렇게 변해버린 그의 심리 상태가 혹시, 민정윤이라는 여자의 영향이 있는 걸까? 이제 그 여자에게 정착하기 위해서 자신을 이렇게 잔인하게 밀쳐내고 있는 걸까? 조금의 미련도 갖지 못하도록 진심을 뭉개고 부수어 없애버리려고 이러는 걸까.

이런 일들이 계속 반복된다면, 더욱 힘들어질 게 뻔했다. 가짜라도 연애를 하면서 받을 상처로 힘든 것과 자신을 밀쳐내려는 사람 옆에 억지로 붙어 있으면서 온갖 못된 소리를 들으며 받는 상처는 천지 차이였다.

하지만 이 와중에도 자신의 상처보다는 저렇게 못된 말을 하면서 기운을 뺄 신혁을 걱정했다.

"이 와중에……."

제게 상처를 준 남자가 뭐가 예쁘다고 걱정을 하고 있을까.

사랑이란 뭘까, 확실히 모두가 떠들어대는 달콤한 것만은 아닌 것 같았다. 불행하게도 제 사랑은.

9

출근했는데, 아침부터 꼴사납게 현 비서가 울고 있었다. 그 옆에서 그런 현 비서를 달래주고 있는 주아와 나누고 있는 대화는 더욱 어이가 없어 신혁은 헛웃음밖에 나오지 않았다.

"고백했는데, 좋아하는 사람이 있대요. 대체 누구일까요? 재우 씨가 좋아하는 여자…… 예쁘겠죠? 선배님, 저 앞으로 얼굴 어떻게 들고 다녀요? 이번 주 금요일에 워크숍 어떻게 가요?"

"후……. 내가 현 비서를 어떻게 위로해줘야 할지 모르겠다. 그래도 너무 티 내지 마. 그럼 서로 보기 불편하잖아."

"근데, 그게 생각처럼 잘 되지 않을 것 같아서……. 거절당했으면 싫을 만도 한데, 아직도 너무 좋아요. 그냥 웃는 것만 봐도 막 미치겠어요. 저 어떻게 해야 돼요, 선배님."

"내가 이렇게 사람 달래주는 데는 재주가 없어서. 대신 달달한 핫초코라도 좀 사줄까?"

"선배니임."

주아의 품에 안겨 눈물을 터트리는 현 비서를 보던 신혁은 미간을 구기며 곁으로 다가갔다. 신혁의 등장에 현 비서가 주아의 품에서 후다닥 빠져나와 급하게 눈물을 훔쳤다. 신혁은 현 비서를 매우 못마땅한 눈길로 바라보았다.

"회사라는 곳이 사랑 타령하면서 질질 짜는 곳은 아니라는 것쯤은 충분히 자각해야 할 나이일 텐데."

"죄송합니다. 죄송합니다."

신혁의 지적에 현 비서는 이마가 무릎에 닿을 기세로 사과했다. 신혁은 옆에 서 있는 주아에게 잠시 시선을 돌린 후, 집무실 안으로 들어갔다. 얼마 안 있어 주아가 고소한 커피를 들고 안으로 들어왔다.

"왜, 현 비서한테 알려주지 그랬어. 굳이 사랑 같은 거 없어서 남자와 여자가 붙어 지낼 수 있는 방법은 있다고."

"상대방에게 지독한 상처 주기 학원 같은 데라도 다니세요? 거기에 내는 수강료가 아까워서라도 그렇게 수시로 써먹으려고 하시는 거예요?"

톡 쏘아붙이는 주아에 신혁은 순간 목소리가 새어 나오는 목구멍이 턱, 하고 막히는 것 같았다. 어제 사랑 같은 거 못 받아서 불쌍한 인간이라고 쏘아붙이던 목소리 때문에 밤새도록 몸을 뒤척이며 한숨도 자지 못했던 신혁은 지금도 매우 예민한 상태였다.

"상처 주기 학원이라. 네가 내 말에 상처를 받았다?"

"그럼 안 받겠어요?"

"네가 나한테 상처받을 게 뭐가 있어. 전부 네가 하고 싶고 네가 하고 있는 걸, 사실대로 말하는 것뿐인데."

조금의 미동도 없는 차가운 눈동자가 주아에게 와 닿았다. 주아는 신혁의 눈빛이 온몸이 시리도록 냉랭해서 절실하게 피하고 싶었다. 그래서 다급하게 인사를 하고 나가려는데, 분노를 품은 그의 목소리가 그녀의 발목을 잡고 끌어당겼다.

"현 비서 기분도 좆같겠다. 지가 좋아하는 남자가 늘 친근하게 대해주셨던 선배님을 좋아하고 있다는 것을 알게 되면 말이야."

묻고 싶었다. 당신 기분은 아무렇지도 않느냐고, 하지만 차마 물어볼 수 없었다. 자신이 원하는 대답은커녕, 상처만 가득한 대답이 흘러나올까 봐, 그리고 상처를 받고 나서도 그를 계속 사랑하는 제 마음에 스스로를 한심하게 여길까 봐서.

주아는 묵례를 취하고 그대로 집무실을 빠져나왔다. 신혁은 불만이 가득한 눈빛으로 주아가 빠져나간 집무실 문을 노려보았다.

묻고 싶었다. 재우가 좋아한다고 고백했을 때, 너는 무어라고 대답을 했냐고. 아무 대답도 하지 않아 그 새끼한테 조금의 여지라도 남겼는지, 그래서 나와의 관계가 끝나면 맘 놓고 돌아갈 곳을 확보해놓았느냐고. 나에게선 세컨드로 남는 걸로 끝내고 그에겐 전부가 될 생각이냐고.

두 사람이 붙어 있는 그림이 더욱 거북스러워졌다.

* * *

내일 백화점 오픈하기 전부터 시찰을 해야 하는 스케줄이 있어 신혁은 워크숍에 참석하지 않았다. 그래서 주아 또한 오후 업무까지 보다가 후발팀과 따로 뒤늦게 합류해야 했다. 하루에 필요한 물건들을 담아 꽤 빵빵한 가방을 들고 회사 앞에 서 있는데, 이사 비서인 성운의 차가 앞에 멈춰 섰다.

"선배님."

보조석에는 재우가 타 있었다. 고백을 하고 나서부터 어쩐지 불편하고 껄끄러워 일부러도 피해 다니던 재우와 마주치니 어색함이 극에 달았다. 주아는 자신을 반가워하는 재우에게 멋쩍은 미소를 보이며 눈도 마주치지 않고 뒷좌석에 올라탔다.

"근데, 오늘 진짜 대표님은 참석 안 하신대?"

차를 출발시키며 성운이 넌지시 물었다.

"네. 안 하실 것 같아요. 내일 아침부터 매장 시찰 나가시거든요."

"그럼 신 비서도 내일 아침 일찍 가야겠네."

"네. 오 비서님이랑 같이 올라가기로 했어요. 본부장님도 같이 가시게 돼서."

"피곤하겠다."

"그래서 참석 안 할까 했는데, 오 비서님이 안 오면 인연 끊어버린다고 하셔서."

성운과 대화를 주고받는 동안, 자꾸만 뒤를 보며 눈을 마주치려 하는 재우가 부담스러워 주아는 아예 창밖으로 시선을 돌리며 말했다. 재우가 금세 시무룩해진 얼굴로 정면을 바라보는 것을 느끼고 나서야 주아도 긴장을 풀 수 있었다.

도착한 워크숍 장소에선 벌써 한바탕 게임을 하고 지쳐서 잔뜩 널브러져 있었다. 그러다 도착한 후발팀이 서둘러 고기를 굽고 술상을 차리기 시작했다. 현 비서는 밥을 떠다 나르는 와중에도 자신을 딱히 신경 쓰지 않는 듯한 재우의 눈치를 살피느라 바빠 보여 안쓰러울 지경이었다. 주아는 최대한 관심을 끄려 노력했다. 가뜩이나 신혁 때문에 심란한 마음에 기름을 붓고 싶진 않아서였다.

"자자! 여기 화장실도 무려, 네 개나 되니까! 변기통 잡고 토하지 못하면 어쩌나 하는 걱정 없이 마셔 보자고!"

익살스러운 누군가의 외침에 사람들은 환호성을 지르며 컵에 가득 채운 술을 높이 치켜들었다. 잘 익은 고기와 시원한 맥주, 그리고 이리저리 튕기듯 오고 가는 대화들 속에서 주아도 한껏 분위기에 취하는 것 같았다.

얼마 마시지도 않았는데 몸이 금세 달아올랐고, 별말도 아닌데 계속 실없이 웃음이 새어 나왔다. 그러다가도 문득문득 머릿속을 비집고 들어오는 신혁의 생각에 옅은 입술 사이에선 간헐적인 한숨이 나오기도 했다.

"휴……."

몸이 너무 덥고 후끈해서 도저히 견딜 수가 없었다. 당장이라도 자신을 태워버릴 것같이 달아오른 열을 식히고 싶은 마음에 밖으로 나왔다. 차가운 바람은 몸을 식혀주는 데는 상책이었지만 허전한 마음은 더욱 시려지는 것 같았다.

그때 어깨 위로 카디건 하나가 덮어졌다. 화들짝 놀라 뒤를 돌아보니, 재우가 서 있었다. 주아가 제 어깨에 있는 카디건을 벗으려 했지만, 재우의 손에 의해 저지당했다.

"추워요. 그냥 덮고 있어요."

"이러는 거 솔직히 너무 불편해요."

돌려 말하지 않았다. 그것에 재우는 조금 충격을 받은 것 같아 보였다.

"알고 있어요."

"알고 있는 사람이 이렇게 행동해요?"

주아는 결국 카디건을 벗어 재우의 손에 억지로 쥐여주었다.

"하지만…… 노력하고 싶어요. 저에게 열려 있지 않은 선배님의 마음을 열고 싶어요."

좋아하는 사람이 있다고 말하고 싶었다. 하지만 그 말을 하는 순간 자신의 행동에서 신혁을 좋아하고 있는 것이 티가 날까 봐, 그래서 두 사람의 이런 위태로운 관계가 들통날까 봐 망설여졌다. 그와의 관계가 계속 이렇게 불안하고 감춰야만 한다는 것이 주아를 쓸쓸하게 만들었다.

"헛수고하지 말아요. 그럴수록 난 재우 씨 더 피해 다닐 수밖에 없어요."

"……."

재우가 아랫입술을 지그시 깨물었다.

"미안해요. 하지만 확실한 게 좋을 거 같아서 말하는 거예요. 먼저 들어가볼게요."

돌아서 들어가려는 주아를 재우가 붙잡아 세웠다.

"정말 안 되는 거예요?"

"나에 대해서 뭘 안다고 좋아한다는 거예요? 재우 씨가 나에 대해서 뭘 안다고?"

"뭘 얼마나 많이 알아야 좋아하는 거예요? 꼭 그래야 좋아하는 거냐고요. 대화 한 번 나눠본 적 없는 연예인도 사랑할 수 있는 거잖아요."

"연예인을 사랑하는 거랑 같아요?"

"다를 것도 없죠. 뭐든 해주고 싶은 마음. 계속 보고 싶은 그리움. 그거 사랑 아니에요?"

재우의 말이 틀린 건 하나도 없었다.

"이렇게 나 싫다는데도 자존심 없이 계속 다가가고 싶은 마음……."

누군가를 좋아하는 마음은 다 같구나, 싶었다. 하지만 주아는 이미 제 마음속을 채우고 있는 신혁 때문에 재우에게 조금의 틈도 허락할 수가 없었다. 재우가 들어올 자리는 없었다.

"미안해요. 하지만 난 재우 씨가 계속 이런 마음을 갖고 있다면 보고 싶지 않아요."

"선배님."

"사실 요즘, 뒷모습만 보고도 피하기 일쑤예요. 많이 불편하거든요. 세상에는 노력해도 되지 않는 것들이 있어요. 불행하게도 그중 하나가 제 마음이네요. 재우 씨에게 절대 마음 열 리 없을 거예요."

"친절하게 상처 주시네요."

재우가 잡고 있던 손을 조심스럽게 놓았다.

"더 이상 달라붙고 질척대면, 스토커 같겠죠?"

진정이 된 모양인지, 재우가 쓸쓸하지만 옅은 미소를 띠며 물었다.

"그러겠죠."

주아도 그의 미소에 화답하듯 작게 웃어주었다.

"맞아요. 사랑이지, 집착이 되면 안 되니까."

"……."

"추워요. 얼른 들어가보세요. 전 찬바람 쐬면서 정신 좀 더 차리고 들어갈게요."

"그렇게 해요."

재우를 두고 먼저 안으로 들어왔다. 마치 오늘이 마지막인 것처럼 사람들은 여전히 떠들썩하게 술을 마시고 떠들었다. 한 잔 더 마시자고 자신을 부르는 사람들에게 양해를 구하고 방으로 먼저 와서 휴식을 취했다. 일부러 찬물로 샤워를 했다. 식히러 나갔던 열이 재우와 대화를 하면서 더욱 짙어졌기 때문이었다. 겨우 씻고 누웠다.

쏟아져오는 잠에 사람들의 소란스러움이 희미해지고 몸의 긴장도 서서히 풀어질 때였다. 곁에 두었던 휴대폰이 날카롭게 울렸다. 깜짝 놀라 깨어난 주아가 휴대전화를 확인했다. 신혁이었다.

-나와.

딱 한마디만 던져놓고 끊어진 전화에 주아가 눈을 끔뻑이며 잠을 깼다. 혹시 꿈인가 싶어서 다시 휴대폰을 확인했지만 방금 전, 신혁의 전화가 온 게 맞았다. 참석을 하지 않는다는 그가 이곳에 왔다는 사실에 의아해하며 서둘러 밖으로 나갔다. 정말 펜션 앞에는 그의 차가 있었다.

"타."

그는 사원들이 있는 펜션에는 관심도 두지 않고 말했다. 워크숍을 온 것이 아니라, 주아를 만나러 왔다는 뜻이었다. 주아가 보조석에 올라타자, 차는 거칠게 핸들을 꺾으며 펜션에서 떨어진 공터에서 멈춰 섰다. 집도 빛도 사람도 없는 오로지 어둠만이 깔려 있는 공간이었다.

"무슨 일로 오셨어요?"

"몸 좀 즐겨보려고 왔어. 하도 따분해 잠이 다 안 와서."

"뭐라구요?"

"새삼스러울 것도 없잖아. 너도 여태 그래왔고."

그와 몸을 섞은 게, 억지로 한 것은 아니다. 몸을 섞는 순간 달아올랐던 열기와 그의 몸을 더욱 간절히 원했던 것 또한 부정할 수 없었다. 하지만, 주아는 확실히 달랐다. 이 관계로 몸만 섞으려는 신혁과는 확실히 다른 감정을 갖고 있었다.

"왜, 이제 와서 갑자기 싫어지거나, 아니었다고 부정이라도 하고 싶은 거야?"

"누가 그렇대요?"

"그게 아니라면 증명해. 너도 즐거웠다고."

"뭘 어떻게 증명하면 되는데요?"

"키스해. 나한테 먼저."

순간 자존심이 우르르 쏟아져 내리는 것 같았다. 그래서 주아도 충동적인 억지를 쓰고 싶었다. 나 역시 당신과 몸을 섞은 건, 단순한 즐거움 때문일 뿐이었다고.

"그래요. 즐겨보죠."

신혁의 입술로 제 입술을 맞추려 했다. 하지만 신혁이 가볍게 얼굴을 돌려 피했다.

"할 거면 제대로 해."

운전석을 뒤로 넘겨 앞 공간을 넓힌 신혁은 제 허벅지를 가리켰다. 주아가 그의 허벅지 위로 올라타 목을 감쌌다. 맞닿은 그의 아래가 벌써부터 팽창하여 부풀어 오르고 뜨거운 열기를 내뿜고 있다는 것이 느껴졌다. 주아는 입술을 내려 다시 그의 입을 벌리고 안으로 들어갔다. 어설프긴 했지만, 무척이나 적극적인 것처럼 그의 혀를 유린하여 빨고 핥으며 이를 세워 깨물기도 했다.

하지만 그 주도권은 얼마 가지 않아 신혁에게 빼앗겼다. 포악스러울 정도로 밀어붙이는 그는 혀를 뽑아내기라도 할 것처럼 강하게 빨아들였다. 어찌나 밀어붙이는지, 주아의 몸이 휘어져 핸들에 지탱을 하고 있어야 할 정도였다. 입술을 떼어낸 신혁은 주아의 윗옷을 걷어 빠르게 브래지어를 푼 후, 드러난 젖가슴을 한 입에 베어 물었다.

몇 번의 혀놀림으로 유두가 아플 정도로 딱딱하게 곤두섰다. 이를 세워 깨물며 자극하는 신혁 때문에 주아의 몸은 멋대로 꺾이며 움찔댔다. 미칠 것만 같았다. 신혁의 말마따나, 그가 주는 이 쾌락에 길들여지고 물들어지는 것 같아 미칠 것만 같았다.

자꾸만 움츠러들려는 주아의 한쪽 어깨를 밀고 허리를 끌어 올리며 신혁은 더욱 격렬하게 그녀를 탐했다. 처음부터 이 짓을 하겠다고 온 건 아니었다. 그저, 자신이 없는 곳에서 재우 새끼와 함께 있을 거라는 격한 거부감이 이곳까지 오게 만들었을 뿐이었다. 함께 있지 않은 걸 확인하면 돌아가려고 했다.

하지만 그곳에서 주아의 웃는 얼굴을 봤다. 그것도 재우를 앞에 두고 웃는 얼굴을. 더는 아무것도 생각하고 싶지 않았다.

앓고 빨던 젖가슴에서 얼굴을 들어 올린 신혁은 핸들에 몸을 기댄 채, 점점 야해지고 있는 주아의 눈동자를 마주 보았다. 길고 강건한 손가락으로 그녀의 은밀한 아래를 헤집자, 격한 반응을 보였다. 야한 짓을 하면서 눈빛을 마주 보는 것이 부끄러운지, 자꾸만 고개를 돌리려는 주아를 기어코 저를 바라보게 만들며 말했다.

"기억해. 네가 지금 누구 손길에, 누구의 것에 이런 격한 반응을 하고 있는지."

촉촉한 물기를 한껏 머금은 그녀의 은밀한 그곳이 제 심장처럼 손안에서 달싹이고 있었다. 이 손끝에 닿는 살결의 감촉은 평생 자신만 느끼고 차지하고 싶을 만큼 보드라웠다. 야릇하면서도 제 손짓에 격하게 반응하며 쾌락에 젖은 신음 소리를 내뱉고 있는 주아의 모습은 평생 자신만 보고 싶었다. 평생 주아의 밤을 갖고 싶었다.

붉게 달아오른 어여쁜 뺨에 입을 맞췄다. 마음과는 상반되는 다정함이었다. 하지만 그런 다정함도 느끼지 못한 채 주아는 이 쾌락을 부정이라도 하려는 건지 눈을 감고 고개만 힘겹게 내젓고 있었다.

"눈 떠."

하지만 주아는 여전히 정신이 없어 보였고 결국 신혁은 그녀의 눈자위를 입술로 깨물어버렸다. 그제야, 주아가 겨우 눈을 뜨고 그를 보았다.

"지금 네가 누구한테 반응하는지, 누구 손에 그렇게 미쳐가고 있는지, 절대 외면하지 말고 잊지도 마."

다리를 벌려 안으로 들어갔다. 주아의 마음은 끝나더라도 자신의 몸을 그리워할 수 있게 길들이고 싶었다. 자신의 몸에 길들여져 다른 남자에겐 만족하지 못하길 바랐다. 그래서 평생 자신을 잊지 못하게 만들고 싶었다.

단단한 기둥이 예민한 틈을 빈틈없이 파고들어 자비 없이 난도질을 쳤다. 마치 모든 것을 파괴시켜버리려는 듯 과격하게 쑤시며 끝까지 밀고 들어왔다. 허리를 치켜 올릴 때마다 주아의 몸이 사정없이 흔들렸다. 밀폐된 공간에는 쾌락에 젖은 주아의 신음과 격한 움직임으로 맺힌 신혁의 땀으로 인한 열기만 채워질 뿐이었다.

그녀 안에 깊숙이 박히고 싶었다. 이 뜨거운 기둥이 아니라, 심장이 박히고 싶었다. 온몸을 쑤시고 돌아다니며 제 흔적을 열렬하게 남기고 싶었다.

* * *

그와 함께하면서 즐겁고 행복했던 추억조차도 점점 오염되어가고 있는 기분이었다.

그날 뒤로, 저녁 식사는커녕 늘 호텔방에서 섹스만 해댔다. 다정함은 조금도 찾아볼 수 없는 그의 거친 손짓에 정말, 그를 사랑해서 곁에 있는 것이 아니라 몸을 대주는 섹스 파트너가 된 것만 같아 주아는 비참했다.

이른 새벽.

혼자 사무실에 도착한 주아는 자신의 방으로 들어가 가방과 옷을 둔 후, 준비실로 가서 커피를 내렸다. 고소한 커피가 밀폐된 공간을 빈틈없이 채우는 것 같았다. 내린 커피를 들고 방으로 다시 향하려다 말고 아직 출근하지 않은 집무실로 들어섰다. 비어 있는 자리에서 그의 흔적을 찾기라도 하듯 주아는 오래도록 바라보며 서 있었다.

그리고 생각했다. 자신을 사랑해주지도 않는 사람에게 더 큰 기대로 스스로를 아프게 하기 전에 그만두는 것이 맞는 거라고.

더 빠져들어서 자신의 마음을 헤아려주지 않는다고, 그래도 자신이 처음으로 사랑했던 사람이 미워지는 것보다 나을 것 같았다.

그의 인생에서 자신은 그저, 몸을 대주는 여자로밖에 인식되고 싶지 않았다. 사람의 욕심은 늘 만족하지 못하고 그 크기를 부풀리는 것처럼, 처음에는 곁에 있기만 해도 행복할 줄 알았던 삶이 이제는 그의 마음을 얻지 못하니 불행하게 느껴졌다. 그의 곁에서 불행한 것이 싫었다. 평생 짝사랑으로 남겨둘걸, 후회가 됐다.

쓸쓸한 사무실을 뒤로하고 나왔다.

방에 들어가 잔업무를 하다 보니, 현 비서도 출근하고 신혁도 출근을 했다. 자연스럽게 준비실에서 커피를 준비해 집무실로 들어가려다 말고 현 비서를 불렀다.

"커피 좀, 대표님 가져다 드려."

자신이 들고 있던 커피를 건네자, 현 비서가 의아한 눈빛으로 바라보았다. 이건 자신이 한다고 해도 언제나 주아가 고집을 피워했던 일이었다.

"네."

하지만 현 비서는 어떤 말대답도 하지 않고 커피를 들고 안으로 들어섰다. 주아는 그대로 등을 돌려 자신의 방으로 들어갔다.

한편 신혁은 문이 열리고 은은한 커피 향이 나기에 당연히 주아가 들어온 줄 알고 재킷을 벗고 돌아섰는데, 현 비서와 마주하자 미간 먼저 찌푸렸다. 그 모습을 본 현 비서가 기겁하며 얼른 커피를 놓아주고 뒤꽁무니 빠지게 도망치듯 나갔다.

지난 3년간, 자신이 있는 이상은 단 하루도 빠짐없이 늘 커피를 가져다준 건 주아였다. 그런데 갑자기 오늘 매일 하던 일을 미룬 것을 보니, 심적인 변화가 생겨도 단단히 생긴 거라 단언할 수밖에 없었다. 헛웃음이 나왔다.

얼마 안 있어 다시 노크 소리가 들려오고, 현 비서가 안으로 들어와 회의에 참석해야 한다는 말을 전했다. 누가 때리거나 고함을 지르는 것도 아닌데, 잔뜩 겁을 먹고 있는 현 비서를 보니 짜증이 더욱 증폭되었다. 주아가 잠시 그만뒀을 때에도 저런 현 비서의 모습에 짜증이 났었는데, 결국 또 폭발해버리고 말았다.

"일하기 싫으면 나가."

"네?"

"나랑 일하기 싫으면 사원증 내려놓고 내 회사에서 꺼지라고!"

현 비서의 눈이 순식간에 눈물로 차오르더니, 겨우 죄송합니다, 를 내뱉고 뛰쳐나갔다. 괜한 애한테 성질을 부렸다는 생각이 들었지만, 그럼에도 이 분노가 쉽게 잠재워지지 않았다. 집무실을 빠져나와 주아의 방을 노려보았다. 안에서는 전화 통화 업무를 보고 있는 건지, 그녀의 상냥한 목소리가 새어 나오고 있었다. 자꾸만 그쪽으로 향하려는 발걸음을 겨우 돌려 회의실로 향했다.

온통 어둠으로 잠식되어 있는 회의실 안.

주주들과 임원들은 매우 만족스런 얼굴을 하고서는 서류를 살펴보고 있었다. 난다 긴다 하는 그룹의 패션사업은 전부 하락세를 보이며 철수하는 곳이 한두 군데가 아니었다. 그럼에도 불구하고 현재 신혁이 대표이사로 있는 J-style은 여전히 꾸준한 상승세를 보이며 유일무이하게 그 입지를 다지고 있었다.

그건 신혁의 뛰어난 판단력 때문이었다. 오프라인으로는 도저히 승산이 되지 않을 것 같아 온라인으로 힘을 돌렸다. 유통업 강화와 오프라인에서보다 저렴하고 마일리지를 쌓아주며 간간이 행사도 함께 진행했다. K-POP에 열광하는 그들에 모델을 앞세웠고 관련하여 진행되는 행사에 참여할 수 있는 이벤트 같은 것도 함께 마련했다.

그 덕에 연 평균 40%의 매출을 올렸다. 죽어가는 패션 사업을 이렇게 끌어모은 신혁의 능력에 주주들과 임원들은 당연히 감탄할 수밖에 없었다.

"젊은 나이에 그 판단력과 추진력, 정말 대단합니다."

"그러게 말이에요. 덕분에 요즘 출근하는 재미가 생겼습니다. 하하!"

"회장님이 무척이나 좋아하실 겁니다."

"사실, 좀 놀라기도 하셨을 거예요. 아드님이 언제 이렇게 성장했나, 싶어서."

모두들 칭찬하며 대화를 주고받느라 얼굴 가득 웃음꽃이 피어 있었지만 단 한 사람, 신혁은 그러지 못했다. 40%나 되는 매출을 올렸음에도 불구하고 그의 얼굴에선 조금의 기쁨도 보이지 않았다.

앞으로의 사업 방향을 위한 회의가 진행되는 동안 비서들은 중간중간 들어와 다 마신 물을 가져가고 다시 새로운 물을 채워주었다. 그중에서 주아는 없었지만, 재우는 있었다.

주아, 재우.

재우, 주아.

어쩐지 초성이 비슷한 게, 매우 불쾌했다. 그래서 저도 모르게 재우가 움직일 때마다 노려보고 있는 유치한 행동을 하고 있었다.

회의는 겨우 끝났고 임원들과 함께 점심을 먹었다. 입맛이 별로라 결국 평소답지 않게 깨작거리며 식사를 끝냈다. 그런 자신의 눈치를 은근히 살피는 임원들과 함께 다시 회사 로비로 들어서는데, 못 볼 광경을 보고 말았다.

주아와 재우가 나란히 서서 카페에서 음료를 고르고 있었다. 가뜩이나 가시로 눈을 찌르는 것같이 거슬렸던 두 사람이 나란히 서 있는 것을 목격하자, 신혁은 이루 말할 수 없는 짜증이 치밀어 올랐다. 그럼에도 주변에 보는 눈이 많아 그냥 지나쳐야 했다.

한편, 오 비서의 부탁으로 오후에 있을 회의에 준비할 커피를 재우와 함께 산 후, 잠시 대화를 나누고 가자는 것을 거절하고 올라온 주아는 자신의 방을 열고 들어왔다가 깜짝 놀라 커피를 놓쳐 버릴 뻔했다.

"왜 여기 계세요?"

신혁이 주아의 의자에 앉아 있다가 간격을 좁혀와 열린 문을 닫았다.

"자존심 내세우고 있는 중이야?"

주아는 자신을 집요하게 바라보는 시선을 외면했다.

"그런 거 아니에요."

"아니라면서 왜 하던 짓까지 안 해?"

하던 일을 안 한 건, 오늘 아침에 커피를 타는 일을 말하는 거였다.

"제가 커피 준비하는 자질구레한 일을 할 위치는 아니잖아요. 사람 일은 모르는 거니까, 현 비서에게 습관 들여놓으려고요. 그때처럼, 또 제 자리가 공석이 될 수도 있고……."

"왜, 또 그만두려고?"

"……."

"나 걔 자를 거야. 그러니까 앞으로도 그런 자질구레한 일 네가 해."

"네?"

"굳이 비서 두 명씩이나 끼고 하지 않아도 될 것 같아서. 인건비도 아낄 겸. 너 혼자 충분히 할 수 있을 것 같고, 무엇보다도 걔가 나랑 일하기 싫어하는 걸 너무 노골적으로 티를 내서, 기분이 매우…… 엿 같거든."

"싫어하는 것보다는 무서워서 긴장을 하는 거예요."

"내가 뭘 어쨌다고 날 무서워해."

말을 내뱉었지만, 슬쩍 염치가 없어지려고 했다. 그는 살갑게 웃지도 않고 입만 열면 다정한 말은커녕 독한 말을 꺼내기 일쑤였다. 돌이켜 생각해보면 현 비서의 행동이 그렇게 이해가 안 가는 것도 아니었다. 하지만 이것을 정확히 상기시켜주고 있는 주아가 미웠다.

"너도 그래?"

"그랬으면 붙어 있으려고 했겠어요?"

시선도 마주치지 않고 무심하게 그리 대답하며 자신을 지나쳐 자리로 돌아가는 주아에 신혁은 어금니를 콱 물었다. 갑자기 자신에게 차갑게 구는 주아 때문에 서운해지려고까지 했다.

"지금 나랑 뭐 하자는 거야?"

욱한 감정을 간신히 억누르며 나온 목소리는 자신이 들어도 듣기 싫을 만큼 격양되어 있었다.

"뭐가요? 회사에 왔으니, 일을 하려는 것뿐이에요."

"지금 나, 아직 여기서 얘기하고 있는 중이잖아."

컴퓨터에 고정시키고 있던 주아의 시선이 신혁에게로 억지로 향했다.

"시키실 업무 있으신 거예요?"

"우리가 꼭 업무로만 대화를 나누던 관계야? 무척이나 새삼스럽네. 몸으로도 대화를 나누던 관계끼리."

이기적이게 자신의 입장이 곤란해져버리니까 운운하게 된 관계의 정의였다. 비겁했다. 신혁은 그걸 아주 잘 알고 있었다. 주아는 그제야 잘도 나불거리고 있던 입술을 다물었다. 그럼에도 여전히 자신을 응시하고 있는 눈빛엔 수많은 감정들이 도사리고 있었다.

묻고 싶지 않았다. 자신이 원하는 대답이 나올 것 같지 않아서였다.

"오늘 저녁에 잠깐 시간 내주세요. 할 말 있어요."

"약속 있어."

"……."

"다음에 해."

대답도 듣지 않고 방을 빠져나와 집무실로 들어왔다. 신혁은 이 제야 인식했다. 자신이 방금 주아와의 대화에서 아무 생각도 거치지 않고 나온 말들이 수두룩했다는 것을. 어쩌면 무의식중에 나온 말들이 자신이 지금 갖고 있는 진짜 감정일지도 모른다고 생각하니, 덜컥 겁이 났다.

주아에게서 어떤 대답이 나올지 대충 예상이 갔기에 최대한 미루고 싶었다. 왜 미루고 싶은 건지, 왜 그 소리가 듣기 싫은 건지, 알 수 없었다. 뭐가 뭔지 하나도 모르겠다. 관계와 감정에 대한 정리를 할 시간이 필요했다. 그것도 매우 절실히.

약속 같은 거 없었는데, 집으로 가는 길에 정윤에게 전화가 걸려왔다. 피곤한 일이 발생할 것 같아 몇 번 씹었는데, 전화는 집요하게 울렸다. 결국, 신혁은 전화를 받았다.

-왜 이렇게 전화를 안 받아요?

"무슨 일입니까."

-나랑 만나보기로 해놓고 하도 연락이 없기에 한번 해봤어요.

주아 때문에 정신이 없어서 다른 곳에 정신을 풀 만한 여력이 되지 않았다.

"좀 바빴습니다."

-그랬겠죠. 퇴근했죠? 여기로 올래요? 지금 아버지랑 같이 있는데.

뒤에서 얼굴 좀 보자는 민 회장의 목소리도 들려왔다. 거절을 하기가 난감해 신혁은 정윤이 있는 장소를 물었고 그곳으로 향해야 했다.

하지만 도착한 그곳엔 보여야 할 민 회장은 보이지 않았다. 신혁이 의아해하며 찾는 시늉을 보이자, 정윤이 싱긋 웃으며 말했다.

"아버지는 피곤하시다며 그냥 가셨어요. 근데, 그거 핑계인 것 같기도 해요. 그저 우리 둘이 좋은 시간 보내라고 자리 비켜주신 것 같아요."

헛걸음을 한 기분이다.

"앉아요."

오는 동안 갈증이 났던 신혁은 시원한 맥주 한 잔만 하고 가야겠다고 생각하며 정윤의 옆에 앉았다.

나란히 앉아서 각자 원하는 술을 주문한 후에 신혁은 입술을 떼어냈다.

"근데, 나한테 왜 자꾸 연락하는 겁니까. 흔히 말해, 계속 연락을 주고받을 만큼 다정한 사이도 아닌데."

"말했잖아요. 난 그쪽이 마음에 든다고."

"그러니까 뭘, 얼마나 봤다고 나를 마음에 들고 말고를 단언해."

"사람이 그런 거 있잖아. 묘한 매력 있는 거. 예전부터 꿈꿔왔던 이상형 같은 거."

정윤은 대수롭지 않다는 듯 대답하고 술을 마셨다.

"피지컬이 너무 좋잖아. 나보다 가진 것도 없으면서 주눅 들지 않는 것도 좋고. 원래 대부분 이 세계 남자들은 어떻게든 나한테 잘 보이려고 온갖 아부를 다 떠는데. 그래서인가? 더 갖고 싶어

안달 나. 더군다나, 내가 그 여자보다 모자란 것도 없는데 말이야."

갑작스럽게 나온 '여자'. 즉, 주아를 가리키는 듯한 말이 나오자 여태 허공에서 힘없이 떠돌아다니던 신혁의 눈빛이 날카롭게 변했다. 정윤은 살짝 놀라는 눈치였지만, 계속해서 말을 이어나갔다.

"고아 출신에다가 비서라서 가지고 놀기 편하지? 그래도 너무 큰 정은 주지 마. 즐길 때 즐기더라도 콘돔은 꼭 사용하고. 나중에 애새끼 하나 데리고 와서 질척하게 달라붙으면 곤란한 건 우리잖아. 더군다나, 이 세계에서 나름 이미지 깨끗한 당신에게 오물이 될 수도 있어."

"입 다물어."

"정 안 떨어지면 나한테 맡겨. 내가 상상도 못 할 만큼 돈 찔러 줄 테니까. 어차피 그런 것들, 돈 몇 푼 찔러주면 또 바로 수그러져. 당신처럼 무뚝뚝하고 차가운 남자 옆에 붙어 있는 이유가 뭐겠어? 정말 좋아서겠어? 돈 때문이지. 뭐, 나처럼 얼굴 잘생기고 피지컬 좋아서 만족할 수도 있겠지만, 어쨌든 결론은 그거야. 돈. 정 안 되면 그냥 외국으로 보내버리지, 뭐."

"그 입 닥치라고!"

손에 쥐고 있던 신혁의 칵테일 컵이 그대로 아작 났다. 정윤이 흠칫 놀라 바라본 신혁의 손가락 사이사이로 칵테일과 붉은 피가 섞여 흐르고 있었다. 하지만 그의 표정엔 아무런 변화가 없었기 때문에 정윤은 더욱 당황스러울 수밖에 없었다.

"한 번만 더, 그 여자를 두고 그따위로 지껄여봐. 그땐, 너랑 결혼식장이 아닌 장례식장에 들어가게 될 거야."

　"손님 괜찮으세요?"

　할 일을 하던 바텐더가 화들짝 놀라 다가와 다급하게 물었지만, 신혁은 그대로 자리에서 일어나 Bar를 빠져나갔다. 그가 걷는 길엔 간헐적으로 피가 고여 떨어져 있었다.

10.

누군가가 쿵, 하고 현관문을 세게 내려치는 소리에 침대 위에서 차를 마시고 있던 주아가 화들짝 놀랐다. 신혁 때문에 심란한 마음을 차로 달래고 있던 주아는 갑자기 불안해졌다.

"으, 뜨으!"

뜨거운 차로 천장과 혓바닥이 데이다 못해 목젖까지 데인 것 같았다. 쾅! 하지만 그 소리는 좀 전보다 훨씬 세고 강하게 들려왔고 주아가 결국 자리에서 일어섰다.

"누구세요?"

대체, 어떤 미친놈이 이 야밤에 남의 집 현관문을 내려치나 싶어서 인터폰으로 확인해보니, 하필이면 신혁이었다. 주아는 낮은 한숨과 함께 현관문을 열었다.

"지금 이 시간에 와서 이게 대체, 무슨…… 손 왜 그래요?"

주아는 흘러내린 피가 굳어 있는 신혁의 손을 발견하고 놀라서 다급하게 물었다. 그의 손바닥이 무언가로 인해 찢겨져 있었고 상당한 피가 흘러내린 것 같았다. 보기만 해도 그 고통이 덩달아 느껴지는 듯했다.

"손이 이런데, 여길 오면 어떡해요? 병원으로 가야죠! 얼른 병원 가요. 기다려요."

신혁은 순순히 따라나섰다. 집을 나와 잡아 올라탄 택시 안에서 주아는 손을 왜 다쳤는지 궁금했지만, 묻지 않았다.

신혁은 도착한 응급실 안에서 살에 박힌 유리를 빼내는데, 심한 고통이 밀려올 텐데도 신음 소리 한 번 내지 않고 무척이나 무감한 얼굴로 상처를 바라볼 뿐이었다. 이곳에서는 아프면 아프다고, 소리를 지르거나 울어도 되는데, 그는 너무 답답했기 때문에 오히려 주아가 더 아픈 것 같았다.

마취를 하고 찢어진 손을 꿰맨 후, 붕대를 감고 나서야 치료가 끝이 났다. 계산을 끝낸 주아는 응급실 앞, 의자에 앉아 있는 신혁에게로 향했다.

"계산 끝났어요. 가요."

함께 다시 택시를 타고 주아의 집으로 오게 되었다. 벌써, 고요한 새벽이 되었다. 새벽의 밤공기가 찼다. 심장이 시릴 만큼.

"아까 우리 집까지 차 타고 온 거예요?"

"응."

"기다려요. 대리 운전 불러줄게요."

"배고파."

"저녁 안 먹었어요?"

"안 먹었어."

아픈 사람이 배까지 고프다는데, 그냥 매몰차게 돌려보낼 수 없었다. 아니, 좋아하는 사람이 배고프다는데 매몰차게 떠밀어 보낼 수 없다고 하는 게 더 맞겠다. 그를 위해서 점점 멀어지는 게 정답인 건데, 그게 쉽지 않다. 자존심이 상해 비참하게 느껴지다가도 순간순간 고개를 쳐들고 다른 감정들을 밀어내는 사랑이라는 이 독한 놈을 할 수만 있다면 집어 꺼내들어 벽에 내리치고 불에 태워버리고 싶은 심정이었다.

주아는 신혁을 집으로 데리고 와 소파에 앉게 한 후, 주방에 들어가 물을 올렸다.

간단하게 라면을 끓여줄까, 하다가 아픈 사람한테 예의가 아닌 것 같아서 좀 더 정성이 들어간 국을 끓여주기로 했다. 밥이 없어 쌀을 씻고 새로 안친 후, 냉장고 재료들을 털어 이런저런 반찬도 서둘러 만들었다. 그렇게 한참을 서두르고 있다 보니, 거실이 잠잠했다. 설마, 하고 거실로 나가 본 주아의 시야로 신혁이 들어왔다. 소파에 누워서 곤히 잠들어 있는 신혁의 모습.

"진짜, 어디 가서 잠자리 예민한 척하지 않으시길……."

밥 먹으라고 깨울까 하다가 너무 곤히 잠든 것 같아서 관두기로 했다. 이불을 가져와 덮어주고 나니 다친 손으로 눈길이 갔다.

"대체, 어디서 무슨 일이 있었던 거야. 진짜 왜 안 하던 짓을 해?"

이제야 그의 상처를 보듬어주듯, 손으로 살살 어루만져주었다. 얼마나 아팠을까, 그의 상처를 보고 있으려니 너무 속상했다. 눈에 보이니까, 나름 다짐하고 마음먹었던 것들은 자꾸만 빗나가고 어

그러진다. 이렇게 예고도 없이 불쑥 찾아와버리면 또다시 기대를 걸고 희망을 갖게 된다.

더욱 깊어져버려서, 그가 완전히 포기가 안 되고 집착의 감정을 갖기 전에 그만두는 게 정답이다. 사랑이 집착으로 변하게 된다면 그건 상대방을 괴롭히고 힘들게 만드는 것뿐일 테니까.

그래서 당신으로부터 한 발자국 물러서야 하는 건데, 사랑은 늘 결의를 배신하고 또 다른 자신을 끌어들이게 된다. 그래서 스스로도 이해하기 힘든 감정들을 심어놓고 혼란스럽게 만든다.

주아는 신혁을 향해 손을 뻗었다. 손에 닿는 그의 살결은 지독히도 부드러웠다. 밀어내다가도 다시 찾게 되고 누구에게도 빼앗기고 싶지 않을 만큼…….

* * *

조금씩 정신이 깨어난 신혁은 손에서 느껴지는 통증에 입술 사이로 괴로운 신음을 내뱉었다. 마취가 풀리는 모양이다. 몸에 덮고 있는 이불을 거두어내고 앉아 주변을 살폈다.

자신의 집이 아니라, 주아의 집이라는 것을 이제야 깨닫고 일어나 침실로 향했다. 조심스럽게 문을 열자, 어둠 속에서 잠이 들어 있는 주아의 인영이 보였다. 곁으로 다가갔다. 이불을 거두고 주아의 옆에 누워 그녀를 끌어안고 등에 얼굴을 파묻었다.

깊게 잠이 든 건지, 신혁이 곁에 다가온 것도 모르고 주아는 새근새근 잘도 잤다. 그녀의 일정한 숨소리를 온몸으로 느끼며 신혁은 다시 조용히 눈을 감았다. 그저, 오늘만큼은 아무 생각도 없이 편안한 잠을 자고 싶었다.

다시 잠에서 깨어났을 때는 주아가 곁에 없었다. 미세하게 밖에서 들려오는 소란스런 소리에 자신도 모르게 안심을 한 신혁은 자리에서 일어나 밖으로 나갔다. 주아는 서둘러 아침을 차리다 말고 신혁이 나오는 것을 감지했는지 돌아섰다. 일어난 지가 꽤 됐는지, 주아의 긴 머리는 물기를 머금고 있었다.

"씻고 나와서 밥 먹어요."

화장실로 몸을 틀었던 신혁이 욱신거리는 제 손을 들어 올렸다.

"씻겨줘."

이제 막 밥 상태를 확인하던 주아가 그를 가만히 바라보았다. 신혁은 다친 손을 들어 올렸다.

"손에 물 닿으면 안 되니까."

"그럼 씻지 말아요. 하루쯤 안 씻는다고 큰일 안 나요."

"씻겨주기 귀찮아서 그래?"

"그렇다기보다는……."

"난 안 씻으면 하루 종일 찝찝해서 아무것도 못 해. 머리라도 감겨줘."

"알았어요."

함께 욕실로 들어온 주아는 가장 먼저 샤워기의 물 온도를 맞췄다. 뜨거운 모양인지, 살짝 차가운 물 쪽으로 돌렸다가 또 너무 차가운지, 뜨거운 쪽으로 돌렸다. 물을 맞추는 것이 너무 신중하고 심각해서 뒤에서 보고 있던 신혁이 설핏 웃었다.

"머리 숙여봐요."

주아가 시키는 대로 욕조 쪽으로 머리를 숙였다. 물을 살짝 묻히고 샴푸를 손에 덜어 정성스럽고도 꼼꼼하게 신혁의 머리를 감겨주었다. 코끝으로 주아의 향이 스친다. 자신에게서도 늘 주아에게서 났던 샴푸 향이 났다. 그것이 마치, 주아가 제게 들어온 것만 같았다. 솔솔 잠이 올 정도로 주아의 손길은 부드러웠다. 다 감긴 머리를 수건으로 감싸주었다.

"옷 벗을까?"

"네?"

"기왕 씻겨주는 거, 다 씻겨줘. 어차피 다 보고 만져봤잖아."

능청스러운 신혁의 말에 주아는 고개를 내저으며 욕실을 나섰다. 그 뒤를 신혁이 따라갔다.

"머리 말려줘."

나오자마자 당당하게 말하는 신혁에 주아가 어이없는 표정을 지었다.

"손 때문에 불편해."

또다시 다친 손을 들이미는 신혁에 주아는 한 번 더 참아보기로 했다.

"일단 밥 먹고 말려요."

"알았어."

식탁 앞에 앉자, 주아가 이것저것 내왔다. 버섯이 듬뿍 들어가 있는 고추장찌개와 폭신해 보이는 계란말이, 예쁜 접시에 담은 새송이 버섯조림, 어묵볶음과 두부조림 등 다양한 반찬들이 있었다.

"다 네가 한 거야?"

"네. 심심하고 생각이 복잡할 때는 이렇게 요리를 하거든요. 그럼 좀 괜찮아져요."

"그게 꼭 나 원망하는 소리로 들리네. 착각이야?"

"네. 착각이에요."

마지막으로 숟가락과 젓가락이 신혁의 앞에 나란히 놓인 순간이었다.

"먹여줘."

그가 무척이나 당당하게 말했다.

"보다시피, 오른손이 다친 거라."

그게 나 때문에 다친 거예요? 하고 한마디 하려다가, 그래도 아픈 사람에게 쓴소리를 하고 나면 두고두고 마음에 걸려 할 것 같아서 기꺼이 그의 숟가락을 집어 들어 밥 한 술을 푸고 위에 반찬을 얹어 건넸다. 그가 입을 벌려 받아먹었다. 생각보다 입이 작아서 크게 세운 밥이 제대로 들어가지 않았다. 그래도 꾸역꾸역 밥을 입에 집어넣은 신혁이 천천히 씹으며 고개를 끄덕였다.

"반찬 잘하네."

"나중에 퇴직금 받아서 반찬 가게 차릴 거예요."

"그 정도까진 아니야."

"앞으로 더 배울 예정이에요."

주아가 또다시 밥을 퍼서 반찬을 올려 건넸다. 신혁이 어울리지 않게 아기 새처럼 잘도 받아먹었다.

"앞으로 계속 그렇게 불편하실 것 같은데, 간병인이라도 한 분 붙여드릴게요."

"네가 해. 낯선 사람이 내 몸 만지는 거 싫어."

돈 아까워, 머릿속에서는 그렇게 말하라고 명령한 것 같은데, 본능은 솔직한 말을 내뱉고 말았다. 하지만 주아는 아무 반응을 보이지 않았고 숟가락에 쥐고 있던 손에 힘이 들어갔다. 듣고 싶지 않은 말이 그녀의 입술 사이로 흘러나올 것 같은 불길한 예감이 들었다.

"관계, 정리하고 싶어요."

늘 불길한 예감은 피할 틈도 없이 적중한다. 신혁은 아무 대답도 하지 않고 지금 느끼고 있는 감정 그대로를 얼굴에 드러내며 그녀를 바라보았다. 고작 이렇게 끝낼 거였으면 뭐하러 그런 비장한 각오를 보이며 제게 다가왔던 걸까. 미련하고 한심하기 그지없는 여자라고 생각했다. 상종을 하지 말아야 할 여자라고 하면서도 자꾸만 짜증이 몰려왔다.

"어제 하고 싶은 말 있다고 했잖아요."

"고작 이렇게 짧게 끝낼 거였으면 왜 시작했어."

"그러게요. 왜 시작했는지, 저도 지금 후회 많이 하고 있어요."

"후회를 한다……."

허탈함이 몰려와 신혁의 심장을 뻥 뚫어버리는 것 같았다.

"왜 막상 겪어보니까, 좀 싱거워? 그건 아닐 텐데."

"그런 거 때문 아니에요."

"이유. 확실한 이유를 말해. 내가 완전한 이해할 수 있는 이유."

"다른 여자한테 마음 주려는 남자, 흔들고 싶지 않아서요."

"흔든다? 네가 흔든다고 내가 흔들릴 만한 사람이야? 나를 고작 그렇게밖에 안 봤어?"

"자꾸 욕심이 나려고 해요. 그래서 어쩌면, 당신이랑 민정윤 사이를 방해하고 헤집을지도 몰라요. 경영권 승계받으려면 더한 능력을 가져야 하잖아요. 하지만 난 그 능력에 힘을 못 실어줘요. 당신한텐 확실히 민정윤이 필요해요.”

“내가 누굴 필요로 하고 안 필요로 하고를 네가 뭐라고 판단해. 그건 내가 판단할 문제야. 건방 떨지 마.”

“정말 안 흔들릴 자신 있어요? 어제도 아프니까 내 생각난 거 아니에요?”

그 어떤 것도 부정할 수가 없었다. ‘정말’ 안 흔들릴 자신 있냐는 말에도, 그 뒷말에도. 단지 아팠을 때만 생각이 나는 건 아니라고, 너는 시도 때도 없이 내 머릿속을 파고들어 자국을 내며 더욱 깊게 파고들려고 한다고…….

“그리고 솔직한 네 마음을 얘기해. 끝까지 나 위하는 척 위선 떨지 말고.”

말해주길 바랐다. 이 관계를 끝내고 싶은 건, 상황이 아니라 온전히 변한 제 감정 때문이라고. 나는 당신이 욕심이 난다고. 민정윤 때문이 아니라, 그냥 당신이 갖고 싶은 것뿐이라고.

“난 돌아갈게요. 다시, 예전처럼, 대표님의 비서로. 그게 맞는 것 같아요.”

하지만 그 정확한 이유를 말해주지 않고 주아가 자리에서 일어섰다. 주아도 그럴 것이 그에게 직접 자신의 비참함을 말하는 것이 자존심이 상했다. 다 퍼줄 것처럼 굴던 사랑도 때로는 자존심이 막아 세울 때가 있었다. 참, 별난 놈이다. 어디다가 장단을 맞춰줘야 할지 모를 변덕 심한 놈.

“밥 다 안 먹었어.”

밥 같은 게 지금 당장 목구멍으로 들어갈 일은 없겠지만, 화를 내고 분노를 할 기운이 없었다. 손도 너무 시큰거렸고 심장 끝 부분도 시큰거렸다. 그래서 찌질하게 밥 핑계를 대며 그녀를 붙잡을 수밖에 없었다.

"비서로 돌아간다면서."

"……."

"그러니까, 이건 손병신 돼서 밥 굶게 생긴 상사로서 얘기하는 거야. 마저 밥 먹여줘."

결국, 못 이기는 척 주아가 다시 자리에 앉아 숟가락을 들었다. 평소에는 잘 먹지도 않던 아침밥을 신혁은 자리에 앉아 먹었다. 그것도 아주 천천히, 오래도록.

* * *

이른 아침부터 비서, 경호원과 함께 집무실로 들이닥친 윤 회장은 이제 막 한 손으로 어렵게 재킷을 벗고 의자에 앉으려는 신혁의 뺨을 다짜고짜 내리쳤다.

다친 아들의 손은 거들떠도 보지 않은 윤 회장은 신혁이 고개를 들어 올릴 때마다 손찌검을 했고, 놀라서 어쩔 줄 몰라 하는 비서들이 보는 앞에서도 무자비했다. 윤 회장에게 대접할 차를 들여온 주아도 놀라서 그대로 굳어버렸다. 신혁의 얼굴은 벌써 붉게 부어오르고 있었고 다시 방향을 튼 얼굴에 윤 회장의 손이 공중으로 들리고 있었다.

"그만하세요, 회장님."

보다 못한 주아가 신혁을 막으며 말렸다.

"비켜, 신 비서."

윤 회장은 부글거리는 목소리로 경고했지만, 주아는 물러서지 않았다. 자신의 큰아들이 죽어도 눈 하나 깜짝하지 않았던 회장의 잔인성이 신혁에게까지 행해질까 겁이 났다.

"그래. 비켜, 신 비서."

뒤에서 들려오는 신혁의 말에 주아는 걱정스러운 눈빛으로 그를 올려다보았다.

"나가 있어."

비서로서 충실해야 한다. 그래서 떨어지지 않는 발걸음을 겨우 옮겨 밖으로 나갔다. 주아가 나가고 신혁은 뺨에서 느껴지는 따갑고 쓰라린 고통을 뒤로한 채, 윤 회장을 응시했다.

"대체, 무슨 짓을 어떻게 하고 다니기에! 민 회장이 아침 댓바람부터 전화가 와서 그 지랄을 떨게 만들어! 네 아버지 망신시키고 다니니까, 좋디? 네가 이렇게 호화로운 생활을 누릴 수 있는 게, 누구 덕인 줄 알고 이렇게 개차반처럼 굴어!"

"죄송합니다."

여기저기 안 아픈 곳이 없이 지쳐서 말대꾸를 할 기력도 없었다.

"그래도 지 형보다는 일도 잘하고 욕심도 많은 것 같아서, 괜찮은 놈이라고 한껏 기대도 했건만, 네놈이 나를 이렇게 실망시켜?"

하지만 신혁의 감정이 다시 뜨거워지는 건, 결국 꺼내서는 안 될 신우의 이야기를 꺼내었기 때문이었다. 특히 누구보다도 아버지는 신우를 비난할 수 없었다.

"형 얘기 입에 담지 마세요. 그럴 자격 없으시잖아요."

"뭐?"

"낳아주고 길러만 준다고 다 부모가 되는 건 아닙니다. 자식을 고작 사업 수단 정도로만 생각하시는 분이 '부모'라는 그 고귀한 호칭을 쓰며 운운하는 거, 정말 들어주기 역하거든요."

분노가 치밀어 오르는지, 윤 회장은 또다시 손을 치켜들었지만 이번에는 신혁의 뺨을 내려치지 못했다. 신혁이 너무나 가볍게 윤 회장의 손을 막았기 때문이었다.

"죄송한 거 없어요. 그래서 맞을 이유 없습니다."

형에 관련된 이야기는 번복을 하거나 굴복하고 싶지 않았다. 윤 회장은 제 팔을 붙잡은 아들의 힘에 살짝 당황했는지, 얼굴이 붉어졌다. 겨우 힘을 주어 아들의 손아귀에서 제 손을 뺀 윤 회장은 손목을 천천히 돌리며 신혁을 협박했다.

"전부 다 빼앗기고 싶지 않으면 정신 바짝 차리고 살아. 내가 이러는 것도 다 널 위한 일이니까. 이번 창립기념 행사 때, 민 회장과 정윤 양을 부를 거야. 그때, 네가 이번에 한 실수 제대로 만회해."

끝까지 분을 삭이지 못하고 윤 회장이 나갔다. 열린 문틈 사이로 자신을 걱정스럽게 바라보고 서 있는 주아가 보였다. 들어와, 들어와서 나를 좀 위로해줘. 또다시 찾아온 형의 부재에 대한 그리움에 무너져 내리려는 나를, 너라도 제발 와서 좀 위로해줘.

속으로 그렇게 간절히 바라고 또 바랐지만, 결국 주아는 시선을 외면한 채, 문을 닫았다.

"……."

완전한 혼자가 되었다.

문을 닫은 주아는 속으로 걱정을 삼켰다. 마음 같아서는 안으로 들어가 상처받은 영혼의 신혁을 있는 힘껏 끌어안아주고 달래주고 싶었지만, 그건 절대 자신의 몫이 아니었다. 몸에 난 상처는 치료해줘도 마음에 난 상처는 쉽게 건드려서는 안 되는 거였다. 그럼에도 떨어지지 않는 발걸음과 걱정에 주아는 그 뒤로도 한동안 그 자리에 꼼짝 없이 서 있었다.

* * *

'신혁아!'

익숙하면서도 오래도록 듣고 싶었던 그 목소리에 신혁은 얼른 뒤를 돌아보았다. 꼬마 아이 하나가 축구공을 몰며 어딘가를 향해 신나게 달려가고 있었다. 그 방향을 따라 눈을 돌리니, 작은 골대 앞에 앳된 소년이 서 있다.

형……. 신우 형.

낮게 그 이름을 불러보아도 신우는 다 큰 신혁에겐 시선을 주지 않았다. 축구공을 몰고 온 꼬마 아이가 힘차게 공을 차고 충분히 막을 수 있음에도 신우는 오버스러운 몸짓으로 막지 않았다. 아무것도 모르는 꼬마 아이는 소리를 지르며 좋아했고 그런 아이를 바라보는 신우의 눈동자는 사랑스러움으로 가득 차 있었다.

'배 안 고파?'

'배고파! 나 햄버거 먹고 싶어!'

'그럼, 햄버거 먹으러 갈까?'

다정하게 머리를 쓰다듬어주고 손을 맞잡고 집을 나서는 두 사람을 따라가며 신혁은 계속 그 이름을 불렀다.

형. 형.

하지만 신우는 자신의 손을 잡고 햄버거 먹을 생각에 잔뜩 들떠 있는 꼬마 아이에게만 신경을 쓸 뿐이었다. 도착한 패스트푸드점에서도 신우는 단 한순간도 꼬마 아이에게서 시선을 떼지 않았다. 햄버거를 흘리고 케첩을 흘려도 싫은 티 한 번 내지 않고 휴지로 닦아주며 모자란 것이 없냐고 다정하게 물었다.

신혁이 손을 뻗어 신우를 잡아보려고 해도 소용이 없었다. 신우는 꼬마 아이를 보며 무척이나 행복한 듯 미소를 지었다. 하지만 그 앞에 있는 바보 같은 꼬마 아이는 형과 함께 있어 행복하기보다는 햄버거 때문에 행복해하고 있었다.

신혁이 꼬마 아이에게 소리쳤다.

형 좀 봐, 햄버거 좀 그만 처먹고 신우 형 좀 보라고.

어린 자신에게 소리쳤다.

잠에서 깨어났을 때, 신혁의 코끝은 산비하고 심장은 시큰하게 저려왔다. 베개를 적신 눈물을 손등으로 훔쳐내며 일어선 신혁은 아직 아침을 맞이하지 못한 새벽의 밖을 멍하니 바라보다 몸을 돌렸다. 불편한 손 때문에 겨우 준비를 끝내고 나와 그가 잠들어 있는 납골당으로 향했다.

평소 좋아하던 다크 초콜릿과 쓴 아메리카노를 들고 온 신혁은 비밀번호로 잠겨 있는 칸을 열고 안에 자신이 이전에 넣어주었던 것들을 빼고 다시 새것으로 넣어주었다. 그리고 집에서 가져온 자신의 목도리를 칭칭 감아주었다. 날이 점점 추워지고 있었고 신우는 유난히도 추운 걸 싫어했었다.

"잔인한 인간들."

제 부모를 떠올리며 한 말이다. 자신들 말을 안 듣고 뛰쳐나가 자살한 자식이 뭐가 예쁘냐면서 제사도 치러주지 않고 평생을 찾아오지도 않는 부모들의 매정함에 신혁은 진절머리가 나고 소름이 다 끼치는 것 같았다.

사람들이 통상적으로 떠들어대는 부정이나 모정 따위는 절대 찾아볼 수 없었다. 신혁은 자신이 가져다놓은 환한 미소를 짓고 있는 신우의 사진을 바라보았다.

"너무 안 찾아온다고, 삐졌구나? 그러니까, 꿈에서 그렇게 불러도 대답 한 번 안 해주지……."

신혁이 깊은 한숨을 내쉬었다. 차가운 새벽의 공기를 이겨내기엔 너무 터무니없는 한숨이었다.

"형이 있었으면 얼마나 좋았을까? 지금 이렇게 개 같은 경우를 같이 상담도 하고 했을 텐데. 아니지. 형한테 말했으면 숨도 못 쉬게 처맞았을 수도 있겠다. 원래, 남한테 상처 같은 거 주는 거 무지 싫어하던 성격이었으니까."

그러다 헛웃음이 새어 나왔다.

"참 인생이 웃기다. 형은 살면서 모두를 그토록 사랑했는데……."

왜 그들에게 전부 외면을 당하고 이렇게 혼자 쓸쓸하게 있는 걸까. 신혁은 손을 뻗어 도자기를 어루만져보았다. 차갑고 딱딱한 단면만이 느껴질 뿐이었다. 왈칵, 서글픔이 치밀어 올랐다.

"이러고 있는 거, 진짜 꼴같잖지? 다 큰 놈이 아직도 어리광 피우는 거 진짜 꼴도 보기 싫지? 그래도 좀 봐주라……. 형밖에 나를 봐줄 사람이 없는 것 같다. 형한테밖에…… 솔직하게 말 못 하겠어."

혼을 내도 좋고 자신의 말처럼, 숨도 못 쉬게 때려도 좋겠다. 신우가 곁에만 있다면, 곁에만 있을 수 있다면…….

누군가를 사랑하는 것이 두려웠다. 형을 볼 때마다 그래 왔다. 그래서 그 누구도 마음에 두지 않고 정을 주지 않겠다고 늘 결심하며 살아왔다. 하지만 그것이 송두리째 흔들리고 있었다. 아무리 다잡으려고 해도 그를 비웃기라도 하듯 무너지고 부서지고 있었다.

행복해지고 싶었다. 정말, 행복해지고 싶었다. 지금 당장으로는 자신의 행복이 주아로 인해서 이루어질 것만 같은데, 언젠가는 주아가 곁을 떠나버리게 된다면 그건 자신의 모든 행복 또한 떠나가게 되는 것과 마찬가지였다.

그래서 형도 세상을 등지게 된 걸까……. 자신의 세상이 무너져버리고 그 안에서 헤집고 나올 자신이 없어서……. 오늘따라 형의 빈자리가 극심하게 여겨져 마음이 시렸다.

* * *

출근 시간이 한참 지났는데도 모습을 드러내지 않는 신혁 때문에 주아의 걱정이 더욱 커졌다. 조금 더 기다려볼까, 하다가 결국 전화를 걸었지만 받지 않았다.

"혹시, 그때처럼 어디 아프기라도 한 건가? 아니면 씻다가 넘어져서 기절이라도 한 거 아니야?"

손도 다친 데다 윤 회장과의 불미스러운 일도 있어 심적으로도 많이 힘든 상태일 것이다. 근심이 더욱 짙어진 주아가 핸드백을 들고 서둘러 승강기로 향했을 때였다. 문이 열리고 신혁이 내렸다.

"왜 전화 안 받으세요?"

그가 무사하다는 안도감에 저도 모르게 격한 감정이 튀어나오고 말았다.

"집에 두고 왔어."

집과의 거리가 얼마 되지 않으니, 주아가 전화를 했을 무렵에는 분명 휴대폰이 울렸을 거였다. 그럼에도 신혁은 받지 않았다.

"집에서 바로 오시는 길 아니에요?"

"형한테 다녀왔어."

형 이야기에 눈이 쓸쓸하게 변하는 신혁에 주아는 더는 아무 말을 할 수가 없었다.

"근데, 왜?"

"왜겠어요. 상사가 출근을 안 하니까, 비서로서 걱정이 돼서 그런 거죠."

"확실해?"

"뭐가요?"

"비서로서 걱정한 거 확실하냐고."

솔직함이 한번 나오기 시작하면 끝도 없이 나올 거였다. 기왕 이제 비서로 돌아가기로 마음먹은 거, 밖으로도 속으로도 무한으로 자신에게 인식을 시켜야 했다.

"네. 확실해요."

큰맘 먹고 한 대답인데도 신혁에겐 아무런 변화가 없었다. 단지

공허한 시선이 주아를 속수무책으로 잡아당기듯이 바라보고 있을 뿐이었다.

"커피, 준비해드릴게요."

"커피는 됐고 붕대나 좀 갈아줘."

"……."

"비서로서 해줄 수 있는 일이잖아."

미리 사두었던 구급통을 들고 집무실로 들어갔다. 신혁은 소파에 앉아 지그시 눈을 감고 있다가 주아가 맞은편에 앉자 느슨하게 눈을 뜨고는 다친 손을 내밀었다. 붕대는 젖어 있었다. 혼자서 아픈 팔로 끙끙거리고 있었던 것을 생각하니 안쓰러웠다.

젖어서 찝찝했을 붕대를 풀고 상처를 소독한 후, 가볍게 처치를 하고 나서 다시 붕대를 감고 있는데, 자신을 바라보는 신혁의 시선이 고스란히 느껴졌다.

"오늘 같이 저녁 먹자."

붕대를 감던 주아가 신혁을 가만히 바라보았다. 자꾸만 선을 긋고 물러서려 하는 자신을 왜 잡아당기고 있는지 모르겠다.

"말씀드렸잖아요. 이 관계, 이제 정리하고 싶다고."

"비서로서 같이 먹을 수 있는 거잖아?"

"비서였던 저하고 저녁 드셔보신 적 없으시잖아요."

"왜 없어? 기억력이 생각보다 저질이네."

신혁의 불만에 주아가 곰곰이 생각을 해봤다. 언제나 임원들이나 다른 직원들이 껴 있었지, 단둘이서 저녁 식사를 했던 적은 없었다. 만약 있었다면 그때 느꼈을 감정을 절대 잊어버렸을 리가 없었다.

"다른 직원들이랑 같이 저녁 하자는 소리시죠?"

"아니. 오늘은 너랑 나랑 둘이서만. 대표이사 부서의 소통 차원으로."

그렇게 뛰쳐나간 현 비서가 지금까지 무단으로 결석 중이니, 굳이 대표이사 부서라고 칭한다면 신혁과 주아가 전부였다. 아파도 나왔던 회사인데, 아무래도 신혁이 말한 '꺼져'라는 말이 무척이나 충격이 컸던 모양이다.

"아직 조금 더 시간이 필요할 것 같아요. 상사와 부하직원의 관계가 되려면."

"그래서?"

"같이 저녁 못 먹는다는 뜻이에요. 소통을 원하시는 거면 지금 말씀하세요."

"우리 관계 이제 정말, 아예 끊어버리기로 작정한 거야?"

"대표님은 손해 보실 것도, 미련 남는 것도 없으시잖아요."

"왜 매번 네 멋대로 내 감정을 단정 지어."

결코, 화를 내거나 비아냥거리는 말투와 표정이 아니었다. 그래서 주아는 또 다른 신혁을 마주 보고 있는 것 같았다.

"나에 대해서 그렇게 잘 알아?"

잘 알고 있는 줄 알았다. 하지만 어쩌면, 주아는 신혁이라는 사람이 어떤 사람인지 전혀 알지 못하고 있었는지도 모른다는 생각이 들었다. 그의 눈빛이 흔들리고 있었다. 감정에 동요되고 있었다. 무시무시한 가시로 덮여져 있을 거라 생각했던 고슴도치의 여린 속살처럼, 어쩌면 신혁도 여린 상처를 감추기 위해 일부러 큰 가시를 치켜세우고 경계하며 살았을지도 몰랐다.

"죄송해요. 먼저 나가볼게요."

더는 신혁을 마주 보고 있을 자신이 없어서 서둘러 구급통을 챙겨 나왔다. 신혁은 그런 주아를 부르지도, 따라 나오지도 않은 채 그 자리에 그 모습 그대로 앉아 있었다. 그는 아주 많이 지쳐 보였다.

* * *

퇴근길. 마음이 심란해서 걷고 싶은 마음에 회사에서 나와 무작정 걷기 시작했다. 점심도 대충 먹어 허기가 질 만한데도, 복잡하게 엉킨 고민 때문인지 입맛도 없었다. 다리가 아플 때까지 걷고 싶었다. 집에 가자마자 쓰러져 잠들 수 있게, 오로지 걷는 것에만 에너지를 쏟아붓고 싶었다. 하지만 주아는 얼마 가지 않아 걸음을 멈춰야 했다. 자꾸만 뒤에서 저를 쫓아오고 있는 신혁 때문이었다.

주아는 거친 한숨과 함께 돌아서 신혁을 바라보았다. 자신이 멈추자, 멈춰 있는 신혁을.

"왜 자꾸 따라오세요?"

"그냥 가는 길이 같다는 생각은 안 해봤어?"

"집 방향 반대시잖아요."

"그쪽에 볼일이 있어서 그래."

"차 놔두고 왜 걸어가시는데요?"

"그건, 내 마음인데?"

"네. 그럼 쭉 가세요."

주아는 신혁을 지나 여태 걸어왔던 방향을 다시 짚으며 갔다. 신혁은 여전히 자신을 따라오고 있었다. 결국, 다시 걸음을 멈춰야 했다. 자신의 행동도 바보 같은 게, 그냥 신경을 안 쓰면 그만인 것을 자꾸만 신경을 쓰고 있다는 거였다.

"뭐 하시는 거예요?"

"못 들었어? 그쪽에 볼일이 있다고 그랬잖아."

그가 말한 그쪽이 방향을 말하는 게 아니라, 자신을 말한다는 것을 알아차린 주아는 또 한 번의 흘러내린 머리를 쓸어 올렸다.

"전 없어요."

"배고파. 밥 먹여줘. 손 불편해."

"제가 대표님 손 그렇게 만들었어요?"

"내가 굶어 죽기를 바라고 있는 거야?"

"밥 몇 끼 안 먹는다고, 굶어 죽지 않아요. 그리고 정 안 되면 왼손으로 먹어보세요. 대표님, 뭐든 잘하시는 분이시잖아요."

주아는 마침 지나가는 택시를 잡아탔다. 도착지를 말하기도 전에 일단, 출발해달라는 말을 전했다. 돌아보지 말아야지, 말아야지 했지만 몸은 머리를 따라주지 않았다. 조금 멀어진 것 같아 돌아본 그곳에 있는 신혁은 또 혼자였다.

주아는 집에 도착해 지친 몸을 씻고 침대에 누워서까지 혼자 남겨진 신혁을 떠올리다가 잠이 들었다. 그러다 갑자기 눈이 떠졌다. 아직 출근 시간이 훨씬 남은 새벽 시간이었다. 굳게 먹었던 마음은 초 단위로 수없이 무너졌다, 다시 세워지기를 반복했다.

주아는 그의 젖은 붕대와 혼자 남겨진 지쳐 있던 모습이 자꾸 마음에 걸렸고 결국 몸은 마음을 따라가게 되었다. 준비를 하고 신혁의 집으로 향했다. 그놈의 사랑이 뭐기에 자신을 이리도 물러 터진 여자로 만들고 있는지, 초인종을 누르며 그녀는 속으로 한탄했다.

비밀번호를 알고 있어 바로 들어갈 수 있지만, 예의가 아닌 것 같아서 초인종을 누르고 기다렸다. 얼마 뒤, 그가 막 잠에서 깨어난 얼굴로 문을 열어주었다.

"아직 다 아물지 않은 상처에 물이 들어가면 큰일이니까요. 머리라도 감겨드릴게요."

"감동스러워서 눈물이 다 나오겠다."

억지를 쓰는 말은 아니었다. 희미하게 웃고 있는 그의 입가가 그것을 대신 말해주고 있었다.

"착각하지 마세요. 비서로서 온 거니까."

"착각은 내 마음인데."

"그럼 그냥, 가구요."

돌아서 나가려는 주아를 신혁이 잡았다.

"배고파."

밥 못 먹고 굶어 죽은 귀신이 달라붙었나, 평소 입맛이 무척이나 짧은 신혁은 어제부터 계속 배고프다는 타령이다.

"아침부터 배가 고프세요?"

"저녁을 안 먹었어."

"……."

"진짜 밥 몇 끼 안 먹으면 죽나, 안 죽나, 한번 봐보려고."

아무렇지도 않게 말하는 신혁에 주아는 미간을 구겼다.

"아무리 그러셔도 이제, 대표님이랑은 섹스 안 해요."

주아의 말에 신혁은 확 빈정이 상해 차가운 표정을 지었다.

"누가 너랑 섹스한대? 나도 할 마음 없어."

"……"

"지금은."

뒷말을 슬쩍 던져놓고 마주 보고 있는 눈은 당당하다.

"지금은, 이라고요?"

"평생 너랑 안 한다고 장담 못 해. 너도 그렇고."

"전 안 해요. 대표님이랑 관계 더 이상 이어 가지 않을 거니까요."

"장담하지 마. 사람 일은 모르는 거니까."

"진짜…… 못나셨네요. 그런 줄 전혀 몰랐는데."

"그때 물었지, 네가."

주아는 선뜻 입술 밖으로 대답 대신 뭘요? 하고 눈빛으로 물었다.

"정말 안 흔들릴 자신 있냐고."

"기억나요. 네가 뭘 안다고 건방 떨지 말라고 하셨잖아요."

"내가?"

"기억력 좋으신 분이 그걸 기억 못 하실 리가 없을 텐데."

신혁은 슬쩍 주아의 시선을 피했다. 기억이 났지만, 자신이 심하게 말했다는 것을 인정하면서 오는 민망함 때문일 거였다.

"밥 차려드릴게요. 좀만 기……."

주방으로 가려던 주아의 손목을 신혁이 그러잡았다. 요즘따라, 그가 자신을 잡는 경우가 많았다.

"생각해보니까, 난 처음부터 너한테 흔들렸던 것 같아. 그러니까 그 말도 안 되는 관계를 선뜻 시작하게 된 걸지도."

뒤에서 들려오는 그의 목소리에도 주아는 돌아보지 않겠다 다짐했다. 어차피 곧 있으면 또 무너져버리고 말 결의였지만, 주아는 악착같이 견디고 참으며 겨우 대답했다.

"그래도 이제 달라지는 건 없어요. 난, 이 관계 더는 힘들 거 같으니까요."

그리고 그의 손을 놓았다.

"식사 준비해드릴게요, 대표님."

아무것도 손에 잡히지 않았다.

사포로 긁기라도 하는 것처럼, 신경은 점점 더 날카로워지고 있었다. 참을 수 없을 만큼 분노가 치솟았다가, 검은 동굴에 혼자 갇히기라도 한 것 같은 두려움에 떨기도 했다가, 물에 빠진 것처럼 허우적거리며 갑갑함을 느끼기도 했다. 그리고 극단적인 감정들이 몰려올 때는 늘 주아 생각을 하고 있었다.

아니, 감정들이 몰려올 때뿐만이 아니라, 하루 온종일 주아만 생각하고 있었던 것 같다. 괘씸하면서도 같이 있고 싶고, 자존심도 없는 병신이냐고 스스로를 몰아붙이다가도 보고 싶어 그녀의 방을 힐끔거리기 일쑤였다.

중용을 잃고 완전히 한쪽으로 쏠려버린 제 변화와는 달리, 주아는 이 관계를 맺기 전 비서의 모습으로 돌아가고 있었다. 아니, 오히려 더욱 무뚝뚝해졌다. 눈도 마주치지 않은 채 업무를 진행시키고 무슨 말만 시켜도 사적인 질문에는 대답조차 하지 않으려고 들었다.

그럴 때마다 신혁은 식도인지, 심장인지, 잘 모르겠다만 거기 근처가 타들어갈 것 같은 갈증에 시달려야 했다.

생전 오지도 않던 패스트푸드점에 발걸음을 들여놓았다. 다른 이유는 없었다. 퇴근한 주아가 안으로 들어왔기 때문이었다. 제게 눈길도 주지 않고 주문을 끝낸 주아는 굳이, 혼자 앉는 전용 테이블로 가서 앉았다.

"후……."

"주문 도와드리겠습니다, 손님."

"앞 사람이랑 똑같은 걸로 주세요."

"네?"

"저 여자가 주문한 거랑 같은 거로."

예민한 성격에 다소 신경질적으로 대답하고서는 결제를 한 후, 주아의 근처에는 자리가 없어서 하는 수 없이 조금 떨어져 앉았다. 햄버거에는 손도 대지 않고 주아를 계속 주시하기만 했다. 제 노골적인 시선이 느껴졌는지 주아가 일어나서 곁으로 다가왔다.

"그만 쳐다보세요. 햄버거를 못 먹겠잖아요."

"안 쳐다볼 테니까 내 옆에 와서 먹어, 그럼."

"됐어요."

주아가 다시 자리로 돌아가 햄버거를 들고 카운터로 향했다. 자신에게 대했던 것과는 달리 상냥한 얼굴로 포장을 부탁하는 것 같았다. 신혁은 한 입도 먹지 않은 햄버거 세트를 그대로 버리고 주아를 따라 나갔다. 주아는 나오자마자 잘 타지도 않던 택시를 잡아 탔다.

눈앞에서 그녀를 놓쳤다는 짜증이 확 밀려들어왔다. 회사에서 매일 보는 얼굴이지만, 도통 사적인 대화는 하려고 들지 않아, 밖에서 대화 좀 해보려고 했는데, 조금의 틈도 허락하지 않는 주아에 신혁은 돌아버릴 것만 같았다.

주아가 저렇게까지 매정하고 냉정한 사람인 줄 몰랐다. 그럼에도 신혁은 급하게 택시를 잡아 주아를 따라갔다. 세게 밟아주면, 두 배를 준다는 말에 주아가 탄 택시와 비슷하게 도착을 했다. 뒤에 신혁이 쫓는 낌새를 느낀 건지, 빠른 발걸음을 하려는 주아를 향해 달렸다. 세상에, 여자 때문에 이렇게 마음 다급하게 달려본 건 처음이었다.

신주아는 알까? 너로 인해서 내가, 내가 아닌 자아와 계속 마주치는 생소함에 혼란스러움을 겪고 있다는 것을.

"얘기 좀 해."

"대표님이랑 할 말 없어요."

"너는 이렇게 피하면 끝이야?"

"네. 끝을 내려면 피해야죠."

"도대체, 내가 어떻게 해야 너를……."

차마 말이 나오지 않았다. 자신을 바라보지도 않고 서 있는 주아를 향해 도통 말이 나오지 않았다. 자존심이 상하기보다는 주아가 정말 자신을 진절머리 날 정도로 싫어하게 되었을까 봐. 그건 단순한 걱정 정도의 감정이 아니라, 살고 싶은 낙과 이유를 빼앗긴 것 같은 극단적인 감정이었다.

이어져야 할 신혁의 말이 어중간하게 끊기자, 그 말을 주아가 대신 이었다.

"대표님이 어떻게 하셔야 나를 다시 잡을 수 있냐, 설마 그걸 물으시려는 거예요? 자존심도 센 분이?"

"……."

"만약 그걸 물으시려고 했던 거면, 다정한 남자가 되어주세요. 말 못되게 하지 마시고. 정말 따뜻해서 제가 다 녹아내릴 정도로."

"원래 성격이 이런 거 모르고 좋아한 것도 아니잖아. 좋아한다는 거, 다 거짓말이었어?"

"아니요. 그 성격인 거 알고도 좋아했는데, 그때는 단순히 제가 좋아한 입장이었잖아요. 하지만 이제 대표님도 절 좋아하시니, 상황을 바꿔야죠."

좋아해? 누가? 내가 너를?

하고 한껏 비웃어줘야 하는데, 입술이 떨어지질 않는다.

"좋아하면 잘해주세요. 좋아하면 부드럽게 대해달라구요. 너무 다정해서 내가 진짜 사랑받고 있구나를 느끼게 해주세요."

아무 말 하지 않고 자신을 뚫어버릴 기세로 바라보고 있는 신혁에 주아는 설핏 웃었다. 그래, 아무리 제게 관심이 있다고 한들, 윤신혁은 자존심이 센 남자다.

"못 하시겠으면 마시구요."

"누가 못 한대? 왜 사람 말은 듣지도 않고 네 멋대로 결정을 해? 건……."

하려던 말이 입 밖으로 나오는 것을 차단시키려는 듯, 신혁은 말을 끊고 미간을 찌푸렸다.

"건방지게요?"

"누가 건방지게래? 건조한 얼굴로, 라고 말하려고 했거든?"

신경질적인 목소리였지만, 그래도 변명을 하며 덧붙이는 신혁에 웃음이 새어 나오려는 것을 주아는 가까스로 참았다.

"네. 그래요. 그럼 앞으로 쭉 지켜볼게요. 전 이만 피곤해서."

한마디 더 하고 싶어 안달 난 신혁을 뒤로하고 주아는 집으로 들어섰다. 그의 변화가 썩 싫지 않았다. 아니, 오히려 은근한 기대를 품고 있었다.

* * *

J-world의 35주년 기념회 행사는 계열사인 호텔에서 이루어졌다. 화려함과 웅장함이 겸비되어 있는 연회장엔 각종 유명 인사들과 재계 기업의 대표들로 가득할 것이 분명했다.

신혁은 그들과 일일이 인사를 주고받을 생각을 하니, 벌써부터 머리가 아파오는 것 같았다. 윤 회장은 남들에게 보여주기식을 좋아했기 때문에 아들과 다정한 모습을 연출이라도 하고 싶은 모양인지, 함께 가자며 본가로 불렀다.

신혁은 비서인 주아와 따로 움직여야 했다. 차에서 내리고도 한참 정원을 지나서 집 안으로 들어온 신혁은 자신을 반기는 가정부에 가볍게 묵례를 취했다.

"아버지는요?"

"회장님께서는 서재에 계시고, 사모님은 숍에서 바로 연회장으로 가신다고 하셨습니다."

아버지가 있다는 서재로 걸음을 옮기던 신혁은 문을 사이에 두고 들려오는 심상치 않은 윤 회장의 목소리에 걸음을 낮추었다.

"그거 하나 제대로 처리 못해서 이렇게 직접 나서게 만들어? 내가 너 스카우트해 오면서 돈을 얼마나 처박아줬는지 잊었어? 제대로 처리해! 돈이 아니라, 흙에 처박히고 싶지 않으면 뒷말 안 나오게."

윽박과 협박이 난무하는 전화 통화를 끊고 치밀어 오르는 분노를 참지 못하겠는지, 윤 회장은 거칠게 책상을 주먹으로 내리쳤다. 그래도 분이 안 풀리는지, 책상 위에 있는 물건들을 바닥으로 사정없이 내던지기 시작했다.

"못난 것들! 뭐 하나를 잘라버려야 간절한 줄 알고 열심히들 하지……. 내, 최태수 이 새끼를……."

최태수라면 J-world 회계부의 상무이사였다. 신혁은 윤 회장의 입에서 상무이사에 대한 원망이 쏟아져 나오자, 심상치 않은 일들이 일어나고 있다는 것을 쉽게 감지했다. 어쩌면 아버지의 숨통을 조일 수 있을 만큼 기회가 왔을지도 몰랐다.

신혁은 휴대전화를 열어 누군가의 번호를 찍어 문자를 보냈다. 그사이 의자가 바닥에 거칠게 쓰러질 만큼, 포악하게 일어선 윤 회장이 서재 문을 열고 나와 앞에 눈 하나 깜빡이지 않고 우두커니 서 있는 신혁을 보며 크게 놀랐다.

"언, 언제 왔어? 왔으면 왔다고 인기척이라도 좀 하든가."

"방금 왔어요."

"그래?"

윤 회장은 자신이 안에서 한 대화를 들었는지, 못 들었는지에 대해 몹시도 궁금해하는 눈치였다. 하지만 대놓고 물어볼 수도 없어 눈치만 보다 끝냈다.

"바로 출발하시죠."

아버지에게 살갑게 인사도 하지 않고 그대로 돌아선 신혁의 입가에 알 수 없는 비릿한 미소가 묻어나 있었다.

단 한마디의 대화도 없이 도착한 연회장엔 신혁의 예상대로 수많은 사람들로 북적거렸다. 부자가 등장하자, 이곳저곳에서 플래시가 눈부시게 터졌다.

진작 도착한 비서실장이 윤 회장에게 다가와 행사의 차례를 알려주었다. 신혁은 주아를 찾았다. J-world 일가족과 친척들만 앉을 수 있게 마련되어 있는 자리 뒤편에 주아가 서 있었다.

행사는 시작되었고 윤 회장의 긴 연설 끝에 파티가 진행되었다. 사람들은 손에 샴페인이나 명함 따위를 들고 돌아다니면서 자신들을 알리기 바빠 보였다. 주아를 곁에 두고 신혁도 대충 얼굴을 비치고 인사를 나누었다. 꽤 부지런히 움직이던 신혁의 시선이 높은 주아의 하이힐로 향했다.

아침 일찍부터 나와서 행사를 준비하고 또 자신을 따라다니기에는 높은 하이힐이었다. 그래서일까, 그녀는 멈춰 있을 때마다 발목을 돌렸고 급기야는 살짝 절뚝거리며 다니기 시작했다.

"가서 좀 쉬어."

"괜찮습니다, 대표님."

주아에게서 듣는 '대표'라는 소리가 이렇게 듣기 싫은 말인 것이 새삼 느껴졌다.

"뒤에서 절뚝거리는 거 신경 쓰여. 쉬라면 좀 쉬어."

저만치에서 정윤과 그의 부친인 민 회장이 걸어오고 있었다. 그걸 주아도 발견했는지, 쉬지 않겠다고 피우던 고집을 꺾고 연회장을 빠져나갔다. 힐을 신은 뒤꿈치가 까진 듯 붉게 부어올라 있었다. 그 뒷모습을 먹먹하게 바라보던 신혁은 지적까지 다가와 못마땅한 듯, 큼 하고 헛기침을 하는 민 회장에 시선을 돌려야 했다.

"오셨습니까?"

신혁은 민 회장에게 최선을 다해서 예의를 갖췄다. 그 틈에 언제 알게 되었는지, 윤 회장이 세 사람의 곁으로 다가왔다.

"민 회장 왔는가?"

호탕하고 사람 좋은 미소를 짓는 윤 회장과는 달리, 민 회장은 여전히 못마땅한 듯 얼굴을 실룩거렸다. 윤 회장은 타깃을 옆에 서 있는 정윤에게 돌렸다.

"우리 애가 술을 마시고 실수를 좀 저지른 것 같아. 대신 사과하겠네, 정윤 양."

정윤은 윤 회장 옆에 서 있는 신혁을 응시했다. 아무 흥미도 죄책감도, 심지어 자신의 아버지가 하고 있는 변명에 대한 공감도 하지 않는 신혁의 모습에 정윤은 어른들 몰래 실소를 터트렸다.

"아무리 술을 마셨다고 해도 그렇지. 어떻게……."

민 회장의 핀잔에 윤 회장이 얼른 입술을 떼어냈다.

"민 회장도 참. 우리 젊었을 때는 더했지. 그래도 우리 아들은 꽤 신사적인 거야. 알다시피, 이 바닥에서 술뿐만이 아니라, 여자 문제도 무지 깨끗하지 않은가?"

"정말 그렇게 생각하나? 내가 대충 알아봤는데, 비서랑 좀 지나치게 붙어 다닌다는 정보를 알게 됐어."

"우리 아들 뒷조사를 했는가?"

"그럼, 하나밖에 없는 소중한 막내딸 남편이 될지도 모르는 사람 뒷조사도 안 하겠는가? 자네도 우리 정윤이 뒷조사를 했을 거라 생각하는데?"

"무슨 말인가. 나는 민 회장 믿고 할 생각도 해본 적 없다네."

민 회장의 말에 윤 회장은 살짝 기분이 언짢은 듯, 헛웃음을 지었다. 하지만 신혁은 알 수 있었다. 말은 저렇게 아닌 척해도 자신 또한 정윤에 대한 조사를 철저하게 했음이 분명하다고.

하지만 곧 신혁의 머릿속은 다시 주아로 채워졌다. 사실, 아까부터 주아의 다친 발꿈치가 신경 쓰여 이 대화에 전혀 집중을 못 하고 있었다. 근처에 약국은 없지만 프런트에 비상 약품들은 항상 상비가 되어 있을 것이다. 그걸 알고는 있으려나?

한번 하기 시작한 걱정은 휴지에 불이라도 붙은 것처럼 급속도로 퍼져 나가 이제 다른 것은 들어올 틈조차도 없이 꽉꽉 채웠다. 고작, 발꿈치 하나 다친 것뿐이다. 그런데 마음은 왜 이렇게 요란을 떨고 있는지, 저가 생각해도 우스웠다.

"어쨌든, 앞으로 윤 대표가 어떻게 하느냐에 따라서 우리가 사돈이 될 수도 있고, 안 될 수도 있다는 것을 늘 명심했으면 하네."

민 회장은 신혁의 확고한 의지를 듣겠다는 듯, 그를 예리한 눈빛으로 응시했다. 한동안 정신이 팔려 있던 신혁은 옆에서 헛기침을 하며 대답을 강요하는 윤 회장으로 인해 잠시 나갔던 정신을 차렸다.

"네."

짤막하게 대답을 하고서는 결국 참지 못하고 서둘러 인사를 한 후, 직원 한 명을 붙잡았다.

"나가서 딸기 스무디 하나만 사다줘요."

"네?"

"딸기 스무디. 사와서 R3로 와줘요."

"네. 알겠습니다."

연회장을 빠져나왔다. 누군가가 앞에서 필사적으로 당기고 뒤에서 가차 없이 밀어내고 있는 것처럼, 정신없이 주아를 찾았다. 그러다 연회장 오른쪽 복도 끝에 있는 주아를 발견했는데, 반가움보다는 불쾌함이 먼저 신혁의 몸을 스쳤다. 주아가 본부장 비서인 재우와 함께 있었다.

거기다가 재우는 다친 주아의 발목을 어루만지고 있었다. 자신이 아닌 다른 남자가 주아를 만지고 있는 것을 보니, 열불이 있는 대로 치밀어 올랐다. 거침없이 그쪽으로 다가가고 있는데, 뒤에서 누군가 다가왔다.

"말 좀 해요."

정윤이었다.

"기다려."

한마디를 남겨두고 재우와 주아가 있는 쪽으로 걸음을 옮겼다. 정윤 역시, 그 뒤를 따랐다. 갑작스러운 신혁의 등장에 화들짝 놀라며 얼른 인사를 하는 재우에게 눈길도 주지 않고 주아에게 시선을 돌렸다.

"퇴근해."

신혁을 올려다보던 주아의 시선이 그 뒤로 향했다. 언제 다가온 건지, 정윤이 곁으로 다가와 있었다.

"신혁 씨 비서죠?"

"네."

주아가 겨우 자리에서 일어나며 인사를 했다.

"나 미안한데, 편의점에서 스타킹 하나만 사다줄래요? 스타킹이 좀 찢어진 거 같아서."

순간, 신혁의 눈이 날카롭게 치켜떠졌다.

"네. 그럴게요."

아픈 다리를 한 주제에 고분고분하게 대답하는 주아를 보며, 또 그런 주아를 아무렇지 않게 부축하는 재우에 신혁의 신경 어딘가가 뚝, 하고 끊어지는 기분이었다. 그건 아마, 자신이 지금 여기서 숨겨야 할 것들을 감추어놓았던 이성일 거였다. 여태 꽁꽁 숨어두고 외면했던 그 진심이라는 본능이 이제 매서운 기세를 드러내며 신혁을 완전히 집어삼켰다.

신혁은 망설임 없이 재우와 함께 나가려는 주아의 손목을 그러잡았다. 그러고는 정윤을 무서운 눈으로 내려다보며 경고했다.

"네 스타킹은 네가 사다 신어."

그대로 주아를 데리고 밖으로 향했다. 연회장 문이 열리고 나온 윤 회장과 민 회장이 주아를 데리고 지나쳐 가는 신혁에게 무언가 말하려고 했지만, 없는 사람 취급하며 지나쳐버리는 신혁에 붕어처럼 입만 뻥긋거렸다.

"대표님!"

무자비한 힘으로 자신을 끌고 나가는 신혁에게 주아는 있는 힘껏 저항했다. 신혁을 바라보고 있는 주변의 시선들이 더욱 많아지고 있었기 때문이었다.

"이대로 나가시면 안 돼요, 대표님!"

"그놈의 대표 소리 좀 집어치워!"

주아는 발꿈치가 다쳐서 더는 제대로 따라가지 못했다. 그런 주아를 신혁이 아주 가볍게 안아 올렸다. 사람들의 시선이 더욱 흥미롭고 노골적이게 신혁과 주아에게 내리꽂혔다. 사람들의 시선을 뿌리치며 신혁은 기어코 주차장까지 주아를 데리고 와 보조석에 앉혀 안전벨트까지 맸다. 주차장 문으로 특종을 노린 기자들이 몰려나오고 있었기 때문에 주아는 차에서 내리지 않았다. 운전석에 올라탄 신혁은 그대로 페달을 밟아 좀비 떼처럼 몰려드는 기자들을 거친 운전으로 따돌리며 주차장을 빠져나갔다.

"대체, 어쩌려고 이러시는 거예요? 대표님답지 않게 왜 이런 일을 벌이시냐고요!"

주아는 멀어져가는 호텔을 불안한 눈빛으로 바라보다 옆에 있는 신혁을 원망했다.

"이대로 가다가는 내가 미쳐버릴 것 같으니까!"

"대표님!"

"너랑 내가 한 짓이 있는데, 아직도 그놈의 대표 타령이야?"

"이 관계 끝내고 싶다고 했잖아요."

"왜 다 네 멋대로야. 왜 네 멋대로 너와 내 관계를 끊어!"

주아는 아랫입술을 지그시 깨물었다. 감정에 휘말린 신혁의 눈시울은 여러 가지의 의미로 붉게 물들어져 있었다.

"나도 내가 왜 이러는지 몰라. 하지만 뼈저리게 확신할 수 있는 건 하나 있어."

"……"

"내가 단순히 네 상사로 다시 돌아가는 일은 없을 거야."

* * *

정신없이 내달리던 차가 멈춘 곳은 경기도 외곽에 위치한 신혁의 별장이었다. 그는 아무도 모르게 이곳을 매입해서 종종 휴식을 취하고 싶을 때 오곤 했었다. 하지만 본격적으로 대표이사로 일을 하고 나서부터는 뜸했더니, 별장은 사람이 머무르기엔 서늘하다 못해 음산하기까지 했다.

"조금만 기다려. 곧 따뜻해질 거야."

보일러를 켜고 급한 대로 벽난로에 불을 붙인 신혁은 의자에 앉아 있는 주아에게 담요를 덮어주며 말했다.

집으로 돌아갈 순 없었다. 아마 지금쯤 그 장면을 본 기자들이 득실거리고 있거나 소식을 접한 윤 회장이 분노로 치를 떨고 있을 테니까. 아버지의 심기를 심하게 건드려놓았으니, 이쯤 되면 모든 것을 빼앗길 수도 있다는 걱정이 들 만도 한데, 앞에 주아를 보고 있으니 걱정은커녕 마음이 철딱서니 없이 들떴다.

형도 이런 마음이었을까.

신혁은 주아의 앞에 몸을 낮춰 앉고서는 상처가 난 발을 자신의 무릎 위에 올려놓았다. 흠칫 놀라서 발을 빼려고 했지만, 소용없었다.

"많이 아프겠다."

상처 난 곳을 신혁이 후, 하고 뜨거운 입김을 불어 넣었다.

"가서 약 사와야겠어."

"괜찮아요. 나중에 집에 가서 발라도 돼요."

"배는 안 고파?"

"배가 고플 리가 있겠어요? 이 난잡하고 위급한 와중에."

"그러게. 그 와중에 난 배가 고프네. 이 근처에 마트가 하나 있는데, 가서 먹을 것 좀 사올게. 약도 사올 테니 쉬고 있어."

신혁이 주아의 눈높이를 맞추느라 앉아 있던 몸을 일으켰다. 주아가 그의 손을 움켜잡았다.

"돌아가요. 돌아가서 아무 일도 아니라고 변명하세요."

"변명 같은 거 할 필요 없어. 잘못한 것도 실수한 것도 없으니까."

"아버지인데도 아직도 윤 회장님 성격을 모르시겠어요? 오늘의 이런 일로 J-style 대표이사 자리가 휘청일 수 있다고요!"

"두려워?"

두렵다. 그가 자신으로 하여금 이루고자 했던 모든 것들을 빼앗겨버릴까 봐서, 고작 자신 때문에 여태 필사적으로 쌓아왔던 것들이 한순간에 물거품이 되어버릴까 봐서. 욕심 부리지 말걸. 사랑한다고 말하지 말걸. 그에게 고백을 하고 그와 이런 관계를 제안했던 것이 가슴이 미어질 만큼 후회가 되었다.

하지만 그다음으로 들려오는 신혁의 말에 주아는 비참해졌다.

"널 사랑하고 있는 내가 J-world의 윤신혁이 아니라, 평범한 윤신혁이 될까 봐서 두려워?"

"그게 무슨 말이에요?"

"네가 사랑한 사람은 J-world의 윤신혁이잖아."

"정말, 끝까지 사람…… 비참하게 만드시네요."

"그런 게 아니면? 왜, 사랑받을 수 없다는 걸 알면서도 정부가 되려고 한 거야."

"정부가 아니라 전부가 되고 싶었어요. 하지만, 처음부터 날 아내로 둘 수 없다고 한 건 당신이잖아요. 그리고 나도 너무 잘 알고 있었어요. 내가 당신의 전부가 되어봤자, 내가 당신을 도와줄 수 있는 건 조금도 없다는 것을. 그래서 그런 것뿐인데, 여태 나를 그런 여자로 생각했던 거군요."

후회, 하고 있다. 주아에게 그렇게 말했던 자신의 모습을 찢어 죽여 흔적도 없이 없애버리고 싶을 만큼 후회하고 있다. 주아를 간절하게 원하고 있다 보니, 그때 주아의 심정이 얼마나 필사적이고 간절했는지 알 것만 같았다.

"당신은 내게 너무 멋진 사람이었고 외로운 나를 설레게 하는 유일한 남자이기도 했어요. 하지만 지금 보니까, 내가 너무 잘못 알고 있었던 것 같네요. 우리 관계, 이제 정말 끝내버리는 게 유일한 답인 거 같아요."

주아가 의자에서 일어나 아픈 발에 어금니를 깨물며 악착같이 현관문으로 향했다. 하지만 뒤에서 그런 자신을 끌어안는 신혁 때문에 차마 현관문을 열고 나서진 못했다.

"나한테 상처받은 거 잊고 살 수 있겠어? 억울하지도 않아?"

"……."

"너한테 죗값 받을게. 네가 받았던 상처, 아니 그보다 더 나한테 상처 주고 아프게 해도 돼. 대신…… 떠나지만 말아줘. 곁에만 있어줘……."

상처를 주다니, 사랑하는 사람에게 어떻게 상처를 줄 수 있다고.

신혁의 말에 주아의 마음은 답답하고 잔뜩 미어졌다. 주아는 있는 힘을 다해 저를 끌어안고 있는 신혁의 품을 밀쳐냈다.

"정말 끝까지 사랑이 뭔지 모르는 남자네요."

독하게 쏘아붙이고 그대로 별장을 빠져나왔다. 그리고 무작정 걸었다. 걷잡을 수 없을 만큼 흘러나오고 있는 이 눈물을 들키고 싶지 않아 그로부터 더욱 멀어지길 바라며. 하지만 다리에 상처가 난 여자가 어둠이 깔려 있는 산속의 외진 길을 빠져나가는 건 불가능한 일이었다. 곧 뒤따라온 신혁에게 주아는 붙잡혔다.

"미안해. 내가 잘못했어."

뒤에서 끌어안고 호소하는 신혁에 주아는 뜨거운 눈물을 흘렸다.

"나하고 함께 있어봤자, 당신에게 좋을 건 하나도 없어요. 난 당신을 도와줄 수 없다고요."

"누가 도와달래? 내가 너한테 그런 걸 바라고 있는 줄 알아? 그리고 왜 좋을 게 없어. 네가 내 옆에 있는 거만큼, 내게 더 좋은 게 어디 있어!"

"……."

"그러니까, 가지 마. 제발."

너무나 서글프고 서러운 목소리로 그가 애원하고 있었다.

* * *

다시 돌아온 별장. 신혁은 주아에게 따뜻한 물 한 잔을 건네고 차를 끌고 나가 마트에서 먹을 것들과 약을 사왔다. 아주 잠깐의 시간이었지만 혼자 남겨진 주아는 주변이 지나치게 고요한 탓에 무서웠다. 그래서 문을 열고 들어오는 신혁이 반가워 저도 모르게 웃었다가 지금 처한 상황을 인지하며 다시 얼굴을 굳혔다.

"할 줄 아는 음식이 없어서 그냥, 라면 샀어."

"네."

라면을 샀다고 하기에는 상당한 양을 보이는 봉지를 대충 주방에 던져둔 신혁이 약을 들고 의자에 앉아 있는 주아의 곁으로 다가왔다. 앞에 몸을 낮춰 앉은 후, 자신의 무릎 위에 주아의 다친 발을 올려놓았다.

"혼자 할 수 있어요."

"내 손이 닿는 게 그렇게 싫어? 원래는 좋아했잖아."

"뭐라고요?"

"내 살결이 조금만 닿고 스쳐도 움찔거리며 큰 반응 보였던 걸로 기억하는데."

주아가 이 상황에서 자꾸 실없는 소리를 하고 있는 신혁을 있는 힘껏 노려보았다. 그런 주아를 보며 신혁이 피식, 하고 웃었다.

"어쩌냐, 이제 그런 표정까지도 예뻐 보여서."

저런 말도 할 줄 아는 남자였구나. 주아는 전혀 어울리지 않는 달콤한 말을 입에 담으며 자신의 발 치료에 심혈을 기울이고 있는 신혁을 애틋하게 바라보았다.

"배 많이 고프지?"

"안 고프다니까요."

"조금만 기다려. 금방 라면 끓여줄게."

치료를 끝낸 신혁은 쉬고 있으라는 말을 하고 주방으로 향했지만, 주아는 궁금하고 심심하기도 해서 아픈 다리를 절뚝이면서까지 신혁이 있는 주방으로 들어왔다.

라면을 사왔다고 하기에 별 기대를 안 했는데, 전복에 문어에 새우와 삼겹살까지 있었다. 그는 전복과 문어를 손질도 하지 않고 라면 스프를 넣고 끓인 물에 넣으려 하고 있었다.

"전복이랑 문어 손질해야죠!"

뒤에 주아가 있는 줄 몰랐던 신혁은 갑자기 들려오는 목소리에 어깨를 움찔할 만큼 놀랐다. 주아는 신혁이 들고 있는 재료들을 뺏어 들어 손질을 시작했다. 한두 번 해본 솜씨가 아닌 듯 능숙한 주아의 움직임을 가만히 바라보던 신혁은 문득, 그런 생각을 했다.

주아와 함께라면, 작은 반찬 가게 안에서 둘이 마주 보고 앉아 야채들을 다듬고 이런저런 대화를 나누며 싸구려 차 한잔에도 여유와 행복을 느낄 수 있는 그런 삶을 살 수 있지 않을까.

주아가 곁에 있어준다면…….

주아가 없는 삶에서 비싼 음식에 고급스러운 옷들과 크다 못해 웅장한 공간에서 혼자 갇혀 사는 것보다는 훨씬 나을 것 같았다. 훨씬 낫다는 기준을 넘어 이제 주아가 없는 자신의 삶은 불행해질 거라는 확신이 들었다.

"이 좋은 재료로 라면을 끓여 먹는 게 조금 아깝긴 하지만…… 어쩔 수 없네요."

신혁이 사온 재료로 끓인 라면은 해물라면이라고 하기보다는 푸짐한 해물탕에 라면 사리를 넣은 것 같은 고급스러운 자태를 뽐냈다. 마주 보고 앉아 라면을 먹었다.

"배 안 고프다면서."

앞에서 대화를 하는 것도 잊은 채, 라면 먹는 것에 한껏 집중하던 주아가 마지막 면발을 들고 멈칫했다. 하지만 이내 아무렇지도 않다는 듯이 다시 라면을 먹었다. 주아의 그릇 위로 껍질이 잘 까진 통통한 새우 하나가 내밀어졌다.

"어울리지 않아요. 이런 거 하지 마세요."

"예전에 나대로 하면 너 못 잡을 거 같아서."

"고작 이깟 새우 하나로 내가 잡힐 리 없잖아요."

"알고 있어. 그냥, 밥 먹는 분위기가 너무 삭막해서 해본 말이야."

"……."

"너도 이렇게 답답했었겠구나, 싶어. 예전에 우리 같이 저녁 먹었을 때 말이야."

주아는 이전에 신혁과 함께했던 순간들을 천천히 떠올렸다.

소중했던 추억이기 때문에 잊지 않으려고 하루에도 수십 번은 넘게 떠올렸던 기억들이었다. 하지만 누구든, 과거의 일에는 관대해지기 마련이었다. 그때 당시에는 말수가 없고 무뚝뚝한 신혁에게 서운하던 순간도 있었겠지만, 지금 떠오르고 있는 신혁의 모습에선 그런 서운함을 찾아볼 순 없었다. 당구를 함께 치고 VR을 함께 하고 비를 함께 맞으며 나눈 진한 키스…….

그럼에도 곳곳에서 자신을 서운하게 했던 신혁의 목소리가 떠올라 주아는 이렇게 순순히 풀어버리고 싶지 않았다.

그리고 상대는 윤신혁이다. 한 기업을 책임져야 할 신혁이 자신을 위해서 권력과 명예 그리고 회사를 한순간에 포기할 일은 없을 거였다. 단지, 지금은 그저…… 지금은 그저…….

'왜 매번 네 멋대로 내 감정을 단정 지어. 나에 대해서 그렇게 잘 알아?'

모르겠다, 정말. 지금 윤신혁이 뭘 생각하고 자신에게 이러고 있는 건지, 정말 아무것도 몰라 주아의 머릿속은 혼란스러움으로 가득했다.

* * *

집으로 돌아갈 마음이 전혀 없어 보이는 신혁을 달래는 것이 무의미하다고 느낀 주아는 온몸을 짓누르는 것 같은 피로함을 따뜻한 물줄기로 달랬다.

긴 샤워를 하고 욕실에서 나왔을 때, 따뜻한 벽난로 앞에 희고 포근해 보이는 이부자리가 깔려 있었다. 자신보다 먼저 씻은 신혁은 그 앞에 앉아 불 속에서 까맣게 타들어가고 있는 나무들을 녹녹한 시선으로 하염없이 바라보고 있었다. 그 모습이 무척이나 쓸쓸해 보였다.

불빛에 반사되어 빛나는 그의 옆모습을 보고 있으려니, 집에 가는 것을 적극적으로 권유해본 적도 없었다는 것을 깨달았다. 어쩌면 자신 역시, 바보같이 그 어떤 것에도 제약받지 않고 그와 단둘이 이곳에 함께 있기를 원하고 있었던 것일지도 몰랐다.

지독하고 고약하다.

못되고 모질기도 하다.

적어도, 난생처음으로 느낀 주아의 사랑이라는 감정은 그랬다.

윤 회장이 이번 일로 분을 이기지 못하고 신혁에게 폭행을 가하고 상처를 줄까 봐 걱정됐다. 폭설이라도 쏟아져 이곳에 신혁과 오래도록 갇혀 있고 싶었다.

대면해야 하는 복잡하고 난잡한 상황들로부터 신혁과 함께 달아나고 싶었다. 이성적으로 판단해야만 하는 현실에서 신혁을 꽁꽁 숨기고 싶었다. 아무도 볼 수 없고, 찾을 수도 없는 곳에서 모두에게 영원히 잊힌 채, 살고 싶었다.

"이리로 와. 내가 자리 데워났어."

주아가 곁으로 다가오자 신혁이 앉아 있던 자리에서 살짝 옆으로 옮기며 이불을 들춰 공간을 만들었다. 주아는 신혁의 품에 안기다시피, 그가 들고 있던 이불 안으로 들어갔다. 신혁은 이불로 부드럽고 따뜻하게 주아를 끌어안아주었다.

"안 피곤해?"

"피곤해요."

"좀 누워."

신혁이 자신의 허벅지를 가리키며 말했고 주아는 피로한 몸을 더는 지탱하고 있을 수가 없어 그의 허벅지를 베개 삼아 누웠다.

"근데, 잠은 쉽게 오지 않을 것 같아요. 어디든 머리만 대면 바로 잠들었는데."

주아의 투덜거림에 신혁이 머리를 부드럽게 어루만져주기 시작했다.

"아마 이제 잠이 올 거야."

이전에 자신이 그랬던 것처럼, 신혁은 주아의 머리를 쓰다듬어주었다.

"생각해보면 우리 진짜 은근히 많이 싸운 거 같아요."

그에게 고백하고 처음으로 호텔에 들어갔던 순간부터 지금까지 모든 일들을 떠올렸다.

"이해가 되는 부분도 있고 이해가 가지 않는 부분도 있어요."

"나도. 때로는 내 감정 같기도 하고 때로는 타인의 감정 같기도 했던 것들이 있었어."

신혁은 주아의 머리를 계속 쓰다듬으며 말을 이어갔다. 그의 목소리는 아주 미세한 서러움이 스며들어 있었다.

"나한테 너…… 섹스 파트너 아니었어. 내가 원한 건, 네 몸이 아니라 완전한 마음이었을지도. 겁이 났어. 내 진짜 감정을 인정하고 너한테 모든 것을 보여주기가. 형처럼 버림받을까 봐."

잠시 말을 멈춘 그의 눈에는 형에 대한 그리움과 또 다른 두려움이 가득 들어 있었다.

"그래서 형처럼 죽을 수밖에 없을까 봐. 그래서 자꾸 극단적인 상황으로 날 밀어내면서, 너에게 향하려는 마음을 제지시켰던 것일지도 몰라."

"나도 그랬어요. 사랑하면서도 온전한 내 마음을 전부 인정해버리고 나면 자꾸 자존심 상하는 일도 생겨서, 일부러 밀어내려고 돌아선 적도 많아요."

"내게 사랑을 알려준 건, 형뿐이었어. 하지만 어린 시절에 받았던 형의 사랑은 갚기도 전에 형이 죽어버렸지."

말을 할수록 점점 목소리가 덤덤해지는 것이 주아의 마음을 더욱 시리게 만들었다. 감정을 들키는 것을 두려워하고 있는 신혁을 감싸 안아주고 싶었다.

"형의 사랑보다 나를 원하지 않았던 부모님들의 비난이 날 사랑이라는 감정에 다가지지 못하게 만들었어. 아버지에게 나는 돈이었고 어머니에게 나는 그런 아버지를 유일하게 잡을 수 있는 수단이었지. 두 분 다, 날 사랑한 게 아니라, 나로 인해서 자신들의 손아귀에 잡힐 수 있는 돈과 권력을 사랑했던 거야."

신혁이 너무 안쓰러웠다. 그의 사랑이 늘 형편없고 어긋나 있었던 건, 단 한 번도 누군가에게 사랑을 받아본 적이 없었기 때문이라는 것을 이제야 깨달았다.

"그래서 네 사랑이 의심스러웠어. 네가 내가 아닌 내 배경을 보고 곁에 남아 있으려고 하는 줄 알았어."

"그래서 그렇게……. 바보. 생각해봐요. 처음부터 아내가 될 수 없다고 말한 건, 당신이잖아요. 아내가 될 수 없지만, 너무 같이 있고 싶어서 그래서 곁에 조금이라도 붙어 있으려고 했던 거란 말이에요."

"……."

"배경 같은 거 필요 없어요. 성공해도 전혀 행복해 보이지 않는 윤 회장님을 봐도 그래요. 사모님은요? 그냥, 평범하게 벌고, 평범하게 살아도 행복한 사람들 충분히 많아요. 나 당신 돈 없어도 충분해요. 먹고 싶은 거 먹고, 사고 싶은 거 사고, 그 정도면 됐다고요. 나는 돈이 아니라, 사랑. 윤신혁의 사랑이 필요했던 것뿐이라고요."

진심과 절실함을 토해내듯 말하는 주아의 목소리엔 눈물이 가득 차올라 있었다. 신혁은 그런 주아를 잘 모르고 있던 것 같아 한없이 미안해져 눈조차 마주치지 못하고 피해버렸다.

누워 있는 주아가 그런 신혁의 볼을 잡아 자신을 마주 보게 했다. 그러고는 예쁜 미소를 활짝 지었다.

"진작, 이렇게 좀 얘기해볼걸. 왜 감정을 숨기느라 바빠서 서로를 힘들게 했을까요?"

"그러게. 미안해."

"그러고 보니까, 말해준 적 없죠? 내가 사랑한다고."

"나도 말해준 적 없지?"

"단 한 번도요."

"사랑한다고."

"한 번 더요."

"사랑한다고."

"한 번 더. 내 이름까지 넣어서."

"사랑한다고, 신주아를."

그제야 만족을 하는지 주아가 얼굴을 돌리고 자신이 베고 있던 신혁의 다리를 꼭 끌어안았다. 몸이 점점 나른해지고 눈이 자연스럽게 감겨졌다.

"주아야."

주아는 불러도 대답이 없었다. 방금 전까지만 해도 잠이 쉽게 오지 않을 것 같다던 주아는 어느새, 낮게 코까지 골며 잠들어 있었다.

베개로 주아의 머리를 받쳐주고 옆에 누워 잠든 얼굴을 바라보았다. 주아에게서 또, 자신과 같은 샴푸 향이 난다. 속없이 그게 또 좋았다. 난로에서 불에 타고 있는 나무 소리도 좋고 일정하게 내뱉고 있는 주아의 숨소리도 좋았다. 나무가 타면서 주는 온기보다 자신의 품에 안겨 있는 주아의 온기가 더 따뜻하고 환했다.

이마에 가볍게 입을 맞췄다. 더는 아무 생각도 하고 싶지 않았다. 오늘은 그저, 주아를 품에 안고 편안하게 잠들고 싶었다. 모든 신경과 감정을 오롯이 주아를 사랑하는 것에만 쏟아붓고 싶었다.

12.

흐릿하게 스며드는 정신에 잠에서 깨어난 주아는 무거운 눈꺼
풀을 간신히 거두어내며 주변을 살폈다.

처음 왔을 때까지만 해도 서늘했던 이곳은 이제 떠나가는 것이
아쉬울 만큼 따뜻한 공간이 되어 있었다. 테라스에서 등을 보이고
선 신혁은 누군가와 전화 통화를 하고 있었다. 포근한 이불을 돌돌
말아서 끌어안은 채 신혁의 전화가 끝날 때까지 그를 지켜보며 누
워 있었다.

한참 후에야 전화를 끊은 신혁이 안으로 들어오다 잠에서 깨어
나 자신을 바라보고 있던 주아를 발견하고 곁으로 다가왔다.

"오늘은 집에 갈 거죠?"

"아니."

"어쩌려고 그래요, 정말."

"여기서 신주아랑 검은 머리 파뿌리 될 때까지 살아보려고."

옅게 웃는 신혁을 보며 주아는 여태 정말 자신이 알고 있는 그 사람이 맞나 싶었다. 잘못 알고 있었던 것만 같다. 그래서 미안하면서도 진짜 그의 모습이 궁금해졌다. 경계와 가시를 전부 거두어 낸 그는 오히려 평온해 보였다.

그 평온함을 깨고 싶지 않아서 더 하고 싶은 잔소리도 그만뒀다. 그리고 오늘은 또 회사를 나가지 않아도 되는 주말이니, 복잡한 생각을 더는 하지 않기로 했다. 신혁이 갖고 있는 평온함 속에 자신도 풍덩 빠져 더욱 깊게 들어가고 싶을 뿐이었다.

"배고파요. 우리 장 보러 가요."

그렇게 둘은 그토록 꿈꿔왔던 평범한 하루를 보냈다.

나란히 카트를 끌고 같이 먹을 음식의 재료를 사고 갈아입을 속옷과 옷도 샀다. 돌아와 서로의 몸을 부딪치며 분주하게 요리를 준비했다. 마주 보고 앉아 별다른 대화 없이도 맛있게 식사를 하고 이제 제법 차가워진 바람이 실어온 나무 냄새를 맡으며 여유롭게 차 한잔을 마셨다.

늘 가장 원하는 순간들은 더디게 찾아오지만, 막상 찾아온 그 순간들은 너무 빠르게 지나가버린다. 환했던 세상이 어둠으로 천천히 물들면서 그와 함께할 수 있는 시간이 점점 짧아지고 있다는 아쉬움이 몰려왔다.

어제보다 더 활활 타오르고 있는 벽난로 앞에서 그 아쉬움을 달래고 싶어 입을 맞췄다. 아니, 그와의 시간을 더욱 늘리고 싶어 입을 맞췄다. 유연하게 안으로 들어오는 촉촉한 그의 혀가 주아의 서운함을 알아채고 달래주기라도 하듯, 부드럽게 안을 유영했다.

한껏 달뜬 서로의 숨이 입술을 타고 입 안 가득 퍼져 나갔다.

이전에 했던 거칠고 까칠한 입맞춤이 아닌 여리고 순한, 그리고 지독히도 달콤하고 다정한 입맞춤이었다. 그 다정한 입맞춤을 더욱 느끼고 싶어 주아는 신혁의 목을 끌어안았다. 그의 몸이 뒤로 천천히 눕혀지는 주아에게 더욱 기울어지면서 두 사람의 몸은 이제 바람 한 점도 들어갈 틈 없이 밀착되었다.

그는 난폭하지도 포악하지도 않았다. 바쁘게 서두르는 것도 없이 마치, 함부로 대하면 터져 사라져버리기라도 하는 물건처럼 소중하게 어루만졌다. 주아는 왈칵, 눈물이 쏟아졌다. 그는 달래주는 대신 흘러내린 눈물을 혀끝으로 할짝, 핥아주었다. 자신의 모든 몸에 그의 흔적이 남길 바랐다.

"그때 그랬죠? 당신의 살결이 조금만 닿고 스쳐도 내가 움찔거리며 큰 반응을 보였다고."

"맞지?"

신혁의 되물음에 주아가 고개를 끄덕였다.

"그런 거 같아요."

부정을 할 여유 같은 건 없었다. 그가 자신에게로 더욱 깊게 들어왔으면 하는 욕구만이 주아의 머리와 심장에 새겨져 있을 뿐이었다.

"당신을 느끼고 싶어요. 더욱더."

새하얀 목덜미에 입을 맞추며 속옷 안으로 파고들어 여린 살점을 어루만지는 신혁의 움직임이 주아의 세포 하나하나를 정성스럽게 끄집어내고 있는 것 같았다. 그의 손가락이 닿는 곳마다 전부 성감대가 되는 것처럼 짜릿하지 않은 곳이 없었다.

그의 손길에 응답이라도 하듯, 아플 정도로 꼿꼿하게 선 유두가 제 입 안을 헤집고 다니던 촉촉한 그의 혀로 녹아내릴 것만 같았다. 자신의 젖가슴을 빨고 핥으며 나는 그의 달뜬 숨소리가 야릇하게 귓가를 스쳤다. 완벽하게 느끼고 위무하는 데 방해가 되는지 신혁은 순식간에 주아의 옷을 벗겼다. 몇 번 그에게 보여준 적 있는 나체지만, 여전히 부끄러운 주아가 손을 더듬거리며 이불을 끌어와 덮었다.

"왜."

그런 주아에 신혁이 불만인지, 이불을 너무나 손쉽게 거두어냈다. 그러면서 급하게 자신의 옷도 벗기 위해 단추로 손을 가져다 댄 신혁을 주아가 막았다.

"내가 벗겨줄게요. 이 관계를…… 나도 원하고 있으니까."

주아가 신혁의 단추를 풀어 뒤로 넘겨 벗기는 동안, 그의 깊게 파인 관능적인 쇄골에 참지 못하고 입을 맞췄다. 그러다 그를 골탕 먹이고 싶은 마음에 이를 치켜세우고 깨물었다.

"아."

그의 굵고 낮은 신음이 여과 없이 새어 나왔다. 신혁이 고개까지 갸웃하며 어이없어했지만, 주아는 아랑곳하지 않고 그의 바지까지 벗겨냈다. 팬츠가 답답해 보일 정도로 탱탱하게 부풀어 오른 그의 아래를 향해 손을 뻗었다.

인정하지 않으려야 인정하지 않을 수가 없었다.

이제 그의 손길에 길들여져 정신을 혼미하게 만들고 그를 원하는 욕망은 더욱 강렬해져가고 있었다. 그도 과연 그럴까? 그렇다면 제 손길에 어쩔 줄 몰라 하는 그를 직접 보고 싶었고 그렇지 않다면 그를 그렇게 길들이고 싶어졌다. 그래서 여전히 위태로운 이 관계의 불안함을 위로받고 싶었다. 팬츠를 벗겨내고, 탱탱하게 부풀어 올라 단단하게 서 있는 그의 기둥을 두 손으로 감쌌다.

"이렇게 적극적이면."

"……."

"내가 너무 설레서 미쳐버릴 것 같잖아."

그의 목소리는 벌써, 달뜬 숨소리로 가득 차 있었다. 불안정한 호흡과 미세하게 떨리는 눈동자가 제 손길에 반응을 보이고 있는 것 같아서 묘한 희열감이 느껴졌다.

변태인가? 이전에는 이런 당돌하고도 묘한 느낌을 받아본 적이 없었던 것 같은데…….

함께한 시간 동안, 신혁도 자신도 변한 건 확실했다. 하지만 이런 큰 변화가 주아는 결코 싫지 않았다. 아주 오래전부터 보고 싶었던 광경이었을지도 모른다. 신혁이 자신에게 반응하며 적극적으로 원하는 것을.

"단순히 설레기만 해요?"

어설프지만 정성껏 제 아래를 어루만지며 묻는 주아에 신혁이 설핏 웃음이 새어 나왔다.

어설퍼서 흥분 같은 건 없을 줄 알았는데, 그건 여태 한 번도 경험하지 못한 사랑에 대한 오만하고 건방진 단언이었다. 신혁은 주아가 제 은밀하고 예민한 곳뿐만 아니라, 한낱 머리칼을 만져도 때로는 흥분하고 설 으며 좋았다. 사랑이라는 감정이 저에게 상처를 주고 배신할까 봐 두려워 외면했던 지난날을 떠올리면 갑갑하고 쓸쓸하다. 그래서 더는 숨기지 않고 마음껏 표현하고 싶었다.

내가 너에게 미쳐 있다는 것을. 내가 너의 모든 손짓과 말짓, 웃음과 울음에 전부 반응하고 있다는 것을.

"아니. 좋아서 미칠 것 같아."

그녀의 손 움직임은 더욱 부산스럽고 빨라졌다. 신혁의 입술 사이로 스스로가 들어도 생소하기만 한 저음이지만 쾌락에 물든 신음이 흘러나왔다. 뜨겁다. 터질 것처럼 팽팽해져 오는 아래는 주아의 작은 손으로는 절대 만족을 하지 못하겠다는 듯 제 몸집을 더욱 키웠다. 뇌에 벼락이라도 내려쳐진 것처럼, 정신이 없었다. 절정이었다.

그녀의 작은 손에 새하얀 정액이 듬뿍 묻어 있었다. 신혁은 매우 유감스러운 표정을 지었지만 의외의 주아는 아무렇지도 않아 보였다. 조금 달아올라 있는 얼굴로 자신을 뚫어져라 바라보고 있는 주아의 모습은 신혁에게 또 다른 흥분의 자극제가 되었다. 신혁은 그런 그녀의 턱을 가볍게 잡아 입을 맞춘 후, 흥분하여 잔뜩 뜨거워진 제 몸과 똑같이 만들기 위해 바쁘지만 은밀하게 움직였다.

그녀의 예민한 살결이 그의 손아귀로 비틀어지고 박혔다. 물리고 핥아지고 빨리면서 극심하게 몰려드는 성욕에 몸부림을 쳤다.

얼마 가지 않아 신혁만큼이나 주아의 몸도 뜨거워졌다.

벌어진 다리 사이로 그의 단단한 것이 격렬하게 들어와 빈틈없이 파고들었다. 박혀지고 나갈 때마다 자극적인 감각에 감당하기 어려운 쾌락으로 머리가 다 어지러울 지경이었다. 땀에 흠뻑 젖을 때까지, 아니 젖어서까지도 서로를 탐하는 행위를 멈추지 못했다. 두 사람의 심장이 똑같이 거세게 뛰었다. 오로지 서로를 위해 뛰는 심장이었다.

* * *

주말이 지나고 평일이 찾아와도 신혁은 회사로 돌아갈 생각을 하지 않았다. 신혁과 회사를 걱정하며 아침밥을 차린 주아가 보이지 않는 신혁을 찾으러 밖으로 나왔다. 그는 내내 누군가를 기다리는 듯이 휴대폰을 손에서 놓지 못하고 있었다.

"아침 식사 해요."

"응. 금방 들어갈게."

"네."

대답을 듣고 돌아서 들어가려는 찰나 그의 휴대폰이 울렸다. 다급하게 전화를 받으며 어서 먼저 들어가라는 손짓을 하고서는 걸음을 반대쪽으로 옮겼다. 주아는 먼저 들어와 신혁을 기다렸다. 식어버린 국과 반찬 몇 가지를 다시 데워 내려놓을 때쯤, 그가 들어왔다.

"왜 안 먹고."

"같이 먹으려고요."

신혁이 맞은편에 앉자, 주아가 가장 정성스럽게 요리한 불고기를 내밀었다.

"누구예요?"

"그냥, 회사 사람. 이거 맛있다."

화제를 회피하는 신혁을 부여잡고 끝까지 늘어질 수는 없다고 생각한 주아가 목구멍까지 올라온 묻고 싶은 말을 삼켰다.

"반찬 가게 하고 싶다고 했잖아요."

"해도 되겠어."

"요즘따라 어울리지 않게 꽤 고분고분해지셨네요. 예전엔 매일 건방지다고 하고 주제 파악하라고 하셨던 분이."

신혁은 양심에 찔리는 건지, 민망한 건지, 계속 주아가 한 반찬 칭찬만 늘어놓았다.

"신주아 꺼 먹어보기 전에는 콩나물무침이 이렇게 맛있는 반찬 인 줄 몰랐어."

"치, 말 돌리기는……."

식사를 끝내고 주아가 하겠다는데도 굳이, 신혁이 차를 준비해 왔다. 달달한 대추차는 제 입맛에 별로 맞지 않는지, 딱 한 모금만 마시고 더는 손을 대지 않았다. 주아는 차를 끝까지 마시고 두 사 람은 산책도 할 겸 별장을 나와 뒷산으로 천천히 올라갔다.

가을이 완전히 지나간 산속은 겨울바람을 이겨내지 못하고 나 무에 붙어 있어야 할 나뭇잎이 전부 떨어져 있었다. 나뭇잎 밟는 소리를 듣고 싶었지만, 그것마저도 전부 날아가고 꽁꽁 얼어붙어 있었다. 그래도 코끝을 연하게 스치는 나무 특유의 냄새를 맡으며 아주 천천히 산을 올랐다.

"이 나무 진짜 특이하게 생겼다."

주아가 멈춰서 뭉툭한 나무를 가리키며 말했다. 다른 나무와는 다르게 굵은 가지를 여러 곳으로 뻗으며 서 있는 나무는 정말 특 이했다.

"그러게. 꼭 살아 있는 것 같아."

"막 갑자기 일어나서 우리 이름 부르면서 아는 척하는 거 아니에요?"

실없는 농담을 주고받으며 올라가다 말고 눈이 마주치자, 신혁이 가볍게 입을 맞췄다. 그러고는 살짝 벌어진 주아의 점퍼 지퍼를 끝까지 당겨 올려주었다.

"안 추워?"

"추워요. 그래도 좋아. 당신이랑 같이 있어서. 발이 꽁꽁 얼어붙고 얼굴이 칼로 맞는 것처럼 아플 정도로 시려도, 당신이 있어서 좋아."

"나도. 너랑 있어서 좋아."

고즈넉한 목소리로 대답을 한 신혁의 입꼬리가 매력적이게 올라갔다.

"근데, 아주 잠깐이라도 추위를 녹이는 방법을 알고 있는데."

"그 방법이……."

물어보려고 벌린 주아의 입 안으로 신혁의 촉촉한 혀가 밀고 들어왔다. 주아는 스스럼없이 신혁의 것을 받았고 몸은 점점 달아오르기 시작했다. 신혁이 잠시 입술을 떼며 볼을 쓰다듬었다.

"어때?"

"탁월한 방법인 것 같은데요."

"아직도 추워?"

"네. 좀 더 녹여야겠어요."

잠시 머물렀다가 떨어져 아쉬웠던 그의 입술이 다시 주아를 향해 파고들었다. 신혁의 말대로 추위가 녹아내리는 것만 같았다.

그날, 새벽. 몸이 많이 긴장을 하고 있는 것 같긴 했다.

한번 곯아떨어지면 거의 다음 날 아침에야 일어날 정도로 잠에서 깨어나본 적이 없던 주아는 저를 끌어안고 있던 신혁의 팔이 거두어지자마자 바로 잠에서 깨어났다. 그는 진동으로 울리는 휴대폰을 들고 급하게 베란다로 향했다.

잠 때문에 한층 무거워진 눈꺼풀을 겨우 들고 베란다를 바라보았다. 대화를 주고받는 그의 표정이 심각했다. 추울 만도 한데, 얇은 옷 하나를 입고 그는 시간 가는 줄 모르고 통화를 했다.

한참 후에야 베란다 문이 열리고 그가 들어왔다. 모른 척, 다시 몸을 돌려 자는 척하는 주아의 곁으로 다가와 등에 착 달라붙고 내쉬는 숨에서 찬바람이 일었다. 찬 손으로는 자신을 만지지 않았다. 다만 빨리 안고 싶은 마음에 서둘러 따뜻한 바닥에 손을 이리저리 뒤집으며 녹이고 있는 것이 느껴졌다.

누굴까? 무슨 대화를 그리도 심각하게 나눈 걸까?

궁금했지만, 물어보지 않았다. 오늘 저녁을 먹으면서도 계속 누군가를 기다리는 듯, 휴대폰을 간헐적으로 신경 쓰기에 기다리는 전화가 있냐고 넌지시 물어봤었다. 돌아오는 대답은 '아니.'라는 허무할 정도로 싱거운 두 마디일 뿐이었다. 손이 다 녹았는지, 신혁이 다시 주아를 끌어안았다.

그가 지금 이 무거운 상황을 혼자 감당하려는 것 같아 주아의 근심은 더욱 퍼져 갔다.

그렇게 이틀이란 시간이 더 흘렀다.

점심을 먹고 밖에 나가 산책을 하고 돌아온 후, 햇볕이 들어오는 거실에 누워 장난을 치다가 잠이 들었다.

"네. 지금 하신 선택, 절대 후회할 일 없으실 거예요. 알겠습니다. 그리고 좀 있다가 뵙겠습니다."

겨우 잠에서 깨어났을 때, 희미하게 신혁이 누군가와 전화 통화하는 소리가 들려왔다.

"누구예요?"

"일어났어?"

전화를 끊고 다가온 신혁은 주아의 볼에 묻은 속눈썹을 떼어주며 다정하게 말했다.

"새벽에 서울로 올라가야 할 것 같아."

그가 무언가를 결심한 듯, 눈동자가 단호했다.

"네."

신혁이 주아의 작은 손을 커다란 손으로 감싸듯 움켜잡았다. 그 손이 지독히도 따뜻했기 때문에 더욱 불안하게 느껴졌다. 하지만 주아는 끝까지 신혁을 따라갈 것이다. 끝까지 그의 곁에 남아 있을 것이다.

* * *

아침을 향해 달려가고 있는 고즈넉한 새벽녘.

이제 겨울로 접어든 바람의 냄새가 코끝을 스쳤다. 주아의 집 앞에 도착한 신혁의 차에서는 낮은 탄식만 흘러나올 뿐이었다. 주아의 집 앞에서 어슬렁거리고 있는 남자들은 윤 회장의 경호원들이었다. 그날로 인해, 주아가 윤 회장의 지시로 감시를 받고 있다는 것이 굉장히 불쾌하게 느껴졌다. 제 아버지를 잘 알고 있다. 주아를 데리고 가 떼어놓으려 온갖 협박을 일삼겠지. 그 꼴을 신혁은 죽어도 보고 싶지 않았다.

그래서 다시 핸들을 돌렸다. 곤히 잠들어 있던 주아가 부스스 잠에서 깨어났다. 익숙한 거리가 반대편으로 가는 걸 확인하며 의아해했다.

"무슨 일이에요?"

"한동안은 별장에 더 있어야겠어."

아무도 모르게 그것도 정환의 명의로 산 별장이니, 윤 회장도 쉽게 찾지는 못할 거였다. 신혁이 이러는 이유에 대해 상황이 심각하다는 것을 감지한 주아는 아무 말도 하지 않았다.

다시 돌아온 별장.

"정말 괜찮겠어요?"

"그럼. 당연히 괜찮지."

신혁은 주아의 이마에 가볍게 입을 맞췄다.

"어서 들어가."

발걸음이 잘 떨어지지 않았지만, 자신이 그런 모습을 보이면 신혁이 더욱 심란해질 것 같아 애써 씩씩하게 다시 별장 안으로 들어갔다. 문 앞에 서서 들어가기 직전 그를 돌아보았다. 그가 아직도 가지 않고 자신을 바라보고 서 있었다.

저 모습을 이전에는 무척이나 보고 싶어 했다. 늘 미련도 없는 사람처럼 차를 몰고 사라지는 그에 서운해했었는데, 그게 전부 까마득한 옛일같이 느껴져서일까, 서운함이 점점 무뎌지는 것 같았다.

신혁에게 가볍게 손을 흔들고 별장 안으로 들어섰다.

한동안, 자신이 연락을 하기 전까지 이 별장 안에 있고 회사도 나오지 말라는 말을 했다. 옆에서 도울 수 있는 것이 있다면 돕고 싫다는 그녀의 고집에 신혁은 남자가 아닌 상사로서 내린 지시라고 강건하게 거절했다. 그의 말대로 가만히 있는 게, 돕는 거구나 싶어서 주아는 그렇게 하겠다고 약속했다.

주아가 남은 별장은 분명 불도 여전히 타오르고 있고 보일러도 잘 돌아가고 있는데, 서늘한 기운이 있어 아주 추운 것처럼 느껴졌다. 그것보다도 신혁과 함께 지냈던 지난밤들이 너무 따뜻했어서 더욱 춥게 느껴지는 것 같기도 했다.

전기포트에 물을 넣어 끓여 차 한잔을 마셨다. 별거 없었지만, 지난 이틀은 정말 행복했다. 온전히 신혁에게 집중하고 신혁 또한 자신에게만 집중하며 보냈던 시간. 더욱 깊게 알고 싶었다. 신혁에 대해서라면 무엇이든 확신하고 어디서든 당당할 수 있을 정도로 그를 알고 싶었다.

이 달콤하고 벌써부터 그리워지는 추억에 주아의 코끝이 시려 왔다. 떨어진 지 얼마나 됐다고. 그가 또, 보고 싶었다.

* * *

주아를 내려준 후, 한참을 달린 신혁의 차는 폐기 창고가 늘어진 외진 공간에서 멈추었다. 주변의 삭막함을 뒤로한 채 시간을 확인했다. 신혁답지 않게 약간의 긴장감에 갈증이 나는 것 같았다.

윤 회장은 분노했다. 자신에게 보내온 문자에 대표이사직에서 내려올 각오를 하고 있으라는 협박과 동시에 주아를 가만두지 않겠다는 말도 스스럼없이 하고 있었다. 그래서 주아를 숨겨둘 수밖에 없었다.

시간이 더디게 가고 점점 애가 타고 있을 때, 뒤쪽에서 환한 헤드라이트가 비추며 차 한 대가 천천히 들어오고 있었다. 신혁의 바로 옆자리에서 차가 멈추고 누군가가 내려 다가왔다. 신혁은 창문을 내려 자신에게 다가온 사람을 마주했다. 자신만큼이나 굉장히 긴장을 한 얼굴이었다.

"안녕하세요, 대표님."

신혁에게 인사를 건넨 사람은 다름 아닌, 오래전부터 최태수 상무이사와 사이가 좋지 않아 경쟁을 펼치다가 불리하고 억울한 누명을 쓰고 회사에서 쫓겨났던 서정규 전, 재무이사였다.

오래도록 모셨던 윤 회장의 배신으로 횡령이라는 죄를 쓰고 감옥살이까지 했던 그는 이를 바득바득 갈며 두 사람에게 복수할 날들만을 기다리며 살아왔을 거였다. 신혁은 그런 서정규 재무이사를 이용하기로 했다. 그가 건넨 서류에는 누락된 자금들이 회계부를 통해 해외의 차명 계좌로 입금이 되고 있는 중요한 내용들이 적혀 있었다. 상무이사에게 온갖 무시를 당해 원한이 쌓여 있는 팀장과 친하게 지내며 받은 정보였다.

신혁은 이 정보를 빼와주는 대신, 주기로 했던 돈의 일부를 건넸다.

"수고하셨어요."

"분에 넘치는 걸 알면서도 여쭤보고 싶어서요. 그래도 아버지신데, 이렇게 칼을 꺼내 드시는 이유가 무엇인지요."

"글쎄요. 전 칼을 꺼내는 게 아니라, 든든한 방패를 만들고 싶은 것뿐입니다."

이렇게 비겁한 방법으로 아버지로부터 자신을 보호하고 싶진 않았지만, 주아를 데리고 늘어지는 극단적인 상황이라 어쩔 수 없었다. 신혁은 손에 쥔 서류를 들고 회사로 향했다. 아직 출근 시간이 한참 남은 적막한 회사에서는 복사기 돌아가는 소리만 들렸다.

* * *

"주주들은 다들 어디래?"

곧 도착해서 내리게 될 회사가 보이자 윤 회장은 심기가 매우 불편한 얼굴로 투박스럽게 물었다.

"대부분 거의 다 도착하셨다고 합니다."

조수석에 앉아 그를 보필하던 비서실장이 문자를 확인한 후 대답했다.

"기자들한테 당장 기사 내보내고. 꽁꽁 숨은 놈 다시 나오게 만들어야지."

"네. 알겠습니다, 회장님."

"윤신혁, 내가 너를 잘못 키웠구나. 잘못 키운 죗값을 내가 이번에 망신으로 톡톡히 치르게 생겼어. 하지만 너 역시…… 날 망신 준 대가를 톡톡히 받게 될 거야."

원했던 아이가 아니었다. 가진 거 하나 없이 얼굴만 예쁘장했던 아나운서와 며칠 밤 즐긴 쾌락으로 갖게 된 아이. 돈 몇 푼 쥐여주고 몰래 키우려고 했으나, 죽었던 신우의 모(母)와는 달리, 독한 여자였다. 윤 회장의 아들이라는 증거를 세상에 퍼트리며 빼도 박도 못하게 만들어버린 여자를 윤 회장은 단 한 번도 사랑해본 적이 없다.

그럼에도 신혁에게 은근한 기대를 걸었던 건, 신우처럼 물러 터지지 않았기 때문이었다. 어느 정도의 욕심도 있고 패기도 있어 자신이 원하고자 하는 것을 얻는 데 있어 많은 도움이 될 거라 생각했다.

하지만 그건 모두 착각이었다.

그 한심한 놈 역시, 잠깐뿐일 사랑에 빠져서 이렇게 일을 그르치고 자신에게 망신을 줬으니, 윤 회장은 떠오르기만 해도 속이 부글부글 끓었다. 거칠게 집무실을 열고 들어섰던 윤 회장의 걸음이 멈칫했다.

"오셨어요?"

꽁꽁 숨었다고 생각했던 신혁이 자기 발로 걸어 나와 윤 회장의 자리를 차지하고 앉아 있었다. 조금의 떨림도 없어 보이는 신혁의 여유 있는 모습은 오히려 윤 회장을 긴장하게 만들었다. 하지만 곧 저런 애송이에게 긴장했다는 것이 우스웠는지, 윤 회장은 자조적인 미소를 지었다.

"꽁꽁 숨어 있어도 모자랄 판국에 겁대가리도 없이 나를 찾아와?"

"겁대가리? 모르셨어요? 저 원래, 겁대가리 없이 태어난 거."

신혁이 오만한 모습을 하고 덤덤한 발걸음으로 윤 회장의 지척까지 다가왔다. 상당한 키를 가진 신혁으로 인해, 윤 회장의 얼굴은 까만 그림자가 드리우게 되었다. 윤 회장은 그런 신혁을 표독한 눈으로 노려보았다.

"네 덕에 이번 중국 건설 사업에 투자하기로 했던 민 회장이 없었던 일로 하자는 일방적인 통보를 해왔지. 네가 내 일에 이런 똥칠을 하고도 무사할 것 같아?"

"그래서 절 끌어내리시려고 오늘 주주들 모이게 하신 겁니까."

"당연한 거 아니야? 네가 내 덕에 그 자리에 있지, 아니면 감히 J-world에 발을 들여놓을 수나 있었겠어?"

"그러게요. 나도 하필이면 왜 당신 아들로 태어나서 이 더러운 J-world에 발을 들여놓고 있는지, 유감이네요."

"뭐? 다 털려봐야 그 주둥이를 닥치고 반성을 하게 생겼구나, 네가."

윤 회장이 기분 나쁘다는 듯 삿대질을 하며 신혁을 지나쳤다. 그러고는 입고 있던 재킷을 벗어 걸고 인터폰을 쿡, 눌렀다.

"주주들 다들 모였어?"

-네. 다들 모이셨습니다.

"당장 내려가지."

인터폰에서 손을 뗀 윤 회장은 비열한 미소를 지으며 신혁을 응시했다.

"주인공이 빠져선 안 되지."

"맞아요. 주인공이 빠져선 안 되죠."

신혁은 아까부터 뒷짐을 지으며 감추고 있던 서류를 들어 올렸다. 윤 회장은 그것이 무엇인지 파악하기 위해 머리를 굴렸다.

"대만, 싱가포르, 스위스, 홍콩까지. 진출을 꽤 많이 하셨던데. 거기다가 임금 체불로 데모하던 대표에게 살해 협박을 일삼던 일도 있던데."

긴 손가락으로 서류를 넘기며 신혁은 여전히 여유로운 목소리로 말했다.

"주주들과 기자들이 꽤나 흥미로워하겠어요."

"니놈이, 니놈이, 감히 나를 협박해!"

"내려가시죠, 주인공님."

윤 회장은 격분하며 신혁에게 거침없이 다가와 들고 있던 서류를 뺏어 갈기갈기 찢었다. 그것이 물론 복사본이라는 것을 잘 알고 있었지만 분이 풀리지 않아 찢어진 서류들을 발로 짓이기까지 했다. 이러고도 무사할 것 같냐는 협박은 더 이상 통하지 않을 것 같았다. 자신의 아들 윤신혁은 윤신우보다 훨씬 더 독하면서도 강단 있는 놈이었다.

"네놈이 원하는 게 뭐야."

"주아, 건들지 마세요."

"멍청한 놈. 지 형이랑 똑같은 길을 걸어가려고 드는구나."

"누가 똑같은 길을 걷겠답니까? 당연히 계열 분리가 되어야죠."

"뭐?"

"다 죽어가는 J-style 일으킨 건, 접니다. 그건 J-world의 계열사가 아니라, 내 회사라고요."

말을 하는 동안, 신혁은 어떠한 운이 자신을 전적으로 따라준 거라는 생각을 떨어트릴 수가 없었다. 우연치 않게 아버지의 서재 앞에서 그 말들을 듣지 못했다면, 그래서 그때 바로 서정규 재무이사에게 연락을 취하지 않았다면, 모든 상황에 속수무책으로 당했을 거였다.

자신을 지키고 싶었다. 자신을 지켜야 주아를 지킬 수 있기에.

그리고 앞으로도 주아를 지키기 위해 신혁은 자신을 위협해오는 모든 걸로부터 단단해질 거라 결의했다.

"더 크게 될 놈이 고작 여자 때문에 J-style 하나로 만족을 하겠다?"

"더 크게 가져봤자, 신주아가 없으면 별로 행복하지도 않을 삶일 텐데, 뭐하러 그런 모질한 욕심을 갖고 살겠습니까?"

"뭐?"

"예전엔 형이 참 불쌍한 사람이라고 생각했는데, 지금 생각해보면 가장 불쌍한 건 아버지세요. 세상에 태어나 제대로 된 사랑도 한 번 해보지 않고, 사랑도 제대로 받아보지 않고 죽으실 테니까."

"그깟 사랑, 그깟 사랑이 밥 먹여줘?"

"네. 밥 먹여줍니다. 머리도 감겨주고."

신혁의 대답에 윤 회장의 미간은 더욱 짙어졌다.

"도망칠 생각 하지 마세요. 다른 계좌로 비자금 숨길 생각도 하지 마시고요."

안주머니에서 무언가를 꺼낸 신혁이 들고 있는 건, 녹음 테이프였다. 이미 윤 회장이 비자금을 숨겨놓았다는 것이 다 녹음되어 있는 증거물.

"모든 서류 준비되는 대로 다시 찾아뵙죠."

신혁은 자신을 보며 분노에 차 있는 윤 회장을 뒤로하고 집무실을 빠져나왔다. 속이 시원할 줄 알았는데, 이상할 정도로 저려왔다. 그럼에도 무너지지 않고 걸었다. 이전과는 다른 이유로 자신은 강해져야 했다. 형에겐 미안하지만, 이제 자신의 목표가 바뀌었다.

주아를 끝까지 지키고 싶었다.

* * *

허리를 감싸 안는 강인한 손길에 주아는 잠에서 깨어났다.

신혁이 올 때까지 기다리려고 했는데, 언제 잠이 들었는지도 모를 정도로 홀리듯 잠든 모양이다. 허리를 감싸는 익숙한 손길도, 귓가에 스며드는 익숙한 숨소리와 코끝을 스치는 익숙한 신혁의 향은 여전히 정신없이 쏟아지는 잠결에도 주아를 웃게 만들었다.

"회사 일이 생각보다 길어졌어. 많이 심심했지?"

"회장님은요? 회장님은 안 찾아오셨어요?"

하루 종일 가장 크게 걱정했던 것을 잠에 푹 잠긴 목소리로 겨우 물었다.

"응. 안 찾아오셨어."

윤 회장을 직접 모신 적은 없지만, 다혈질에 뒤끝도 심한 사람이 찾아오지 않았을 리가 없었다. 자신의 목덜미에 얼굴을 파묻고 가볍게 입을 맞추는 신혁을 뒤로하고 주아는 자리에서 일어났다.

"자자. 깨운 거 미안하니까, 재워줄게."

주아가 일어난 이유를 금방 눈치챈 신혁이 여전히 누운 상태로 팔을 뻗어 품 안으로 끌어당겼다. 주아는 힘을 주어 버텼다.

"회장님이 안 찾아오셨을 리가 없을 것 같은데, 거짓말하지 말고 전부 다 말해요."

"너한테 거짓말하는 거 없어."

"그럼, 숨기지 말고 말해요."

"그런 거 없다니까. 자다 일어나서 봉창 두드리지 말고, 이리 와."

"……."

"아니면 보고 싶었던 것만큼 진하게 키스라도 해주든가."

끝까지 대답을 회피하는 신혁에 결국 주아가 자리에서 일어섰다. 그러고는 자신이 덮고 자는 이불을 끌어당겨 신혁이 누워 있는 곳에서 최대한 멀리 떨어진 곳에 이부자리를 깔았다. 그곳이 하필이면 베란다 바로 옆이라서 틈 사이로 바람이 솔솔 들어오긴 했지만, 억지로 참으며 신혁에게서 등을 보이며 누웠다.

"신주아."

대꾸도 하지 않고 꼿꼿이 눈을 감았다.

"주아야."

일어나서 곁으로 다가오는 소리가 들렸다. 그의 손이 어깨에 닿는 순간, 주아는 다시 일어나 이부자리를 끌고 다른 곳으로 향하려고 했지만, 곧 신혁에게 붙잡히고 말았다.

"솔직하게 말하지 않을 거면, 내 몸에 손도 대지 말아요."

"세상에서 가장 무서운 말을 왜 그렇게 예쁜 얼굴로 해?"

입가엔 미소를 머금고 있었지만, 눈빛은 아주 많이 지쳐 보였다. 그 지친 눈빛을 달래줄 자격조차 주지 않고 있는 신혁에 주아는 속이 상했다.

"거봐요. 내가 뭐랬어요? 난 당신한테 도움 쥐뿔도 안 된다고 했죠?"

"그렇게 말하지 마. 지금 나한테 가장 힘이 되는 건 너라는 거, 알잖아."

"아니요. 전혀 모르겠어요. 당신이 말을 안 하고 숨기면 숨길수록, 난 그런 생각을 더 할 수밖에 없어요. 말해봤자, 어차피 아무 도움도 안 될 거 같으니까, 아예 말 안 하는 거잖아요."

"혼자도 충분히 해결할 수 있는 문제야. 만약 혼자 해결하기 어려운 일이 생기면 그땐 너, 잠도 못 잘 만큼 옆에서 징징거릴게. 그러니까…….

신혁의 한숨은 고단했다. 주아도 더는 자신이 이런 고집을 피워서는 안 된다고 여겨질 만큼.

"오늘은 그만하고 안아줘."

결국, 다시 그의 품에 안기게 되었다. 등 뒤에서 느껴지는 신혁의 숨소리는 점점 희미해지고 있었다. 피곤하긴 무척이나 피곤했던 모양이다. 몸과 마음이 전부 고단한 사람을 붙잡고 자신이 뭘 했나 싶어 자책이 들었다. 그래서 사과를 하는 마음으로 제 허리를 감싸고 있는 그의 손등을 다정하게 쓰다듬었다.

"혹시 몰라서 하는 말인데요."

"응."

대답이라기보다는 잠꼬대 같았다. 그래도 주아는 자기가 진짜 신혁에게 하고 싶었던 말을 전했다.

"꼭 강해지지 않아도 돼요. 날 지켜주지 않아도 돼요. 무너져도 돼. 당신이 무너진다고 내가 실망하거나 도망가지 않아요. 나한테 기대요. 당신한테만 기대게 하려고 하지 말고 나한테도 제발 기대란 말이에요."

그는 아무 대답이 없었다. 하지만 완전히 잠이 들지 않았다는 것을 주아는 알고 있었다. 점점 희미해졌던 숨소리가 오히려 선명해졌다는 것을 온몸으로 느끼고 있으니 말이다.

"나는 아직도 당신에 대해서 알지 못하는 것들이 너무 많고 궁금한 것도 너무 많아요. 알고 싶어요. 당신에 대해서 전부 다 알고 싶어요. 그래서 누구에게든 당당해지고 나 스스로도 당신을 잘 알고 있다고 확신하면서 살고 싶어요."

"나에 대해서 전부 알게 되면…… 그러면, 네가 실망하고 도망갈까 봐 무서워. 나, 생각보다 겁쟁이거든."

"거봐요. 당신도 나에 대해서 아는 게 하나도 없어요."

주아는 몸을 돌려 신혁을 마주 보았다. 어둠에 익숙해진 시야로 그의 눈빛은 애처로울 정도로 슬퍼 보였다.

"적어도 상처가 많아서 겁먹은 사람을 두고 도망가진 않아요. 난 생각보다 겁쟁이가 아니거든요."

"허세 가득, 신주아네."

"허세가 아니고 진짜 씩씩한 거라니까요? 그러니까 못된 말만 해대던 당신 곁에도 찰싹 달라붙어 있었죠. ……그건 씩씩한 게 아니라, 멍청한 거였나?"

대답이 없다. 주아가 팔꿈치로 그를 툭 쳤지만, 미동도 하지 않았다. 아니, 자는 '척'하고 있었다.

"아까 말한 대로 보고 싶었던 것만큼 키스해주려고 했는데, 자나 보네."

그 말에 상체를 벌떡 일으킨 신혁이 손으로 주아의 입술을 모으듯 잡고서는 고개를 살짝 뒤로 젖히게 해 가볍게 입을 맞췄다.

"네 입술은 왜 매일 이렇게 달아?"

암튼 못 말린다는 표정으로 주아는 고개를 내저었다.

13.

몇 주 만에 복귀한 회사에는 많은 변화가 있었다.

J-style은 J-world의 계열사에서 독립적인 단일 기업으로 떼어내는 절차를 밟고 있었다. 말이 좋아 단일 기업이지, 대기업으로부터 일거리를 부당할 정도로 몰아 받게 되는 것 아니냐며, 그렇다면 단일 기업으로 인정하지 못한다는 말들이 떠들썩하게 매스컴을 장식했다.

혼란스러운 틈을 타 주가가 내려가고 심지어는 최대주주가 주식을 파는 경우도 있었다. J-style의 분위기는 무척이나 어수선 했지만 단 한 사람, 신혁만이 무서울 정도로 침착했다. 그러는 사이, 윤 회장이 신혁과 주아를 찾아왔다. 찾아왔다고 하기보다는 쳐들어왔다에 더욱 가까운 말일지도 몰랐다. 윤 회장은 자신의 앞에 나란히 앉아 있는 신혁과 주아를 고까운 눈길로 노려보았다. 하지만 신혁은 조금도 주눅 들지 않았고 살짝 긴장하고 있는 주아의 손을 잡아주었다.

"네가 그런 결정으로 나를 협박했다는 건, 나와의 부자지간을 아예 끊어버리겠다는 선포로 받아들이겠어. 그래도 상관없어?"

"네. 상관없습니다."

흔들림 없는 신혁에 오히려 당황하고 안타까운 것은 윤 회장이었다. 그럼에도 그 역시, 세월만큼 쌓아온 자존심을 쉽게 꺾지 않았다.

"부자지간을 끊는다는 건, J-world의 후계자도 될 수 없다는 거야. 그걸 알고 그런 결심을 하는 거야?"

"설마, 제가 후계자 하겠다고 지금 한 결심들을 취소할 거라고 생각하시는 건 아니시죠."

어렸을 적부터 자기가 하고자 하는 것이 있다면 끝까지 고집을 피우던 놈이었다. 그것이 때로는 자신을 아프게 하는 것이라 하더라도, 절대 후회하는 여지 같은 것을 표내지 않았던 독한 녀석. 그랬기에 윤 회장은 더는 협박과 협조로 돌아선 아들의 마음을 잡을 수 없다는 것을 깨달았다. 원망은 곧바로 주아에게로 날아들었다.

"너의 그 하찮은 사랑 때문에, 한 사람의 인생을 망치게 되었구나."

"하찮은 인생 때문에 사랑을 망치고 사는 삶보다는 낫습니다."

윤 회장의 기세에 주눅이 든 데다가 동방예의지국의 국민으로서 갖추어야 할 예의를 지키느라 한마디도 하지 못하고 있는 주아를 대신해서 신혁이 대답했다.

"뭐? 하찮은 인생? 누가 하찮은 인생을 살아? 남들 다 부러워 동경하고 있는 우리의 삶이 하찮은 인생?"

"네. 완벽한 하찮은 인생이죠. 자식한테 사랑과 존경은커녕, 버림당하는 부모의 삶이 하찮은 삶이지 행복한 삶은 아니지 않습니까?"

"버림을 당해? 웃기는 소리 하지 마. 그런 개 같은 착각 하면서 살지 마. 네가 날 버려? 내가 널 버린 거야! 자식새끼 사랑과 존경 따위 없어도 충분히 잘 살 수 있으니까."

"네. 그렇게라도 생각하세요. 그래야 마음이 편하시다면."

"마음만 먹으면 너 같은 거, 소리 소문 없이 없앨 수 있어. 그래도 자식새끼라고 참고 있는 거야. 반드시 명심해. 무슨 일이 있어도 날 찾아오지 마라. 회사가 어떻게 되든, 그래서 네 인생이 똥물에 빠져서 허우적거리든! 절대 날 찾아올 생각 하지 마."

윤 회장이 흥분해 길길이 날뛰며 수행비서와 뒤도 돌아보지 않고 집무실을 빠져나갔다. 폭풍이 몰아치고 간 것만큼 주아의 심정은 혼잡한 쑥대밭이었다. 곧장 윤 회장의 폭격과 같은 발언에 타격을 당했을 신혁이 걱정되었다.

너 같은 거 소리 소문 없이 없앨 수 있다니, 그게 과연 부모가 자식에게 할 수 있는 말인가?

주아는 신혁이 안쓰러워서, 너무 충격이 커서 자꾸만 눈물이 올컥하고 치밀어 오르려는 것을 겨우겨우 참았다. 괜찮냐고 묻지 않았다. 실없고 책임감 없는 위로를 하고 싶진 않아서였다. 대신 오래도록 그의 옆에 앉아 있어주었다. 당신이 힘들고 슬플 때, 혼자가 아니라는 것을 느끼게 해주고 싶어서였다.

* * *

회사의 주가가 휘청하는 위기가 들이닥친 와중에도 신혁의 신중한 선택으로 결정된 신상품이 무서운 속도로 팔려나가기 시작했다. 여성 옷은 여전히 핫한 여배우 유민채를, 남성 옷은 대한민국에서 제일 잘나간다는 아이돌 그룹의 멤버를 모델로 내세운 전략적인 홍보와 더불어 남녀노소를 가리지 않고 입을 수 있는 캐주얼한 상품은 패션계가 불황이라는 말이 무색할 정도로 없어서 못 팔 지경에 달했다.

국내뿐만이 아니라, 해외에서도 론칭하기가 무섭게 매진을 이루고 있었다. 한편에서는 여전히 J-world에서 밀어주고 있는 것이 아니냐는 의혹이 제기되는 동시에 위험을 금세 극복하고 가장 기대되는 젊은 CEO가 이끄는 기업으로도 선정이 되었다.

그러다 보니 신상 준비까지 해야 했던 신혁은 바빴다. 덩달아, 주아도 바빠졌다. 데이트할 시간은커녕, 저녁을 제대로 먹을 시간도 없을 만큼 두 사람은 차고 넘치는 업무에 치여 살았다.

한참 늦은 시간까지 업무를 보고 있는데 누군가가 노크를 해왔다. 밖에서 얼핏 보이는 실루엣만 봐도 신혁이었다.

"네."

주아가 얼른 일어나 문을 열어주었다. 눈은 피로에 자꾸 감기고 힘이 없어도 입술만큼은 그를 향해 웃고 있었다.

"오늘은 그만 들어가봐. 요새 너무 무리하는 것 같다. 너."

"신혁 씨는? 다 끝났어?"

신혁은 대답 대신, 고개를 내저으며 주아의 허리를 끌어안고 어깨에 얼굴을 기대었다. 안겨 있는 몸에 힘이 점점 빠지고 있어 그의 피로함이 절로 느껴졌다. 그래도 자신은 하루에 다섯 시간은 꼬박꼬박 자고는 했는데, 신혁은 그 반도 못 자는 경우가 파다했다.

체력이라면 어디 가서 뒤처지지 않았던 신혁에게도 한계가 왔음을 절실하게 깨닫는 순간이었다.

"그러지 말고 잠깐 눈 좀 붙여요."

주아는 신혁을 집무실로 데려와 소파에 자신의 허벅지를 베개 삼아 눕혔다. 들어오는 길에 불을 껐기 때문에 캄캄한 공간은 사람을 더욱 나른하게 만들었다.

"난 괜찮은데."

느릿하게 감겼다가 떠지는 눈꺼풀이 무거워 보였고 낮은 중저음의 목소리는 잠꼬대 같았다. 주아는 손으로 조심스럽게 그의 눈을 감싸주었다. 신혁이 그대로 곯아떨어졌다. 눈을 감싸고 있던 손을 조심스럽게 떼서 자는 그의 얼굴을 들여다보았다.

"어쩜, 이렇게 잘생겼지?"

곤히 잠들어 있는 그를 깨우고 싶지 않아 참아야 하는데, 결국 참지 못하고 상체를 내려 가볍게 입술을 맞췄다. 그럼에도 그는 일어날 기미를 보이지 않았다. 피로함에 절어 있는 그를 위해 무언가라도 해주고 싶었다. 그래서 조심스럽게 그를 떼어놓고 자신의 방으로 가서 담요를 가져와 덮어준 후, 서둘러 집무실을 빠져나갔다.

늦은 밤이라 문이 열려 있는 마트를 찾기란 힘들었다. 다행히 24시 마트를 찾아 부지런히 장을 봤다. 빠른 손길로 손질된 전복과 닭, 인삼과 대추, 마늘을 넣고 푹 삶았다. 곧 먹음직스러운 삼계탕이 완성되었고 그릇에 담아 다시 회사로 향했다. 꽤 많은 시간이 흘렀는데, 그때까지도 신혁은 조금의 흐트러짐도 없이 그 자세 그대로 잠이 들어 있었다. 피곤하기는 무척이나 피곤했던 모양이다.

새벽 3시가 조금 넘은 시간. 주아는 신혁을 깨우고 싶었지만, 잠이 보약이다라는 말이 있듯이 지금 당장 신혁에게 더 필요한 건 잠일 것 같아서 참았다. 다시 신혁의 곁으로 가서 그의 머리를 조심스럽게 들어 허벅지 위에 올려놓았다.

요즘 바쁘다 보니, 이렇게 얼굴을 자세히 들여다볼 일도 흔치 않았다. 매일 보는 얼굴이지만, 이렇게 자세히 들여다보는 것과는 또 달랐다. 주아는 오래도록 신혁을 바라보았다. 그러다 자신도 모르게 까무룩 잠이 들어버렸다. 잠에서 깨어나게 된 건, 입술에 몇 번이고 닿는 감촉 때문이었다. 살포시 눈을 뜨니, 또 한 번 입을 맞추고 있는 신혁이 보였다.

"일어났어?"

"일어나라고 그렇게 뽀뽀를 퍼붓고 있던 거 아니에요?"

"맞아."

당당한 대답에 무슨 말을 덧붙일까, 주아는 부스스 일어나 자신이 준비해 온 삼계탕을 펼쳐 들었다.

"이걸, 언제 해 온 거야?"

예상하지 못했다는 듯이 신혁이 놀라 물었다.

"아까 신혁 씨 잠들었을 때요."

닭다리를 크게 뜯어 신혁에게 건넸다. 국물이나 살점 하나 떨어트리지 않고 깔끔하면서도 잘 먹는 신혁을 보며 흐뭇해했다. 식사를 끝내고 집무실에 따로 설치되어 있는 욕실로 들어가 나란히 거울을 보며 가볍게 씻고 나왔다.

"덕분에 잘 먹었어."

"어때요? 힘이 좀 나는 거 같아요?"

"주체를 못 하겠는데?"

"그 정도예요?"

"응. 책임져야지."

"책임이요?"

"할까?"

능청스럽게 대답하며 주아를 바라보는 그의 눈빛이 묘해졌다. 한동안 받아보지 못했던 욕구가 들어찬 그의 눈빛은 매혹적이어서 흥분을 일으키며 쉽게 거절할 수가 없었다.

"여기서요?"

"응. 여기서. 지금 당장. 널 안고 싶어."

"……."

"너에게 안기고 싶어."

대답을 하기도 전에 주아의 입 안으로 그의 촉촉한 혀가 침범했다. 동시에 블라우스 안으로 그의 손이 들어와 주아의 성감대를 짓눌렀다. 분명한 건, 윤신혁 이 남자는 이제 자신의 몸을 너무 잘 알고 있다는 거였다. 자신의 어디를 만져야 더 좋아하는지, 더 흥분하는지, 더 미치는지, 잘 알고 있다.

그를 거부할 이유는 없었다. 오히려 너무 오랜만에 느껴보는 이 짜릿한 감각에 주아의 손길이 더욱 다급해졌다. 서로를 충분히 받아들일 뜨거운 몸이 될 때까지, 그들은 달래고 유혹하며 어루만졌다. 집무실은 금세 서로를 탐하는 진득한 소리로 가득 메워졌다.

저를 애무하는 신혁의 손길에 적당한 쾌락은 없었다. 늘 극심하고 절정의 쾌락만이 주아를 휘어 감았다. 다리를 벌리고 가장 깊숙한 안쪽으로 파고 들어오는 신혁의 것을 집어삼키며 그가 흔드는 대로 몸과 정신이 흔들렸다.

"이제 여기 혼자 있어도 너랑 이렇게 야한 짓 한 거 생각나겠다."

그가 강하게 허리를 움직이며 아래에서 격한 신음을 내뱉으며 정신없어하는 주아를 향해 말했다.

"응? 주아야. 나 이제 어떡하지? 일하다가도 계속 생각나서 설 것 같은데."

마치, 대답을 요구하기라도 하듯, 주아의 목덜미를 입술로 물었다.

"그래서 싫어요?"

주아가 허덕이며 겨우 대답했다. 그 대답이 무척이나 마음에 들었다는 듯이 신혁의 입가에 설핏, 매력적인 미소가 떠올랐다.

"아니. 미치게 좋아."

"……."

"가는 곳마다 네 흔적이 있다는 게 좋아. 그래서 하는 말인데, 네 방에서도 할까?"

깨끗했던 소파가 신혁과 주아의 미끌미끌한 점액질로 더럽혀지고 있었다. 그럼에도 두 사람은 아랑곳하지 않고 오래도록 서로의 몸에서 빠져나올 기미를 보이지 않았다.

* * *

업체 미팅에 회의가 연달아 있어 점심도 제대로 먹지 못하는 신혁을 위해 주아는 회사 근처 샌드위치를 전문으로 하는 가게로 들어왔다.

신혁에게 줄 샌드위치와 자신이 먹을 것을 고른 후, 함께 마실 음료까지 포장을 해서 나왔다. 부지런한 발걸음으로 회사 안을 들어서는데, 자신을 바라보는 사원들의 시선이 심상치 않았다. 말소리가 들리지 않았지만 숙덕거리는 사람들의 입방아에는 아마 크게 보도가 된 신혁과의 스캔들을 다룬 이야기들이 오고 갈 거였다.

주아는 최대한 신경을 쓰지 않으려고 애쓰며 승강기로 향했다.

"선배님."

자신을 보며 반갑게 미소 짓는 재우를 보며 주아가 가볍게 묵례를 취했다. 그래도 남들처럼 껄끄러운 표정이 전혀 없는 재우에 주아는 오히려 마음이 편안해졌다.

"점심 샌드위치로 때우시는 거예요?"

"네. 워낙 바빠서요."

"하긴 요즘 비상 걸렸죠. 그래서 저희 팀도……."

재우는 봉지에 들려 있는 일회용 도시락을 흔들었다. 마침 승강기가 열리고 두 사람이 나란히 안으로 올라탔다. 한 층 한 층 올라가면서 평소 말 많던 재우의 침묵에 승강기는 조용했다. 그리고 재우가 내릴 사무실이 딱 한 층 남았을 때, 그가 입술을 떼어냈다.

"그래도 끝까지 제 마음 받아주시지 않아서 감사해요."

"네?"

"좋아하는 사람이 있으면서도 놓치기는 아까워서 곁에서 희망 고문 시키는 사람도 많잖아요."

"아……."

"대표님이 잘해주세요? 제가 알고 있는 대표님은 너무 무뚝뚝해서."

"그럼요. 대표님 자랑하려면 시간이 너무 부족할 것 같아요. 나중에 맘먹고 오 비서님 앞에서 자랑 한번 할게요. 밤샐 각오 하고 오세요."

스캔들이 났을 때, 제일 호들갑을 떨던 사람은 오 비서였다. 언제 한번 날을 잡아야 한다, 잡아야 한다, 문자나 전화로 말은 하지만 서로 바빠서 그럴 시간이 없었다. 주아의 능청스러운 대답에 재우가 소리 내어 웃었다.

"훨씬 좋아 보이시네요. 역시, 사람은 사랑을 해야 하나 봐요."

마지막 말을 끝으로 재우는 가볍게 인사를 하고 내렸다.

변했다. 재우의 말처럼 자신의 지금 심리 상태는 이전보다 훨씬 좋았다.

"점심 먹고 해요."

자신의 등장에 감정이 변하며 환하게 웃어주는 신혁으로부터 애틋한 사랑을 마음껏 받는 기분은 생각 이상으로 행복한 감정이었다.

"맛있어요?"

이렇게 마주 보고 앉아 있는 순간은 정말, 아무것도 필요가 없다는 생각이 들 정도로 행복했다.

"그럼. 누가 사다준 건데."

"그런 말도 할 줄 아는구나."

"머리에서 거르지 않고 내가 그때그때 느끼는 감정을 바로 말하는 거야. 날것의 생동감이라고 해야 하나?"

자신을 변화시키고 있는 이 남자가 좋았다. 자신으로 인해서 변해가고 있는 이 남자가 좋았다.

그렇게 변해가는 신혁은 하루하루가 다르게 나름의 평온한 생활을 하고 있었다. 하지만 주아가 쉽게 잊고 있었던 게 있었다. 윤회장이라는 큰 산을 넘고 나니, 잠시 망각하고 있던 작은 산 하나가 남아 있었던 것이다.

　강 여사는 신혁이 아닌 주아를 불러냈다. 피곤에 절어 수분이 전부 빠져나간 것 같은 몸으로 카페로 끌려가다시피 나갔을 때, 팔짱을 끼고 앙칼진 모습을 하고 있는 강 여사를 보며 어쩐지 어디선가 많이 본 듯한 장면이라 생각했다. 그리고 그것이 별로 본 적은 없지만 그 명성이 자자한 대한민국표 막장 드라마의 한 장면이라는 것을 쉽게 깨달았다.

　강 여사는 주아가 앉자마자 흰 봉투를 내밀었다. 세상에, 정말 이런 경우가 있을까? 싶었는데, 자신이 겪어보니 자조적인 웃음이 새어 나올 만큼 웃겼다.

　"옆에서 항상 잘난 것만 보니까, 탐이 날 수 있어. 하지만 우리 신혁이는 신 비서와 너무 어울리지 않는 아이야. 우리 애는 신 비서 같은 여자 만나서 고작, 그 쪼끄만 한 회사로 끝낼 수 있는 애가 아니야."

　주아는 미리 주문해서 지금 막 나온 아이스 아메리카노를 한 모금 마셨다. 요즘 몰려드는 피로를 없애보겠다고 입에 달고 사는 커피의 익숙한 쓴맛이 입 안 가득 퍼져 나갔다. 그리고 내밀어진 봉투의 액수를 확인했다. 아예 꺼내서 대놓고 돈을 세고 있는 주아를 보며 강 여사는 경악을 금치 못했다. 주아는 봉투를 다시 강 여사에게 내밀었다.

　"이 정도로 되겠어요? 신혁 씨 가치가 이 정도 금액이면 너무 터무니없는 것 같은데."

"뭐?"

"신혁 씨 포기하라고 주시는 거라면 J-world 그룹 자체를 주셔야 할 것 같은데. 저도 신혁 씨의 가치를 그 정도로 생각하는데, 어머니는 어떻게 생각하세요?"

잠깐 보인 주아의 당돌하면서도 덤덤한 행동에 기가 막혀 입만 벙긋거리고 있던 강 여사가 겨우 정신을 가다듬고 입술을 달싹였다.

"그래. 네 말마따나 우리 신혁이는 아주 큰 가치를 지니고 있어. 그러니, 앞으로도 더 큰 세상을 봐야 하고 더 큰 것을 짊어지고 갈 아이라고."

도와주는 건 쥐뿔도 없으면서 욕심만 바라고 있는 강 여사가 너무 미웠다. 지금, 신혁이 얼마나 고군분투하면서 지내고 있는데, 저렇게 태평한 소리만 늘어놓고 있는 강 여사를 주아는 절대 이해할 수 없었다. 말이 좋아 신혁을 위한 삶이지, 강 여사는 엄마라는 신분만을 앞세워 자신의 이익을 챙기기 위해 늘 들들 볶기만 했다.

가장 큰 의지가 되어야 할 가족들이 신혁에겐 언제나 자신을 찌르는 창 같은 존재였을지도 몰랐다.

"같이 짊어주실 것도 아니면서, 너무 무책임하신 거 아니에요?"

"뭐?"

"크면 무거워요. 무거우면 괴로워요. 신혁 씨는 지금도 충분히 많은 것들을 짊어지고 있어요. 이 이상 짊어지려고 한다면 제가 다 버려버릴 예정이에요."

"너 정말, 무서운 아이로구나? 그게 앞으로 크게 성장할 우리 신혁이를 위해서 할 얘기니? 뒤에서 제대로 된 내조는 못해줄망정? 어디서 이렇게 못 배운 계집애가 달라붙어서는!"

강 여사는 기가 막힌다는 듯이 의자에서 펄쩍 뛰어오르기까지 했다. 고고하고 우아함은 조금도 찾아볼 수 없었다. 잔뜩 흥분하며 사납게 몰아붙이는 강 여사의 기세에도 주아는 최대한 침착함을 유지하려 노력했다. 그럼에도 신혁과 관련된 것들은 긴장을 쉽게 풀어버릴 수 없는 것 또한 사실이었다.

"세상 살면서 딱 필요한 물건들만 짊어지고 살면 돼요. 그 이상은 짐일 뿐이에요. 어머니께서 신혁 씨의 진짜 행복을 바라신다면, 더 이상 어떤 짐도 신혁 씨에게 올리지 말아주셨으면 싶어요."

"정말 네가 제대로 미쳤구나?"

"네. 미쳤어요. 정말, 윤신혁이라는 사람한테 미쳐버렸어요. 그래서 저는 오로지 그 사람 기준으로, 그 사람을 위해서 모든 걸 결정하게 돼요. 지금 신혁 씨 곁에는 제가 있어야 해요. 그래야, 그 사람은 행복해요. 나처럼 그 사람을 사랑해주고 아끼는 사람이 옆에 있어줘야 한다고요. 그러니까, 저희 둘 떼어놓으실 생각 하지 마세요."

"뭐? 나 그래도 걔 엄마야. 네가 지금 그 애랑 연애를 한다고 전부인 것 같지? 어디서 싸가지 없게."

"그런 신혁 씨를 위해서 삼계탕 한 번이라도 끓여주신 적 있으세요?"

"고작 삼계탕으로 그 애가 힘이 날 것 같아? 그렇게 사소한 것에?"

"공교롭게도, 그러네요. 사소한 건, 너무 작아서 건너뛰기가 쉽죠. 하지만 그런 걸 챙겨주는 사람이야말로 진짜 상대방에게 늘 관심을 두고 사는 거예요."

한마디도 지지 않고 대답하는 주아의 옳은 말은 결국 제 고집대로 따지고 들던 강 여사의 말문을 막히게 했다.

"신혁 씨의 행복을 바라신다면, 그저 조용히…… 저희 지켜봐주세요. 신혁 씨를 정말 사랑한다면, 부탁드릴게요."

자신이 상상한 상황처럼 흘러가지 않았다는 것에 넋에 나간 강 여사를 두고 주아는 커피숍을 나왔다. 코끝이 시큰하고 마음이 저려왔다. 강 여사는 신혁의 무거운 짐을 덜어서 같이 짊어주겠다는 말은 끝까지 하지 않았다. 그저, 부모들이 신혁을 자신의 이익만을 채우기 위한 수단으로 생각하고 있는 것 같아서 마음이 아팠다.

"어디 다녀와?"

승강기 문이 열리고 복도를 걸어가던 주아는 자신의 방에서 막 나오고 있는 신혁을 마주했다.

"잠깐, 볼일 좀."

"무슨 볼일?"

예전에는 무슨 말을 해도 일말의 관심조차 주지 않았던 신혁은 지금은 아주 사소한 일이라도 주아와 관련이 있다면 크게 관심을 두고 있었다. 자신에게 사소한 것조차도 신경 쓰고 관심을 가져주는 그의 이런 큰 변화가 좋았다.

"그냥, 갑갑해서 바람 좀 쐬다 왔어요."

주아는 신혁의 허리를 자연스럽게 끌어안으며 대답했다. 가뜩이나 요즘 바빠서 예민하고 피곤한 신혁에게 강 여사 이야기를 해서 심란한 마음까지 한층 더 얹어주고 싶진 않아서 거짓말을 했다.

"근데 뭐 필요한 거 있어요?"

"내가 널 찾는데 꼭 필요한 게 있어야 찾는 관계인가? 그냥 보고 싶으니까, 찾은 거지."

중저음의 목소리엔 자신을 향한 애정이 듬뿍 담겨 있다는 것을 의심해볼 필요도 없을 만큼 달달했다. 주아는 얼굴을 치켜들어 그에게 입을 맞추려다가 갑자기 장난기가 발동했다. 그래서 닿을 듯 말 듯 발꿈치를 올렸다 내렸다 했다. 입을 맞추려면 다시 무릎을 굽혀 내려가고 포기하려고 하면 다시 입술을 들어 올리며 약을 올리는 주아에 신혁이 한마디 했다.

"뭐 하는 거지? 사람 애타게?"

자신의 장난에도 이렇게 쩔쩔매고 있는 신혁의 모습이 너무 사랑스러워 못 견딜 것 같았다.

"공사 구분해야 해요?"

"내가 예전에 뭐랬어?"

"단둘이 있을 때는 굳이 구분할 필요 없다고."

"근데 뭘 물어?"

"그럼, 공사 때려치우고 신혁 씨 흔적도 좀 남길래요?"

주아는 자신의 방을 눈짓하며 과감하게 그의 넥타이를 잡아끌었다.

"내 방에서, 내가 감당 안 되게 예뻐해줄게요."

섹시한 윙크를 하며 도발하는 주아에 신혁의 이성은 조금씩 느슨해졌다. 가끔 이렇게 예상하지 못한 상황에서 자신을 매혹하는 주아에 신혁은 벌써부터 아래가 묵직하게 아파오는 것만 같았다.

"미치겠다……."

신음에 가까운 목소리로 낮게 중얼거리며 주아가 이끄는 대로 순순히 발걸음을 안으로 옮겼다.

* * *

감당 안 되는 업무를 하려면 잠을 줄이는 것밖엔 없었다.

겨우 세 시간을 자고 일어난 신혁의 몸은 거대한 바위를 가져다 놓은 것처럼, 무겁기만 했다. 그런 무거운 감각들을 없애보고자 따뜻한 물로 샤워를 했지만, 피로는 전혀 풀리지 않았다. 샤워를 끝내고 나오는데, 주아가 보고 싶어졌다.

이렇게 몸은 피로에 절어들고 머릿속에는 사업에 관련된 복잡한 생각이 뒤엉켜 있어도 언제나 빠지지 않고 하는 것이 주아 생각이었다. 지금쯤 집에서 자고 있을 주아를 상상했다. 일정한 숨을 내뱉으며 달싹이는 입술과 풍성하고 숱이 많은 속눈썹을 늘어트리면서 자고 있을 주아를.

그것을 지금 당장 볼 수 있다면, 여전히 제 몸을 억누르고 있는 이 피로를 거두어낼 수 있을 것만 같았다. 몇 발자국 걸어 있는 이 침실 방의 문을 열고 들어갔을 때, 자신이 여태 자고 있던 그 침대 위에 주아가 있었으면 하는 바람이 간절했다. 시선이 닿는 곳에 있고 숨을 쉬는 곳에 늘 주아가 있길 원했다.

주아가 없던 지난 삶 동안은 자신이 어떻게 살아왔는지조차 상상이 되지 않을 정도로, 이제는 제 시간 속에 주아가 조금이라도 없으면 허전하고 서러우며, 슬프기까지 했다.

잠드는 마지막 순간까지 그녀를 보고 아침에 가장 먼저 일어나 그녀의 숨소리를 듣고 싶었다. 지친 몸을 그녀에게 매일 위로받고 마주 보고 앉아 아침밥을 먹고 싶었다. 휑하다 못해 곳곳에 차가운 외로움이 숨겨져 있는 이 집을 그녀로 인해 따뜻하게 만들고 싶었다.

그녀와 함께 살고 싶었다. 평생을 그녀의 남자로 살다가 죽고 싶었다. 한번 몰아닥친 주아에 대한 생각과 그리움은 결국, 신혁을 이끌었다. 아직은 모두가 잠들어 있는 고요한 새벽을 뚫고 신혁은 오늘도 일어나자마자 주아의 집으로 향했다.

* * *

이번에 새로 출시된 상품이 중국 유명 온라인 쇼핑몰과의 협업으로 폭발적인 상승세를 보이고 있었다. 온라인 시장이 이미 포화 상태인 한국과는 다르게 중국 온라인 시장은 활성화된 기간이 짧았다. 그래서 온라인 유통은 꺼져가는 불씨의 J-style에 엄청난 양의 기름을 부어주었고 불은 활활 하늘 높은 줄 모르고 타오르고 있었다.

주식을 팔았던 주주들은 땅을 치며 후회했고 뉴스에선 성장 가능성이 엄청나다며 젊은 CEO 신혁을 주목했다. 독립적 기업으로 분리되어 개인 사업장으로 된 지, 5개월 만의 기적적인 일이었다.

회사를 정상 궤도에 올려놓고서야 한시름 놓은 신혁은 이제야 조금의 여유가 생겼다. 그래서 간만에 여유를 느끼고자, 신혁은 한껏 늑장을 부릴 생각이었다. 주아와 맛있는 음식을 해 먹고 한껏 따뜻해진 봄 햇살을 맡으며 거실에 서로를 끌어안고 누워 낮잠을 자고 밀린 영화도 볼 생각이었다.

그런데 어젯밤에 옆자리에서 잠들었던 주아가 보이지 않아 신혁은 의아해하며 일어섰다. 밖에서 그녀가 움직이는 소리가 미세하게 들려왔다. 어제 분명 아무렇게나 벗어 던져놓았던 가운이 옆에 곱게 접혀져 있었다. 주아가 접어놓은 것이 틀림없었다. 가운을 입고 나와 보니, 그녀는 벌써 외출 준비를 끝낸 상태였다.

"어디 가?"

"일어났어요? 저 오늘 보육원 좀 다녀올게요."

"보육원? 왜?"

"원장 선생님 생신이셔서요."

주아의 원장 선생님이라면, 그녀의 어머니와 다름없는 사람이었다. 가뜩이나 언젠가는 찾아뵙고 인사드려야지, 생각하고 있던 참에 잘됐다 싶었다.

"기다려. 같이 가자."

"피곤하지 않아요? 오랜만에 쉬는 건데, 그냥 집에서 푹 쉬지 그래요."

"괜찮아."

"그럼 천천히 준비해요. 시간 넉넉한 편이니까."

신혁이 욕실로 들어가고 주아는 그가 허기지지 않을까 싶어 간단한 식사를 준비했다. 주아는 매년 원장 선생님의 생신을 잊지 않고 챙겨왔다. 시간이 안 될 때는 전화를 드리거나 택배를 통해 선물을 부치기도 했다. 하지만 그럴 때마다 원장 선생님은 선물보다 네 얼굴 한 번 보고 싶다는 말씀을 종종하셨기 때문에 웬만하면 다른 스케줄을 빼서라도 꼭 찾아뵙곤 했었다.

물론 그때마다 주아는 항상 혼자였다. 친구 한 번 데려가본 적 없는 보육원에 남자친구를 데리고 갈 생각을 하니, 잔뜩 긴장이 되면서 마음이 산만하게 들떴다. 마음 그대로 엄마에게 처음으로 남자친구를 보여주는 것이나 마찬가지인 자리였다. 긴장이 안 되려야 안 될 수가 없었다.

그 마음은 보육원으로 가는 동안부터 도착할 때까지 지속되었다. 오히려 자신보다 신혁이 더욱 여유가 있었다. 보육원 안은 아이들의 목소리로 떠들썩했다. 오는 길에 패스트푸드점에 들러 박스에 담을 만큼 많은 양의 햄버거 세트를 사온 신혁을 반기는 아이들의 눈동자는 반짝반짝 별처럼 빛나고 있었다.

"어서 와, 주아야. 어서 와요."

여전히 온화한 미소를 지닌 원장님의 환영을 받으며 신혁과 주아는 안으로 들어섰다. 선생님의 안내로 햄버거를 하나씩 손에 쥐고 즐거워하는 아이들을 지나 원장실이 위치한 2층으로 향했다. 그러는 동안, 주아는 이곳에서 지냈던 옛 추억에 잠겨 적적해졌다. 계단에 올라서는 벽 구석에 자신이 몰래 적어놓은 글자가 그대로 있었다.

주아는 뒤에서 따라오는 신혁을 향해 그곳을 가리켰다.

"내가 쓴 거예요."

<원장님께서는 내가 사랑박기 위혜 태어난 아이라고 하셧다. 난 사랑 박는 해뽁한 아이다.>

삐뚤빼뚤한 글씨에 맞춤법도 다 틀린 글씨. 지금의 주아와는 어울리지 않는 글씨였다. 이곳에 쭈그리고 앉아, 이 틀린 글씨를 정성껏 썼을 어린 주아를 생각하니 생소하면서도 귀엽게 느껴졌다.

안으로 따라 들어간 원장실 한쪽 벽에는 이곳을 지나간 아이들의 단체 사진이 연도별로 걸려 있었다. 신혁은 곧바로 그곳으로 가 주아를 찾았다. 숨은 그림 찾기를 하듯 세세하게 보던 사진 중에 지금의 주아 얼굴을 얼핏 풍기고 있는 어린아이가 앞니가 빠진 채로 환하게 웃고 있었다.

"예쁘게 큰 편이네."

"무슨 뜻이에요?"

"좋은 뜻."

뒷말과는 달리, 처음 낮게 중얼거린 말에는 분명 다른 의미가 내재되어 있었다. 특히, 서둘러 원장님 맞은편에 앉는 신혁을 보며 주아는 그 의심을 더욱 떨칠 수가 없었다. 아마 그는 못생기고 촌스러운 과거와 지금을 비교하며 저도 모르게 말이 흘러나왔을 가능성이 컸다. 주아가 눈을 가늘게 뜨며 차를 마시며 원장님과 통성명을 하는 신혁을 노려보았다.

"주아, 너도 얼른 앉으렴."

하지만 신혁은 일부러 계속 모르는 척하고 있었고 결국, 원장님의 제안에 소파로 가서 앉았다.

"얘는, 네 남자친구 옆에 앉아야지."

"남자친구 옆은 아까 전부터 계속 앉아서 왔어요. 그러니까 여기서는 선생님 옆에 앉을래요."

주아가 원장님에게 팔짱을 끼고 살며시 얼굴을 기대었다. 원장님 특유의 냄새가 났다. 뭐랄까, 무슨 냄새라고 말할 순 없었지만 그립고 포근한 냄새였다.

"보고 싶었어요, 선생님."

원장님 옆에만 있으면 예전의 어린아이로 돌아가고 싶었다. 그래서 앞에 신혁이 있다는 것도 망각한 채, 평소에는 잘 피우지도 않는 어리광을 한껏 피웠다.

"얘가 아직도 이렇게 애기 같아요."

주아의 얼굴을 손등으로 다정하게 쓰다듬으며 원장님은 앞에 있는 신혁에게 말했다. 신혁은 차를 마시는 둥 마는 둥 하며 새끼 고양이처럼 애교를 피우고 있는 주아에게서 눈을 떼지 못하고 있었다.

"선물이에요. 생신 선물."

주아가 들고 왔던 쇼핑백을 내밀었다.

"그냥 오라니까, 넌 왜 매번 쓸데없는 데 돈을 쓰고 그러니?"

"왜 쓸데없는데요? 원장님 선물인데. 원장님이 예전에 그러셨 잖아요. 때로 선물은 받는 것보다 줄 때가 더 기쁘다고. 제가 지금 딱 그래요."

"아무튼, 기억력도 좋아. 그래도 저금을 하란 말이야. 이런 데 돈 쓰지 말고."

"그때도 제가 말했죠? 그거 몇 푼 아낀다고 살림살이 엄청 나아지는 거 아니라니까요?"

"못 말린다, 우리 주아. 네가 사온 거니까, 당연히 예쁘겠지? 어디 보자."

쇼핑백 안에는 원장님이 평소 좋아하는 스타일의 원피스가 들어 있었다. 펼쳐 들고서는 예쁘다며 너무 좋아하는 원장님을 주아는 뿌듯하게 바라보며 더 열심히 돈을 벌어 더 좋은 옷을 사드리고 싶은 마음이 굴뚝같아졌다.

"마음에 드세요?"

"너무 예뻐서, 못 입겠다. 행여나 닳을까 봐서."

"그런 걱정 마시고 팍팍, 입으세요. 닳으면 언제든지 또 사다드릴게요."

"어휴, 그럼 더 못 입겠다. 아껴 입어야지."

"그러지 마시라니까요."

"알았어. 잘 입을게. 주아야, 근데 우리가 앞에 신혁 씨 두고 너무 둘만 얘기한 것 같아."

쇼핑백에 원피스를 곱게 접어 넣은 원장님이 주아에게 낮게 속닥거리듯이 말했다. 그제야 원장님과 대화에 푹 빠져 있던 주아가 아차 싶어 앞에 있는 신혁을 바라보았다.

"난 괜찮아."

목소리엔 힘이 실려 있고 입술 끝에 억지로 짓고 있는 미소에서 서운함이 팍팍 느껴지는 바람에 더욱 머쓱해졌다.

"그런데 어쩜 이렇게 인물이 훤하고 좋아?"

"그런 말 많이 듣습니다."

눈 하나 깜빡이지 않고 칭찬을 그대로 흡수해 당당하게 받아치는 신혁의 반응에 원장님과 주아는 서로 눈을 마주치며 웃었다.

"저 사람이 저렇게 솔직해요."

"솔직해서 좋네. 우리 주아가 남자친구라고 데리고 온 건, 정말 생전 처음이에요."

원장님은 애틋한 눈길로 주아를 바라보며 손을 꼭 잡아주었다.

"얘가 서울로 올라가더니 많이 힘들어하고 누구한테 쉽게 정도 못 붙이는 것 같아서 걱정 많이 했는데, 이렇게 멋진 남자친구를 데려오니 이제 내 마음이 편안해요. 주아가 직접 데리고 와서 날 소개시켜줄 정도면, 무척이나 괜찮은 사람이라는 거, 알 거 같아요."

원장의 목소리에선 주아를 진심으로 아끼고 신뢰하는 마음이 돋보였다.

"이런 거, 호구조사 같고 처음 보는 사이끼리 예의는 아닌 거 알지만, 그래도 알아야 더 안심될 것 같아서요. 나이는 어떻게 되고 무슨 일 해요?"

"올해 서른두 살에 작은 회사를 하나 운영하고 있습니다."

"작은 회사?"

"네, 원장님. 제가 다니는 회사 직속 상사세요."

주아가 덧붙여 설명했다. 원장은 크게 놀라는 눈치였다.

"매일 보는 정이 쌓여서 이렇게 연인으로 발전을 했나 보구나! 그럼 서로를 잘 알겠어."

서로를 잘 안다고 생각해서 자만했던 지난날을 떠올렸다. 이제야 자신들의 감정에 충실해져 조금씩 서로를 알게 되는 것 같아, 원장님의 말에 아주 조금 공감했다.

"그럼, 두 사람 결혼은 언제쯤……? 내가 너무 앞서 나가나?"

갑작스러운 원장님의 '결혼' 얘기에 주아가 깜짝 놀랐다. 그와 벌써 반년 넘게 연애를 하고는 있지만, 아직 결혼에 대해서 생각해본 적은 없었다. 결혼이라는 책임감이 막강한 단어에 신혁이 부담이라도 느낄세라, 다급하게 입술을 떼어내려던 때였다.

"안 그래도 조만간 할 생각입니다. 주아와 떨어져 있는 시간들이 너무 아깝거든요."

신혁의 대답에 주아가 더 깜짝 놀랐다. 그런 주아를 바라보는 신혁의 눈빛은 한없이 따뜻했다.

"우리 주아, 부족한 게 있더라도 이해해주고 보듬어주세요. 주아 너도, 신혁 씨가 힘들어 지쳐 쓰러지더라도 늘 곁에 있어주고."

"네, 선생님."

세 사람은 이제야 여유를 찾고 차를 마셨다. 차는 이미 미적지근하게 식어 있었지만, 차를 마시는 세 사람의 얼굴은 미소가 끊이지 않고 이어져 가득 퍼져 가고 있었다.

14

집으로 돌아오는 차 안.

주아는 아까 원장실에서 신혁이 했던 '결혼'에 대해서 곰곰이 생각 중이었다. 일체 그 단어에 대해서 다시 이야기를 꺼내지 않는 신혁에 결국 주아가 먼저 말을 꺼내놓아야 했다.

"정말 나랑 결혼할 거예요?"

"응."

"무슨 결혼한다는 말을 그렇게 마치, 나 '애랑 밥 먹을 거예요.' 같은 뉘앙스로 해요? 무드 없게."

드라마나 영화에서 봤던 것처럼, 화려한 프러포즈를 바라는 건 절대 아니었다. 특히, '나 이 여자한테 프러포즈해요!'라며 동네방 네 티를 다 내고 다니는 프러포즈는 주아 쪽에서 사양이었다. 하지 만 지금 신혁의 모습은 정말 싱거울 정도로 평범한 반응이라 주아는 내심 서운했다.

하다못해 자신을 사랑한다는 내용이 듬뿍 담긴 편지라도 읽어 줬다면 좋으련만, 이런 쪽에선 이리도 멋이 없는 신혁이 야속하기 까지 했다.

불만스럽게 바라봐도 무엇을 서운해하는지, 잘 모를 것 같은 이 남자에겐 이런 것 자체가 시간과 감정 낭비일 뿐이라는 것을 잘 알고 있다. 그러니 이렇게 쳐다보는 것이 제 눈만 시린 한심한 짓 을 하는 거라 여기며 시선을 창밖으로 돌렸다.

"주아야."

그렇게 한참을 달리던 차 안에서 솔솔 잠이 몰려오던 주아는 뒤 에서 들려오는 신혁의 목소리에 겨우 정신을 가다듬었다. 잠에 홀 린 탓에 자신이 왜 신혁이 아닌 창밖을 보고 있었는지를 망각 한 채 대답 대신 졸린 눈으로 그를 바라보았다.

"내가 평생 사랑해줄게. 그러니까, 나랑 같이 살래?"

아마 그는 창문 쪽으로 몸을 돌리고 졸고 있던 주아가 계속 신 경이 쓰였던 모양이다. 그의 눈빛과 목소리는 제법 진지했고 주아 의 대답을 기다리는 듯 조금 초조해 보이기도 했다.

"여태 생각해낸 그나마 멋있게 느껴질 프러포즈가 그거예요?"

"어떻게 해줘야 나랑 같이 살아줄래?"

그는 충분히 자신을 위해주고 있고 자신 역시 그를 충분히 사랑 하고 있다. 그가 뭘 어떻게 하는 것에 따라서 결혼의 선택 유무가 정해져 있는 건 아니었다.

서로의 진짜 마음을 알고 나서부터는 평생을 함께하는 것을 당 연하게 생각했다.

"내가 그렇게 좋아요?"

"응."

저 단순하면서도 무심해 보이는 대답.

자신의 대답 끝에 주아가 아무 반응이 없자 초조해진 눈길이 그녀에게 향했다.

"알았어요. 나도 평생 신혁 씨 사랑해주면서, 같이 살아봐요, 우리."

참 간단하면서도 단조로운 약속이었다. 다른 연인들이라면 그저 서로의 감정을 알아보기 위해 주고받은 단순한 대화였을지도 몰랐다. 하지만 이 대화는 적어도 신혁에게만큼은 그렇게 간단하게 넘어갈 이야기가 아니라는 것을 알게 되었다.

그가 그날 돌아오는 대로 바로 결혼식장을 알아보기 시작했기 때문이었다. 모든 것이 일사천리로 진행되어 갔다.

상견례는 할 필요가 없었다. 고아인 주아에 신혁 또한 부모님과 거의 연을 끊다시피 지내고 있기 때문에 서로 알아서 결혼식 준비를 했다.

함께 살게 될 신혼집은 신혁의 집으로 정했기 때문에 주아가 현재 살고 있는 전셋집을 내놓았다. 신혼집에 필요한 가구들은 딱히 필요한 것이 없어 새로 사지 않았다. 바쁜 와중에도 신혁은 자신이 청첩장을 직접 디자인했다.

하얀 바탕에 주아와 신혁을 닮은 일러스트 형식의 드레스와 정장을 입은 캐릭터를 그려낸 청첩장을 아주 친하고 가까운 지인들에게만 돌리고 웨딩숍에서 웨딩드레스와 턱시도를 고르고 피로연에 따로 입을 커플 드레스와 정장도 맞췄다.

신혼여행에 관련된 것은 주아가 맡기로 했다. 자신이 꿈꿔왔던 낭만이 한껏 들어간 신혼여행을 준비하는 과정만으로도 행복에 겨워, 마치 하늘을 나는 것만 같은 기분에 사로잡혀 잠도 제대로 이루지 못했다.

그러는 사이, 주목받는 젊은 CEO의 결혼 소식이 매스컴을 떠들썩하게 메웠다. 사실 그가 처음 매스컴에 실렸을 당시, 월등한 능력과 그보다 더 월등한 비주얼로 꽤 많은 여성의 주목을 받았었다. 대부분 축하를 해주는 분위기였지만, 그중 일부는 신혁의 여자가 될 사람을 한껏 비아냥거리는 반응도 있었다. 하지만 주아는 절대 주눅 들지 않고 그들을 무시했다. 오히려 누군가의 시기와 질투가 있을 만큼 잘난 남자에게 격렬한 사랑을 독차지하고 있다는 우월감만이 있을 뿐이었다.

하지만 단 한 사람, 쉽게 무시할 수 없는 사람이 있었다. 바로 그의 어머니 강 여사였다. 그녀는 저녁을 먹고 설거지를 한 후, 가볍게 차 한잔을 마시며 웨딩 촬영 컨셉에 대해서 이런저런 대화를 나누고 있던 시간에 아들 집으로 들이닥쳤다.

"신혁아, 윤신혁! 너 정말 끝까지 이럴 거니?"

강 여사는 머리가 아프다는 듯이 관자놀이를 부여잡으며 소파에 쓰러지듯 앉았다. 그러고는 신혁의 옆에 찹쌀떡처럼 붙어 있는 주아를 원망스럽게 쏘아보았다.

"이제라도 늦지 않았어. 아버지에게 잘못했다고 사과하고 저 애랑 헤어져. 대체 저 가진 거 없는 애랑 결혼해서 너한테 남는 이익이 뭐가 있다고 이렇게 한심하게 구는 거야!"

"제발 그만하세요."

"네가 헤어지지 않으면 내가 네 아버지랑 헤어지게 될지도 몰라! 그나마 너 있다고, 내가 곁에 있는 거 봐줬던 인간이야. 그런데 너마저 없으면 그 인간은 나 따위 필요로 하지 않게 될 거라고!"

"버림받는다고 생각하지 마시고, 그냥 헤어진다고 생각하세요. 어차피 어머니도 아버지와 같이 사는 거 힘들어하셨잖아요."

"윤신혁! 네가 어떻게 그런 말을 눈 하나 깜빡이지 않고 할 수 있니? 네 아버지 같은 사람이랑 이날 이때까지 한평생 살게 된 이유가 너 하나 때문인데! 엄마의 희생을 이렇게 짓밟아?"

"희생이요? 지금, 희생이라고 하셨어요?"

신혁은 하도 어이가 없어서 웃음밖에 나오지 않았다. 진심으로 나오는 애틋한 모정으로 피어난 희생 같은 건, 한 번도 없었다. 신혁을 앞세우려고 했던 것은 그 큰 재산을 차지하는 데 있어서 자신을 원하지 않는 남편보다 그래도 피붙이인 신혁의 것이 더 쉬웠기 때문이었다. 강 여사에게 신혁은 더 큰 이익을 챙기기 위한 발판일 뿐이었다.

심지어는 생판 남인 보육원 원장님이 주아를 바라보는 그 따뜻한 시선조차 제 엄마에게서 한 번 받아본 적이 없었다.

"그래! 희생! 널 위해서 살았던 지난 내 삶의 보상은 누가 해줄 건데! 나 그래도 네 엄마야. 호적상으로는 네가 윤신우 애미 밑에 들어가 있어도 진짜 널 낳아주고 키워준 건, 나라고! 너 없다고 그 인간이 나보고 나가라고 그러더라."

"뭘 원하시는데요? 보상, 해드리죠."

"……내가 너 때문에 내 청춘, 내 인생을 다 바쳤으니, J-style 정도는 받아야 하지 않겠니? 모든 주식을 양도해. 내가 그곳의 대주주가 되어야겠어."

대주주가 된다는 건, 경영권을 잡겠다는 뜻이었다. 옆에서 내내 두 사람의 위태로운 대화를 듣고 있던 주아는 강 여사의 말을 잘못 들은 줄 알았다.

돌이켜 생각해보니, 회사가 어려울 때는 한 번도 찾아오지 않았던 강 여사가 이제 막 회사가 피어오르기 시작하니 찾아온 타이밍 자체가 기가 막혔다. 회사를 다시 살리기 위해 고군분투하던 아들의 노력을 엄마라는 이유 하나만으로 날로 먹으려고 드는 괘씸함이 결국, 주아를 폭발시켰다.

"어머니, 정말 너무하시네요."

"넌 가만히 있어. 이게 다 너 때문에 생긴 일이잖아!"

"아무리 그래도…… 이 회사는 신혁 씨의 전부예요. 어떻게 그걸……!"

"그게 그렇게 마음에 걸리면, 양심상 네가 신혁이랑 헤어져야지. 그러게 내가 뭐라고 그랬어? 신혁이 위해서 헤어지라고 했지?"

눈 하나 깜빡이지 않고 대답하는 뻔뻔스러운 강 여사에 주아는 할 말을 잃어버렸다. 신혁은 고성으로 오고 가는 대화에 치밀어 오르는 화를 억누르고 있는 것 같았다. 그의 눈 밑이 파르르 떨려왔다. 어금니를 물고 있는 건지, 턱뼈가 적나라하게 도드라져 있었다.

하나밖에 없는 아들의 결혼을 축하해주기는커녕, 그것을 볼모삼아 아들의 전부를 빼앗아 가려는 강 여사의 악행에 결국 주아는 분통을 터트리고 말았다. 분을 이기지 못해 주아가 주저앉아 울어버리자, 신혁은 그녀를 끌어안으며 강 여사에게 차갑게 말했다.

"어머니 뜻 충분히 알았으니, 오늘은 그만 돌아가주세요."

"그래. 네 결혼이 취소가 되든, 회사를 나에게 넘기든 좋은 소식 기다리고 있으마."

강 여사가 나가고 난 후에도 주아의 원망스런 눈물은 그치지 못했다. 얼굴을 감싸 쥐고 어깨만 들썩이며 서럽게 속으로 우는 주아를 신혁은 더욱 세게 품으로 끌어안았다.

"정말, 다 나 때문인 것 같아요. 내가 괜한 욕심을 부려서 이 사달이 난 것만 같아요."

"후회하지 마. 이 관계를 더 원했던 건 나였으니까. 미안해하지도 마. 괜히 이 일로 날 포기해야겠다느니 뭐니, 그딴 생각도 하지 말고."

그는 지금 회사보다 주아가 이번 일로 흔들리게 될까 봐, 그것을 더욱 걱정하고 초조하게 여기고 있었다. 주아는 강 여사 때문에 불안해할 신혁에게 적어도 자신만큼은 힘이 되어주고 싶었다. 자신 때문에 그가 힘들어하는 모습은 보고 싶지 않았다.

"무척이나 이기적인 건데…… 저 말 들으면서도 당신 곁을 떠나야겠다는 생각은 하고 싶지 않았어요. 나, 당신이랑 약속한 결혼…… 꼭 할 거예요."

"그래. 그거면 됐어."

신혁이 제 품에 안겨 있는 주아의 머리를 부드럽게 쓰다듬었다.

"회사 포기하지 말아요. 절대…… 절대 포기하지 말아요."

"……."

"회사 포기하면 전 평생, 죄책감에 시달리면서 살게 될지도 몰라요. 당신이 나 때문에 그렇게 소중하게 여기던 걸 포기했다는 죄책감에."

"알았어. 포기 안 할게."

신혁의 확고한 대답에도 복받쳐오는 감정이 더욱 격해지는 주아는 그의 팔에 매달리다시피 얼굴을 파묻고 눈물을 쏟아냈다.

* * *

그날 이후로 신혁은 잠을 제대로 이루지 못했다.

업무 때문에 몇 시간밖에 쉬지 못해 몸은 피곤한데도 정신은 고민으로 인해, 말짱하기만 했다. 잠 자체가 오지 않을뿐더러, 겨우 잠이 들었다가도 푹 잠들지 못하고 깨어나기를 반복했다.

회사와 주아.

주아와 회사.

신혁은 결국, 아버지를 찾아갔다. 어머니와 이별을 하는 것에 대해 아버지를 설득하면 어쩌면, 지금 하고 있는 이 극심한 고민을 해결할 수 있을지도 모를 거라는 자잘한 희망 때문이었다. 그래도 그 오랜 시간 동안 함께 부대끼며 살던 정이 있지 않을까, 어머니를 내쫓으려고 한 건 말다툼을 하다 충동적으로 나온 말이 아닐까.

하지만 그 모든 희망을 윤 회장은 몇 마디의 말로 박살시켰다.

"네 엄마하고 나는 철저한 비즈니스 관계였을 뿐이야. 네 엄마는 너를 줌으로써 누릴 수 있는 호화를 누리게 해주었지. 아무것도 없는 그 여자가 어디 가서 이런 호화스러움을 누려볼 수 있겠어?

하지만 결과는 뭐야? 이젠 네가 없으니, 이 계약은 끝이 난 거지."

너무 잔인하고 역겹기까지 했다. 자신의 곁에 있는 모든 가족들이 그저 비즈니스를 위해, 자신이 더 높이 도약하기 위한 받침판으로밖에 여기지 않는 아버지가 지극히도 추해 보였다.

왜 난 이런 남자의 자식으로 태어나 제대로 된 사랑 한 번 못 받아보고 이렇게 수십 번은 넘게 상처를 받아야 하는지, 평소엔 하지도 않던 지랄 맞은 운명이라는 것을 원망도 했다.

"나에게 도움 따위 안 받는다더니, 왜? 마음이 바뀌었어? 네 엄마가 불쌍하긴 한가 보구나. 네가 이렇게 나를 직접 찾아와서 얘기하는 걸 보면."

"불쌍한 건, 두 분 다 마찬가지예요."

신혁의 말에 윤 회장은 큰 경련이 일어날 만큼 붉으락푸르락해진 얼굴로 대면했다. 윤 회장은 여전히 신혁이 욕심나는 건 사실이었다. 거의 다 죽어가는 J-style을 이제 패션업계에 강자로 성장시켜놓은 것만 봐도 보통의 능력이 있는 것이 아니었다.

"네 엄마를 봐주길 원한다면, 너 역시 내가 원하는 대로 움직여줘야 할 거야."

아버지가 원하는 것이 무엇인지 알고 있다. 회사가 없는 삶, 주아가 없는 삶. 이 두 가지의 극단적인 갈등에서도 신혁의 마음을 더욱 절망적으로 만드는 건, 주아가 없는 삶이었다. 고작 사랑 때문에 자신이 쥐고 있는 것들을 버린 형이 병신 같다고 생각했는데, 형 또한 얼마나 많은 고민을 하고 그 갈등 속에서 힘겨운 결정을 했는지 알 수 있을 것 같았다.

윤 회장 집무실에서 나와 회사로 돌아가는 길, 차 안에서 멀찍이 있는 카페 안에 마주 앉아 있는 주아와 강 여사를 보았다. 강 여사는 하루가 멀다 하고 매일 찾아와 주아를 저렇게 들들 볶고 있었다. 강 여사는 자신의 할 말을 다 했는지, 자리에서 일어나 나가버렸고 혼자 남은 주아는 절망적인 표정과 함께 손으로 얼굴을 감싸 쥐었다. 그녀의 깊은 한숨이 이곳까지 다 들려오는 것 같아 마음이 저려왔다.

이 힘겨움을 그만두고 싶었다. 찌질하게 겁먹지 말고 이제 진짜 결정을 할 때가 온 것이라 단언했다.

* * *

요즘 신혁은 마주 보고 앉아 밥을 먹다가도 갑자기 멍해지고 길거리를 함께 걷다가도 깊은 사념에 빠지기 일쑤였다. 그런 신혁을 보며 주아는 마음을 졸였다.

그런 두 사람의 마음을 아는지 모르는지, 강 여사는 수시로 회사로 찾아와 신혁과 주아의 마음을 뒤집어놓았다.

그래도 엄마라고 매몰차게 내쫓진 못하고 회사 일에 자기까지 신경을 써야 하는 그의 모습은 점점 지쳐가고 있는 것 같았다. 적어도 지금 강 여사에게 시달리고 있는 두 사람의 모습은 얼마 남지 않은 결혼식을 앞둔 신랑, 신부와는 거리가 멀었다. 그래서 강제 다이어트가 되었다. 미리 맞춰두었던 드레스가 커져서 치수를 줄여서 다시 맞춰야 할 지경까지 생겼다.

가뜩이나 입도 짧은 신혁도 입맛이 현저하게 없어 보여 주아는 쉬는 날을 맞이하여 오랜만에 정성껏 음식을 했다. 이러다가는 결혼식을 하며 두 사람 다 탈진이 되어 쓰러질 것 같아, 마주 보고 앉아 억지로라도 체력을 충전시켜야 할 것 같았다.

이런저런 요리를 해서 그릇에 담아 서둘러 신혁의 집으로 향했다. 알고 있는 비밀번호를 누르고 막 문을 연 순간, 문틈 사이로 신혁과 강 여사의 고성이 난무했다.

"신주아, 그 애한테 대학 때 사귄 남자가 있었던 건 알고 있니?"

"이제 하다하다, 주아 뒷조사까지 하시는 거예요?"

"그 애하고 꽤 깊은 사이였던 모양이구나."

쇼핑백을 들고 있는 주아의 손이 바들바들 떨려왔다. 자신의 과거까지 들추며 신혁과 제 사이를 갈라놓으려고 드는 치졸한 강 여사에 주아는 치가 떨려왔다.

"그게 뭐 어때서요. 충분히 사랑받을 만한 아이니까, 사랑받고 지낸 것뿐입니다."

"멍청한 것……. 그래서 넌 끝까지 그 애랑 결혼을 하겠다는 거야?"

"작작 좀 하세요, 제발!"

"윤신혁!"

"주아 그만 괴롭히세요. 더는 제가 안 참아요."

"아니. 끝까지 괴롭힐 거야. 그 애 때문에 내 인생이 망한 거니까!"

"그게 왜 주아 때문이에요! 왜!"

"그 애는 내 목표를 짓밟았어. 너무 아무렇지도 않게 내 모든 걸 빼앗아 갔다고!"

"제 회사를 드리면, 그럼 괜찮으시겠어요? 제 회사라도 드리면,

주아 괴롭히지 않고 저희 앞에 두 번 다시는 나타나지 않겠다고 약속하실 수 있으세요?"

"그걸 그 애가 허락하겠니? 그거 때문에 네 곁에 붙어 있는 그 애가! 그걸 허락하겠냐고! 정말, 너 그러다가 윤신우 꼴 나면 어쩌려고 그래? 네 형이 그놈의 사랑 타령하다가 그렇게 비참하게 간 거 몰라서 이래? 상황이 너무 비슷하잖아!"

답답함에 언성이 더욱 높아지는 강 여사의 윽박지름에 신혁의 목소리는 들려오지 않았다. 주아는 갑자기 들춰진 제 과거와 아무 소리도 들려오지 않는 신혁에 쉽게 발걸음이 떨어지지 않았다. 상황이 너무 비슷하다는 말에 부정조차 하지 않는 그가 어떤 표정을 짓고 있는지 볼 자신이 없었다.

"생각해봐. 그 애가 정말 너 하나만 원한다면, 회사를 포기하지 말라고 그러겠니? 이렇게 괴로워하는 너에게 계속 회사를 포기하지 말라고 왜 부추기겠어? 신주아 그 애, 보통내기가 아니야! 널 포기하는 조건으로 J-world를 달라고 했던 아이라고!"

"주아가 회사를 포기하지 말라고 하는 건, 그런 뜻으로 한 말이 아니에요."

"그걸 네가 어떻게 확신해? 윤신우, 그 애를 꼬드겼던 여자 역시 그런 방식이었는데! 신주아도 네가 이 회사를 포기하는 순간, 널 떠나게 될 거야. 그 애는 너처럼 이 사랑에 간절하지 않아. 처음부터 네 조건을 보고 다가온 여자니까. 그러니까 제발 엄마 말 들어, 아들."

거기까지는 생각도 못 했던 일이었다. 주아가 신혁에게 회사를 포기하지 말라고 했던 건, 그만큼 신혁이 이 회사를 위해 많은 시간과 청춘을 바쳐온 그의 삶의 일부라고 생각했기 때문이었지, 절대 그의 배경이 사라지기 때문에 그런 건 아니었다.

그가 남들은 흔하게 갖고 있지 않은 많은 것들을 갖고 있기 때문에 사랑한 것이 아니라, 윤신혁 자체를 사랑한 거뿐이었다.

얼마나 혼자 힘들었을까. 행여나 자신의 형처럼 자신 또한 사랑에 버림받고 비참하게 죽진 않을까 하는 두려움에 얼마나 혼자 괴로웠을까.

"아니에요. 우리 주아는 그런 애 아니에요."

그러면서도 주아에 대한 신뢰와 믿음 그리고 사랑으로 그 두려움을 혼자 밀어내며 얼마나 외로웠을까.

신혁의 상황과 진짜 마음을 제대로 알지도 못하면서 무작정 포기하지 말라고 으름장만 놓던 자신의 행동이 후회되었다.

오피스텔 앞에서 강 여사가 나올 때까지 기다렸다.

그러면서 많은 생각과 다짐이 머릿속으로 오고 갔다. 아무리 고민을 해봐도 어차피 결과는 하나뿐이었다. 그 뒤로도 한참 후에야 강 여사는 원하던 대답을 여전히 듣지 못했는지 씩씩거리며 빠져나오고 있었다. 구석에 앉아 있던 터라, 강 여사는 주아를 발견하지 못하고 그대로 도로로 나가 신경질적으로 택시를 잡아타고 사라졌다.

주아는 혼자 남겨져 있을 신혁의 집 쪽을 올려다보았다. 그리고 여태 제 눈과 심장을 적시고 있던 눈물을 닦고 천천히 걸음을 옮겼다. 현관문 앞에서 호흡을 가다듬었다. 그때 휴대폰이 울렸고, 확인해보니 신혁이었다.

"여보세요?"

-언제 일어났어?

"좀 됐어요."

-그래놓고 전화도 안 해?

아무렇지도 않은 목소리를 내는 신혁에 주아는 또다시 울컥하고 눈물이 치밀어 오르려고 했다. 이 남자는 왜, 왜, 매일 이렇게 힘들고 괴로운 걸 늘 자신 혼자 짊어지려고 하는 걸까? 그게 너무 미안하면서도 고마워서 떨어지려는 눈물을 가까스로 참아냈다.

"목소리 듣는 것만으로는 만족을 못 할 것 같아서. 직접 보러 왔어요."

주아의 말이 끝나기가 무섭게 현관문이 열리고 신혁이 나왔다. 자신을 보며 무척이나 반가워하는 신혁의 얼굴에 주아도 덩달아 환한 미소를 지으며 손에 들고 있는 쇼핑백을 흔들었다.

"밥 먹어요, 우리."

식탁으로 가 주아가 포장해 온 음식들을 하나씩 올려놓았다. 두 사람은 마주 보고 앉아 식사를 시작했다. 신혁은 정말 오랜만에 맛있는 음식을 먹는다며 젓가락을 바쁘게 움직였다.

"나 요리 학원 다니려고요."

"요리 학원? 지금도 충분히 잘하는데."

"그래도 반찬 가게 차릴 정도는 아니라면서요. 모두에게 맛있는 음식을 만들어야 가게를 차릴 수 있죠."

주아의 말에 신혁이 의아하게 바라보았다. 그런 신혁을 향해 주아는 내내 고민했지만 결국 단 하나의 결론을 꺼내놓았다.

"내 남편으로 살래요?"

"그게 아닌 밤중에 무슨 홍두깨 같은 소리야, 곧 결혼 앞두니까,

갑자기 마음이 싱숭생숭해져?"

"그게 아니고……."

잠시 말을 멈춘 주아가 침착하게 다시 말을 꺼내놓았다.

"J-style의 강신혁 대표가 아니라……."

신혁의 눈동자가 심하게 요동쳤다. 굳어지는 얼굴에선 주아를 향한 걱정스러움이 한가득했다. 하지만 주아는 웃음 지었다. 이상할 정도로 마음이 편안해졌다.

"작은 반찬 가게 사장님 남편으로 한번 살아볼래요? 나는 J-style의 윤신혁 대표를 사랑하는 게 아니고 그냥 윤신혁을 사랑하는 거니까. 나는 곧 죽어도 당신은 포기 못 할 것 같아서. 정말, 이제 당신 없이는…… 나는 못 살 것 같은데."

"……."

"그러니까 이제 당신이 편한 대로 해요. 당신이 원하는 대로……. 당신이 뭘 선택하든, 난 당신만 보고 갈 테니까. 이제 더는 당신 힘든 거 못 보겠어요."

주아의 말이 이어질수록, 신혁의 얼굴도 점점 풀어지고 있다는 것이 느껴졌다. 주아는 차오르는 호흡을 겨우 가다듬었다.

"당신이 회사를 포기해도 난 괜찮아요. 내가 당신 하나 못 먹여 살릴까? 나 생각보다 씩씩한 여자라서 뭐든 생각보다 잘해요. 당신이 나 때문에 포기해야 했던 회사, 포기한 거 후회하지 않게 내가 평생 사랑해줄게요. 그러니까…… 당신만 괜찮다면……."

두 사람 눈이 똑같이 붉어지며 투명한 눈물이 차오르고 있었지만, 그들의 표정은 그 누구보다도 편안하고 행복해 보였다.

"작은 반찬 가게 사장님 남편으로 살자, 윤신혁 씨."

마침내, 그가 입술 사이로 안도의 한숨을 내쉬며 웃었다. 아니, 울었다. 고개를 떨어트리며 투명한 눈물을 쏟아내는 처음 보는 그의 눈물에 주아도 기어코 참고 있던 눈물을 터트렸다. 주아가 그의 곁으로 다가가 꼭 끌어안아주었다.

여전히 서로를 향한 심장은 뜨겁게 뛰고 있었다.

* * *

밥을 다 먹고 두 사람은 피로한 몸을 나란히 침대에 누웠다. 주아는 일찌감치 잠이 들었지만 신혁은 그러지 못했다. 오래도록 잠이 오지 않는 신혁은 제 품에 안겨서 낮은 숨소리를 내며 자고 있는 주아의 등에 가볍게 입을 맞춘 후, 이불을 덮어주고 일어났다. 곧 여름을 맞이하는 새벽의 공기는 따뜻했고, 성질 급하게 달려오는 해로 인해 제법 밝았다.

주아에게 모든 사실을 이야기하려고 했다.

회사 따위야, 다시 처음부터 시작하면 그만이지만 너 없이는 절대 살아갈 수 없다고.

네가 없는 세상은 이제 내게 지옥일 뿐이라고.

회사를 포기하겠다고 말하려고 했다.

저렇게 제멋대로 굴고 자신을 위하는 마음은 쥐뿔도 없는 엄마지만, 그래도 엄마라서 매몰차게 버리지는 못하겠다고. 끝까지 누구에게도 사랑받지 못하는 엄마가 너무 안쓰러워서, 이것으로라도 자신을 낳아준 보상을 해주고 싶다고…….

하지만 그 마음을 먼저 알고 손을 내밀어준 건, 주아였다. 여리고 여려 자신이 지켜주어야만 할 여자라고 생각했는데, 그녀 역시 자신을 지켜주고 있었다.

'배경 같은 거 필요 없어요. 성공해도 전혀 행복해 보이지 않는 윤 회장님을 봐도 그래요. 사모님은요? 그냥, 평범하게 벌고 평범하게 살아도, 행복한 사람들 충분히 많아요. 나는 돈이 아니라, 사랑. 윤신혁의 사랑이 필요했던 것뿐이라고요.'

문득 그녀가 했던 말이 떠올랐다. 아니, 어쩌면 이 말이 무의식 중에 잠재되어 신혁이 결정하는 데 은근한 확고함을 준 것일지도 몰랐다.

"신혁 씨?"

침실에서 자신을 찾는 주아의 목소리가 들려왔다. 열고 있던 베란다 문을 닫았다. 그리고 자신을 부르는 그녀에게로 걸음을 옮기는 그의 발걸음은 고민을 하던 지난 시간과는 달리, 제법 홀가분해 보였다.

* * *

"이걸 꼭 가져다 드리고 싶은 분이 있어요."

함께 저녁밥을 먹는 도중, 주아가 예쁜 청첩장을 들고 말했다.

"누구?"

"아주버니요."

그날 바로 두 사람은 신우가 잠들어 있는 납골당으로 향했다. 신혁이 비밀번호를 눌러 서랍장을 열자, 주아가 청첩장을 안에 내려놓았다.

"형제인데, 인상이 참 다르네요."

주아가 사진 속의 신우와 신혁을 번갈아 쳐다보며 낮게 중얼거렸다. 눈꼬리가 선해 보이는 신우와는 달리, 사나워 보이는 신혁의 눈꼬리. 그것을 제외하고는 전부 다 닮은 것 같았다. 굴곡지지 않은 매끈한 얼굴선에 적당히 높은 코, 그리고 살짝만 힘을 주어도 말아 올라가는 예쁜 입술 선까지.

"안녕하세요, 아주버니. 제가 이 사람 아내 될 사람이에요."

신혁에게 팔짱을 낀 주아가 다정한 목소리로 말했다. 한동안 사진을 바라보던 주아가 살며시 말했다.

"저희 잘 살게요."

자신에게 팔짱을 껴온 주아의 손등을 어루만지며 신혁은 신우의 사진을 바라보았다.

평소와 같은 미소를 짓고 있는 신우였지만, 마치 '좋은 여자를 데리고 왔구나. 잘 어울려. 꼭 행복해라, 동생아.' 하고 말을 해주고 있는 것만 같았다. 이 행복을 형도 함께 누릴 수 있었으면 얼마나 좋았을까, 신혁은 속 깊숙이부터 울컥하고 감정이 치밀어 올랐다.

한편으로는 미안하기도 했다. 자신만 이렇게 행복을 누리는 것만 같아서 너무 미안하기도 했다.

"잘…… 살게."

눈물을 억누르고 겨우, 말을 꺼내놓았다. 주아는 눈물 젖은 신혁의 목소리를 바로 알아차렸다. 끼고 있던 팔짱을 거두고 주아는 훨씬 작은 몸으로 신혁을 끌어안아주었다. 얇고 작은 손으로 등을 다독여주었다.

신혁은 그렇게 오래도록 주아의 품에서 형에 대한 그리움을 위로받았다.

* * *

두 사람의 결혼식은 이전에 함께 시간을 보냈던 별장에서 진행되었다. 비공개로 극히 측근들만 초대했기 때문에 식장은 다소 썰렁할 정도였다. 그럼에도 하얀 드레스를 입은 신부와 핏이 잘 떨어지는 검은 정장을 입은 신랑의 얼굴은 그 어느 때보다 환했다.

주례 대신 자신들이 앞으로 살며 지키게 될 선약을 모두 앞에서 선서한 후, 하객들과 함께 어울리는 결혼식을 진행했다. 샴페인을 마시며 소소한 대화를 나누는 자연스러운 모습 그대로를 사진에 담았다.

결혼식이라고 하기보다는 파티 같은 분위기가 오히려 두 사람을 편안하게 해주었다. 하객들 역시 지루해하지 않았고 몇몇 여자들은 이런 이상적인 결혼식에 부러움을 표하며 자신도 꼭 이렇게 결혼을 하고 싶다고 말해주기도 했다. 하루 종일, 주아가 보는 신혁은 즐거워 보였다. 신혁이 보는 주아 또한 무척이나 행복해 보였다.

해가 뉘엿뉘엿 저물어 온 세상이 오렌지 빛으로 물들 무렵에서야 결혼식과 뒤이어 진행된 피로연이 서서히 정리가 되었다. 하객들이 하나둘씩 되돌아가고 정리를 부탁한 업체들이 뒷정리를 한 후 신혁과 주아는 비로소 별장에 단둘만 남게 되었다.

원래 계획했던 신혼여행은 취소했다. 자신이 가지고 있는 최고의 주식을 양도하고 정리를 해야 하는 업무가 너무 많아서 신혼여행을 잠시 미루기로 결정한 거였다. 마음이 완벽히 편안해지고 나서 여행을 떠나도 늦지 않을 것 같다고 생각했기 때문이었다.

포근한 이불이 깔려 있는 공간에 두 사람은 씻는 것도 잊고 드레스와 정장을 입은 그대로 나란히 드러누웠다. 씻어야 하는데, 몸이 천근만근이라 쉽게 일으켜지지 않았다. 주아는 좀체 가시지 않을 것 같은 피로에 늘어지게 하품을 했다.

"아, 씻어야 하는데, 너무 귀찮다."

옆에 누워 있는 신혁을 와락 끌어안으며 칭얼거리듯 말했다.

"씻겨줄까?"

"아니요."

"왜?"

"왜라니요? 혼자 씻을 수 있으니까 그렇죠."

"내가 너 혼자 씻을 수 있는 거 모를까 봐서? 원래 부부라는 건."

말을 이어가며 은근슬쩍 웨딩드레스 안으로 손을 집어넣어 속옷 위로 올라오는 신혁의 손길에 주아의 감각들이 슬슬 좋아지려고 했다.

"혼자 할 수 있는 것도 같이 하는 게, 부부인 거야."

"그래도 안 돼요. 쑥스럽단 말이야."

"아직도 나한테 쑥스러운 게 있어?"

"당연한 거 아니에요? 신혁 씨는 없어요?"

"이제 결혼도 한 사이인데, 멋없게 신혁 씨가 뭐야? 신혁 씨가?"

이제 완전히 변한 사이가 맞다. 오늘부터 두 사람은 단순한 연인 사이가 아닌, 법적으로도 부부가 되었다. 이 변한 관계를 호칭으로도 확실히 하려고 하는 신혁의 고집이 싫지 않았다.

"그럼 뭐라고 불러줬으면 좋겠는데요?"

천장을 보고 있던 몸을 신혁에게로 틀며 물었다. 그 와중에도 그녀의 속옷 아래로 파고들어 매만지는 신혁의 손에는 조금의 변화도 없었다. 장난삼아서 슬쩍 아래로 내리려고 해도 꼼짝없었다.

"음, 여보? 내 남편?"

"내 남편?"

"넌? 넌 내가 뭐라고 불러줬으면 좋겠어?"

"전 서로 여보라고 불러주는 게 좋을 것 같아요. 꼭 서로 같이 사랑하고 닮아가는 것 같잖아요."

"그래. 그럼 그렇게 하자. 여보, 근데, 더는 못 참겠다."

만지는 것만으로는 만족이 되지 않았는지, 드레스를 들추고 얼굴을 파묻으려는 신혁을 피해 주아가 자리에서 얼른 일어섰다. 아쉬움과 욕망으로 끓고 있는 그의 눈동자가 일어서 있는 주아를 향해 있었다.

"씻고 해야죠. 나 먼저 씻고 올게요."

다시 저를 붙잡으려는 신혁을 피해 얼른 욕실 안으로 들어왔다. 이제 거추장스럽게 느껴지는 드레스를 벗고 있는데, 문이 열리고 안으로 신혁이 들어왔다.

"같이 씻자. 시간도 절약되고 좋잖아."

말을 하며 성급하게 옷을 벗으려는 신혁을 주아는 등을 떠밀어 다시 욕실 밖으로 내보냈다. 반사적으로 몸을 돌려 다시 들어오려는 신혁의 면전에 얼른 문을 닫고 걸어 잠그기까지 했다. 아직까지는 그와 같이 씻는다는 것이 극히 부끄러웠기 때문에 이럴 수밖에 없었다.

"좀 참아요. 오늘 밤이 얼마나 긴데, 같이 씻는 시간이 얼마나 절약된다고 그래요?"

"빨리 너 안고 싶은데."

"기다려요."

신혁을 겨우 달래며 샤워기 물을 틀었다. 미적지근한 물이 피로로 굳어진 몸들을 위로하듯 부드럽게 쓸고 내려갔다. 피로가 이 물줄기에 완전히 씻겨나가길 바랐다. 그래서 그의 아내가 된 오늘의 첫날밤을 되도록 길게 보내고 싶었다.

재촉을 하던 신혁의 애간장이 타들어가는 것 같아, 평소보다 샤워 속도를 높였다.

"왜 이렇게 늦게 나와?"

그럼에도 더 기다리는 사람의 시간은 느리게 가는 모양인지, 신혁은 불만을 여지없이 표했다. 씻는 그를 기다리는 동안, 머리를 대충 말리고 전에 사두었던 복숭아와 아카시아 꽃 향이 나는 바디 미스트를 뿌렸다. 코끝을 스치는 은은하고 달콤한 꽃향기에 기분이 더욱 좋아졌다.

그와 한두 번 한 잠자리는 아니었지만, 이상할 정도로 오늘은 긴장이 되었다. 예뻐 보이고 싶은 욕구도 더 커서 새로 산 속옷 세트를 꺼내 입었다.

그의 취향인지 아닌지는 모르겠지만 예쁘다고 칭찬을 해줬으면 싶었다. 욕실에선 그가 한창 씻는 소리가 들려왔다. 주아는 속옷 세트만 착용하고 전신 거울 앞에 섰다.

"역시, 너무 과한가?"

붉은색 계열의 속옷은 가슴을 받쳐주는 부분 자체가 나뭇잎을 연상케 하며 정말 중요한 부위만 가려주고 있고 나머지는 망사와 레이스로 처리가 되어 있는 디자인이었다. 그건 아래도 마찬가지였다. 보면 화려하고 우아해 보이면서도 야했던 속옷이라, 너무 과한 거 같아서 망설였는데 직원의 적극적인 권유로 사게 된 거였다.

"그렇다고 비싸게 주고 산 걸, 안 입고 썩힐 순 없잖아?"

그걸 핑계 삼아, 입고 있기로 결심했다. 위에 가운을 다시 입는 동안, 욕실에서 들리던 물줄기 소리가 끊겼다. 그건 그가 샤워를 끝내고 곧 나온다는 뜻이기도 했다. 자신과는 다르게 그는 정말 빠른 샤워를 했고 주아는 심장이 터질 것처럼 뛰면서 몸 이곳저곳이 간질간질거렸다.

왜 이런 행동을 취하는 건지 자신조차 이해할 수 없지만, 주아는 문 열리는 소리가 들리자마자 이부자리에 드러누워 자는 척을 했다.

"뭐야? 설마, 지금 자?"

밖으로 나온 그가 실망스러운 목소리로 물었다. 장난기가 발동한 주아는 그의 반응을 보고 싶어 계속 자는 척을 했다.

"이건 아니야."

현실을 열심히 부정하며 곁으로 다가온 신혁에게선 좋은 냄새가 났다.

"주아야."

그가 주아를 흔들며 깨우기 시작했다.

"오늘은 그냥 못 지나가."

아무리 흔들며 깨워도 일어나지 않자, 급기야 신혁이 주아의 팔을 잡아 소매를 걷어붙인 후, 안쪽 살을 콱 깨물었다.

"아!"

"일어났어?"

"일어나라고 깨문 거 아니에요?"

능청스러운 신혁의 말에 주아가 밉지 않다는 듯 눈을 흘겼다.

"날 두고 잠이 와? 긴장이나 기대 같은 거 안 해?"

은근한 서운함을 내비치는 신혁을 보고 있으려니, 주아의 장난기가 또다시 시동을 걸었다. 그가 애타는 것을 더 보고 싶었다.

"잠 너무 잘 오던데? 지금도 너무 졸려요. 그래서 그런데, 우리 오늘은 그냥 자는 거 어때요?"

졸린 척, 가당치도 않는 연기를 펼치며 스르르 이부자리로 누우려고 했다. 하지만 신혁이 주아의 팔을 잡고 품으로 끌어당겨 입을 맞췄다.

"그럼, 내가 그 잠 다 깨워줄게."

그의 말이 왜 이렇게 기대가 되는지 모르겠다. 그에게 길들여져 정신을 차릴 수 없을 만큼 쾌락에 넘나들 생각을 하니, 벌써부터 숨이 가빠지고 몸이 뜨거워지는 것만 같았다. 정말, 그걸 너무 밝히는 건 아닌가 잠시 걱정이 되었지만, 중요한 건 오로지 이 남자에게만 반응을 하고 있다는 거였다.

신혁은 주아의 아랫입술을 입에 물고 빨기 시작했다. 안으로 들어오지 않고 아랫입술만 자극적이게 빨아대니, 슬슬 묘한 통증과 더불어 갈증이 몰려왔다.

"이러기예요?"

아랫입술이 신혁의 입술에 붙잡혀 겨우 내뱉는 주아의 항의에 신혁이 피식 웃었다. 만져주는 손길과 제 온몸을 탐닉하는 입술만큼이나 좋은 웃음소리였다.

"나 두고 자려던 벌이야."

"벌 받기 싫은데. 벌 말고 예뻐해달라고요."

주아가 얼른 대꾸했다.

"내가 그거 또 전문이지. 신주아 예뻐해주기."

신혁은 주아의 입술에 다시 제 입술을 맞췄다. 어느 때보다 진하면서도 부드러운 키스였다. 키스를 하며 두 사람은 자연스럽게 포개져 누웠다. 주아는 매달리다시피, 신혁의 목을 잡으려 했지만 그의 손이 더 빨랐다.

키스를 하며 그는 주아의 가운을 벗겼다. 맨살에 흘러내리는 천의 감촉에 야릇하게 느껴졌다. 바로 만져질 줄 알았던 말랑말랑하고 부드러운 감촉의 젖가슴이 아닌 까슬까슬한 속옷의 느낌에 신혁이 미간을 구겼다.

"속옷은 왜 입고 있……."

주아의 안을 파고들던 입술을 떼어내며 불만을 토해내던 신혁의 동공이 속옷을 확인하고는 흥미롭게 바뀌었다. 신혁의 시선이 주아의 몸을 은밀하게 훑었다. 그것이 마치, 손으로 만져주기라도 하는 것처럼 주아의 몸이 짜릿해져왔다. 그의 반응을 초조하게 기다렸다.

"취향이 바뀌었네?"

"안 어울려요?"

"너한테 안 어울리는 게 있겠어?"

"그래서 예쁘다는 거예요?"

"응. 예뻐."

"가격은 둘째 치고 나하고 어울릴까 싶어서 고민하다가 큰맘 먹고 샀는데 예쁘다고 하니까, 잘 산 것 같네."

"근데, 더 예쁜 걸 숨기고 있어서 계속 보고 싶진 않아."

신혁이 주아의 등 뒤로 손을 뻗어 브래지어 후크를 풀었다. 그녀의 어여쁜 젖가슴이 브래지어로부터 해방되었다. 속옷 따위를 볼 때보다 신혁의 동공은 훨씬 더 흥미롭게 커졌다.

"역시, 난 이게 훨씬 더 예쁜 것 같아."

신혁이 커다란 손으로 뽀얀 주아의 가슴을 움켜잡았다. 그의 손에 의해 가슴이 뭉개지고 짓눌러지고 비틀어지기도 했다. 그가 입술로 유두를 물고 빨기도 했고 혀로 살살 문지르듯 핥기도 했다. 기분 좋은 통증이었다.

"만지고만 있어도 좋아. 네가 나한테 반응을 하며 좋아 죽겠다는 듯, 어쩔 줄 몰라 하는 표정을 보는 것도 좋아."

확실히 신혁은 변했다. 이전에는 아무 말도 없이 오로지 제 몸 안을 쑤셔 박는 것에만 집중하던 그가 이제는 다정한 말투와 눈빛으로 그녀의 마음속 깊이 들어온다.

"나도 좋아요. 당신의 손길, 당신의 숨소리, 전부 다."

주아의 대답이 만족스럽다는 듯이 신혁이 매력적인 미소를 지었다. 가슴을 매만지던 신혁의 손은 사타구니를 쓸며 팬티로 향해 내려갔다. 갈라진 틈 사이를 슬슬 문지르자, 주아가 부르르 몸을 떨며 허리를 뒤로 젖혔다.

신혁이 주아의 클리토리스가 있는 팬티 위에 손을 가져가 깊게 찌르며 슬슬 문지르기 시작했다. 그녀의 아래가 후끈하게 달아오르며 팬티가 금세 젖었다. 축축하면서도 달아오르는 열 때문에 갑갑해서 빨리 팬티를 벗고 싶었다.

"답답하지?"

"으음."

주아의 바람을 알아차린 신혁의 질문에 신음에 가까운 소리로 대답을 했다.

"그래. 그럼, 이제 벗자."

팬티를 벗겨내자, 시원한 바람이 뜨겁고 축축이 젖어 있는 그곳을 식히듯 순식간에 밀고 들어왔다. 뜨겁게 달아올라 있던 안이 신혁의 움직임으로 또다시 달아오르기 시작했다. 그가 그녀의 깊숙한 곳까지 찌르며 거침없이 할퀴었다.

긁고 휘젓는 그의 강한 손길에 주아는 자지러지듯 몸을 비틀었다. 안에서 힘을 가하며 거침없이 돌아가는 손가락에 주아는 눈조차 제대로 뜰 수 없고 숨조차 제대로 쉴 수 없을 만큼 격한 쾌락에 몸부림을 쳤다. 온몸 구석구석을 자극시키는 짜릿함에 일자로 선 발끝이 파르르, 미세하게 떨려왔다. 절정이었다.

자신의 아래에서 빠져나온 그의 손가락에는 상당한 양의 애액이 묻어 있었다. 그걸 보자, 순식간에 부끄러움이 몰려왔다.

"아, 몰라. 진짜. 몰라요."

"모르긴 뭘 몰라. 네가 날 미치게 좋아하는 거지."

붉게 물든 주아의 얼굴엔 저를 원하는 욕정으로 가득 차 있었다. 제 손짓에 야한 얼굴로 몸부림치는 주아를 보며 신혁은 제 아래가 아릿할 정도로 팽팽해지고 있다는 것을 느꼈다.

"마치, 숨을 쉬고 있는 것 같아."

신혁이 아래를 보며 담백한 목소리로 말했다.

"보, 보지 마!"

창피해진 주아가 얼른 두 손으로 아래를 막아보았지만, 바로 신혁의 손에 의해 제지되었다. 신혁은 자신의 아래를 감추고 있는 주아의 가느다란 두 손목을 한 손으로 가볍게 낚아채서는 위로 들어올렸다. 주아의 아래는 붉은빛을 띠며 잔뜩 부풀어져 있었고 그 틈사이로 끈적끈적한 애액을 한껏 품고 있었다.

"그, 그만 봐요!"

"왜, 얼마나 예쁜 곳인데."

"그래도……."

"이거 내 꺼잖아. 그치? 평생, 내 꺼."

그곳에서 떨어지지 않는 그의 뜨거운 시선이 묘하게 흥분되었다. 신혁은 주아의 두 다리를 벌린 상태로 잡아당겨 제 치골에 걸쳤다. 주아의 아래가 한껏 벌어진 상태로 신혁의 시야로 들어왔다.

앙증맞게 자리 잡고 있는 주아의 클리토리스 부분을 신혁은 엄지와 검지를 이용하여 살짝 잡아 비틀었다. 그럴 때마다 위에서 함께 비틀어지는 주아를 보며 신혁은 이성이 쉽게 잠재되지 않아 미칠 것만 같았다.

이번엔 긴 손가락을 집어넣었다. 잠시뿐이었지만, 벌써 그녀의 아래는 오므려질 기미를 보이고 있었다. 찌걱거리는 소리가 들려왔고, 손가락을 따뜻하게 앙, 물고 있는 듯했다. 손가락이 아닌, 자신의 페니스도 이런 따뜻함을 느끼고 싶었다.

언제나 느끼는 바지만, 작고 여린 곳이었다. 그래서 만질 때마다 항상 새로운 기분을 선사하는 곳이기도 했다. 평생 이것을 자신만 차지할 수 있다는 희열감과 우월감이 또 다른 쾌락으로 신혁을 사로잡았다. 신혁은 주아의 늘씬한 다리를 제 어깨에 올리고 안쪽으로 더 끌어당겼다. 신혁에게 두 다리를 붙들린 주아의 엉덩이가 공중으로 들린 상태에서 겨우 허리로 제 몸을 지탱하고 있었다.

"뭐 하려고요?"

한 번도 한 적 없는 이런 야릇한 자세에 의아해하며 물어보는 순간, 그의 얼굴이 깊숙이 숙여졌다.

"잠깐, 으흠······!"

그녀의 아래를 혀끝으로 애무하기 시작했다. 여태, 손으로 지분거렸던 것과는 확연히 다른 느낌이었다. 강한 힘으로 빨렸다가 이를 치켜들어 부어 오른 곳을 깨물기도 했고 혀로 심하게 자극하기도 했다. 간지럽고 부드러운 이건 전보다 훨씬 더 야릇한 흥분을 주고 있었다.

주아는 깔려 있는 이불을 꽉 쥐었다. 참을 수 없는 욕망이 넘실거리며 주체되지 않는 몸이 낯설다고 생각조차 할 틈도 없이 또한 번의 절정을 느꼈다. 견디기가 버거웠다. 이제 그만, 그의 뜨겁고 커다란 것이 모든 것을 채워줬으면 싶다는 바람이 들었다. 더는 손가락이나 혀로 만족을 못 할 것 같았다. 지금 당장 자신을 만족시켜줄 수 있는 건, 손가락보다 더 크고 혀보다 더 뜨거운 그의 페니스뿐이었다.

"이제 다른 건 그만······ 다른 건, 그만······."

"다른 건 그만? 그럼, 뭐 원하는 게 있는 거야?"

얄미울 정도로 모른 척하며 되묻는 신혁에 주아가 울상을 지었다.

"장난치지 말구요. 빨리……."

"빨리 뭐?"

"정말 이럴 거예요?"

"진짜 몰라서 묻는 건데."

"나랑 한두 번 자봐요?"

그래도 끝까지 모른 척 능청을 떤다. 참다못한 주아가 몸을 일으켜 그가 입고 있던 가운을 벗겼다. 아무것도 입고 있지 않은 그의 딱딱하게 부풀어 오른 거대하고 검붉은 페니스가 모습을 드러냈다.

"얘도 꽤, 날 원하고 있는 거 같은데?"

주아가 아주 대범하게 신혁의 페니스를 한 손으로 움켜잡았다.

"잠깐만."

예상치 못한 전개였는지, 신혁이 살짝 당황해하며 몸을 뒤로 빼려 했지만 소용없었다. 주아가 아예 두 손으로 페니스를 잡아버렸기 때문이었다. 이미 커질 대로 커져 잡히는 것이 더 쉬웠다. 주아가 천천히 손을 위아래로 움직이다가 점점 속도를 냈다. 신혁의 표정도 쾌락으로 인해 점점 흐트러지고 있는 것이 보였다. 굵직하고 낮은 신음이 주아의 귓가엔 그저 섹시하게 들렸다.

주아의 손이 점점 격해지는 순간, 그의 페니스에서 힘이 빠져나갔다. 절정이었다.

"아, 미치겠다."

신혁은 낮게 혼잣말을 하며 주아의 손에 묻은 정액을 급한 마음에 자신이 입고 있던 가운으로 닦아 주었다.

"내일도 입어야 할 가운인데."

"나 내일 벗고 다닐 건데."

"네?"

"왜, 그러면 안 돼?"

주아는 음흉한 미소를 지어 보였다.

"안 될 것도 없죠. 우리 둘뿐인데."

신혁이 다시 주아에게 입을 맞췄다. 서로를 원하는 몸을 뜨겁게 만드는 애무가 다시 시작되었다. 팽팽해진 페니스는 조금의 지체도 없이 애액이 흘러나와 미끈하고 부드러워진 주아의 안으로 향했다. 성난 귀두를 반 정도 집어넣었을 뿐인데, 주아는 찢어질 것 같은 고통을 느끼며 버거워했다. 한두 번이 아닌데도, 그때마다 그의 것은 쉽게 받아들이지 못할 정도로 거대하게 느껴졌다. 그럼에도 곧 다가올 쾌락을 위해 참았다. 견디기 위해 그를 있는 힘껏 끌어안았다.

신혁은 자신의 것을 꽉 무는 듯한 느낌에 안정감과 따뜻함이 동시에 몰려왔다.

"윽."

굵고 짤막한 신음을 흘리는 것을 시작으로 천천히 허리를 움직이며 그녀의 안으로 들어갔다. 신혁은 주아의 허리를 두 팔로 단단히 잡고 제 쪽으로 잡아당기며 천천히 움직이던 허리에 더욱 속도를 가했다.

두 사람의 살결이 맞닿으며 나는 질척이는 소리가 음탕하게 별장 거실을 가득 채웠다.

온몸이 그의 장단에 맞춰 흔들렸다. 더 이상 고통은 몰려오지 않았다. 어느 정도 적응이 된 그 안은 신혁의 커다란 페니스를 품에 안고 쾌락이라는 감정으로 주아를 집어던졌다. 가슴이 벅차게 차오를 정도로 주아는 황홀했다. 세포 하나하나가 찌릿찌릿한 기분에 춤을 추는 듯싶었다. 신혁은 주아의 안에서 한순간도 멈추지 않고 더욱 깊숙이 들어갔다.

"너무 좋아서, 눈물이 다 나올 것 같아."

허리를 힘차게 움직이며 신혁이 신음과 비슷한 소리로 말했다. 주아가 대답할 정신은 없어서 가까스로 미소만 지었다. 세차게 흔들던 엉덩이를 뒤로 뺐다가 한 번에 아주 세게 박아넣더니 곧 빠져나갔다. 아래에 뜨거운 무언가가 흘러내리는 것이 느껴졌다.

"닦아줄까?"

신혁의 물음에 주아가 고개를 내저었다. 대신, 팔을 뻗었다.

"안아줘요."

주아의 말에 신혁이 곧이곧대로 그녀의 품에 안겼다. 주아는 제 품에 안긴 신혁의 땀으로 젖은 등을 살살 다독여주었다.

"피곤했죠? 내가 재워 줄게요."

"무슨…… 소리야?"

품에 안겨 있던 신혁이 몸을 일으키며 말했다. 주아가 의아하게 고개를 갸웃했다.

"안 자요?"

"응. 밤이 이렇게나 긴데, 잠을 자자고?"

"피곤하잖아요."

"아마 여긴 아직 안 피곤할걸?"

대답을 하며 신혁이 손을 아래로 뻗어 잔뜩 젖어 있는 주아의 여성을 쓸었다.

　"흐음."

　가뜩이나 부풀어져 예민해져 있는 아래가 그의 손길 한 번에 움찔했다. 결혼식을 한다고 오늘 새벽부터 일어나서 부산을 떨었음에도 불구하고 전혀 피곤한 기색 없이 다시 제게 달려드는 신혁에 주아는 고개를 내저었다. 그럼에도 제 안으로 파고 들어오는 그를 말릴 수는 없었다. 잠을 자는 것보다는 그를 느끼는 것이 더 좋기 때문이었다.

15.

　두 사람은 늑장을 부리며 일어나 한참 늦은 아침밥을 먹고 별장 앞으로 나섰다. 신혁이 삽을 들고 땅을 파고 산 앵두나무를 심었다. '오직 한 사랑'이라는 꽃말을 지니고 있는 나무였다. 먼저 이 나무를 심자고 한 건, 주아였다. 그와 특별한 무언가를 남기고 싶었고 이 꽃말이 너무 마음에 와 닿았다.

　"여기 올 때마다 이 나무가 자라 있는 것을 보면, 되게 뿌듯하겠다. 그죠?"

　나무 두 개를 나란히 심은 후, 주아가 신혁의 이마에 맺힌 땀을 살짝 닦아주며 말했다.

　"응. 꽃이 피면 돗자리 깔아놓고 놀자."

　"그래요. 근데 뭐 하고 놀까요?"

　"글쎄, 뭘 하고 놀까?"

신혁이 들고 있던 삽을 바닥에 던져버리고 주아의 허리를 끌어안았다. 그저 쳐다보는 것일 뿐일 텐데, 그의 눈빛은 무척이나 관능적이면서도 매력적이었다. 가볍게 입을 맞춰오는 신혁에게 또다시 정신없이 홀릴 것만 같았다. 결국 입 안을 점령당한 주아가 힘이 풀리면서 무릎을 삐끗했다. 자신을 끌어안아주고 있던 신혁이 아니었다면, 그대로 바닥에 주저앉아버렸을지도 몰랐다.

　"많이 힘들구나."

　"네? 뭐, 좀……."

　"그럼 안으로 들어가야지."

　신혁이 주아를 가볍게 안아 올렸다.

　"네?"

　어제 밤새도록 신혁의 것을 품고 있던 주아가 화들짝 놀라 물었다. 신혁은 못 들은 척, 주아를 안고 그대로 다시 별장으로 향했다. 절대 쉽게 부서지지 않는 강한 강철 같은 그를 계속 받아들이려면 자신의 체력을 더욱 강화시켜야겠다는 생각이 들었다.

　"잠깐만요, 신혁 씨."

　"신혁 씨?"

　"아, 맞다."

　"아직 여보 같지가 않은가 본데? '여보'라는 인식이 완전히 박힐 때까지."

　주아가 신혁의 말에 마른침을 삼켰다.

　"해야겠다, 우리."

　분명 힘들 걸 알면서도, 몇 번이고 했으면서도, 또다시 그의 것이 잔뜩 기대가 되어 주아는 못 이기는 척 별장 안으로 들어가는 그의 품에 안겨 있었다.

* * *

신혁의 차가운 눈동자가 벽에 걸린 시계를 향해 신경질적으로 옮겨졌다. 사실, 신혁은 한 시간 전부터 수십 번은 더 넘게 감정의 변화를 경험하고 있었다. 불만스럽다가, 서운했다가, 걱정이 됐다가도 슬슬 한계가 오고 있었다.

벌써 결혼을 한 지도 1년.

대처할 능력이 부족했던 어린 신우와는 달리, 신혁은 집을 나서기 전 제 명의의 건물을 몇 채 사두었다. 요즘 경제가 좀 휘청해서 한번 가게가 빠지면 임대가 잘 안 되긴 하지만, 그래도 한 달 월세가 웬만한 개인사업장 사원들의 연봉 정도 되니, 먹고사는 데는 크게 문제가 되거나 걱정될 것도 없었다.

다만 더는 사교 모임에는 참석을 할 수 없고 예전에 비하면 아주 많이 검소하게 살아야 한다는 거였다. 그러니까, 요즘 신혁의 정확한 직업은 건물주다.

"이 여자가……."

소파에 차분히 앉아 있지도 못하고 손에 휴대폰을 쥔 채, 산만하게 거실을 돌아다녔다. 따로 하는 것 없이 건물주로만 살고 있다 보니 본의 아니게 매일 이렇게 하루 종일 애타게 주아의 퇴근을 기다렸다. 주아는 반찬 가게를 하려면 직접 경험을 해봐야 한다면서 신혁의 만류에도 불구하고 6개월 전부터 한식당 주방에서 일을 하고 있었다.

그냥 무턱대고 건물에 가게를 차리자는 신혁에 저리도 철없는 소리를 한다며, 그렇게 아무것도 모르고 차리면 망한다고, 아직까지도 당신이 가게 하나쯤은 망해도 끄떡없었던 J-style의 윤신혁인 줄 아냐며 밤새도록 잔소리를 했었다. 그래도 그 잔소리가 좋아서 일부러 더 철없는 몇 마디를 던져 듣는 재미로 살았지만, 요즘은 그 행복을 누릴 수 없어 속이 갑갑했다.

주아가 다니는 한식당은 일하는 시간이 기본 11시간에 무려 6일제였다. 돌아오면 피곤해서 곧바로 곯아떨어지는 바람에 말로 하는 대화도 몸으로 하는 대화도 못 한 지가 꽤 오래되었다. 조금이라도 더 보고 싶고 안타까운 마음에 출근과 퇴근을 직접 해주고 있지만, 그마저도 오늘은 회식이라며 알아서 들어갈 테니, 먼저 자라는 야속한 말과 함께 새벽 1시가 다 되어가고 있는데도 연락 한 통이 없는 상태였다.

패션에 대한 미련은 아직 버리지 못했다. 그래서 간간이 직접 디자인을 하며 다시 재기할 것을 차근차근 계획하고 있었다. 주아를 기다리는 동안 디자인이라도 할 생각에 연필을 들었지만 집중이 될 리가 없었다. 결국, 손에 들고 있던 연필과 디자인북을 내려놓고 휴대폰을 대신 들었다.

[아직도 회식 중이야?]

[나 너 없이 못 자는 거 알아, 몰라.]

[대체, 어디야!]

벌써 세 통의 문자를 보냈는데 기어코 답장은커녕, 확인도 안 하기에 급하게 통화 버튼을 누르려던 참이었다. 현관문 비밀번호가 눌리는 소리가 들려왔고 신혁이 빠르게 달려 나갔다. 신발을 벗던 주아가 신혁의 등장에 깜짝 놀라는 것이 보였다.

"아직 안 잤어?"

"당신이 안 들어왔는데, 내가 어떻게 태평하게 잠을 자?"

"미안해요. 생각보다 회식이 길어졌네. 나도 이렇게 길어질 줄 몰랐어요."

옅은 술 냄새가 났다. 신혁은 술을 마시는 일도 많이 줄어들어 그런지, 술 냄새가 역하게 느껴지는 것 같았지만 주아에게서 나는 거라 거부감은 들지 않았다.

"그리고 데리러 오라는 전화 왜 안 해? 진짜 왜 이렇게 말을 안 들어."

"자고 있는 줄 알고."

"너 안 들어왔을 때 내가 자고 있는 거 봤어?"

"그건 아니죠. 그래도 미안해서 구랬지……."

봇물처럼 터지고 있는 신혁의 서운함을 막기 위한 수단으로 주아가 얼른 그의 허리를 감싸며 애교를 피웠다. 얼굴을 올리고 입술을 앞으로 모으며 술을 살짝 마시면 나오는 그녀 특유의 애교가 있었다. 신혁은 그 모습에 서운함이 눈에 뜨거운 물이라도 부은 것처럼, 순식간에 녹아내리고 있었다.

"뭐가 미안해. 내가 좋아서 하는 일이라고 몇 번을 말해?"

"알았어. 다음에는 무조건 부를게요. 몇 시든, 어디든, 진짜 부를게요. 알았죠?"

얼마나 안아줬다고 허리에 감싼 팔을 금방 풀고 욕실로 향하려는 주아를 신혁이 뒤에서 끌어안았다. 아쉬운 것, 더 원하는 것에 대한 감정을 부피로 따지자면 자신이 훨씬 더 크다는 것을 알고 있다. 그래서 더 아쉬운 사람이, 더 원하는 사람이 이렇게 지고 들어갈 수밖에 없었다.

"거기서 계속 일을 해야 해?"

"배울 게 정말 많아요. 생각해봤는데, 반찬 가게도 좋지만 한식당을 차리고 싶을 정도야. 하면 할수록 세상에 이런 요리가 다 있었나? 하고 놀라울 정도예요."

요리 얘기만 나오면 그녀가 잔뜩 들뜬다는 것을 느낄 수 있었다. 자신이 회사를 안 팔고 계속 비서로 일을 했으면 어쨌나 싶을 정도로 그녀는 지금 요리에 푹 빠져 있었다.

요리 새끼…….

이제 하다하다 요리에게까지 질투가 느껴져서 다 엎어버리고 싶었다.

"내일 나 쉬는 날이니까, 맛있는 거 해줄게요. 놀라지 말아요. 무려 탕평채예요."

몸을 돌려 신혁을 마주한 주아가 팔을 뻗어 볼을 감쌌다. 그러고는 살며시 앞으로 잡아당겨 아주 가볍게 입을 맞췄다. 입술을 벌려 들어가려는데, 주아가 몸을 뒤로 뺐다.

"피곤해요. 정말, 미안."

욕실을 향해 들어가는 주아를 신혁은 야속한 눈길로 바라보았다.

* * *

몸을 뒤척이다가 뻗은 손끝에 주아가 닿지 않았다. 이불을 거두고 일어나 거실로 나오니, 주아가 사복을 입고 막 거실을 가로질러 현관문으로 향하고 있었다. 오늘은 쉬는 날이라, 하루 종일 같이 있을 줄 알았는데, 혹시나 가게에 볼일이 생긴 건 아닐까 싶어 신혁의 마음은 초조했다.

"어디 가?"

"탕평채 재료 사러 마트 좀 갔다 올게요."

"그럼 날 깨워야지."

"자는 거 깨우는 게 좀 그래서. 그냥 혼자 후딱 갔다 오려고 했죠."

요즘 뭐만 하면 '좀 미안해서', '좀 그래서'를 입에 달고 사는 주아였다. 신혁은 오히려 그게 더 싫었다. 자꾸만 둘 사이에 묘한 벽이 세워지는 것 같은 느낌을 저버릴 수가 없었기 때문이다. 지금도 물론 신혼이라고 할 수 있지만, 결혼을 하고 몇 개월 동안은 주아와 하루 종일 붙어 다녔고 주아 또한 어딜 가든 신혁을 찾아 한시도 떨어지지 않으려고 안간힘을 쓰고 다녔었다.

하지만 지금은 아니었다. 아무리 너랑 같이 있는 시간이 좋다고 말을 해도 미안해서라는 말과 좀 그래서라는 말로 제 곁에 있으려는 신혁을 차단하고 밀쳐내고 있는 것만 같았다.

"기다려. 같이 가게."

"진짜 혼자 다녀와도 되는데."

"왜? 나랑 다니는 게 쪽팔려?"

자신과 있으려는 것을 계속 꺼려하는 것 같은 주아에게 신혁은 결국 자신이 느끼고 있는 예민한 심경을 그대로 드러내고 말았다. 놀란 듯, 동공이 커진 주아가 입술을 작게 벌리면서까지 신혁을 바라보았다. 충격을 많이 받은 얼굴이었다.

"그게 무슨 말이에요? 쪽팔리다니요……. 난 그냥……."

충격을 받은 듯 말도 제대로 잇지 못하는 주아를 보며 신혁은 자신의 감정이 너무 앞섰다는 것을 깨달았다. 서운한 것에 대한 본질을 잃고 불만으로 방향을 잘못 틀어버린 거였다.

"정말 그런 뜻으로 한 말은 아니에요."

"알아. 그냥, 내가 좀 민감했던 것 같아."

"……."

"기다려. 금방 씻고 옷 갈아입고 나올게."

신혁이 욕실로 들어가고 현관 앞에 서 있던 주아는 거실로 들어와 소파에 앉았다. 신혁이 저런 말을 하는 데 이해가 아예 가지 않는 건 아니었다. 사실, 주아는 결혼을 하고 얼마 안 돼서 갔던 백화점에서 있었던 일이 아직도 기억에 남아 신경이 쓰였다.

그곳에서 그녀는 신혁의 친구를 만났다. 친구는 회사를 포기하고 결혼을 한 신혁이 대단하다고 말했지만, 그 목소리에는 분명 비아냥이 내재되어 있었다. 후회하지 않느냐는 말에도 신혁은 단호하게 제 선택에 대한 확고함을 말하며 별로 신경 쓰는 눈치가 아니었지만, 주아는 자신으로 하여금 신혁이 정말 많은 것을 포기했다는 것을 또 한 번 뼈저리게 느껴졌다.

또 한번은 음악회에 가서 우연히 기자와 맞닥뜨린 적도 있었다. 자신의 선택에 대해서 후회하지 않느냐고 끈질기게 신혁에게 달라붙던 그 순간을 생각하니, 여전히 미간이 찌푸려질 정도로 싫었다. 함께 돌아다닐 때마다 사람들이 신혁을 알아보고 그의 자존심에 자꾸만 스크래치가 나는 것 같아서 싫었다.

그 모습을 보는 것이 싫다 보니, 자연스럽게 그와의 바깥 외출을 꺼려했던 건 사실이었다. 하지만 그 이유로 인해 신혁이 저런 생각으로 혼자 고민을 했을 거라 생각하니, 자신의 행동이 잘못되었다는 것을 금방 깨달았다.

가볍게 씻고 외출복으로 입고 나온 신혁의 곁으로 다가가 팔짱을 끼웠다.

"정말 그런 뜻으로 한 말 아니었어요. 난 당신이랑 있는 게 가장 행복한 여자인데, 그럴 리가 없잖아요. 그리고 왜 당신이 쪽팔려요? 어딜 가든 사람들이 힐끔거릴 정도로 멋있는 사람에다가 내 하나밖에 없는 사랑스러운 남편인데."

그래도 신혁의 반응이 크게 나아지지 않아 주아는 솔직하게 털어놓기로 했다.

"사실, 당신이랑 다닐 때마다 예전에 당신을 기억하는 사람들과 부딪히는 게 싫어서 그랬어요."

신혁은 대답하지 않고 굳은 얼굴로 주아의 다음 말을 가만히 기다렸다.

"훨씬 잘나갔던 사람인데, 나 만나서 잃은 게 많으니까……. 잘 다니던 사교 모임도 못 나가고 예전에 비해 당신이 생활하는데 있어서 변한 게 많잖아요. 당신을 기억하는 사람들은 그런 당신을 보며 자꾸만 후회하길 바라는 것 같아서……. 가끔, 프로그램 같은 곳에서도 당신 나올 때 있잖아요. 많은 가능성이 있는 젊은 CEO가 왜, 모든 것을 내려놓고 떠나갔는지에 대해서 떠들고……. 그래서 그런 생각 안 하려고 해도, 안 할 수가 없어요."

"우리한테 별 시답지도 않은 것들이 헛소리로 떠들어대는 걸, 뭣하러 귀담아듣고 믿는 거야?"

신혁은 어느새, 우울해하고 있는 주아를 달래주듯, 부드러우면서도 담백한 목소리로 물었다.

"넌 내 말만 듣고 믿으면 되는 거야. 내가 네 말만 듣고 믿는 것처럼. 다른 사람이 무슨 말을 지껄이든, 난 너랑 있는 게 가장 행복하고 좋으니까, 그런 생각 안 해도 돼."

"정말이에요?"

"서울 전경이 다 보이는 스카이라운지에서 먹는 스테이크보다 너랑 베란다에서 발 맞대며 구워 먹는 삼겹살이 훨씬 맛있고……. 친구 새끼들이랑 호텔 방 잡아놓고 술 처마시는 것보다 너랑 소파에 나란히 앉아서 맥주 마시면서 영화 보는 게 훨씬 재밌고……. 또……."

신혁은 잠시 말을 끊었다. 비어져 있는 허공을 바라보며 잠시 생각에 잠겨 있던 그는 마른 입술을 가볍게 깨물었다. 그러다 곧, 옅은 미소와 함께 다시 벌어졌다.

"사무실에 앉아서 하루 종일 골치 아픈 서류 보고 있는 것보다, 아침에 제일 먼저 눈떴을 때 자고 있는 너 보고 있는 게 훨씬 더 좋아. 절대 후회 같은 거 안 하고, 하루하루 시간이 지나가는 게 아까울 정도로 행복하다는 거야. 그러니까 그런 생각은 하지 말고."

팔을 뻗은 신혁이 주아의 손을 깍지 껴잡았다.

"이렇게 항상 옆에 붙어 있게 해줘."

주아가 대답 대신 잡고 있는 신혁의 손등을 입술로 끌어와 가볍게 입을 맞췄다.

* * *

벌써 한식당에서 일한 지 6개월이나 됐음에도 몸은 쉽게 적응을 못 하고 있었다. 다리가 욱신욱신 쑤시고 어깨가 저려왔다. 오늘은 칼질을 하다가 베인 손가락 때문인지, 시큰거리는 통증에 더욱 지치는 것 같았다.

그래도 매일 새롭게 배우는 요리가 재미있고 이 요리를 바탕으로 언젠가 가게를 차릴 생각을 하면 이 정도 힘든 것들을 전부 버틸 수 있었다.

"주아 씨, 손은 괜찮아?"

점심을 먹고 휴식 시간. 예약제인 한식당의 비어 있는 한 룸에서 커피 한잔을 마시며 쉬고 있는데, 직장 동료 미영이 다가와 물었다.

"네. 괜찮아요."

"다행이네. 물 들어가면 잘 안 나으니까, 귀찮더라도 꼭 골무 끼고 해."

"네. 그렇게 할게요."

손에 들고 있는 커피를 마시는데, 자신을 바라보는 미영이 무언가를 말하고 싶어 갈등을 일으키는 것이 느껴졌다. 모른 척할 수도 없을 정도로 노골적인 표현에 주아가 입술에서 컵을 떼어냈다.

"무슨 일 있으세요?"

"어? 아니…… 아니, 그냥 좀 궁금한 게 있어서."

"뭔데요?"

"들리는 소문에 의하면 자기 남편이 예전에 큰 사업 하나 했었다는데, 맞아?"

거짓말을 하거나 변명을 해도 소용없다는 것을 알고 있다. 이 고급스러운 한식당을 찾은 몇몇 손님들 중에는 주아가 J-style에서 비서로 일할 당시 거래했던 거래처 사장들도 있었고 그 회사 임원들도 있었다. 그 사람들이 주아를 보며 아는 체를 해오는 바람에 이미 이곳에는 소문이 아니라, 확신을 갖고 있는 사람들이 많았다.

"네. 예전에."

"거기가 J-world 계열사였다면서. 정말 그 유명한 J-world 맞아? 그게 맞으면 재벌 남편 얻어놓고 왜 굳이 여기서 일하는 거야? 아차, 자기 남편 그 회사 넘겼지. 그럼 지금은 뭐 하고 있어? 혹시 그 사업이 잘 안 돼서 자기가 여기서 일하는 거야? 그래도 재벌인데, 회사 넘겼어도 뭐가 있을 거 아니야."

세세한 것까지 전부 말하고 싶지 않았다. 궁금해서 물어보는 것을 이해 못 하지는 않지만, 남의 사생활에 대해서 이렇게 깊게 알려고 드는 미영의 모습이 꽤나 무례하게 느껴졌다. 하지만 지금은 같이 일하는 동료이자 선배이기 때문에 주아는 그저 웃음으로 대신했다.

"제가 요리를 좀 배워서 한식당을 차려볼 예정이에요. 무작정 차리면 실패할 수도 있으니까, 직접 경험을 좀 쌓고 하는 것도 나쁘진 않을 것 같아서요."

"아…… 실패하는 게 뭐가 두려워? 재벌이라 돈도 많을 텐데. 시아버지가 J-world 그룹 회장에 시어머니가 J-style 회장인데."

누군가의 호기심과 궁금증을 풀고자 하는 욕구는 또 다른 누군가에겐 단단한 벽을 세우게 만들 수도 있었다. 지금 주아가 그랬다. 나름대로 조금은 친해졌다고 생각했던 미영을 멀리하고 싶은 생각이 들었다.

"그럴 만한 사정이 있어서. 그럼 전 잠시 화장실 좀 다녀올게요."

서둘러 자리를 피하듯 룸에서 빠져나왔다. 어디서부터 어떻게 자세히 설명해야 할지 모르겠고 설명하고 싶지도 않았다. 몸과 마음이 전부 지쳐서는 축 늘어진 걸음으로 식당 복도를 가로질러 화장실로 향하던 길목이었다.

"저기요."

뒤에서 저를 부르는 듯한 조심스러운 여자의 음성에 주아가 가던 걸음을 멈추고 돌아보았다. 예약을 하러 온 손님이라든가, 오늘 저녁에 예약이 있는 손님일 가능성이 컸다.

"네. 안녕하세요."

주아가 손님을 향해 가볍게 묵례를 취하고 다가갔다.

"오늘 예약 확인하러 왔는데요."

"아, 네!"

카운터를 보는 직원이 잠시 자리를 비웠는지 보이지 않았다. 하는 수 없이 주아가 직접 오늘 예약 명단을 살폈다.

"성함이 어떻게 되세요?"

"정진희요."

"정진희 씨……."

오늘 날짜로 시간을 확인한 주아가 얼굴을 들어 진희를 마주했다. 여자의 눈빛이 단순히 자신이 예약한 식당 직원을 바라보는 눈빛이 아니었다. 고개를 갸웃하고 미간까지 찌푸리며 기억나지 않는 것을 더듬고 있는 것만 같았다.

"정진희 씨, 네 분으로 예약 확인되셨고요. 그때 시간 맞춰서 오시면 되세요."

"네. 그렇게 하겠습니다."

돌아서 나가는 여자를 의아하게 바라보던 주아도 카운터에서 나와 안쪽으로 향해 들어갔다.

"저기요."

홀 한가운데서 다시 저를 부르는 여자의 음성에 주아가 몸을 돌려 그녀를 마주 보았다.

"어디서 많이 본 것처럼 낯이 익는다 싶었는데……. 윤신혁 씨 아내분 되시죠?"

신혁은 공인이라 외부에 노출이 많이 되었어도 주아는 일반인이라 철저하게 보장이 되어 있었다. 그럼에도 자신을 한 번에 신혁의 아내로 알아보며 확신하는 여자의 정체에 주아는 경계를 할 수밖에 없었다.

"절 어떻게 아세요?"

"제 남편 동생이 기자거든요. 동생이 찍어온 원본 사진을 우연치 않게 봤다면서 저한테도 보여줬어요. 우리 남편이 예전에 내가 윤신혁 씨랑 같이 있는 걸 본 적이 있어서, 혹시 아는 사람 아니냐며."

"신혁 씨랑 같이 있다니요? 우리 신혁 씨와 무슨…… 사이인데요?"

"엄밀히 따지면 시동생이 될 뻔한 사람이죠."

"시동생이라면……."

신혁의 형인 신우를 버리고 떠났던 여자라는 것을 주아는 금방 알아차렸다.

"그래도 꽤 능력 있는 여자라고 생각했는데, 윤신혁이랑 헤어졌다고 이런 식당에서 일할 줄은 몰랐네요."

가뜩이나 신혁에게서 가장 소중했던 신우를 잃게 만든 가장 큰 원인의 여자를 주아는 좋게 대할 수가 없었다. 자신으로 인해, 한 사람이 절망으로 죽게 되었고 그 일로 하여금 지금 주아가 가장 사랑하는 사람이 평생의 그리움과 상처를 안고 살아야 했다. 주아는 눈앞의 여자가 용서되지 않았고 다짜고짜 무례한 말을 내뱉는 것을 이해할 수도 없었다.

"헤어지다니요?"

그래서 무척이나 날카롭게 반응했다. 그게 무슨 개소리냐고 따지고 싶을 만큼 화가 치밀어 올랐다.

"헤어진 거 아니에요? 윤신혁도 윤신우처럼, 모든 걸 다 내려놓고 당신을 선택한 것 같던데."

"그거랑 헤어지는 거랑 무슨 상관이 있는데요? 여전히 사랑하는 사람인데, 그게 왜 헤어질 이유가 되는 거죠?"

"이런 말까지는 안 하려고 했는데, 그쪽도 윤신혁 배경 보고 좋아했던 거 아니에요?"

아무렇지도 않게 말하는 여자의 말에 주아는 속에서 화가 울컥 치밀어 올랐다. 저런 사람들 때문에 때로는 진실한 마음도 폄하가 되는 거였다.

"나는 당신 같은 사람, 정말 싫어요."

"나 같은 사람이 뭐 어때서? 이 세상 살아가는데, 돈 없이 살 수 있을 것 같아요?"

"맞아요. 돈 없이 살 수 없죠. 사람이 살아가다 보면, 몇몇의 감정보다 돈이 훨씬 더 중요한 순간들이 있으니까. 하지만 당신이 확실히 알아야 하는 건 하나 있어요. 돈이 인생의 전부는 될 수 있어도, 행복의 전부는 될 수 없다는 거. 삼겹살을 사들고 집으로 갈 때의 행복을 느껴본 적 있어요? 고작 삼겹살에도 호호 하하 즐겁게 웃으면서 행복해본 적 있어요?"

"삼겹살이요?"

여자는 생각지도 못한 단어를 되물으며 전혀 이해하지 못했다.

"고급 레스토랑에서 먹는 스테이크보다 삼겹살이 더 맛있게 느껴지고 화려한 호텔 방에서 마시는 비싼 술보다 싼 맥주 한잔에 더 행복해본 적 있냐고요."

진희는 어떻게 스테이크보다 삼겹살이 더 맛있을 수 있고 비싼 술보다 싸구려 맥주 한잔이 행복할 수 있냐는 듯한 표정으로 주아를 응시했다. 주아는 자신이 승리한 것만 같은 기분이었다.

"그럼 반대로 물어볼게요. 당신하고 비싼 스테이크가 아니라, 삼겹살을 먹어도 고급스러운 술이 아니라 싸구려 맥주를 한잔 마셔도 행복하다고 해주던 사람이 있었나요?"

"이봐요."

"없나 보네요."

급기야 진희는 아랫입술을 질끈 깨물며 주아의 말에 부정하지 못했다.

"나한텐 그런 사람이 있어요. 아무런 조건이 없어도 나하고 함께 있는 것만으로도 행복하다고 말해주는 사람이 있다고요. 나도 그래요. 그 사람이 엄청나게 대단한 걸 가지지 않았어도 같이 있는 것 자체만으로도 행복해요. 그런 사람을 잃고 평생 산다는 건, 아마 지옥일 거야. 그 지옥을 내가 스스로 들어간다는 것만큼 미련한 짓도 없죠. 그러니까 모든 사람들이 당신처럼 조건을 보고 사랑한다고 확정 짓지 말아요. 무척이나 불쾌하니까."

"괜찮은 척, 센 척, 아무렇지도 않은 척하지 말아요. 그놈의 사랑 따위 선택해서 이렇게 힘들게 고생하고 있는 주제에 잘난 척하는 거, 정말 꼴사나워 보여요."

돌아서 주방으로 들어가려던 주아의 심기를 잔뜩 긁는 빈정거림이었다.

"맞아요. 힘들어요. 하지만 신혁 씨 때문에 힘든 게 아니고 신혁 씨 덕분에 힘이 나죠. 세상 살면서 제대로 된 사랑 같은 것도 못 해본 사람에게 아무리 이런 말을 백 번, 천 번 해봐도 못 느낄 그런 행복이 있어요. 돈으로는 절대 느끼지 못할 그런 행복. 힘들지 않아요. 고생이라고 생각해본 적 없어요. 이 일도 내가 하고 싶어서 시작한 일이니까. 그 사람으로 인해서 억지로 하는 일이 아니라, 내가 재미있어서 하는 일이니까."

"……"

"그러니까 멋대로 남의 일에 확정 짓지 말아요. 그거 매우 건방진 태도예요. 남의 행복에 상관 마시고 자기 행복이나 제대로 챙기세요."

"그래도 윤신혁은 윤신우보다는 좀 나은가 보네? 외로움 같은 거 좀 덜 타나 봐요? 예전에 윤신우는 매일 집구석에 처박혀서 나 일 끝나는 것만 내내 기다리다가, 하루 온종일 졸졸 쫓아다니느라 짜증 나서 미치는 줄 알았는데. 원래 걔네들 태생 자체가 외로움을 많이 타는 애들이잖아요. 윤 회장이나 그 엄마에게나 사랑 한번 제대로 못 받고 자란 애들이라, 집착도 심하고."

"그건 집착이 아니고 관심입니다."

여자는 크게 충격을 받은 얼굴이었다.

"그럼, 전 이만 바빠서."

끝까지 여유를 지켰다. 무어라 따지고 싶어 안달이 났지만, 선뜻 떠오르는 말들이 없는지 몸만 부르르 떨고 있는 여자를 두고 주방으로 들어왔다. 신혁의 말처럼 별 보잘것없는 것들의 말에 휘둘릴 필요 없었다. 그러면서도 한편으로 마음에 걸리는 건, 신혁의 외로움이었다.

왜 그걸 몰랐을까? 자신이 없으면 잠조차 잘 수 없다는 신혁이 하루 종일 혼자 있으면서 얼마나 외로웠을까. 문득 신혁이 보고 싶어졌지만 저녁 장사를 해야 했기 때문에 아쉬운 대로 전화를 했다.

-응.

"점심은 먹었어요?"

-응. 먹었어. 너는? 먹었어?

반가워하는 신혁의 목소리에 주아의 코끝이 시큰해졌다.

"저도 먹었죠."

-뭐 먹었어? 난 당신이 해두고 간 불고기 먹었어. 맛있더라.

"잘했어요."

-무슨 일 있어?

"아니요. 아무 일도 없어요."

-목소리가 안 좋은 거 같은데.

"그게……."

-…….

"그냥, 보고 싶어서. 오늘 저녁에 데리러 와요. 간만에 감자튀김에 맥주가 너무 먹고 싶은데, 집에 들어가는 길에 동네 그 작은 맥줏집 알죠? 거기서 한잔해요."

-그래. 그러자.

괜한 사람이랑 실랑이를 하느라, 신혁과 제대로 된 통화도 하지
못했는데 다시 근무 시간이 다가왔다. 휴식하던 직원들이 하나둘
씩 주방으로 들어오는 바람에 주아는 서둘러 전화를 끊어야 했다.
여전히 혼자 남아 있을 신혁이 주아는 자꾸만 마음에 걸렸다.

퇴근을 하고 그가 도착했다는 주차장으로 향했다. 멀찍이서 보
이는 그는 운전석에 앉아서 연신 무언가를 그리고 있었다. 아마도
패션 관련된 디자인이 분명할 거였다. 주아는 힘든 기색을 뒤로하
고 서둘러 보조석에 가 앉았다.

"손 왜 그래?"

주아를 보자마자 다친 것을 금세 알아챈 신혁이 걱정스레 물었
다.

"아, 좀 다쳤어요."

주아가 아무리 좋아해서 하는 일이라고 하지만, 늦게까지 일을
하는 것도 안타까운데 다치기까지 했다고 하니 신혁은 심각해질
수밖에 없었다.

"그렇게 많이 다친 거 아니니까, 심각해할 거 없어요."

"일 좀 그만두면 안 돼?"

"아, 시원한 맥주나 한잔 마시고 싶어요."

"다쳐놓고 무슨 맥주야. 맥주는."

"그러니까, 딱 한 잔만요."

신혁이 단호하게 안 된다고 말했지만, 끝까지 마시고 싶다며 여
러 이유로 설득하는 주아를 신혁은 할 수 없이 동네 맥줏집으로

데려갔다. 그토록 먹고 싶다며 노래를 부르던 감자튀김을 앞에 둔 주아는 꽤나 신나 보였다.

"여기는 감자튀김도 감자튀김인데, 이 소스가 너무 맛있어. 그렇죠?"

"많이 먹어."

"자, 짠."

주아가 맥주잔을 들었고 신혁이 장단을 맞추느라 건배를 했다. 주아는 시원스럽게 맥주를 들이켠 후, 감자튀김 하나를 집어 신혁에게 내밀었다. 신혁이 거절하지 않고 그대로 받아먹었다.

"나랑 이렇게 노는 거 좋아요?"

"그걸 말이라고 하냐."

"'냐'라는 끝말은 전혀 좋게 들리지 않아."

"그걸 말씀이라고 하세요?"

가끔 하는 신혁의 존댓말을 듣기가 좋았다.

"얼마나 좋은데요?"

"음……. 표현할 수 있는 단어가 없는 것 같은데."

"나 일 나가면 하루 종일 뭐 해요?"

"그냥…… 뭐."

신혁이 대충 말을 흘려보냈다. 아마 자신을 애타게 기다리며 지루한 시간들을 보낼 것이지만, 그것을 웬만하면 티를 내지 않으려고 하는 것처럼 보였다. 운동도 하고 가끔 스케치도 하지만, 그건 아주 잠깐의 시간일 뿐 대부분은 자신을 기다리며 보낼 거였다. 그를 외롭지 않게 하기 위해서, 더 사랑해주기 위해서 한 결혼인데…….

"부족해? 하나 더 시킬까?"

"아니요. 괜찮아요."

감자튀김과 맥주가 거의 다 떨어져갈 때쯤 주아는 오늘 저녁 내내, 자신의 머리에 떠돌아다니던 이야기들을 천천히 풀었다.

"패션 사업 다시 해볼 생각 없어요?"

"응, 아직은."

"미련 남아서 계속 스케치 같은 거 하는 거 아니에요?"

"그렇긴 한데……."

그가 잠시, 머뭇거리더니 다시 담담하게 이어나갔다.

"나까지 사업을 하면 너를 볼 시간이 더 없을 것 같아서."

"……."

"예전보다는 못하지만, 그래도 꼬박꼬박 나오는 월세로 누리고 싶은 거 다 누리고 사는 것 같아. 돈에 대한 부족함은 없어서 아직 사업은……. 그리고 사업보다 너랑 노는 게 더 재밌어. 일은 나중에 너 가게 차리면 그때, 같이 할래."

그의 말을 들으며 주아는 후회하고 있었다. 뭐가 그리도 급했을까. 신혁과 함께할 수 있는 시간을 자신의 서두름 때문에 낭비를 하고 있다고 느껴지니, 더 이상 아무 생각도 하고 싶지 않았다. 결론은 오로지 한곳으로만 쏠렸다.

"미안해요."

"갑자기 그게 무슨 소리야?"

"사실, 당신이 회사를 버리고 날 선택한 것을 후회하지 않게 해주고 싶다는 건 다 금전적인 문제였던 것 같아요. 내가 잘못된 선택을 하고 너무 서둘렀어요. 잘나가는 한식당에서 요리를 배우고 그걸 토대로 사업을 크게 하고 싶었어요. 당신이 예전에 있던 회사만큼은 아니어도, 그래도 예전에 누리던 것들을 다시 누리게 해주고 싶었어요."

"주아야."

"잘못된 선택이었던 것 같아. 같이 산을 오르기로 했는데, 나만 너무 앞서가고 있는 것 같아. 당신은 뒤에서 꽃도 보고 앉아서 바람도 쐬면서 천천히 올라가자면서 계속 얘기하고 있는데, 나만 빨리 정상에 오르려고 했던 것 같아요. 당신을 너무 기다리게 했어."

주아는 손을 뻗어 테이블 위에 있는 신혁의 손등을 잡았다.

"당신 손잡고 천천히 올라갈래요."

"그래. 놓지 말고 같이 올라가자."

신혁이 손바닥을 돌려 주아의 손을 꽉 잡았다. 평생을 맞잡은 손을 놓지 말자, 약속했다. 서로를 향한 눈빛만큼이나 맞잡은 손 또한 하염없이 따뜻하고 단단했다.

* * *

일을 그만두겠다고 말한 후, 새로운 직원이 올 때까지의 한 달 동안 주아는 최선을 다해서 일을 해주었다. 지금 하고 있는 일보다는 시간이 조금 넉넉한 것을 구하기로 생각을 바꾸었다. 하지만 그 전에 주아는 제일 먼저 신혁과 더 많은 시간을 보내기로 약속했다.

일을 그만두고 오롯이 신혁에게만 집중하며 평범한 하루를 보내던 어느 날, 소파에 신혁의 허벅지를 베고 누워 있던 주아는 TV에서 흘러나오는 여행 얘기에 몸을 일으키고는 신혁에게 말했다.

"여행 가요."

주아의 제안을 신혁이 거절할 이유는 없었다. 두 사람은 그날 바로 짐을 쌌고, 다음 날 집을 나섰다. 언제 가기로 미리 계획하지 않았던 것처럼, 언제 돌아온다는 계획도 없이 무작정 떠나는 여행 이었다. 한국에선 이래저래 신혁을 알아보는 사람들이 많아 불편 했기 때문에 두 사람은 해외로 향하기로 했다. 티켓팅을 하고 출국 심사를 끝낸 후, 면세점을 구경하다가 탑승 시간이 다가와 게이트 로 향했다.

비행기에 몸을 싣자 정말 떠나는 것이 실감났다.

"나는 비행기 딱 한 번 타봤어요. 대학교 때, 졸업여행으로 친구 들이랑 같이 싱가포르 갔었거든요. 그래서 그런지, 너무 설레고 좋 아요."

주아의 말에 신혁은 낮게 고개를 끄덕이고서는 그녀의 손을 잡 았다. 가볍게 손등에 입을 맞춘 그가 말했다.

"이제 나랑 전부 다 가보자."

"……."

"비행기 타기 지겹다는 소리 나올 때까지."

앞으로 뭐든 그와 함께할 수 있다는 것만으로도 주아는 기분이 좋고 설레었다. 단단하고 든든한 그의 어깨에 살포시 얼굴을 기대 었다. 비행기가 천천히 이륙했고, 마치 하얀 구름 위를 날아다니는 것처럼 창밖에는 꿈만 같은 풍경이 펼쳐졌다.

"행복해……."

주아는 자신도 모르게 낮게 중얼거리며 살포시 눈을 감았다. 신 혁이 주아의 볼을 손으로 부드럽게 쓰다듬어주었다.

행복하다.

그래, 이것을 느끼고자 결심한 사랑이었고 결혼이었다.

무엇보다도 제 곁에 윤신혁이 있기에,

윤신혁 곁에 자신이 있기에,

이렇게 윤신혁을 온전히 느낄 수 있고, 윤신혁이 자신을 느낄 수 있기에, 더없이 행복한 순간이었다.

에필로그 |

아침밥을 먹고 분리수거를 하기 위해 나왔다. 신혁이 들고 있는 상당한 양의 분리수거 쓰레기를 향해 주아가 손을 뻗었다.

"손 더러워져. 만지지 마."

"무겁잖아요. 같이 들어요. 같이."

"아직도 남편의 힘에 대해서 잘 모르는 거 같군. 오늘 밤, 몸소 느끼게 해줘야겠어."

"누가 못 느낀대요? 몰라아."

"춥고 피곤할 텐데, 그냥 들어가서 쉬고 있지. 혼자 하고 갈 수 있는데."

"어떻게 그래요? 어제도 바쁘다고 같이 있지도 못했는데, 오늘은 하루 종일 이렇게 붙어 있을 거예요."

분리수거를 하고 있는 신혁의 허리를 붙잡고 등에 얼굴을 비비고 있던 주아는 자신들을 보며 인사를 해오는 이웃주민 때문에 얼른 몸을 일으켰다. 혼자 쓰레기를 버리러 나온 여자는 남편과 분리 수거를 버리러 나온 주아를 꽤나 부러워하는 눈치였다.

"둘이 신혼인가 봐요. 쓰레기 하나를 버리러 나와도 꼭 붙어 있는 걸 보니까. 하긴 우리도 신혼으로 지내던 2년 동안은 늘 그랬죠. 잠깐 떨어지는 것도 아쉬워서."

"저희 결혼 4년 차입니다."

차가운 말투와 냉랭한 눈빛으로 일축시키는 신혁에 여자는 꽤나 놀라는 눈치였다. 모두가 그러는 건 아니지만, 웬만한 4년 차 부부들이 저렇게 하루 종일 서로의 곁에 껌딱지처럼 붙어 있는 건 흔치 않았다. 무뚝뚝한 신혁의 반응에 놀란 줄 알고 주아는 짐짓 상냥한 미소를 지었다.

"그럼 저희 들어가볼게요."

"네. 네."

인사를 건네고 신혁과 다정하게 팔짱을 끼고 아파트 로비 안으로 들어섰다.

"좀 친절하게 대해요."

"내 아내도 아닌 여자한테 뭐하러 친절해야 돼? 적당한 선만 지키면 되는 거지."

벌써 결혼 4년 차. 그럼에도 주아는 여전히 신혼 같은 결혼 생활을 하고 있었다. 신혁은 시간이 갈수록 주아를 향한 사랑이 더 깊어지면서 다정해져갔고 주아 또한 시간이 지나갈수록 그의 존재가 더욱 애틋하고 소중하게 여겨졌다.

집으로 돌아와 나란히 욕실로 들어가 손을 닦고서는 차 한잔을 들고 거실 소파에 앉았다. 마음은 나가서 실컷 놀고 싶은데, 피곤에 찌든 몸이 따라주지 않았다.

"아, 너무 피곤해."

주아가 잔을 바닥에 내려놓고 신혁의 허벅지를 베개 삼아 누웠다.

"한숨 자."

"그럴까요? 당신은 안 피곤해?"

"아니. 피곤해."

두 사람이 요즘 피곤한 건, 새로 시작한 일 때문이었다. 주아는 요리 관련한 책을 내느라 한창 바빴고 신혁은 경영학과 학위를 살려 간간이 강의를 다니며 사업을 준비하느라 바빴다. 그래도 예전에 사업을 할 때와 주아가 식당을 다녔을 때만큼 바쁘진 않았다. 늘 서로에 대한 시간을 낼 정도로만 움직였다.

"너 자는 거 보고 잘래."

매일은 아니지만, 대부분 주아가 먼저 잠든 후에 신혁이 자는 날들이 많았다.

"한숨 자고 일어나서 떡만둣국 해먹어요. 며칠 전에 산 떡이 아직도 냉동에 한가득이니……."

주아가 몸을 돌려 신혁의 배에 얼굴을 파묻고 낮게 중얼거렸다.

"그래. 그러자."

그의 다정한 손길로 점점 나른해져갔다.

* * *

"우리 아이 가질까요?"

한바탕 격렬한 정사가 끝난 후, 서로에게 한껏 달아올랐던 뜨거운 체온의 몸을 끌어안은 채 주아가 넌지시 말했다. 2년 전부터 신혁은 아이를 갖고 싶어 했지만, 요리라는 것에 한창 흥미를 붙였던 주아는 거부 의사를 밝혔다.

그런데 이제 바쁜 것도 끝이 났고 요리보다도 그를 닮은 아이가 더욱 간절해졌다. 자주 가던 마트에서 아이와 온 젊은 부부들을 보며 신혁이 부러운 듯 넋을 놓은 채 바라봤던 것도 마음에 걸렸다. 그리고 한편으로는 더 나이를 먹기 전에 아이를 낳고 싶었고 이제는 아이를 평생 제대로 책임질 수 있을 것 같은 결심도 완벽하게 한 상태였다.

"아이?"

신혁이 듣던 중 반가운 소리라는 듯 누워 있던 자리에서 벌떡 일어나면서까지 되물었다. 주아가 신혁의 목을 다정하게 끌어안으며 고개를 끄덕였다.

"난 당연히 좋지. 근데 왜 갑자기 그런 결심을 했어?"

"아이가 있으면 더 좋을 것 같아서요. 당신의 아내로서 너무 행복했는데, 엄마가 되면 얼마나 더 행복해질까, 싶어서요."

듣기만 해도 기분 좋은 말이었다. 주아를 바라보는 신혁의 눈빛은 한없이 사랑에 빠져 꿀이 뚝뚝 떨어지는 애정이 듬뿍 담겨 있었다.

"기대된다. 오래전부터 기다렸거든. 아빠가 되고 싶었어."

"난 맨날, 기다리게만 하는 것 같아요."

"그럼, 아이를 하루라도 빨리 만날 수 있게 지금부터 최선을 다해보자."

"지금이요?"

정사가 끝난 지 얼마 돼지 않았기 때문에 주아가 당황해하며 물었지만, 신혁은 매력적인 미소를 지으며 손을 아래로 뻗었다. 그러고는 이제 막 끝나서 한껏 민감해져 있는 여성의 갈라진 틈을 따라 손날로 쓸었다. 그 야릇한 감각에 주아의 몸이 움찔했다. 신혁이 상체를 수그려 주아의 다리 사이로 얼굴을 넣고 혀를 깊숙이 넣어 마치 키스를 하듯 안을 곳곳이 핥고 빨았다.

주아의 안에 오로지 자신의 영역만을 표시하려는 것처럼, 혀의 움직임은 거침없었다. 주아가 주체할 수 없는 쾌락에 거의 울먹이다시피 달뜬 숨을 몰아쉬며 이불자락을 움켜잡았다.

추릅, 추릅, 듣기만 해도 야하고 음탕한 소리가 방 안을 가득 메웠고 그 사이를 주아의 달뜬 신음 소리가 유영했다. 한껏 달아오른 그녀의 안으로 신혁은 자신을 집어넣었다. 놓치지 않겠다는 듯이 자신의 아래를 세게 물고 있는 그녀의 안으로 더욱 깊숙이 파고들었다. 빠져나왔다가 다시 찔러지는 그의 크고 단단한 기둥은 시간이 갈수록 강해지고 있었다. 열렬한 전율이 온몸으로 퍼져 나갔다. 쾌감이 간뇌의 끝까지 올라가 모든 것을 지배하려 들었다. 여전히 주아는 신혁의 손길 하나에도 민감한 반응을 보였고 신혁 역시, 주아의 몸짓 하나에도 온몸이 뜨겁게 달아올랐다.

이렇게 서로 사랑을 나누고 있는 시간이 가장 행복했다. 사랑한다는 말을 굳이 입 밖으로 꺼내지 않아도 서로를 애틋하게 바라보는 눈빛만으로 알 수 있었다.

두 사람의 심장은 여전히 오롯이 서로를 향해서만 힘차고 뜨겁게 뛰고 있었다.

에필로그 2

하필이면 비가 온다.

오늘로 입사를 한 지 딱 세 달이 되는 주아는 도로가 꽉 막혀 꼼짝도 하지 않는 버스 안에서 발만 동동 구르고 있었다. 부지런을 떨며 나온다고 나왔음에도 조금만 더 지체했다가는 지각을 하게 생겼다. 하는 수 없이 기사 아저씨에게 양해를 구하고 급하게 하차해야 했다.

이곳에서 회사까지는 걸어서 20여 분.

마음이 급해진 주아는 뛰기에는 적합하지 않은 구두를 신고서는 달리기 시작했다. 적어도 함께 일하는 선배보다는 일찍 도착해야 한다는 강박증과 압박감에 속도를 높일 수밖에 없었다.

"어어!"

그러다 결국 일어나지 말아야 할 사고가 일어나고 말았다.

맨홀을 잘못 밟고 그대로 슬라이딩하여 길바닥에 철퍼덕 소리와 함께 넘어지고 만 것이다. 우산은 저만치 날아가버리고 속옷까지 엉망으로 다 젖어버리는 대참사에 주아는 눈물이 다 쏟아질 것만 같았다.

하지만 언제까지 이렇게 주저앉아 있을 수는 없었다. 아픈 건 둘째 치고 자신을 쳐다보는 이목이 점점 더 많아지는 걸 느낀 주아가 서둘러 몸을 일으켰을 때였다. 옆 도로에서 크게 클랙슨이 울렸다. 처음엔 자신을 향한 것이라 짐작하지 못했던 주아가 우산을 집어 들고 서둘러 갈 길을 가려 했다. 하지만 그 발목을 붙잡듯, 클랙슨이 다시 울렸다. 도로를 확인하니, 상사 신혁이 차 안에서 주아를 빤히 바라보고 있었다.

"안녕하세요, 대표님!"

"타."

급하게 인사를 건네는 주아를 향해 그는 낮은 목소리로 말했다. 흙탕물에 젖은 엉덩이로 상사의 깔끔하고 비싼 시트를 적시고 싶진 않았다.

"전 괜찮습니다."

"그 상태로 가다가 감기 걸려서 쉰다, 뭐한다, 헛소리하지 말고 타라고 할 때 타."

상냥하지 못한 그의 지적에 주아는 등 떠밀리듯이 차에 올라탔다. 차 안에서는 신혁에게서 나는 특유의 시트러스 향이 가득 배어 있었다. 여전히 도로는 꽉 막혀 있었기 때문에 차는 움직이지 않았다. 밀폐된 공간에 어려운 상사와 함께 있으려니 주아는 자꾸만 눈치가 보였다. 주아가 신혁을 힐끔 쳐다보았다.

굳게 다물어진 입술과 무표정일 때는 유난히도 더 사나워 보이는 눈꼬리. 그를 처음 봤을 때, 잘생겼다는 느낌보다는 인상이 너무 차갑다, 라는 것을 먼저 느꼈던 주아였다. 그래서 한동안은 눈도 제대로 못 마주쳤지만 그의 뛰어난 능력을 따라가는 데 있어서 방해가 되는 것만 같았다. 그래서 이제는 일부러라도 눈을 마주치며 그를 대했었다.

우산을 놓치면서 맞은 비 때문인지, 몸이 으슬으슬 추워왔다. 최대한 티를 내지 않으려고 했지만, 자꾸만 이와 이가 부딪친다. 그 소리를 들은 건지, 신혁이 자신을 바라보는 시선이 느껴졌다.

"사고 한 입도 안 마신 건데, 심 비서 마셔."

시야 앞으로 불쑥 내밀어진 테이크아웃 커피 컵.

"아닙니다. 대표님 드시려고 사신 건데……."

"아직 권 비서가 말 안 해줬나? 같은 말 두 번 반복하는 거 싫어한다고."

"그럼 감사히 먹겠습니다. 그리고 대표님."

신혁은 대답 대신, 주아를 향해 시선을 두었다. 주아는 그의 사나운 눈동자를 제대로 마주치지 못하면서 손에 쥔 따뜻한 커피를 만지작거리며 겨우 말했다.

"저 심 비서가 아니라, 신 비서입니다. 신주아 비서."

"큼."

민망한지 시선을 돌리고 헛기침을 하는 신혁에 주아가 소리 나지 않게 낮게 웃었다. 그가 건네준 커피를 마셨다. 산 지 얼마 되지 않았는지, 커피는 여전히 따뜻했다.

* * *

차를 얻어 타고 커피를 얻어 마신 것이 무척이나 고마웠던 주아는 신혁에게 특별한 무언가로 보답을 하고 싶었다. 곰곰이 생각한 끝에 조금은 삭막해 보이는 집무실에 꽃을 가져다놔야겠다는 생각이 들었다.

평소보다 일찍 일어나 새벽 꽃시장으로 향했다. 되도록 싼 가격에 많은 양과 싱싱한 꽃을 주고 싶어서였다. 유난히 눈에 띠는 파스텔 색의 수국 화분을 사서 회사로 출근했다. 삭막했던 그의 집무실이 한껏 화사해진 것 같아 뿌듯했다. 부디 마음에 들어 하셨으면 하는 은근한 바람을 가지며 살짝 열어놓은 창문을 통해 들어온 바람으로 살랑대는 꽃잎들처럼 마음도 살랑거렸다.

얼마 뒤, 출근을 한 신혁이 집무실 안으로 주아와 선배 혜린을 불렀다. 앞으로의 스케줄 일정과 회의에 필요한 자료들을 전달하기 위해서였다.

"네. 그렇게 진행하도록 하겠습니다, 대표님."

준비할 사항들을 전부 수첩에 적고 있는 혜린과 주아를 바라보던 신혁의 눈길이 창가에 놓인 수국 화분을 향했다.

"누가 가져다놓은 거야?"

자신은 아니었던 혜린이 옆에 서 있는 주아를 바라보았다. 주아가 수국꽃만큼이나 수줍은 얼굴을 하고 서 있었다.

"이런 쓸데없는 일에 신경 쓰지 말고 업무에나 더 신경 써."

꼭 칭찬을 받겠다고 한 행동은 아니지만, 그래도 비판의 말을 들으니 기분이 썩 좋진 않았다.

"네."

소심하게 대답을 하고서는 나가려는 주아를 신혁이 다시 불렀다.

"그래도 아침부터 기분은 좋았어. 덕분에."

신혁의 그 한마디에 하루 종일 기분이 좋았다. 원래 감정에 솔직한 편은 아니었던 주아가 무의식중에 낮게 흥얼거릴 정도였다.

점심시간이 되었고 신혁이 임원들과 식사를 하러 갔고 교대로 식사를 하는 터라, 선배인 혜린이 먼저 점심을 먹으러 갔다. 사무실에 혼자 남은 주아는 점심을 먹고 곧바로 잡혀 있는 회의 스케줄을 확인하고 그때 마실 물과 커피, 그리고 한 임원분이 말했던 달달한 마카롱을 사기 위해 일어섰다.

회사 내에 있는 카페엔 사람들이 너무 많아, 뒤쪽에 있는 가까운 카페로 향했다. 카페는 전면이 유리창으로 되어 있었다. 앞쪽 테라스엔 흡연실이 있었는데, 그곳에서 혜린과 다른 선배들이 담배를 피우고 있었다. 이런 우연한 만남에 내심 반가워하며 가까워지던 주아가 걸음을 멈칫했다.

기둥을 사이에 두고 들려오는 혜린의 목소리엔 짜증이 잔뜩 섞여 있었고 그 짜증을 유발한 원인으로 자신의 이름이 흘러나오고 있었기 때문이었다.

"신주아, 걔 여우라니까?"

"수수하게 생겨서 전혀 그러지 않을 것 같은데, 일도 곧잘 한다며. 왜? 무슨 일 있었어?"

"아니, 글쎄. 엊그제 비 왔을 때 있지? 그때, 대표님 차 타고 오더라고."

"대표님 차를?"

"너도 놀랍지? 어디 그분이 누구 태워주시고 그런 분이야? 그게 얼마나 여우짓을 하고 꼬드겼으면, 대표님이 홀라당 넘어가? 오늘도 시키지도 않은 짓을 하더라고. 글쎄, 대표님 방에 꽃을 가져다 놓은 거 있지?"

"어머. 걔 완전 끼 흘리고 다닌다. 그렇게 안 봤는데. 하긴 욕심 나겠지. 우리 대표님 엄청 젊고 잘생기고 능력 있고 거기다가 재벌이니."

"내 말이. 지 얼굴이랑 몸매 좀 반반하다고, 이때다 싶어서 한번 들이대는 거지. 인생 역전 한번 시켜보겠다고. 어휴, 난 그런 여자애들 딱 질색이거든. 대표님은 또 좋아하시더라? 그렇게 꽃 좋아하시는 줄 아셨으면 내가 준비하는 건데, 휴……. 아무튼, 그러면서 웃을 때 막, 요렇게 웃는 거야. 입 가리면서 눈웃음 살살 치면서. 아무튼 마음에 안 들어."

"그렇게 세상 무서운 줄 모르고 꼬리치고 끼 부리고 다니는 애들은 호되게 당해봐야 돼. 실컷 부려먹어."

"그래야지."

단 한 번도 제 얼굴과 몸매가 반반하다고 느껴본 적도, 신혁을 꼬드기고 유혹해서 인생 역전시켜볼 여우짓을 계획한 적도 없었다.

당장 따지고 싶은 마음이 굴뚝같았지만, 너무 놀라고 당황스러워서 걸음이 제대로 움직여지질 않았다. 그래서 한참을 그렇게 바보같이 서 있다가 혜린이 카페에서 나오는 것을 확인한 후에야 겨우, 안으로 들어갔다.

커피와 마카롱을 사서 집무실로 돌아왔다. 혜린은 얼른 밥을 먹으러 가라고 아무렇지도 않은 낯짝으로 말했지만, 입맛이 있을 리가 없었다. 그래서 밥을 먹으러 가지 않고 비상구 계단에 앉아서 우울함을 달래고 있었다.

사회생활을 하다 보면 억울한 일이 있을 수 있다는 것쯤은 충분히 각오하고 왔는데도 멘탈은 자꾸만 흔들리려고 들었다. 연거푸 한숨이 나오고 억울한 감정은 더욱 짙어졌다. 이렇게 그냥 넘어가면 정말 자신이 여우짓을 하고 있는 비서로 낙인이 찍힐까 싶어, 혜린에게 제대로 된 말을 해주기 위해 일어섰다. 비상구 문을 열고 복도를 지나 막, 벽을 꺾으려 할 때였다.

"권 비서가 그렇게 경솔한 사람인 줄 몰랐어."

평소 무뚝뚝하긴 했지만, 신혁의 목소리는 평소의 것과는 비교가 되지 않을 만큼 차가웠다. 마주하고 있지 않은 눈빛은 얼마나 더 냉랭할까 싶어서 주아는 자신이 오히려 더 긴장되어 몸이 굳어졌다.

"대표님……."

가느다랗게 떨리는 혜린의 목소리엔 난감함과 두려움이 내재되어 있었다.

"정확히 확인되지도 않은 사실을 진실인 양 떠들고 다니는 모습은 경박스러워 보이기까지 해. 열심히 일하고, 또 능력도 뛰어난 동료의 노력을 여우짓이라고 폄하하고 그 여우짓에 놀아났다는 듯이 상사를 모멸했어."

"죄송합니다, 대표님. 정말 죄송합니다."

"회사와 가까운 카페에 누가 있는 줄도 모르고 그렇게 가볍게 입을 놀리는 신뢰 없는 권 비서와 내가 왜 일을 해야 하는 거지?"

"대표님……."

혜린은 어쩔 줄 몰라 했다. 금방이라도 눈물을 터트릴 것처럼 그녀의 목소리는 위태로워 보였다.

"그래도 잘리는 건 권 비서에게도 좋지 않고 그림도 별로일 거 같으니까, 직접 사직서 써와."

하지만 신혁은 조금의 흔들림 없이 단호하게 말을 하고서는 집무실로 들어섰다. 혜린이 '어떡해……' 하는 울먹이는 소리와 함께 의자에 주저앉는 소리가 들려왔다. 혜린에게 따지려던 주아는 조용히 반대쪽으로 걸음을 옮겼다.

혜린의 일은 유감스럽지만, 어찌 보면 당연한 처사라는 생각이 들었다. 비서는 신뢰로 뭉쳐야 할 직업이었다. 하지만 신뢰가 박살난 마당에 신혁이 계속 일을 같이할 필요는 없는 것이었다. 주아는 그가 보이든 안 보이든, 앞으로 든든한 신뢰로 뭉쳐 있는 비서가 될 것이라 다짐했다.

'열심히 일하고 또, 능력도 뛰어난.'

그러면서도 자신을 알아봐준 그의 말이 계속 귓가를 울렸다. 분명 저 말을 내뱉었을 때의 목소리는 냉랭했지만, 적어도 그 말만큼은 달달하게 느껴졌다. 옥상으로 올라가 바람을 쐬었다. 따뜻한 봄바람이 주아의 볼을 기분 좋게 스쳤다.

아니, 이 봄바람이 좋기보다는 지금 주아의 머릿속을 채우고 있는 신혁으로 인해 좋았다.

말이 많이 늘고 세상에 궁금한 것도 많아진 아들 서운이를 겨우 재운 신혁은 주아가 잠들어 있는 침실로 돌아왔다. 이불을 거두고 파고들듯 주아를 끌어안자, 뒤척이며 낮은 잠결의 응얼거림이 들려왔다.

"서운이는?"

"자."

"수고했어요."

주아가 몸을 돌려 신혁을 끌어안았다.

"큰일이에요. 아빠 없으면 애가 잠을 못 자서…… 당신도 피곤할 텐데."

하지만 신혁은 요즘 가장 행복한 나날을 보내고 있다. 엄마보다는 자신을 더 찾는 서운이 절대 귀찮거나 성가셔본 적은 단 한 번도 없었다. 그저 불면 날아갈까, 너무 세게 안으면 부서질까, 애틋하고 소중했다. 함께 노는 것도 즐거웠다. 오죽했으면 강의는 늘 서운이가 어린이집에 가 있는 동안에만 하고 오후는 싹 다 비우고 함께 놀아줄 만큼 신혁에게 서운은 삶의 큰 비중을 차지하고 있었다.

말이 없어진 걸 보니, 주아는 다시 잠이 든 모양이다. 가볍게 이마에 입을 맞추고 그녀의 심장 소리를 들으며 잠을 청하려 했다. 평소에는 잘만 오던 잠이 오늘따라 유난히도 오지 않았다.

"후……."

잠이 너무 안 와 일어나서 서운이를 다시 한번 보고 돌아와서도 계속 몸을 불편하게 뒤척이다가 겨우 잠이 들었는데, 고즈넉한 새벽의 공기를 뚫고 휴대폰이 날카롭게 울렸다. 본능적으로 깨어났는데, 등골이 싸늘한 것이 느낌이 좋지 않았다.

몸을 일으켜 휴대폰을 집었다. 저장이 되어 있지 않은 번호였지만, 익숙한 번호이기도 했다.

"여보세요."

정확히 8년 만의 전화였다.

-잘 지내셨습니까, 이사님. 저 박 변호사입니다.

무슨 얘기가 흘러나올지, 예상이 되었다. 요즘 뉴스에서 윤 회장이 위독하다는 보도를 몇 번 접했었다. 무리하게 투자금을 받아 시작한 사업이 휘청하며 충격으로 쓰러진 윤 회장은 그 뒤로 회사는 겨우 회복을 시켰지만, 건강은 회복하지 못한다는 뉴스. 그래도 워낙 독한 분이라 이겨낼 줄 알았지만, 끝내 그는 마음의 준비를 해달라는, 어렵다는 말을 전해왔다.

전화를 끊고 어둠 속에 그대로 앉아 있었다. 아침을 맞이한 빛이 희미하게 어둠을 거두어낼 때쯤, 알람이 울렸다. 주아가 잠에서 깨어나 알람을 끄고 몸을 일으키다 침대에 앉아 있는 신혁을 발견했다.

"여보?"

신혁의 눈동자가 허탈함과 슬픔에 잔뜩 잠겨 있었다.

* * *

호흡기를 끼고 침대에 겨우 앉아서 자신을 바라보고 있는 윤 회장을 향해 서운이를 안은 신혁이 천천히 다가갔다. 윤 회장의 힘없는 초점이 서운에게로 향했다.

"아이가 참 귀엽구나."

윤 회장이 손을 뻗어 서운을 만지려 했다. 낯선 사람이 싫은 모양인지, 서운은 아빠의 목을 끌어안고 어깨에 얼굴을 파묻으며 윤 회장의 관심을 외면했다. 옆에 있던 주아가 윤 회장을 향해 예의 바르게 인사를 했다.

"그래. 오랜만에 보는구나."

가벼운 인사를 끝내고 신혁은 주아에게 서운을 맡겼다. 평소에는 아빠와 떨어지지 않겠다고 발버둥을 치던 서운도 오늘의 묘한 분위기를 느끼고 있는 건지, 순순히 주아에게 안겨 병실을 나갔다.

"사람이 죽을 때가 되면, 그래도 좀 바뀐다더니……"

윤 회장은 말을 하는 동안, 무척이나 힘들어 보였다. 과한 욕심으로 이글거리던 눈은 이제 죽음에 대한 두려움만이 남아 있는 것 같았다.

"네 녀석이 보고 싶더구나……. 그래도 이 세상에 하나밖에 남지 않은 내 아들이……."

"그래도 아직은 잃을 것보다 갖고 있는 게 더 많으시잖아요. 그걸 갖기 위해 평생을 아등바등 사셨는데, 더 누리다 가셔야죠."

"가져가지도 못할 것을 뭐 그리 욕심냈는지……. 돈은 날 위해서 울어주지 않더구나."

그것을 죽음을 앞두고 깨달은 아버지가 한없이 불쌍하게 여겨졌다. 자신이 떠난다는 것에 슬퍼하는 사람이 단 한 사람도 없는 죽음은 얼마나 외로울까, 얼마나 서러울까.

윤 회장은 한동안 아무 말 없이 자신 앞에 서 있는 신혁을 바라보기만 했다. 하고 싶은 말이 많아 보였지만, 힘이 드는지 쉽게 입술을 떼어내진 못했다. 하지만 신혁은 윤 회장의 눈빛만 봐도 무엇을 얘기하고 싶어 하는지 알 수 있을 것 같았다.

오래도록, 아니 어쩌면 평생을 짊어지고 갈 수도 있었던 아버지에 대한 원망이 조금은 수그러드는 것 같았다. 아버지가 자신과 형신우에게 했던 행동이 이해 가지 않았던 건, 서운이가 생기고 나서 더욱 깊어졌었다.

삶을 사는 데 있어서 행복을 좌우하는 게 자식이었고, 자식 일이라면 제 몸이 부서지는 고통이 있더라도 발 벗고 나설 각오가 되어 있었다. 아버지란 그런 거였다. 부모가 되어 느끼는 부모란 그런 거였다. 그래서인지, 자신의 부모들이 더욱 이해가 가지 않았다.

그런 신혁의 마음이라도 읽은 건지, 윤 회장이 힘겹게 말을 꺼내놓았다.

"이렇게 초췌해진 나와는 다르게, 네 얼굴은 좋아 보여 다행이구나."

"네. 행복하게 잘 지내고 있으니까……."

호흡을 버겁게 내쉰 윤 회장은 말했다.

"내가 죽고 나서…… 무척이나 염치가 없지만……."

"……."

"혹시, 우리 신우 옆에 날 놓아줄 수 있겠니?"

울컥, 하고 감정이 치밀어 올랐다. 형 이름 앞에 '우리'라고 붙여진 것에.

"그렇게 해드릴게요."

"고맙구나. 고마워."

윤 회장에게서 나온 고맙다는 말이 생소했다. 추억도 애틋함도 없는 두 부자지간에 오고 갈 수 있을 만한 대화는 더 이상 없었다. 하지만 신혁은 오래도록 윤 회장 곁에서 떠나지 않았다.

* * *

윤 회장의 장례식은 보통 사람들보다 훨씬 크게 이루어졌지만, 그다지 슬퍼하는 사람들은 없었다. 그저 안타까워할 뿐, 장례식장에서 흔히 들을 수 있는 대성통곡조차 들리지 않았다.

상주가 된 신혁은 조문객들을 받았다. 아버지의 바람대로 신우가 잠들어 있는 옆자리에 그를 놓아주었다. 그리고 얼마 뒤, 변호사가 찾아왔다. 상속 때문이었다. 윤 회장이 남긴 유언장에는 J-world를 신혁이 맡아줬으면 하는 의지가 뚜렷하게 드러나 있었다. 하지만 신혁은 유언장을 따르지 않기로 결심했다. 이미 오래전부터 그의 이런 결심은 확고했다.

"아니요, 변호사님. 전 지금 삶이 훨씬 더 행복합니다. 상속은 포기하겠습니다."

그 뒤로도 변호사와 임원들이 찾아와 몇 번이고 신혁을 설득했지만, 그의 대답은 늘 '포기하겠다'는 것과 같았다. 그런 신혁의 단호함에 변호사와 임원들은 결국 포기했고, 몇 달 뒤에 전문 CEO가 회사를 운영해나갈 것이라는 기사가 쏟아져 나왔다.

신문을 보고 있던 신혁의 뒤를 주아가 끌어안았다. 두 사람은 한동안 말없이 기사를 바라보고 있었다. 그러다 주아가 먼저 입술을 떼어냈다.

"준비 안 해요?"

"해야지."

그는 저를 끌어안고 있는 주아의 손등을 어루만지며 다정하게 대답했다.

"서운이는?"

"이제 막 일어나서 씻는다고 욕실로 갔어요."

"그래?"

신혁이 일어서자, 주아가 잡았다.

"내버려둬요. 혼자 하게."

조금 아쉬운 신혁의 눈빛이 욕실로 향했다. 문이 살짝 열려 있었는데, 그 틈 사이에 보이는 서운은 세면대 앞에서 세수를 하며 거울을 보고 연신 뭐라고 혼자 중얼거리고 있었다. 그러고는 만족스럽다는 듯이 환하게 웃고서는 욕실을 빠져나왔다.

"서운이 혼자 세수했다!"

뿌듯해하는 모습이 너무 사랑스러워 신혁은 팔을 뻗어 품을 만들었다. 서운이가 얼른 달려와 안겼다. 신혁이 아들의 볼에 바람을 불어 넣었고 서운이 소리 내어 웃으며 아버지의 목에 매달렸다.

"저기요, 윤씨들. 이렇게 늑장 부릴 여유 없는데요?"

주아의 경고에 신혁은 서운이를 내려놓고 옷을 갈아입으러 안방으로 향했다. 주아는 서운이를 데리고 아이의 방으로 향했다.

"드디어 오늘 서운이가 그렇게 보고 싶던 기린 보러 가네?"

주아가 서운의 옷을 입히며 말했고 서운이 좋다며 소리 내어 웃었다. 옷을 다 갈아입고 아이의 방으로 온 신혁도 덩달아 기분이 좋아져 환하게 미소를 지었다.

"갈까?"

곁으로 다가온 신혁이 주아의 입술에 가볍게 입을 맞추며 다정하게 물었다.

"네. 이제 가요."

대답을 하며 이번엔 주아가 신혁의 입술에 가볍게 입을 맞췄다. 그걸 빤히 보던 서운이 자리에서 비장한 표정으로 일어나더니, 엄마와 아빠의 목을 한꺼번에 끌어안고서는 작은 입술로 볼에 뽀뽀를 했다. 서운의 갑작스러운 뽀뽀에 신혁과 주아는 행복에 겹다는 듯 웃음을 터트렸다.

누군가는 회사의 오너가 될 수 있는 이 아까운 제안을 왜 뿌리치느냐고 욕을 할 수도 있었다. 하지만 신혁에게 가장 중요한 것은 가족과 함께 보낼 수 있는 '시간'이었다. 한 번 지나가고 나면 절대 돌아오지 않고 억만장자조차도 그 어디에서 살 수 없는 시간.

지금도 보통보다 훨씬 많은 돈으로 누리고 살고 있었다. 이보다 더 큰돈을 바라는 건, 쓸데없는 욕심에 불구했다.

　서운의 손을 한쪽씩 잡은 신혁과 주아가 집을 나섰다.

　"날씨 좋다."

　행복을 누리기에 더없이 좋은 날씨였다.

-마침-